Andrea Cremer

Nightshade
1. Lune de Sang

*Traduit de l'américain
par Julie Lopez*

GALLIMARD JEUNESSE

Titre original : *Nightshade*
Édition originale publiée
par Philomel Books, Penguin (États-Unis)
© Andrea Cremer, 2010, pour le texte
© Gallimard Jeunesse, 2010, pour la traduction française
© Gallimard Jeunesse, 2012, pour la présente édition

Pôle fiction

Pour Garth,
le premier à avoir lu ce livre
et à l'avoir aimé.

Quant aux sorcières, je ne pense pas que leur sorcellerie soit un véritable pouvoir.

Thomas Hobbes, *Le Léviathan*.

Un

J'avais toujours accueilli la guerre à bras ouverts, mais dans le feu de la bataille, la passion surgissait sans prévenir.

Le rugissement de l'ours emplit mes oreilles. Son haleine brûlante assaillit mes narines, attisant ma soif de sang. Derrière moi, le garçon haletait, un bruit désespéré qui me fit enfoncer mes griffes dans la terre. Je montrai les crocs au prédateur qui me dominait en taille, le mettant au défi de passer devant moi.

Qu'est-ce qui me prend, bon sang ?

Je risquai un coup d'œil au garçon et mon pouls s'accéléra. Il comprimait sa cuisse entaillée de sa main droite. Du sang coulait entre ses doigts, et son jean devint si sombre qu'on aurait dit qu'il avait été aspergé de peinture noire. Les lambeaux de sa chemise dissimulaient à peine les lacérations rouges sur sa poitrine. Un grondement monta dans ma gorge.

Je me ramassai sur moi-même, les muscles tendus, prête à attaquer. Le grizzly se hissa sur les pattes arrière. Je ne bougeai pas.

Calla !

Le cri de Bryn retentit dans ma tête. Un loup marron et agile surgit de la forêt et mordit le flanc découvert de l'ours. Le grizzly se retourna, retombant à quatre pattes, cherchant son assaillant invisible. De la salive jaillit de sa gueule. Bryn, aussi rapide que l'éclair, esquiva le coup du prédateur. À chaque fois que l'ours tentait de la frapper de ses membres épais comme des troncs, elle l'évitait, se déplaçant avec une seconde d'avance sur lui. Lorsque l'ours me tourna le dos, je m'élançai et arrachai un morceau de son talon. Il fit volte-face, les yeux révulsés, emplis de douleur.

Bryn et moi tournions autour de lui, l'encerclant. Son sang brûlait ma gueule. Mon corps se tendit. Nous continuâmes notre danse, nous rapprochant sans cesse. Les yeux de l'ours nous suivaient. Je sentais ses doutes, sa peur qui s'éveillait. Je poussai un aboiement court et rauque, et je sortis les crocs. Le grizzly grogna, se détourna et s'enfonça dans la forêt en boitant.

J'ai levé le museau et hurlé de triomphe. Un gémissement m'a ramenée sur terre. Le randonneur nous dévisageait, les yeux écarquillés. La curiosité m'a poussée vers lui. J'avais trahi mes maîtres, brisé leurs lois. Pour lui.

Pourquoi ?

J'ai baissé la tête et humé l'air. Le sang du randonneur coulait sur sa peau et sur le sol. Son odeur métallique créait un brouillard enivrant dans ma conscience. J'ai lutté contre la tentation de le goûter.

Calla ?

L'inquiétude de Bryn détourna mon attention du garçon blessé.

Va-t'en.

Je lui montrai les crocs. Le loup s'approcha de moi, ventre à terre, puis lécha le dessous de ma mâchoire.

Que vas-tu faire? interrogeaient ses yeux bleus.

Elle semblait terrifiée. Je me suis demandé si elle pensait que j'allais le tuer pour mon propre plaisir. La culpabilité et la honte battaient dans mes veines.

Bryn, tu ne peux pas rester là. Va-t'en. Maintenant.

Elle gémit, mais s'éloigna malgré tout, disparaissant sous la frondaison des pins.

Je me suis approchée du randonneur. Mes oreilles bougeaient d'avant en arrière. Il respirait avec difficulté, le visage crispé de douleur et de terreur. Des coupures profondes marquaient l'endroit où le grizzly l'avait griffé, sur la poitrine et sur la cuisse. Du sang s'écoulait encore de ses blessures. Je savais que l'hémorragie ne cesserait pas. J'ai grogné, frustrée par la fragilité du corps humain.

Il paraissait avoir mon âge : dix-sept ans, peut-être dix-huit. Des cheveux châtains en bataille, avec des reflets dorés, tombaient autour de son visage. Des mèches étaient collées par la sueur sur son front et ses joues. Il était mince, fort – quelqu'un qui savait trouver son chemin dans la montagne, comme il venait apparemment de le faire. Cette partie du territoire n'était accessible que par un sentier raide et peu engageant.

L'odeur de sa peur l'enveloppait, aiguisant mes instincts de prédateur, mais en dessous, il y avait quelque chose d'autre : l'odeur du printemps, des feuilles naissantes et de la terre en plein dégel.

Une odeur pleine d'espoir. De possibilités. Subtile et attirante.

J'ai avancé d'un autre pas vers lui. Je savais ce que je voulais faire, même si cela constituerait une seconde, ô combien plus grave, violation des Lois des Gardiens. Il essaya de reculer, mais il poussa un cri de douleur avant de s'effondrer sur ses coudes. Mes yeux parcouraient son visage. Ses mâchoires ciselées et ses pommettes hautes se tordirent sous l'effet d'une souffrance atroce. Même ainsi, il était magnifique, ses muscles se tendaient et se détendaient, révélant sa force, la lutte de son corps contre une chute imminente. Sa torture avait quelque chose de sublime. Le désir de l'aider me consumait.

Je ne peux pas le regarder mourir.

J'ai changé de forme avant même de l'avoir décidé. Il écarquilla les yeux en voyant qu'à la place du loup blanc qui l'avait observé se trouvait désormais une fille aux cheveux platine, aux mêmes yeux dorés que l'animal. Je me suis approchée de lui et je suis tombée à genoux. Tout son corps tremblait. J'ai commencé à tendre la main vers lui puis j'ai hésité, surprise par le tressaillement de mes propres membres. Je n'avais jamais eu aussi peur.

Son souffle haletant me sortit de mes pensées.

— Qui es-tu ?

Il me dévisageait de ses yeux couleur de mousse hivernale, une nuance délicate entre le vert et le gris. J'y suis restée piégée un instant. Perdue dans les interrogations qui, par-delà sa douleur, se lisaient dans son regard.

J'ai porté à mes lèvres la chair tendre de

l'intérieur de mon bras. Demandant à mes canines de s'acérer, j'ai mordu de toutes mes forces et attendu que mon sang atteigne ma langue. Puis j'ai tendu le bras vers lui.

– Bois. C'est la seule chose qui peut te sauver, dis-je d'une voix basse, mais ferme.

Le tremblement de ses membres s'accentua. Il secoua la tête.

– Il le faut, grondai-je, lui montrant mes crocs aussi tranchants qu'un rasoir.

J'espérais qu'au souvenir de ma forme animale, la peur le ferait obéir. Mais il ne semblait pas horrifié. Son regard était plein d'étonnement. J'ai plissé les yeux et me suis efforcée de demeurer immobile. Du sang coulait sur mon bras et tombait en gouttes écarlates sur le sol couvert de feuilles.

Il ferma brusquement les paupières et grimaça, aux prises avec une nouvelle vague de douleur. J'ai appuyé mon avant-bras contre ses lèvres entrouvertes. À son contact, j'ai ressenti comme une décharge électrique, qui me brûla la peau et courut dans mes veines. J'ai réprimé un cri, émerveillée et apeurée par les sensations nouvelles qui déferlaient dans mon corps.

Il a tressailli. J'ai passé mon autre bras dans son dos, pour l'immobiliser et le serrer contre moi tandis que mon sang se répandait dans sa bouche.

Je sentais qu'il essayait de résister, mais il n'en avait plus la force. Un sourire a étiré la commissure de mes lèvres. Même si mon corps réagissait de manière imprévisible, je savais que je pouvais contrôler le sien. J'ai frémi lorsque ses mains ont agrippé mon bras, se sont enfoncées dans ma peau. Il respirait facilement désormais. Lentement, régulièrement.

Une douleur au plus profond de moi fit trembler mes doigts. Je voulais les passer sur sa peau. Effleurer ses blessures en train de guérir et apprendre le contour de ses muscles.

Je me mordis la lèvre, repoussant la tentation. *Je t'en prie Cal, tu es plus maligne que ça. Ça ne te ressemble pas.*

Je retirai mon bras. Un gémissement déçu s'échappa de sa gorge. Un sentiment de perte m'a envahie lorsque j'ai cessé de le toucher. *Trouve ta force, sers-toi du loup. Voilà qui tu es.*

Poussant un grognement en guise d'avertissement, j'ai secoué la tête, arrachant un bout de tissu de sa chemise déchirée pour panser ma blessure. Ses yeux couleur de mousse suivaient chacun de mes mouvements.

Je me suis remise debout et, à ma grande surprise, il m'a imitée, vacillant à peine. J'ai froncé les sourcils et reculé de deux pas. Il a examiné ses vêtements en pièces, touché d'une main hésitante les lambeaux de sa chemise. Lorsqu'il a relevé les yeux sur moi, j'ai été prise de vertige. Ses lèvres se sont entrouvertes. Je ne pouvais pas m'empêcher de les contempler. Pleines, retroussées par la curiosité, sans aucune trace de la terreur à laquelle je m'étais attendue. Trop de questions se bousculaient dans son regard.

Il faut que je parte d'ici.

– Tu ne risques plus rien. Va-t'en. Ne reviens jamais ici.

Je me détournai. Le choc se propagea dans tout mon corps lorsqu'il me prit par l'épaule. Il paraissait surpris, mais pas du tout effrayé. Ce n'était pas bon. Ma peau me brûlait à l'endroit où ses doigts s'étaient refermés sur moi. J'ai attendu un moment de trop, l'observant, mémorisant ses traits, avant de rugir et de me dégager.

– Attends…, dit-il en faisant un autre pas vers moi.

Et si j'attendais, mettant ma vie entre parenthèses pendant un moment ? Et si je volais un peu de temps et prenais une bouchée de ce qui m'avait été si longtemps interdit ? Serait-ce si grave ? Je ne reverrais jamais cet inconnu. Quel mal pouvait-il y avoir à ce que je m'attarde un peu là, pour voir s'il essaierait de me toucher comme j'en avais envie ?

Son odeur me disait que j'étais proche de la vérité ; sa peau exhalant l'adrénaline et le musc trahissait son désir. J'avais laissé cette rencontre durer trop longtemps, j'étais allée trop loin. Torturée par le remords, j'ai serré les poings. Mes yeux parcouraient son corps, le détaillaient, tandis que je me rappelais la sensation de ses lèvres sur ma peau. Il a souri avec hésitation.

Assez.

Je l'ai frappé à la mâchoire. Il est tombé à terre et n'a plus bougé. Je l'ai pris dans mes bras, jetant son sac à dos sur mon épaule. Le parfum de verts pâturages et d'arbres embrassés par la rosée s'est élevé autour de moi, réveillant cette étrange souffrance qui se blottissait dans mon bas-ventre, souvenir physique de ma trahison. Les ombres du crépuscule s'étiraient, mais je l'aurais ramené avant la tombée de la nuit en bas de la montagne.

Un pick-up solitaire et cabossé était garé près

15

de la rivière clapotante qui marquait la frontière du site sacré. Des panneaux noirs aux caractères orange vif étaient disposés le long de la rive : ENTRÉE INTERDITE. PROPRIÉTÉ PRIVÉE.

La Ford Ranger n'était pas fermée à clé. J'ai ouvert la porte violemment, manquant de l'arracher au véhicule rongé par la rouille. J'ai posé le corps mou du randonneur sur le siège du conducteur. Sa tête est tombée en avant et j'ai aperçu un tatouage sur sa nuque. Une croix sombre, plutôt étrange.

Un intrus et une victime de la mode. Dieu merci, j'ai trouvé au moins deux choses à ne pas aimer chez lui.

J'ai jeté son sac sur le siège passager et j'ai claqué la portière. Le châssis en acier a grincé. Encore tremblante de frustration, j'ai repris ma forme de loup et je me suis élancée dans la forêt. Son parfum ne voulait pas me quitter, brouillait ma détermination. J'ai reniflé l'air et grincé des dents. Une autre odeur me rappela sévèrement ma déloyauté.

Je sais que tu es là. Un rugissement accompagna ma pensée.

Est-ce que ça va ? demanda Bryn d'une voix plaintive, accentuant la peur qui s'insinuait dans mes muscles tremblants. La seconde suivante, elle courait à mes côtés.

Je t'ai demandé de partir ! J'avais beau montrer les crocs, je ne pouvais nier le soulagement que sa présence m'apportait.

Je n'aurais pas pu t'abandonner, dit-elle, suivant mon rythme avec aisance. *Et tu sais que je ne te trahirai jamais.*

J'ai pris de la vitesse, filant entre les ombres de plus en plus profondes. Puis, arrêtant d'essayer de courir plus vite que ma peur, j'ai changé de forme, et j'ai trébuché avant de m'appuyer contre un tronc d'arbre.

– Pourquoi l'as-tu sauvé ? demanda-t-elle. Les humains ne sont rien pour nous.

Gardant mes bras autour de l'arbre, je tournai la tête pour la regarder. Elle s'était transformée elle aussi, ses petites mains fines posées sur ses hanches. Elle plissa les paupières en attendant une réponse.

Je clignai des yeux, en vain. Deux larmes brûlantes coulèrent sur mes joues.

Bryn me regarda avec étonnement. Je ne pleurais jamais. Jamais en public.

Je me détournai, mais je sentais qu'elle me regardait en silence, sans jugement. Je n'avais pas de réponse à lui fournir. Ni à elle, ni à moi-même.

Deux

Lorsque j'ai ouvert la porte de chez moi, je me suis figée. Il y avait des visiteurs, je le sentais. Vieux parchemin, bon vin : le parfum de Lumine Nightshade évoquait l'élégance aristocratique. Mais ses gardes emplissaient la maison d'une odeur insupportable de poix bouillie et de cheveux brûlés.

– Calla! appela Lumine d'une voix mielleuse.

J'ai eu un mouvement de recul, essayant de rassembler mes pensées avant d'entrer dans la cuisine, la bouche fermée. Je ne voulais pas du goût de ces créatures en plus de leur odeur.

Lumine était assise à la table, en face de l'alpha de sa meute, mon père. Elle demeura parfaitement immobile, dans une posture parfaite, ses tresses chocolat nouées en chignon sur sa nuque. Elle portait son habituel costume ivoire immaculé avec une impeccable chemise blanche à col haut.

Je me suis mordu l'intérieur des joues pour m'empêcher de montrer les dents à ses gardes du corps.

– Assieds-toi, ma chère, dit-elle en désignant une chaise.

Je l'ai rapprochée de celle de mon père,

m'accroupissant plutôt que m'asseyant. Je ne pouvais pas me détendre en présence des spectres.

A-t-elle déjà été prévenue de la violation? Est-elle venue ordonner mon exécution?

– À peine plus d'un mois à attendre, ma jolie, murmura-t-elle. As-tu hâte que ton union soit célébrée?

J'ai relâché mon souffle, que j'avais retenu sans m'en rendre compte.

– Ouais, répondis-je.

Lumine joignit les doigts devant son visage.

– Est-ce le seul mot que t'inspire ton avenir prometteur?

Mon père aboya de rire.

– Calla n'est pas une romantique comme sa mère, maîtresse.

Il parlait avec assurance et ses yeux se sont posés sur moi. J'ai passé la langue sur mes canines qui s'acéraient dans ma bouche.

– Je vois, dit-elle en me regardant de haut en bas.

J'ai croisé les bras sur ma poitrine.

– Stephen, tu devrais lui apprendre de meilleures manières. Je veux que mes femelles alpha incarnent la finesse. Naomi a toujours tenu son rôle avec la plus grande grâce.

Elle ne cessait de m'observer, si bien que je ne pouvais pas lui montrer les dents, même si j'en mourais d'envie.

Finesse, mes fesses. Je suis une guerrière, pas une princesse.

– Je pensais que tu serais contente de cette union, chère enfant, reprit-elle. Tu es une superbe alpha. Et il n'y a jamais eu de mâle Bane de la classe de Renier. Même Émile l'admet. Ce mariage laisse présager du meilleur pour nous tous. Tu devrais montrer ta reconnaissance.

J'ai serré les dents, mais j'ai soutenu son regard sans ciller.

– Je respecte Ren. C'est un ami. Nous serons bien ensemble.

Un ami… en quelque sorte. Ren me regarde comme une bonbonnière interdite dans laquelle il aimerait bien plonger la main. Et ce ne serait pas lui qui paierait le prix de cette audace. Même si j'étais chasse gardée depuis le premier jour de nos fiançailles, je n'aurais pas cru qu'il serait aussi difficile de faire la police. Mais Ren n'aimait pas suivre les règles. Il était assez attirant pour que j'en vienne à me demander si lui donner un avant-goût de ce qui l'attendait en valait le risque.

– Bien ? répéta Lumine. Mais désires-tu ce garçon ? Émile serait furieux à l'idée que tu puisses mépriser son héritier.

Elle tambourina des doigts sur la table.

J'ai baissé les yeux, maudissant les flammes qui me brûlaient les joues. *Qu'importe le désir quand on ne me permet pas de l'assouvir !* À ce moment précis, je la détestai.

Mon père s'est éclairci la gorge.

– Madame, l'union a été décidée à la naissance des enfants. Les meutes Bane et Nightshade y tiennent beaucoup. Tout comme ma fille et le fils d'Émile.

– Comme je l'ai dit, nous serons bien ensemble, murmurai-je, sans pouvoir réprimer un léger grondement.

Un rire cristallin retentit, et j'ai de nouveau posé les yeux sur la Gardienne. Elle considérait mon embarras avec un sourire condescendant. Je l'ai foudroyée du regard, incapable de contenir ma colère plus longtemps.

– En effet, dit-elle en s'adressant à mon père. La cérémonie ne doit être interrompue ou retardée sous aucun prétexte.

Elle se leva et lui tendit la main. Mon père pressa rapidement les lèvres sur ses doigts pâles. Elle se tourna vers moi. J'acceptai à contrecœur sa main à la peau de vélin, réprimant mon envie de la mordre.

– Toutes les femelles méritantes ont de la finesse, ma chère, ajouta-t-elle en grattant ma joue avec ses ongles, assez fort pour me faire tressaillir.

J'ai senti mon estomac se soulever.

Ses talons aiguilles ont frappé un staccato sur le carrelage de la cuisine alors qu'elle s'en allait. Les spectres l'ont suivie, dans un silence plus troublant que le rythme énervant de ses pas. J'ai ramené mes genoux contre ma poitrine pour y poser ma joue. Je n'ai pas respiré avant d'avoir entendu claquer la porte d'entrée.

– Tu es terriblement tendue, dit mon père. Il est arrivé quelque chose pendant la patrouille ?

J'ai secoué la tête.

– Tu sais que je déteste les spectres.

– Nous détestons tous les spectres.

– Qu'est-ce qu'elle faisait là, d'abord ?

– Lumine est venue parler de l'union.

– Tu plaisantes ? dis-je en fronçant les sourcils. Elle s'est déplacée juste pour ça ?

Mon père passa une main lasse devant ses yeux.

– Calla, les choses seraient plus faciles si tu ne considérais pas ce mariage comme un anneau enflammé à traverser. Il y a beaucoup plus en jeu que toi et Ren. Cela fait des décennies qu'une nouvelle meute n'a pas été formée. Les Gardiens sont nerveux.

– Désolée, dis-je sans le penser.

– Ne sois pas désolée. Sois sérieuse.

Je me suis redressée.

– Émile est venu aujourd'hui, grimaça-t-il.

– Quoi ? Pourquoi ?

Je ne pouvais imaginer une conversation polie entre Émile Laroche et son alpha rival.

– Pour la même raison que Lumine, répondit-il froidement.

J'ai enfoui mon visage dans mes mains, les joues à nouveau en feu.

– Calla ?

– Désolée, papa, dis-je en ravalant ma gêne. Ren et moi nous entendons bien. Nous sommes amis, en quelque sorte. Nous savions depuis longtemps que cette union viendrait. Je n'y vois aucun inconvénient et Ren non plus, d'après ce que j'en sais. Mais les choses seraient plus faciles si on nous fichait la paix. Toute cette pression n'arrange rien.

– Bienvenue dans la vie d'un alpha. La pression n'arrange jamais les choses. Et elle ne disparaît jamais.

– Génial, lançai-je en me levant. Bon, j'ai des devoirs à faire.

– Bonne nuit, alors.

— Bonne nuit.

— Calla ?

— Oui ? dis-je en m'arrêtant au pied de l'escalier.

— Vas-y doucement avec ta mère.

J'ai froncé les sourcils. Lorsque je suis arrivée devant la porte de ma chambre, j'ai compris ce que mon père avait voulu dire et je me suis mise à hurler. Il y avait des vêtements éparpillés partout. Sur mon lit, par terre, pendus à ma table de nuit et à ma lampe.

— Ça ne va pas du tout ! s'écria ma mère en pointant sur moi un doigt accusateur.

— Maman !

Elle tenait dans ses poings serrés un de mes T-shirts préférés, datant d'une tournée des Pixies, dans les années 1980.

— Possèdes-tu une seule chose qui soit jolie ? continua-t-elle en agitant le T-shirt incriminé.

— Définis ce que tu entends par joli.

J'ai ravalé un grognement, cherchant des yeux les vêtements que je voulais particulièrement protéger, et je me suis assise sur mon pull à capuche portant le slogan « *Republicans for Voldemort*[1] ».

— De la dentelle ? De la soie ? Du cachemire ? Autre chose que du jean ou du coton ?

Elle a tordu mon T-shirt entre ses mains. J'ai grimacé.

— Sais-tu qu'Émile est venu aujourd'hui ? demanda-t-elle en examinant la pile de vêtements sur mon lit.

---

1. Slogan inventé par l'extrême gauche américaine pour décrédibiliser le parti républicain (en particulier l'administration Bush), en comparant ses partisans aux Mangemorts, partisans de Voldemort dans la saga *Harry Potter* de J. K. Rowling.

– Papa me l'a dit, répondis-je d'une voix calme, même si je hurlais à l'intérieur.

J'ai caressé la torsade de cheveux sur mon épaule et j'en ai attrapé le bout entre mes dents.

Ma mère a fait la moue, laissant tomber le T-shirt pour retirer mes doigts de mes cheveux. Puis elle a soupiré, s'est assise juste derrière moi et a enlevé l'élastique de ma natte.

– Et ces cheveux, dit-elle en les peignant avec les doigts. Je ne comprends pas pourquoi tu les attaches tout le temps.

– J'en ai trop. Ils me gênent.

Ses boucles d'oreilles ont tinté quand elle a secoué la tête.

– Ma jolie fleur. Tu ne peux plus cacher tes atouts. Tu es une femme maintenant.

Avec un grognement dégoûté, j'ai roulé de l'autre côté du lit, hors de sa portée.

– Je ne suis pas ta fleur, dis-je en repoussant mes cheveux derrière mes épaules.

Libérés de la tresse, ils me semblaient lourds et envahissants.

– Mais si, tu es mon beau lys, *Lilium calla*[1].

– Ce n'est qu'un prénom, maman, rétorquai-je en commençant à rassembler mes vêtements. Pas ce que je suis.

– Si, c'est exactement ce que tu es. Et arrête de faire ça, ce n'est pas nécessaire.

La note d'avertissement dans sa voix m'étonna. Mes mains se figèrent sur le T-shirt que je venais de ramasser. Elle attendit que je l'aie posé, à

---

1. La calla, *calla lily* en anglais, est une fleur de la famille des lys.

moitié plié, sur le couvre-lit. J'ai commencé à dire quelque chose, mais elle m'interrompit d'une main levée.

– La nouvelle meute se forme le mois prochain. Tu seras la femelle alpha.

– Je sais, dis-je en repoussant l'envie de lui jeter des chaussettes sales à la figure. Je suis au courant depuis que j'ai cinq ans.

– Il est grand temps que tu commences à te comporter comme telle. Lumine est inquiète.

– Oui, je sais. De la finesse. Elle veut de la finesse.

J'avais envie de vomir.

– Et Émile s'inquiète de ce que veut Renier, ajouta-t-elle.

– De ce que Ren veut? demandai-je d'une voix aiguë qui me fit grimacer.

Ma mère souleva un de mes soutiens-gorge. Il était en coton blanc tout simple. Je n'en possédais que de ce genre.

– Nous devons penser aux préparatifs. Tu dois porter de la lingerie plus séduisante.

Mes joues se remirent à me brûler. Je me demandai si des rougissements excessifs pouvaient provoquer une décoloration permanente de la peau.

– Je ne veux pas en parler.

Elle m'ignora et commença à trier mes affaires en marmonnant, faisant deux piles qui, puisqu'elle m'avait ordonné d'arrêter de plier, devaient correspondre à «acceptable» et «à jeter».

– C'est un mâle alpha et le garçon le plus populaire de ton lycée. Du moins à ce qu'on m'en a dit, remarqua-t-elle d'une voix soudain mélancolique.

Je suis sûre qu'il est habitué à certaines attentions de la part des filles. Quand le moment sera venu, tu devras être prête à le satisfaire.

J'ai dû ravaler ma bile avant de répondre.

— Maman, je suis une alpha aussi, tu te souviens ? Ren a besoin que je dirige la meute. Il veut que je sois une guerrière, pas une pom-pom girl.

— Renier veut que tu te comportes comme sa compagne, dit-elle d'une voix dure. Être une guerrière n'empêche pas d'être séduisante.

— Cal a raison, rétorqua mon frère. Ren ne veut pas d'une pom-pom girl. En quatre ans, il a eu le temps de toutes les essayer. Il doit en avoir ras le bol. Au moins, ma grande sœur va lui donner un peu de fil à retordre.

Je me suis retournée. Ansel était appuyé contre le chambranle de la porte et examinait ma chambre.

— Waouh, l'ouragan Naomi a frappé, ne laissant aucun survivant.

— Ansel ! s'écria ma mère, les mains sur les hanches. Je t'en prie, laisse-nous un peu d'intimité.

— Désolé, maman, sourit-il. Mais Barrett et Sasha sont en bas, ils t'attendent pour la patrouille de nuit.

Elle a battu des paupières, surprise.

— Il est déjà si tard ?

Ansel a haussé les épaules. Quand elle s'est retournée, il m'a fait un clin d'œil. J'ai mis ma main devant la bouche pour dissimuler mon sourire.

— Calla, soupira-t-elle, je suis sérieuse. J'ai mis

de nouveaux vêtements dans ton placard, et je veux que tu les portes.

J'allais objecter, mais elle ne m'en a pas laissé le temps.

— Si tu ne les portes pas demain, je me débarrasse de tous tes T-shirts et de tes jeans déchirés. Fin de la discussion.

Elle s'est levée et est sortie de ma chambre, sa jupe tourbillonnant autour de ses mollets à chacun de ses mouvements. Lorsque je l'ai entendue descendre l'escalier, j'ai grogné et je me suis laissée tomber sur mon lit. La montagne de T-shirts m'offrait un endroit confortable où cacher mon visage. J'ai envisagé un instant de me transformer en loup et de réduire mon lit en lambeaux. Mais je n'y aurais gagné qu'une punition. Et puis j'aimais mon lit, et c'était l'une des seules choses que ma mère n'avait pas menacé de jeter.

Le matelas a grincé. Je me suis soulevée sur les coudes et j'ai regardé Ansel, perché au coin de mon lit.

— Une autre chaleureuse discussion mère-fille ?

— Tu connais la réponse, lançai-je en roulant sur le dos.

— Est-ce que ça va ?

— Oui, dis-je en me massant les tempes pour apaiser ma migraine.

— Alors…, commença-t-il.

Je me suis tournée vers lui. Son sourire taquin avait disparu.

— Alors quoi ?

— À propos de Ren…

— Crache le morceau, An.

— Tu l'aimes ? Je veux dire, pour de vrai ?

J'ai croisé les bras sur mes yeux pour empêcher la lumière de passer.

– Tu ne vas pas t'y mettre !

Il s'est approché de moi.

– C'est juste... C'est juste que tu ne devrais pas être avec lui si tu n'en as pas envie.

Sous mes bras, mes yeux se sont ouverts. Pendant un moment, j'ai été incapable de respirer.

– On pourrait s'enfuir, dit-il d'une voix presque inaudible. Je resterais avec toi.

Je me suis assise brusquement.

– Ansel, murmurai-je. Ne dis plus jamais de choses comme ça. Tu ne sais pas ce que... Laisse tomber, c'est tout, d'accord ?

Il a joué avec le couvre-lit.

– Je veux que tu sois heureuse. Tu avais l'air tellement en colère contre maman.

– Je suis en colère contre elle, pas contre Ren.

J'ai passé les doigts entre les longues mèches de cheveux qui s'étalaient sur mes épaules, et j'ai envisagé de me raser la tête.

– Alors ça ne te dérange pas ? D'être la compagne de Ren ?

– Non, ça ne me dérange pas, lançai-je en ébouriffant ses cheveux châtain cendré. Et puis, tu seras dans la nouvelle meute, ainsi que Bryn, Mason et Fey. Avec vous pour assurer mes arrières, on arrivera à le maîtriser.

– Sans doute, sourit-il.

– Ne parle à personne de cette histoire de fugue, An, c'est dangereux. Et depuis quand es-tu devenu un libre-penseur, d'ailleurs ? demandai-je en plissant les yeux.

Il me montra ses canines acérées.

— Je suis ton frère, n'oublie pas.

— Alors ta nature traîtresse vient de moi? demandai-je en le frappant sur la poitrine.

— Tout ce que je sais, je l'ai appris de toi.

Il se leva et se mit à sauter sur mon lit. Je me suis rapprochée du bord et je me suis laissée glisser, atterrissant facilement sur la plante des pieds. Puis j'ai attrapé le couvre-lit et l'ai tiré sèchement. Il est tombé sur le dos en riant et a rebondi une fois avant de s'immobiliser.

— Je suis sérieuse, Ansel. Pas un mot.

— Ne t'en fais pas, frangine. Je ne suis pas stupide. Je ne trahirai jamais les Gardiens. Sauf si tu me le demandes… alpha.

J'ai essayé de sourire.

— Merci.

Trois

Lorsque je suis entrée dans la cuisine le lende-main matin, tout le monde s'est tu. Je me suis ruée sur le café. Mais ma mère s'est précipitée vers moi, m'a attrapé les mains et avant de me tourner face à elle.

– Oh, chérie, quelle vision merveilleuse ! s'exclama-t-elle en m'embrassant sur les deux joues.

Je me suis dégagée.

– Ce n'est qu'une jupe, maman. Va falloir t'en remettre !

J'ai pris une tasse dans le placard et je me suis servi du café. J'ai réussi à repousser mes cheveux longs et blonds avant qu'ils ne plongent dans le liquide noir.

Ansel m'a lancé une barre de céréales en essayant de réprimer un sourire moqueur.

Traître, articulai-je en silence. Après deux bou-chées, je me suis rendu compte que mon père me dévisageait.

– Quoi ? demandai-je.

Il toussa et cligna plusieurs fois des yeux. Il regarda ma mère, puis reposa les yeux sur moi.

– Désolé, Calla. Je ne m'attendais pas à ce que tu prennes les suggestions de ta mère tellement à cœur.

Elle l'a foudroyé du regard. Il s'est tortillé sur sa chaise et a ouvert le *Denver Post*.

– Tu es ravissante.

– Ravissante ? répétai-je, ma voix montant dans les aigus.

Ma tasse de café tremblait entre mes mains.

Ansel s'est étouffé avec un biscuit et a attrapé son verre de jus d'orange.

Mon père s'est caché derrière son journal pendant que ma mère me tapotait la main. Je me suis permis de lui lancer un regard mauvais avant de me perdre dans les brumes de la caféine.

Le reste du petit déjeuner s'est déroulé dans un silence gêné. Papa lisait tout en évitant de croiser mes yeux ou ceux de maman, qui ne cessait de me jeter des regards encourageants. Je les ignorai froidement. Ansel mangeait joyeusement, sans se soucier de nous. J'ai avalé les dernières gouttes de café.

– Allons-y, An.

Ansel se leva d'un bond et attrapa sa veste en se dirigeant vers le garage.

– Bonne chance, Cal, me cria mon père alors que je suivais mon petit frère.

Je n'ai pas répondu. La plupart du temps, j'étais contente d'aller à l'école. Aujourd'hui, je le redoutais.

– Stephen, entendis-je ma mère le réprimander.

J'ai claqué la porte derrière moi.

– Je peux conduire ? demanda Ansel, les yeux pleins d'espoir.

– Non, dis-je en grimpant à la place du conducteur.

Ansel s'accrocha au tableau de bord alors que

je quittais l'allée en faisant crisser les pneus. Une odeur de caoutchouc brûlé a envahi l'habitacle. Après ma troisième queue de poisson, il m'a foudroyée du regard en attachant sa ceinture.

– Porter des collants te rend peut-être suicidaire, mais moi je n'ai aucune envie de mourir !

– Je ne porte pas de collants, répondis-je, les dents serrées, en dépassant une autre voiture.

– Ah non ? Tu ne trouves pas ça inconvenant ?

Il m'a souri, mais s'est recroquevillé sur son siège en voyant mon regard assassin. Lorsque nous nous sommes garés sur le parking du lycée de la Montagne, son visage était livide.

– Je crois que je demanderai à Mason de me ramener, lança-t-il en claquant la portière.

J'ai remarqué que les articulations de mes doigts étaient devenues blanches à force de serrer le volant. J'ai inspiré profondément.

Ce ne sont que des vêtements, Cal. Ce n'est pas comme si maman t'avait forcée à te faire refaire les seins.

J'ai frissonné, espérant que de telles idées ne lui viendraient jamais à l'esprit.

Bryn m'a interceptée au milieu du parking. Les yeux écarquillés, elle m'a regardée de haut en bas.

– Qu'est-ce qu'il t'est arrivé ?

– La finesse, grommelai-je sans m'arrêter.

– Hein ?

Ses boucles serrées, mordorées, tressautaient à chacun de ses pas.

– Apparemment, quand on est une femelle alpha, combattre les Chercheurs ne suffit pas. Du moins d'après ma mère et Lumine.

– Alors comme ça, Naomi a encore essayé de te relooker ? En quoi est-ce différent, cette fois ?

– Cette fois, elle est sérieuse, répondis-je en ajustant l'élastique de ma jupe, regrettant mon jean. Et Lumine également.

– Je suppose qu'il va falloir que tu fasses avec, dit-elle en haussant les épaules, alors que nous longions les dortoirs, en forme de chalets, d'où sortaient des élèves humains aux yeux ensommeillés.

– Merci pour tes encouragements !

Incapable de comprendre comment la jupe était censée tomber, j'ai arrêté de tirer dessus.

Nous sommes entrées en silence dans le bâtiment et nous avons rejoint les casiers des terminales. L'odeur qui m'accueillait tous les jours avait changé. Celle, métallique, des casiers et du cirage âcre qui contrait le parfum frais des poutres en cèdre était toujours là, mais le relent de peur qui suintait d'ordinaire de la peau des humains avait disparu.

Tous exhalaient aujourd'hui la curiosité et la surprise, deux réactions étonnantes de la part des internes, dont la vie était soigneusement séparée de celles des Gardiens et des Protecteurs. Nous n'avions que les cours en commun. Je sentis leurs yeux sur moi alors que nous nous frayions un passage dans le couloir et cela me troubla.

– Tout le monde me regarde ? demandai-je en essayant de cacher ma nervosité.

– Ouais, quasiment tout le monde.

– Oh mon Dieu ! marmonnai-je en serrant plus fort mon sac.

– Au moins, tu es sexy.

Mon estomac s'est retourné.

– Je t'en prie, ne me dis plus jamais de choses comme ça.

Pourquoi ma mère m'a-t-elle imposé cela? J'avais l'impression d'être une bête de foire.

– Désolée, dit Bryn en jouant avec les bracelets métalliques multicolores qui tintaient à son bras.

J'ai échangé mes devoirs contre les livres dont j'avais besoin pour mes deux premiers cours. Le vacarme s'est soudain transformé en un brouhaha de murmures curieux, et Bryn s'est brusquement cabrée.

Je savais ce que cela signifiait. Il approchait. J'ai jeté mon sac par-dessus mon épaule, claqué la porte de mon casier. J'enrageais de sentir les battements de mon cœur s'accélérer, alors que je cherchais Renier Laroche du regard.

La foule s'est écartée pour laisser passer l'alpha Bane et sa meute. Ren, flanqué de Sabine, Neville, Cosette et Dax, semblait flotter dans le couloir. Il se déplaçait comme si le lycée lui appartenait. Ses yeux allaient sans cesse de droite à gauche – les yeux d'un loup, d'un prédateur.

Je parie qu'on ne l'a jamais forcé à changer de look.

Lorsqu'il me vit, un sourire ironique apparut sur ses lèvres. Je restai parfaitement immobile, soutenant son regard provocateur. Bryn se rapprocha de moi. Je sentis son souffle sur mon épaule.

Toute activité avait cessé dans le couloir. Tous les yeux étaient fixés sur nous, et les murmures allaient bon train.

À ma droite, un mouvement attira mon attention. Mason, Ansel et Fey sortirent de la masse d'élèves et se placèrent de chaque côté de Bryn. Je me redressai.

Tu n'es pas le seul alpha, tu vois ?

Ren a plissé les yeux et considéré les loups Nightshade derrière moi. Un rire subit s'échappa de ses lèvres.

– Vas-tu rappeler tes soldats, Lily[1] ?

J'ai regardé les Bane, qui entouraient leur alpha comme des sentinelles.

– Comme si tu jouais en solo, dis-je en m'adossant contre mon casier.

Son rire se fit plus rauque, presque un grognement. Il regarda Sabine.

– Allez-vous-en. Je dois parler à Calla. Seul.

La fille aux cheveux très foncés qui se tenait à sa droite se raidit, mais obéit et s'éloigna. Les trois autres loups la suivirent, même si Dax jeta un dernier regard à son alpha avant de se mêler à la foule.

Ren haussa un sourcil. Je hochai la tête.

– Bryn, on se voit en classe.

J'entendis le bruissement de ses boucles alors qu'elle opinait. Du coin de l'œil, j'ai vu Mason et Fey se pencher vers elle et lui souffler quelque chose à l'oreille, puis ils s'éloignèrent. J'attendis, mais les yeux de Ren restaient fixés sur un point au-dessus de mon épaule. Je me suis retournée. Derrière moi, Ansel n'avait pas bougé.

– Toi aussi. Maintenant.

Mon petit frère a baissé la tête et s'est précipité à la suite des autres Nightshade.

– Protecteur, hein ? lança Ren en riant.

---

1. Voir note page 26.

– Bon, dis-je en croisant les bras sur ma poitrine. C'est quoi cette comédie, Ren? La moitié du lycée nous observe.

– Ils passent leur temps à nous observer, répondit-il en haussant les épaules. Ils ont peur de nous. Et c'est très bien comme ça.

J'ai serré les lèvres.

– Tu as un nouveau look, reprit-il en promenant lentement son regard sur moi.

Maman, je te déteste.

J'ai hoché la tête à contrecœur et j'ai regardé mes pieds. Ren a posé le doigt sous mon menton pour me forcer à le regarder. Il m'a fait son plus beau sourire. Je me suis dégagée. Un grognement rauque est monté de sa poitrine.

– Doucement, petite.

– Mon look n'a pas d'importance, rétorquai-je en me collant contre mon casier. Arrête de jouer avec moi. Tu sais qui je suis.

– Bien sûr, murmura-t-il. C'est pour ça que tu me plais.

J'ai serré les dents et combattu la tension et les fourmillements qu'il provoquait dans tout mon corps, de la pointe de mes orteils jusqu'au sommet de mon crâne.

– Je suis immunisée contre tes charmes, mentis-je. Arrête ton numéro, Bane. Qu'est-ce que tu veux?

– Allez, Calla, dit-il en riant. Je croyais que nous étions amis.

– Nous sommes amis. Jusqu'au 31 octobre. À partir de là, les choses vont changer. Ce sont les règles. C'est toi qui te comportes comme un mâle en rut aujourd'hui. Dis-moi simplement ce que tu as derrière la tête.

Je retins mon souffle, me demandant si j'étais allée trop loin. Mais aucune réplique violente ne fusa et, l'espace d'une seconde, il me regarda avec tendresse.

– Les Gardiens sont durs avec nous. En ce qui me concerne, j'en ai assez d'être surveillé sans relâche. Je me demandais si ça t'intéresserait de changer les choses.

J'ai attendu qu'il fasse une blague. En vain.

– Comment ? demandai-je finalement.

Il fit un pas vers moi, hésitant.

– Qu'est-ce qui les rend aussi insupportables ? murmura-t-il en se penchant vers moi.

Respirer devenait de plus en plus difficile.

Je contrôle la situation. Je contrôle la situation.

– L'union, répondis-je. La nouvelle meute.

Il était si proche de moi que je distinguais les taches argentées dans ses yeux noirs.

Son sourire se transforma en rictus.

– Et qui peut décider de son succès ou de son échec ?

Mon cœur tambourinait contre ma cage thoracique.

– Nous.

– Exactement, dit-il en se redressant, et je pus respirer à nouveau. Je me suis dit qu'on pourrait intervenir.

– Comment ?

Son cou et ses épaules se sont contractés, et il a presque tressailli. *Il est nerveux. Qu'est-ce qui peut le rendre nerveux ?*

– En passant plus de temps ensemble. En

faisant en sorte que la loyauté de la meute nous revienne à nous plutôt qu'aux anciens. Éventuellement en convainquant nos amis d'arrêter de se détester. Les Gardiens se détendraient peut-être un peu.

Je me suis mordillé la lèvre.

— Tu veux que nous entamions un rapprochement dès maintenant ?

Il hocha la tête.

— Oui, mais en douceur. Cela permettra à tout le monde de s'adapter plus facilement, plutôt que de faire ça d'un seul coup en octobre. J'ai pensé qu'on pourrait sortir ensemble.

— Sortir ? Ensemble ?

J'ai mordu ma lèvre très fort pour ne pas éclater de rire.

— Ça ne nous ferait pas de mal, lança-t-il calmement.

Mon rire s'est éteint quand j'ai réalisé à quel point il était sérieux. *À moins qu'ils ne s'égorgent les uns les autres.*

— C'est risqué, dis-je.

— Tu veux dire que tu ne contrôles pas tes Nightshade ?

— Si, bien sûr que si, répliquai-je en le foudroyant du regard. Si je le leur demande, ils se mettront au pas.

— Alors ça ne devrait pas poser de problème, si ?

— Les Gardiens sont aussi sur ton dos ? demandai-je en soupirant.

Il détourna le regard.

— Efron a exprimé quelques inquiétudes concernant mes mauvaises habitudes. Il craignait que tu ne sois contrariée, que tu t'inquiètes de ma… fidélité.

Il avait eu du mal à prononcer ce dernier mot.

Je me suis pliée en deux de rire. Pendant un moment, il eut l'air chagriné.

— Bien fait pour toi, Roméo, dis-je en pointant les doigts sur sa poitrine, comme s'il s'agissait d'un pistolet. Si tu n'étais pas le fils d'Émile, ta carcasse servirait déjà de trophée au père d'une fille dont tu as brisé le cœur.

Il me fit un sourire espiègle.

— Tu n'as pas tort, dit-il en posant la main sur mon casier, juste au-dessus de mon épaule. Depuis un mois Efron nous rend visite une fois par semaine.

Il souriait toujours, mais il avait le regard préoccupé.

Effrayée, j'ai agrippé sa chemise et je l'ai tiré vers moi.

— Une fois par semaine ? chuchotai-je.

Il hocha la tête, passant la main dans ses cheveux noirs.

— Ne t'étonne pas s'il porte un fusil de chasse le jour de l'union.

J'ai souri, mais mon souffle s'est bloqué lorsqu'il s'est penché vers moi. Il a effleuré mon oreille de ses lèvres. Je me suis écartée. Les Gardiens prenaient le problème de pureté très au sérieux, même si ce n'était pas son cas.

— Je crois qu'il craint que la nouvelle génération ne se conforme pas aux règles. Mais je ne t'abandonnerai pas devant l'autel, Lily.

Je lui ai donné un coup de poing dans le ventre et je l'ai immédiatement regretté. Son abdomen était dur comme de la pierre. J'ai secoué ma main endolorie.

Il serra mon poignet dans sa main, sans cesser de sourire.

– Joli crochet.

– Merci, dis-je en essayant de me dégager.

Mais il ne relâchait pas son emprise.

– Alors, qu'est-ce que tu en penses ?

– De quoi ? De ton idée de sortir ensemble ?

Je ne pouvais pas le regarder dans les yeux. Il était trop près de moi. Je sentais la chaleur de son corps, et cela faisait grimper ma propre température.

– Oui, répondit-il, son visage à quelques centimètres seulement du mien.

Il sentait le cuir et le bois de santal.

– Ça pourrait marcher, lançai-je, me sentant fondre. Je vais y réfléchir.

– Bien, rétorqua-t-il en reculant et en lâchant mon poignet. À plus, Lily.

Puis il s'est éloigné avec un petit pas de danse et a disparu dans la foule.

Quatre

Je me suis ruée vers mon bureau alors que retentissait la première sonnerie. Bryn, assise juste derrière moi, a fait claquer sa langue.

– Raconte.

– C'était intéressant, dis-je en me glissant sur ma chaise.

M. Graham s'éclaircit la gorge.

– Mesdemoiselles, messieurs. Je réclame un peu de votre précieuse attention.

Je poussai un petit cri lorsque Bryn enfonça ses ongles dans mon avant-bras.

– Quoi, Bryn ?

Elle avait les yeux fixés sur le devant de la classe. Les discussions bruyantes se sont tues.

– Je vous remercie, lança M. Graham de sa voix râpeuse. Nous accueillons aujourd'hui un nouvel élève.

Je me suis tournée en grimaçant, certaine que j'allais perdre quelques lambeaux de peau sous les ongles de Bryn. Je me suis alors figée en sentant le parfum d'une brise de printemps ensoleillée. *Non, ce n'est pas possible.*

À côté de notre professeur, se tenait, mal à l'aise, le randonneur que j'avais sauvé à peine vingt-quatre heures plus tôt.

– Je vous présente Seamus Doran, continua M. Graham en adressant un sourire radieux au nouveau, qui semblait très mal à l'aise.

– Shay, dit-il doucement. On m'appelle Shay.

– Bienvenue, Shay, déclara le professeur en parcourant la salle du regard.

Mon cœur se serra lorsque ses yeux se posèrent sur le siège vide à ma droite.

– Il y a une place à côté de Mlle Tor.

Bryn donnait des coups de pied insistants à mon bureau.

– Arrête, ai-je aboyé en me tournant vers elle. Qu'est-ce que tu veux que je fasse ?

– Quelque chose, répondit-elle d'une voix basse mais inquiète.

J'étais partagée entre la joie et l'horreur de le revoir. Même si je n'arrivais pas à mettre mes sentiments au clair, je savais une chose : lorsqu'il me reconnaîtrait, ce serait un désastre. Je me suis cachée derrière mes cheveux.

Où est mon pull à capuche quand j'en ai besoin ?

Shay s'est approché lentement de son bureau. Lorsqu'il est arrivé à mon niveau, j'ai croisé ses yeux vert-gris avant de détourner le regard. Il n'y avait aucun doute. Il savait que c'était moi. J'avais peur, évidemment, mais cette peur se mêlait de plaisir. Les quelques secondes où nos yeux s'étaient croisés, j'avais vu son étonnement. Il avait cru que je n'étais qu'un rêve, et maintenant je devenais réalité. Son sac à dos a glissé de ses mains. Quelques stylos ont roulé par terre, entre nos bureaux. J'ai réprimé un grognement et caché mon visage avec ma main en visière. J'avais l'impression que des flammes léchaient l'intérieur de mon ventre. Bryn a donné un autre coup de pied à mon bureau, si fort qu'il a avancé de plusieurs centimètres.

Prise de panique, j'ai foncé vers la porte. M. Graham a reculé de plusieurs pas en me voyant fondre sur lui.

– Des crampes, des ballonnements, marmonnai-je.

Il rougit et griffonna un mot d'excuse. J'ai couru jusqu'aux toilettes des filles, heureusement vides. Je me suis laissée glisser à terre, tremblante. La porte des toilettes s'est entrouverte.

– Cal, murmura Bryn en s'agenouillant devant moi.

J'ai tenté le sort et maintenant il me pourchasse. J'aurais dû laisser l'ours le tuer. Mais à la seule idée qu'il puisse être blessé, je n'arrivais plus à respirer.

– Il ne peut pas être là.

– Je sais, me rassura Bryn en se rapprochant et en me prenant dans ses bras. Mais il doit avoir de l'importance. Du moins, dans le monde humain. Sinon, pourquoi serait-il transféré en terminale ? Ça n'arrive jamais.

– Oh mon Dieu, Bryn ! Et si les Gardiens étaient au courant ?

– Non, ils ne savent rien. Lorsque quelque chose ne va pas, notre maîtresse règle le problème. Immédiatement. Tu ne risques rien.

– Tu as raison, dis-je en me relevant et en me dirigeant vers le lavabo. Ils ne savent rien.

J'ai croisé son regard dans le miroir.

– Mais qui peut-il bien être ? demandai-je.

– Sûrement le fils d'un grand banquier ou

d'un sénateur important, comme tous les autres humains qui étudient ici. Il ne représente rien pour nous.

Je suis tellement stupide. J'avais encore les jambes en coton. *Je n'arrive pas à croire que je l'ai sauvé.*

— Mets-en un peu, me conseilla Bryn en sortant du blush de son sac. Tu es toute pâle. Personne ne sait ce qui s'est passé à part nous et ce garçon. Et il n'y croit sûrement pas lui-même. Après tout, il ne nous connaît pas. Fais simplement comme si rien de tout ça n'était arrivé.

— D'accord.

Horrifiée, je réalisai que j'avais en fait envie de le voir. J'ai senti sa bouche contre mon bras et j'ai frissonné. *Le stress autour de cette union m'a finalement gagnée. Je suis en train de craquer.*

Je décidai de sécher la fin du premier cours, mais je savais que me cacher ne résoudrait pas le problème. Étant donné qu'il y avait moins de trente élèves en terminale, j'allais forcément le revoir en cours dans la journée.

En français ?

Non.

En biologie ?

Non.

En chimie organique ?

Oui.

Mlle Foris avait demandé au randonneur de se joindre à deux élèves humains. Comme s'il avait senti que je l'observais, Shay s'est tourné vers moi. J'ai rapidement détourné le regard, même si c'était à regret, vers Ren, qui préparait le matériel. J'ai essayé de me concentrer sur l'expérience, mais je sentais sur moi les regards curieux du nouveau. Je me suis mordu la lèvre pour arrêter de sourire. *Lui aussi a envie de me regarder.*

– Alors, tu as réfléchi ? demanda Ren en me tendant le bécher.

– Réfléchi à quoi ? demandai-je en posant le vase et en attrapant un autre flacon.

– À ma proposition, dit-il, plaçant sa main au creux de mes reins. Ou tu doutes toujours de ta capacité à contrôler ta meute ?

J'ai ressenti une chaleur aussi soudaine que s'il m'avait marquée au fer rouge. Je ne l'ai pas regardé.

– J'ai un flacon d'acide chlorhydrique à la main, Ren. Ne m'énerve pas. Tu ne respectes pas les règles du jeu.

Il sourit, mais retira sa main. Lorsque j'eus terminé de mesurer le liquide volatil, je posai le flacon.

– J'ai eu d'autres choses en tête, répondis-je, souhaitant malgré moi qu'il me touche encore.

– Quel dommage, dit-il en me faisant un sourire mi-amical, mi-menaçant.

– Et pourquoi ça ? demandai-je en m'appuyant contre la table.

– Car j'allais te faire une proposition exceptionnelle, ajouta-t-il en prenant des notes dans son carnet.

– Quelle proposition ? demandai-je en regardant par-dessus son épaule.

Comme toujours, ses notations étaient parfaites, mais j'aimais faire semblant de douter de son sérieux. J'ai lutté contre l'envie de lui arracher son stylo.

– Je ne pense pas pouvoir continuer à me montrer courtois si je doute de notre capacité à nous comporter pacifiquement, dit-il avec un sourire ironique.

Je n'ai pas mordu à l'hameçon.

– Je suis intéressée, Ren. Que proposes-tu ?

Ses yeux brillèrent, argent sur noir.

– Efron organise une soirée VIP dans l'un de ses clubs à Vail, vendredi. Il y a une nouvelle huile en ville, et notre maître va lui offrir un dîner bien arrosé, comme toujours. On voulait y aller. Tu peux venir si tu veux. Emmène ta meute.

– Sérieusement ? demandai-je, surprise.

– Oserais-je jouer avec toi ? rétorqua-t-il en penchant la tête sur le côté, les yeux faussement innocents.

– Oui, répondis-je, ce qui le fit rire.

Cette fois, il me prit la main. Je ne bronchai pas lorsqu'il passa ses doigts sur les miens.

– L'offre tient toujours. C'est à prendre ou à laisser, conclut-il en retournant à ses notes.

Il retira sa main, et mon cœur se remit à battre frénétiquement.

– Quel club ?

– L'Éden.

J'ai serré les dents pour ne pas rester bouche bée.

– OK. On y sera. Merci.

Je m'étais exprimée avec nonchalance, même si l'impatience faisait trembler tous mes membres.

Il n'a pas dissimulé son sourire.

– Tous vos noms seront sur la liste.

Je me suis mordillé la lèvre.

– Quoi ? demanda-t-il, les sourcils froncés.

– Je ne suis pas sûre, pour Ansel.

Il haussa les épaules. Il agrippa le bord de la table et, se penchant en avant, s'étira le dos avec langueur.

– Si son nom est sur la liste, il pourra entrer.

J'ai croisé les mains derrière mon dos, joignant mes doigts pour ne pas toucher ses muscles tendus.

– Il a quinze ans, dis-je en détournant les yeux des lignes déliées de son corps.

– Cosette aussi et elle sera là.

Il se rapprocha de moi.

– Te pardonnera-t-il si tu lui interdis de venir ?

– Sûrement pas, répondis-je en imaginant le visage outré de mon frère si je lui annonçais qu'il ne pouvait pas nous accompagner.

– Son nom sera sur la liste. Mais c'est ton frère. C'est toi qui décides, Lily.

– Tu voudrais bien arrêter de m'appeler comme ça, s'il te plaît ?

– Pas question.

– Euh, salut ! fit une voix derrière moi.

Ren plissa le front et je me tournai vers le nouvel arrivant. C'était le randonneur.

Oh mon Dieu !

– Je peux te parler ? demanda-t-il.

– Pourquoi ? rétorquai-je plus brutalement que je ne l'aurais souhaité.

J'avais envie de lui parler, mais ce n'était pas possible. Sans le regarder, j'ai senti que Ren était surpris par mon hostilité. L'agressivité de ma question avait réveillé l'alpha. Il s'est rapproché de moi. J'ignorais si je lui en étais reconnais-sante ou si j'étais offensée. Après tout, j'étais une alpha, moi aussi.

Le regard du nouveau s'est posé sur Ren. Je vis l'expression menaçante de ce dernier se refléter dans ses yeux. Aucun humain ne pouvait résis-ter au regard furieux d'un Protecteur, surtout lorsqu'il émanait d'un alpha. Je ressentis presque de la pitié pour lui.

– Pour rien, laisse tomber, murmura Shay dont le regard nerveux passait sans cesse de moi à Ren, qui avait posé les mains sur mes hanches.

J'étais partagée entre l'envie d'arracher les mains de Ren et le soulagement que m'apportait sa proximité. Je me délectais de leur force, mais je lui en voulais d'essayer de me posséder. Je lui ai jeté un coup d'œil irrité. Puis j'ai reposé les yeux sur notre invité importun. *Je ne veux pas que Shay me voie comme ça.*

Shay secoua la tête comme pour sortir d'un brouillard gênant. La sonnerie retentit et il s'en alla rapidement.

– Bizarre, ce type, lâcha Ren en me relâchant. Il est nouveau, non?

– Je crois, oui. Il était avec Bryn et moi en pre-mière heure et il s'est retrouvé assis à côté de moi. Il voulait sans doute des renseignements, dis-je en essayant de prendre un air ennuyé. Il ne doit pas encore connaître les règles. On ne se mélange pas.

Ren se remit à ranger notre matériel.

– Ah oui, cette règle!

– Ce n'est pas parce que tu as du mal à respec-ter les limites que tout le monde est comme toi, commentai-je d'une voix mielleuse. Nous autres suivons le souhait des Gardiens.

Il se contenta de hausser les épaules.

Bon sang, arrête d'être aussi arrogant.

— Bon, je suis affamée. Tu t'occupes de ça ? demandai-je en désignant les béchers et les flacons qu'il fallait ranger dans les placards de la classe.

— Pas de problème.

— Merci.

J'attrapai mon sac et sortis rapidement.

Les Protecteurs prenaient toujours leur déjeuner à un bout de la cafétéria. Même si les deux meutes mangeaient à des tables différentes, nous restions toujours à proximité l'une de l'autre. À l'autre extrémité de la cafétéria se trouvaient les enfants des Gardiens, habillés en Gucci et en Prada, répugnant visiblement à s'approcher de nous. Les élèves humains étaient pris en sandwich entre les loups et les enfants de nos maîtres. Parfois, les mortels me faisaient de la peine. Dans leur propre monde, ils détenaient un pouvoir immense. Mais pas ici. Au lycée de la Montagne, ils savaient qu'ils se trouvaient tout en bas de la chaîne alimentaire.

Ansel et Mason étaient déjà installés à notre table, et je me suis assise à côté de mon frère.

— Que voulait Ren ? demanda Ansel, les yeux brillants d'impatience.

Mason se pencha en avant, intéressé, mais ne dit rien.

— Attendons que tout le monde soit là.

J'ai sorti de mon sac un sandwich à la dinde.

Ansel poussa un grognement et je lui lançai un

regard d'avertissement. Les pieds en métal de sa chaise grincèrent lorsque Bryn s'assit près de moi. Fey se laissa tomber à côté de Mason.

J'ai passé en revue les membres de ma meute avant d'observer la table voisine, où se trouvaient les Bane. Sabine tambourinait sur la table de ses longs ongles laqués et murmurait à l'oreille de Cosette, une blonde plus jeune. Celle-ci retroussa les lèvres. Elle avait la peau si pâle qu'elle en était presque transparente, et à la voir aussi nerveuse, on aurait pu croire que c'était exactement ce qu'elle aurait voulu.

Dax et Neville entamèrent un bras de fer. Même si Dax (vêtu d'un maillot de foot et d'un baggy) était beaucoup plus costaud que le mince Neville, des perles de sueur apparurent sur son front. Neville, en noir des pieds à la tête, commença à pousser le bras de Dax vers la nappe. Ren, assis sur le bord de la table, riait des singeries de ses amis, mais ses yeux se posaient fréquemment sur nous.

J'avalai une bouchée de dinde et de pain blanc.

– Bon, écoutez.

Tous les Nightshade se sont penchés en avant dans un seul mouvement. À part Mason, qui a reculé sa chaise pour se balancer sur ses pieds arrière et a croisé les bras au-dessus de sa tête. Il a jeté un coup d'œil aux Bane, puis m'a fait un clin d'œil. J'ai ri.

– Ren nous observe. Soyez cool. Comme Mason.

Les autres membres de la meute ont marmonné des excuses, gênés, et ont essayé de prendre des poses plus dégagées, avec un succès relatif.

– L'alpha Bane a fait une suggestion intéressante, dis-je en mâchant mon sandwich, ignorant les protestations de mon ventre noué.

Bryn enroula ses spaghettis autour de sa fourchette.

– Et laquelle ?

– Il veut qu'on commence à sortir ensemble.

Je réprimai une grimace. Ma meute s'efforça de garder sa contenance.

Ansel renversa ses chips de maïs sur la table. Fey fit une moue dégoûtée et jeta un regard incrédule à Bryn, qui, les joues gonflées, retenait son souffle. Seul Mason resta imperturbable. Il étira les bras avec paresse, l'air satisfait. Je poussai un grognement sourd et ma meute se reprit.

Bryn parla la première, à voix basse.

– Juste vous deux ? demanda-t-elle d'un ton dubitatif.

J'ai grimacé.

– Non, il veut que nous sortions tous ensemble, lançai-je en désignant toute notre tablée. Nos deux meutes. Il pense que les Bane et les Nightshade doivent commencer à se mélanger dès maintenant. Avant l'union.

– Oh, arrête ! dit Fey, livide. Pourquoi subir ça plus tôt qu'on y est obligés ?

Elle déchiqueta une serviette qui avait eu le malheur de se trouver sur son plateau déjeuner.

Mason se balançait d'avant en arrière sur sa chaise.

– Ça pourrait être intéressant.

– Bryn ? demandai-je en me tournant vers elle.

– Quelle est sa motivation ? lança-t-elle en jetant un regard furtif aux Bane.

J'ai suivi son regard. Dax avait l'air penaud, Neville avait tiré sa casquette en tweed sur ses yeux et rejeté la tête en arrière pour faire une sieste. Ren s'était assis à côté de Sabine, qui se penchait vers lui, ses lèvres bougeant à toute allure. Cosette hochait la tête en l'écoutant.

– Les mêmes que les miennes, murmurai-je. Efron n'arrête pas de le harceler, et Lumine fait la même chose avec moi. Elle a amené des spectres chez moi hier soir.

Ma meute s'est hérissée à la mention des gardes de l'ombre.

– D'après Ren, si nous montrons notre obéissance dès maintenant, vous savez, si nous suivons les ordres avant qu'ils ne soient formulés, alors les Gardiens nous lâcheront un peu.

– Qu'est-ce que tu en penses, toi ? demanda Ansel, qui avait rassemblé ses chips en une pile devant lui.

– Je pense qu'on devrait essayer. Une étape après l'autre. Si ça ne marche pas, on arrêtera et on attendra l'ordre officiel en octobre.

Mason reposa les quatre pieds de sa chaise par terre.

– Que veux-tu dire par « une étape après l'autre » ?

– Nous sommes invités à une fête à l'Éden vendredi soir.

– Waouh, fit-il en donnant un coup de coude à Ansel.

– Mais je ne veux pas que ce soit les Bane qui mènent la barque, ajoutai-je. L'Éden appartient au territoire d'Efron. À leur territoire.

Bryn se pencha vers moi mais c'était les autres

Nightshade qu'elle regardait, leur montrant les dents.

– Elle a raison. Ren ne peut pas contrôler l'unification.

– Ce ne sera pas le cas, dis-je. Je vais continuer à le faire douter. Il a toujours été trop sûr de lui.

Mes amis ont ri en hochant la tête.

– J'ai besoin que vous me suiviez et que vous jouiez le jeu… Même si je fais quelque chose qui vous paraît… choquant.

Mason tapota des doigts sur la table. Ansel pencha la tête. Bryn se contenta d'opiner. J'ai regardé Fey qui mâchait bruyamment sa pomme.

– C'est toi l'alpha, Cal, admit-elle, la bouche pleine. Mais je tiens à préciser que je déteste Sabine. C'est une sale garce.

– Elle est peut-être sympa quand on la connaît, rétorqua Ansel.

Fey le foudroya du regard et il se recroquevilla sur sa chaise.

– Alors nous sommes d'accord ? demandai-je en me redressant.

Ils ont tous hoché la tête, Mason avec enthousiasme, Fey en dernier.

– OK, les amis. Bon, c'est l'heure des braves, lançai-je en me tournant vers les Bane. Hé, Ren !

Celui-ci interrompit sa conversation avec Sabine, qui prit un air indigné. Il haussa les sourcils, mais se composa rapidement une expression de respect indifférent.

– Oui ?

– On rassemble nos tables ?

J'ai entendu Fey jurer dans sa barbe. Mon

sourire s'est élargi quand j'ai remarqué que Ren n'avait pu retenir un sursaut.

– Bien sûr !

Il jeta un coup d'œil à Dax et désigna notre table de la tête.

Le robuste élève de terminale s'approcha de nous et attrapa notre table avec une main. Il la tira et le métal racla contre le carrelage, produisant un bruit horrible. Tout le monde se retourna vers nous en entendant ce chahut. Les visages des Gardiens trahissaient leur surprise et des murmures intéressés s'élevèrent.

Bien. Autant que Lumine et Efron soient au courant le plus vite possible.

Mason s'était déjà levé. Il rapprocha sa chaise de celle de Neville, qui, quoique visiblement surpris, lui sourit et se poussa pour lui faire de la place. Mason fit signe à Ansel d'approcher. Mon frère le rejoignit en trottinant joyeusement, et Neville l'accueillit en lui tendant la main.

Eh bien ! Je ne m'étais pas attendue à ce que ce soit aussi facile.

Sabine recula lorsque Fey apporta sa chaise. Fey lui rendit son regard mauvais, et s'assit aussi loin d'elle que possible.

Bon, peut-être pas si facile que cela.

– Calla ? demanda Bryn, qui attendait à côté de moi.

– Fey a besoin de soutien moral. Et peut-être aussi d'une camisole de force. Assieds-toi à côté d'elle.

Je n'ai pas quitté Ren des yeux. Il s'est penché vers Dax. J'ai vu ses lèvres remuer mais je ne pouvais pas l'entendre. Dax s'est raidi. Ren a posé la main sur son épaule, mais Dax s'est dégagé en se levant.

Le loup aux larges épaules est passé devant moi d'un pas nonchalant, a pris ma chaise et est allé la poser à côté de Bryn et de Fey. J'ai hoché la tête et elles se sont déplacées de mauvaise grâce pour laisser de la place à l'imposant Bane. Ren m'a indiqué la chaise à côté de la sienne.

J'ai pris mon déjeuner et je me suis assise sur le siège vide. Sabine s'est mise à bouder. Cosette m'a fait un sourire nerveux.

– Bonjour, mesdemoiselles, lançai-je.

Sabine grogna, resserrant ses bras autour d'elle.

– Salut, Calla, murmura Cosette en jouant avec la boulette de viande au sommet de ses spaghettis.

Son regard gêné passait de moi à Sabine.

– Intéressante manœuvre, Lily, dit Ren avant de boire une gorgée de sa bouteille d'eau.

Je me suis remise à mastiquer mon sandwich et j'ai haussé les épaules.

– Je me suis dit que ça pourrait nous éviter des actes de violence à l'Éden. Je ne pense pas qu'Efron apprécierait de devoir séparer des adolescents rivaux en plein milieu de sa fête.

Ren éclata de rire, se balançant sur les pieds arrière de sa chaise, mais Sabine me lança un regard mauvais.

– Alors vous y allez ? demanda-t-elle en enfonçant ses ongles dans la chair de ses bras, y laissant des traces rouge vif.

– Bien sûr, répondis-je d'une voix mielleuse. Nous bouillons d'impatience.

– Si tu le dis.

Elle sortit une lime à ongles et se plongea dans sa manucure.

Ren reposa brusquement sa chaise par terre.

– Arrête ça, Sabine. Tout de suite.

Elle laissa tomber la lime et lança un regard suppliant à Cosette. La jeune Bane se mordit la lèvre, la ramassa et la lui rendit.

Une cascade de rires malicieux s'éleva de l'autre table. Fey souriait en suivant des yeux les mains de Dax, qui gesticulaient frénétiquement.

– Voilà un étrange spectacle, commentai-je. Pour Fey, sourire est le pire des sept péchés capitaux.

Ren s'est penché vers moi.

– Dax est drôle. Il sait raconter de bonnes histoires. Ta meute l'appréciera.

– Apparemment, c'est déjà le cas.

Mason, Neville et Ansel étaient tellement absorbés par leur conversation (du peu que j'en entendais, ils se demandaient quelle ville, entre Montréal, Austin et Minneapolis, produisait les meilleurs groupes de rock indé) qu'ils ne regardaient même pas les autres loups. Je me suis laissée aller contre le dossier de ma chaise, plutôt contente de moi.

C'est pas si compliqué!

La bouchée de sandwich que j'étais en train d'avaler se coinça dans ma gorge lorsque Ren posa la main sur ma jambe, ses doigts explorant la courbe de ma cuisse. J'ai toussé et je lui ai arraché sa bouteille d'eau de la main, en avalant plusieurs gorgées avant de chasser ses doigts de ma jambe.

– Tu essaies de me tuer? crachai-je. Garde tes mains tranquilles!

Ren ouvrit la bouche comme pour répondre, mais il se raidit soudain, regardant derrière moi. Je me suis retournée.

Shay se tenait en plein milieu de la cafétéria et nous dévisageait, peur et curiosité se mêlant sur son visage.

– Je crois que tu as raison, Lily. Ce gamin a besoin de renseignements. On dirait qu'il veut venir par là.

Shay fit un pas hésitant vers nous, les yeux fixés sur moi, comme hypnotisé. J'ai frissonné et fourré le reste de mon sandwich dans mon sac en papier.

– Voyez-vous ça, dit Sabine d'un air méprisant. C'est ce que j'appelle un regard transi. On dirait que le nouveau a le béguin pour Calla. N'est-ce pas charmant ? Pauvre petit humain.

Cela devenait trop habituel, ce mélange de plaisir et de peur à chaque fois que je le voyais. Je me suis demandé ce qu'il pouvait bien penser de moi.

Un grondement s'éleva de la poitrine de Ren.

– Il faudrait peut-être que j'aie une petite discussion avec lui, que je lui explique comment les choses se passent ici… et quelle est sa place.

Il a commencé à se lever. Je ne pouvais pas le laisser faire.

– Non, Ren, rétorquai-je en lui attrapant le bras, le forçant à se rasseoir. S'il te plaît. Ce n'est qu'un humain. Il ne sait pas ce qu'il fait. Donne-lui une journée ; il finira bien par comprendre. Ils finissent toujours par comprendre.

– C'est ce que tu veux ? demanda-t-il d'une voix basse. Que je le laisse tranquille ?

– Nous ne sommes pas censés nous mêler aux

humains. Cela ne fera qu'attirer l'attention sur nous si tu l'affrontes.

Il retira ma main de son avant-bras et entrelaça ses doigts aux miens.

Je me raidis, mais ne tentai pas de me dégager.

On peut se tenir la main. Tout va bien. Tout ira bien.

Mais j'avais l'impression que mon cœur essayait de terminer un marathon. Quand Shay était là, je n'arrivais pas à me contrôler, et je détestais cela.

Les autres membres de la meute, sentant la tension chez leurs deux alphas, se sont tus avant de se tourner vers l'inconnu. Un grondement bas s'est échappé de leurs gorges. J'ai frissonné : leur réaction défensive constituait le premier acte unifié des jeunes Nightshade et Bane.

Nous voilà une meute maintenant !

Voyant dix paires d'yeux de Protecteurs fixées sur lui, Shay s'est mis à trembler. Il a parcouru la salle du regard en cherchant à repérer ses partenaires de chimie organique et s'est précipité à leur table en me lançant un dernier regard plein de regret.

Un rire sombre sortit de la gorge de Ren.

– Il faut croire que tu as raison, Lily. Voici une illustration de la courbe d'apprentissage.

Je souris faiblement tout en froissant mon sac en papier, trop consciente de la déception qui m'étreignait depuis que Shay venait de s'éloigner.

Cinq

Mon seul cours de l'après-midi, à l'intitulé boiteux : « Grandes Idées », passait en revue la philosophie de l'époque classique à nos jours. Malgré son thème plutôt vague, ce cours était devenu mon préféré, mais lorsque j'ai vu Shay assis à un bureau près des grandes fenêtres, mon cœur s'est affolé. Je me dirigeai vers le fond de la classe, aussi loin de lui que possible. Il me regarda m'asseoir. Je sortis le gros classeur qui contenait nos lectures pour l'année entière et le parcourus à la recherche des devoirs que j'avais faits la veille. Alors que j'essayais de relire mes notes, les mots se brouillèrent.

Qui est-il ? Que fait-il là ?

Un rire voilé attira mon attention vers la porte que venaient de passer trois terminales Bane. Sabine souriait à Ren. J'ai serré les dents lorsque j'ai vu qu'elle avait passé le bras sous le sien. Dax était juste derrière eux. Ren a parcouru du regard les sièges à moitié occupés. Son sourire s'effaça dès qu'il aperçut notre nouveau camarade de classe.

Il se dégagea de Sabine, se tourna vers Dax et lui désigna le nouveau du menton. Les deux Bane, épaule contre épaule, s'avancèrent vers lui en plastronnant. Shay écarquilla les yeux en voyant les deux loups s'approcher. Je m'agrippai à ma chaise, prête à me jeter entre les prédateurs et leur proie innocente si les choses dégénéraient. Ren retroussa les lèvres, dans une expression qu'on aurait difficilement pu qualifier d'aimable. Je réprimai un rugissement.

Si jamais tu lui fais du mal, je te tue. Cette pensée spontanée m'a coupé le souffle. Heureusement que je n'avais pas ma forme de loup. Ren était la dernière personne que je pouvais menacer. Il représentait l'avenir de la meute. Mon avenir.

Il tendit la main.

– Je m'appelle Ren Laroche. Tu es nouveau ici. Je t'ai vu en chimie organique.

Shay, les sourcils froncés, tendit lentement la main, grimaçant lorsque Ren lui serra les doigts. Mais au lieu de se ratatiner sur lui-même, comme l'auraient fait la plupart des humains, il foudroya Ren du regard et arracha sa main de la sienne.

– Shay. Shay Doran.

Il plia et déplia ses doigts sous son bureau.

– Content de te connaître, Shay. Je te présente Dax.

– Salut, mec. J'espère que tu t'en sortiras. C'est un lycée difficile.

Dans un mouvement rapide et parfaitement synchronisé, Ren et Dax s'assirent à des bureaux de chaque côté de Shay. Je serrai si fort mon crayon qu'il se cassa en deux. De sa nouvelle place, Ren me fit un clin d'œil. Je lui lançai un regard assassin. Il sourit de plus belle.

La sonnerie a retenti et notre professeur,

M. Selby, a commencé à écrire au tableau. La question : QUEL EST LE VÉRITABLE ÉTAT DE NATURE ? a rempli l'espace blanc.

– Avant de nous lancer dans la discussion du jour, je veux attirer votre attention sur un nouvel arrivant.

Il désigna Shay, tendu, entre les deux Bane affalés sur leur siège.

– Monsieur Doran, pourriez-vous vous présenter en quelques mots ?

Shay s'agita sur sa chaise.

– Je m'appelle Shay. Je viens d'emménager ici avec mon oncle. Avant ça, j'ai vécu deux ans à Portland. Et encore avant, eh bien… Je ne suis jamais resté longtemps au même endroit.

M. Selby lui sourit.

– Bienvenue au lycée de la Montagne. J'ai cru comprendre que vous n'aviez pas eu le temps de lire toutes les œuvres requises pour ce cours, mais n'hésitez pas à vous joindre à la conversation si vous le désirez.

– Merci, dit Shay en marmonnant quelque chose dans sa barbe, peut-être : « Je devrais arriver à suivre. »

Notre professeur s'est retourné vers le tableau.

– À partir de vos lectures : quelles sont les différentes conceptions philosophiques de l'ordre naturel du monde ? Où tout a commencé, à quoi cela ressemble-t-il ?

– *In paradisium*. Au paradis. Éden, répondit Ren en m'adressant un sourire espiègle.

– Très bien, monsieur Laroche. L'état de nature comme paradis. Perdu pour toujours – peut-être, peut-être pas ? Les philosophes des Lumières pensaient que le Nouveau Monde pourrait être le nouvel Éden.

M. Selby écrivit la réponse sur le tableau.

– Quoi d'autre ?

– *Tabula rasa*, dis-je. L'ardoise vide.

– Oui. Chaque personne naît avec des possibilités infinies en elle. La théorie de Locke a rencontré beaucoup d'adeptes. Nous verrons si vous pensez qu'elle est viable dans la société contemporaine. D'autres idées ?

– *Bellum omnium contra omnes.*

Tous les non-humains dans la classe se raidirent sur leur siège. Les autres élèves paraissaient simplement impressionnés par toutes ces expressions latines, mais leurs visages ne trahissaient aucun signe d'intelligence.

– La guerre de tous contre tous.

Shay fronça les sourcils en voyant que le professeur ne copiait pas la phrase au tableau.

– Thomas Hobbes est souvent considéré comme le théoricien fondateur de l'état de nature, ajouta-t-il, d'une voix plus hésitante cependant.

M. Selby pâlit en dévisageant son nouvel élève. Shay se renfrogna.

– Je lis beaucoup par moi-même, expliqua-t-il.

– Hobbes ne fait pas partie de nos lectures, intervint une voix glaciale.

J'ai retenu mon souffle. Le garçon qui avait parlé était un Gardien portant une couronne de cheveux blonds coiffés négligemment en piques. Logan Bane, le fils unique d'Efron, regarda Shay avec malveillance. J'ai dévisagé le jeune Gardien. Logan ne participait jamais aux discussions. La plupart du temps, il dormait pendant tout le cours.

– C'est absurde, dit Shay en faisant tourner un stylo entre ses doigts. On le trouve dans tous les livres de philosophie de base.

M. Selby regarda Logan qui inclina la tête en levant les sourcils.

– Le, euh, le programme du lycée de la Montagne n'inclut pas Thomas Hobbes, bafouilla le professeur, ses yeux globuleux toujours fixés sur le jeune Gardien.

On aurait dit que Shay allait grimper sur son bureau pour protester.

– Quoi?

Logan se tourna vers lui.

– Il a été décidé que ses idées étaient trop banales pour mériter notre considération.

– Par qui?

Tous les Gardiens et les Protecteurs dévisageaient Shay. On aurait dit que les humains voulaient se cacher sous leurs bureaux jusqu'à ce que ce sujet soit abandonné.

Logan ôta les lunettes de soleil qu'il portait toujours, quels que soient l'heure ou le temps qu'il faisait.

J'étais abasourdie. Cela devenait sérieux.

– Par les membres du conseil d'administration, répondit-il comme s'il corrigeait un enfant dans l'erreur. Dont ton oncle, Shay. Ainsi que mon père et d'autres hommes d'importance qui protègent la réputation de cette institution.

J'en suis restée bouche bée. Son oncle?

– Et ils ont censuré Hobbes? s'insurgea Shay. Je n'ai jamais rien entendu d'aussi ridicule.

– Passons à autre chose, voulez-vous? demanda M. Selby.

Un voile de sueur était apparu sur son front.

– Pourquoi ? Pourquoi ne pas étudier Hobbes ? s'entêta Shay. C'est sans doute le premier à avoir parlé de l'état de nature.

J'ai agrippé le bord de mon bureau. Il aurait aussi bien pu s'avancer devant un peloton d'exécution, une cible accrochée sur le cœur. *Je n'arrive pas à croire que je vais encore devoir l'aider.*

– Parce que nous avons évolué, crachai-je. Nous pouvons dépasser le monde désastreux de Hobbes et ne pas nous vautrer dans la violence. La guerre est un maître brutal, tu ne crois pas[1] ?

M. Selby m'adressa un sourire reconnaissant et s'essuya le front avec un mouchoir.

– Merci, mademoiselle Tor. Parfaite occasion de placer Thucydide. Les théoriciens que nous étudions dans ce cours ont une vision du monde plus optimiste que celle de Hobbes.

Ren tapait sur son bureau avec ses crayons comme avec des baguettes de batterie.

– Je ne sais pas, dit-il. Moi, j'aime bien la sauvagerie.

Tous les Protecteurs de la classe ont éclaté de rire, moi y compris. Les humains se sont recroquevillés sur leur siège, l'air terrifiés, à part Shay, qui paraissait complètement perplexe. Les jeunes Gardiens sourirent d'un air narquois en nous jetant des regards dédaigneux.

– Hobbes ne parle pas de sauvagerie, insista Shay, frustré, mais de la lutte constante pour le pouvoir. Un conflit interminable qui fait tourner

---

1. Citation de l'*Histoire de la guerre du Péloponnèse*, de l'historien grec Thucydide (env. 460-394 av. J.-C.).

le monde. C'est le véritable état de nature. Vous ne pouvez pas l'ignorer simplement parce que quelques personnages pompeux le trouvent vulgaire.

Ren se tourna vers Shay, l'observant avec admiration et méfiance. Dax regarda son alpha, puis moi, et enfin Shay. On aurait dit qu'il s'attendait à ce que l'un d'entre nous subisse une combustion spontanée. Sabine fixait Shay comme si elle essayait de voir à l'intérieur de lui. Logan soupira et se mit à examiner ses ongles.

Shay jeta un regard suppliant à M. Selby.

– S'il vous plaît, pouvons-nous parler de la guerre de tous contre tous ? C'est sans doute l'idée la plus importante que j'ai rencontrée en philosophie.

La sueur sur le front de M. Selby formait des gouttelettes qui coulaient sur ses tempes.

– Eh bien, je suppose…

Il leva le marqueur pour écrire au tableau. Un spasme traversa ses doigts et le marqueur tomba par terre.

– Il faudrait améliorer vos réflexes, monsieur, le taquina Ren.

Un petit rire nerveux s'éleva dans la salle.

Notre professeur ne répondit rien. Le tremblement dans ses doigts s'était communiqué à tout son bras. Son corps entier fut pris de convulsion. Il se pencha en arrière, battit des bras et s'écroula par terre, pris de soubresauts violents. De la salive blanche s'accumula aux coins de sa bouche et coula sur sa mâchoire.

– Oh mon Dieu, il a une attaque ! hurla une humaine, qui, me semblait-il, s'appelait Rachel.

Je n'avais jamais pris la peine d'apprendre leurs prénoms.

Dax se leva précipitamment et alla s'accroupir auprès de M. Selby.

– Tais-toi et va chercher de l'aide ! cria-t-il à la fille qui hurlait toujours.

Elle détala. Plusieurs élèves humains avaient sorti leur téléphone.

– Rangez-moi ça tout de suite ! ordonna Logan. Va juste chercher l'infirmière Flynn, Rachel, cria-t-il d'une voix forte mais paresseuse.

Le Gardien aux cheveux dorés paraissait s'ennuyer. Je le dévisageais. L'infirmière Flynn était une Gardienne qui dirigeait la petite infirmerie du lycée de la Montagne, mais je doutais qu'elle ait suivi une véritable formation médicale.

Dax, qui avait calmé les convulsions de notre professeur par le simple usage de la force, fronça les sourcils.

– Il faut appeler une ambulance.

– Non. Quand Flynn arrivera, notre cher professeur ira mieux, répondit froidement Logan en passant la classe en revue. Au cas où vous ne l'auriez pas remarqué, le cours est terminé. Allez encombrer un autre endroit.

La plupart des humains sont sortis de la classe sans demander leur reste. Certains ont regardé pendant un moment Dax, qui maintenait notre professeur contre le sol carrelé, puis sont partis en échangeant des murmures. Les autres Gardiens ont adressé un signe de la tête à Logan puis sont sortis à leur tour. Les Protecteurs, et Shay, ont hésité. Nous dévisagions Logan, qui nous regardait avec une assurance pleine de suffisance. Une femme aux cheveux noir d'ébène, à la silhouette superbe gâchée par une grosse bosse difforme sur son dos, est apparue à la porte, suivie de deux hommes poussant un lit à roulettes.

– Nous allons prendre le relais, Dax.

Celui-ci relâcha M. Selby, qui se remit aussitôt à convulser. L'infirmière Flynn sortit une seringue de la poche de sa blouse, s'agenouilla et la plongea dans son cou. Ses spasmes s'apaisèrent et il gémit une fois avant de sombrer dans l'inconscience. L'infirmière fit un signe de tête à ses deux compagnons, qui installèrent le professeur sur le lit, puis quittèrent la pièce.

– Merci d'avoir envoyé Rachel me chercher, monsieur Bane, dit-elle à Logan.

Il fit un geste dédaigneux de la main.

– Votre prompte réaction sera prise en compte, Lana.

L'infirmière fit une révérence puis s'en alla. Logan s'approcha de Shay.

– Allons faire un tour.

– Qu'est-ce qui vient de se passer ? demanda Shay en se levant doucement.

– M. Selby est épileptique. Quel dommage, c'est un si bon professeur, répondit Logan.

La main qu'il tenait toujours dans son dos s'agitait, ses doigts tressaillant bizarrement. Shay battit des paupières alors que Logan, un sourire aux lèvres, passait le bras autour de ses épaules. Il entraîna vers la porte notre nouveau camarade de classe, encore sous l'effet de la stupeur.

– Je vais te ramener chez toi. Je suis sûr que Bosque a hâte qu'on lui raconte ta première journée au lycée.

Les deux garçons se sont éloignés. Logan s'est retourné et a adressé un sourire aux Protecteurs, les seuls élèves qui restaient encore dans la classe.

Ren bondit sur ses pieds et poussa un juron.

– C'était quoi, ça?

J'ai envisagé de me lever, mais j'ai changé d'avis. J'avais l'impression que mes membres s'étaient transformés en gelée. Ren observa mon visage. Il s'accroupit devant mon bureau et prit mes mains dans les siennes.

– Calla, est-ce que ça va?

Je me suis dégagée.

– Son oncle. Logan a dit que son oncle était un membre du conseil d'administration. Ce n'est pas possible. Mon Dieu, Ren! Pourquoi les Gardiens se soucieraient-ils d'un garçon humain? Qui est Bosque?

– Je ne sais pas. Je n'ai jamais entendu dire qu'ils avaient adopté un humain. Si c'est le mot qui convient, dit-il en plongeant les mains dans ses poches. Efron n'en a pas parlé. Du moins pas à moi.

– Et qu'est-il arrivé à M. Selby? demanda Dax en s'approchant de Ren. Je ne savais pas qu'il était épileptique.

– Vous êtes stupides ou quoi? lança Sabine d'une voix aussi coupante que du verre cassé. Il n'est pas épileptique. Vous savez que la phrase que cet imbécile n'arrêtait pas de répéter est interdite. Il a provoqué un sort des Gardiens. Selby a été puni pour avoir discuté d'un sujet censuré. Les Gardiens ne tolèrent pas une telle attitude.

– Donc pas d'ambulance? demanda Dax en se tournant vers elle.

– Un médecin n'aurait rien pu faire pour lui. De toute évidence, Flynn est la gardienne des sorts dans notre lycée. Vous ne comprenez donc rien à rien?

Elle se leva et, après un dernier regard assassin, elle rejeta ses longs cheveux en arrière et sortit de la classe.

Six

– Tu n'es pas sérieuse, m'exclamai-je en arrachant le corset des mains de Bryn.

Le velours glissait agréablement entre mes doigts, mais la simple idée de le porter en public me donnait des boutons.

– Il est temps que tu entendes la vérité, lança-t-elle en se mettant à fouiller dans mon armoire. Tu n'as rien qui convient. Fais comme si c'était Halloween.

– C'est ça, je me sens beaucoup mieux.

Je me suis tournée vers mon miroir en tenant le corset contre moi.

– Et qui sait ce que je porterai ce jour-là.

Bryn referma la porte de mon armoire. Je n'avais plus d'échappatoire.

– Vu que c'est Naomi qui décide, sans doute un truc avec des manches bouffantes.

– Beurk. Je ne peux pas penser à l'union pour l'instant, dis-je en lui rendant le corset.

– Au moins, ce soir tu seras splendide. Enlève ton T-shirt et enfile ça.

Je l'ai regardée de haut en bas. Elle était magnifique dans sa robe moulante en satin noir, ses pieds chaussés de bottines aux boucles cuivrées.

— Tu es sûre ? soupirai-je.

Elle hocha la tête avec un peu trop d'enthousiasme.

— Tu dois avoir fière allure, Cal. Tu es notre alpha. Il faut que tu fasses bonne impression.

— D'accord, je vais le porter. Mais avec une veste. Et je garde mon jean.

Elle fronça les sourcils puis haussa les épaules.

— Je suppose que ça devrait aller. Comme tu veux.

Elle s'assit sur le lit pendant que j'enlevais mon T-shirt et mon soutien-gorge. Puis j'enfilais le corset en me tortillant.

— Je vais le lacer. Préviens-moi quand tu ne peux plus respirer.

— Génial.

— Rentre le ventre !

— C'est assez serré ! haletai-je en baissant les yeux.

Oh mon Dieu !

— Je tuerais pour tes seins, dit-elle à mon reflet.

J'ai arraché ma veste en cuir de la chaise et je me suis blottie dedans.

— Ils n'étaient pas comme ça avant que tu les sangles.

— Ren va en être tout retourné, ajouta-t-elle en riant.

— Arrête.

— Quoi ? C'est bien le but, non ?

Je n'ai pas répondu. Ce ne serait peut-être pas si mal. L'union approchait. Je voulais qu'il me désire, même si nous ne pouvions rien faire pour l'instant.

Elle se tut pendant un moment.

– Il ne t'a pas encore embêtée, si?

– Je ne dirais pas qu'il m'embête. Ren est Ren, c'est tout.

– Je ne parlais pas de Ren.

– Oh! Non. Rien de neuf de ce côté-là. Shay n'a pas essayé de me parler depuis que Logan l'a fait sortir du cours.

J'ai tripoté les broderies sur le bord du corset. J'aurais tellement voulu qu'il essaie.

– Et M. Selby?

– Il est revenu comme si de rien n'était.

– Peut-être que tout va redevenir normal, dit-elle en souriant.

– Rien ne sera normal si je dois porter des trucs comme ça, dis-je en pianotant sur l'armature du corset. Au moins, ça peut faire office d'armure.

Un halètement suivi de plusieurs toussotements s'éleva. Ansel, livide, nous observait depuis la porte. J'ai rapidement boutonné ma veste, mais il avait les yeux fixés sur Bryn.

– Tu te sens bien? demandai-je, inquiète.

Il était figé comme une statue.

– Que se passe-t-il, louveteau? demanda Bryn en souriant.

– Je t'en prie, Bryn, je suis en seconde maintenant.

– Oui, et nous sommes en terminale. Donc, en ce qui me concerne, tu es toujours un louveteau.

– Peu importe. Je me demandais juste quand vous seriez prêtes, dit-il en regardant ses pieds. Mason a dit qu'il nous conduirait, ses parents lui ont prêté leur Land Rover pour la soirée. Fey est déjà chez lui. Il veut savoir à quelle heure il doit venir nous chercher.

– Dans une demi-heure maxi, répondis-je. Bryn, as-tu également des conseils de mode à donner à mon frère ?

Elle s'approcha d'Ansel, qui semblait cloué sur place. Elle tira sur le col de sa chemise en soie noire, défit habilement un autre bouton et étudia son jean d'un air critique. Après un moment, elle sourit en lui tapotant la joue.

– Non, il est adorable.

Il déglutit et déguerpit sans demander son reste.

– Je vous appelle quand Mason arrive ! cria-t-il sans se retourner.

Le videur, un aîné Bane titanesque, prit nos noms et indiqua du pouce un escalier séparé du reste du club par un cordon.

– Les VIP, c'est à l'étage.

Il nous regardait avec un respect mêlé de méfiance.

– Merci.

Je me suis engagée en tête de ma meute dans l'escalier en acier menant à l'étage du club, qui ressemblait à un entrepôt. L'Éden vibrait au son de beats industriels et de musique trance sombre. Des humains grouillaient sur la piste de danse, se balançant au rythme des basses marquées. Bryn me donna un coup de coude. Comparée aux autres femmes présentes, j'aurais pu passer pour une nonne.

– Tu vas dire : « Je te l'avais bien dit » ? demandai-je d'un air mauvais en enlevant ma veste, dénudant mes bras, mes épaules, et trop de choses encore.

— Je ne crois pas que ce soit nécessaire.

— Tu ne vas pas perdre ton corset, j'espère, dit Ansel en riant.

— Tais-toi ou je te fais attendre dans la voiture.

Mason passa les bras autour de mes épaules et me fit un bisou sur la joue.

— Tu es fabuleuse. Ignore-les. Vas-y et conquiers-les tous !

J'ai pressé sa main. En arrivant à l'étage, j'ai plissé le nez. Mason a froncé les sourcils au même moment. Nous avons levé les yeux au plafond. Pas moins de six spectres flottaient là, allant et venant entre les échafaudages.

— Sécurité renforcée, murmura-t-il.

— Sans blague !

Je m'efforçai de ne pas regarder les gardes de l'ombre au-dessus de nos têtes.

Bryn tressaillit en voyant les silhouettes sombres frôlant le plafond. Ansel lui prit la main et la tira en avant.

— Viens, on est sur la liste. Nous sommes les invités d'Efron. On ne craint rien.

Elle laissa mon frère la guider jusqu'à la piste de danse. Fey fermait la marche. Elle retroussa les lèvres en voyant les spectres, et nous rejoignit rapidement.

— Qu'est-ce qu'on fait maintenant ? demanda-t-elle. On se tait et on danse ?

J'ai secoué la tête.

— On doit trouver nos hôtes et les remercier de nous avoir invités.

Elle mit les mains sur ses hanches.

— Tu essaies de me tuer en m'exposant à Sabine de façon prolongée, c'est ça ?

– Dis bonjour, c'est tout. Ensuite tais-toi et danse.

– Entendu.

Elle secoua ses cheveux roux qui tombèrent en éventail sur ses épaules. On aurait dit une lionne.

La piste de danse scintillait, des couleurs brillantes couraient sur la surface noire comme sur une flaque d'huile. Les corps palpitaient, se pressaient les uns contre les autres. Un bar argenté aux lignes pures s'étendait au bout de la pièce. Des canapés en velours sombre encerclaient la piste.

Des danseuses professionnelles, légèrement vêtues, armées de fouets, se tortillaient sur des estrades dispersées dans la salle. De larges ailes en cuir sortaient du dos de certaines d'entre elles. Connaissant la réputation d'Efron, je n'aurais su dire si elles faisaient partie de leurs costumes de dominatrices ou si elles étaient réelles.

La plupart des invités étaient des Gardiens. J'ai aperçu Logan Bane qui dansait au milieu de ses pairs ainsi que, à ma grande surprise, Lana Flynn. Quelques Protecteurs Bane adultes arpentaient le club, les yeux toujours en mouvement, les muscles bandés.

Mason resserra sa main sur mon épaule, me dirigeant vers le bar. Il s'approcha avec assurance d'un jeune homme qui riait avec un Protecteur Bane tout en servant des verres derrière le bar. Le barman semblait avoir été moulé dans ses vêtements, mais le résultat était plutôt joli à voir.

Bryn se pencha en avant et murmura à mon oreille :

— Oublie les boissons. C'est plutôt lui qui me donne soif.

— Tiens-toi bien, rétorquai-je en gloussant.

— Hé, mec, lança Mason, et Neville se tourna vers nous, un sourire réservé aux lèvres.

Si un groupe avait joué ce soir à l'Éden, Neville, avec son T-shirt et son pantalon en cuir, en aurait fait partie. J'ai regardé autour de moi, l'air de rien. Neville m'a observée avec un sourire entendu.

— On a une table au fond, dit-il doucement. Il t'attend.

Il nous entraîna dans un coin à l'écart où les jeunes Bane étaient affalés sur des canapés. Cosette et Dax étaient assis en face de Ren. L'alpha souriait à sa meute tandis qu'une des danseuses vêtues de cuir s'enroulait autour de lui comme une cape et lui embrassait le cou. Une douleur inhabituelle me mordit le ventre.

— Je ne laisserais pas un succube s'approcher autant de moi si j'étais lui, me souffla Bryn.

J'ai frissonné. *Elle pense que ses ailes sont réelles.*

En y regardant de plus près, je me suis rendu compte que la coquette dont les lèvres étaient collées à la joue de Ren n'avait pas d'ailes. Elle s'est redressée et a souri à Ren, qui l'a regardée avec indifférence. J'ai écarquillé les yeux. C'était Sabine. Je l'aurais à peine reconnue dans ce pantalon taille basse en cuir noir luisant et ce bustier clouté.

— Sale traînée, lâcha Fey, feignant une quinte de toux.

Bryn gloussa. Ansel s'étouffa avec sa boisson.

— Hé, Ren, interpella Neville en se glissant

entre Sabine et son chef de meute. Regarde qui j'ai trouvé.

Une onde de chaleur parcourut mes veines alors que les yeux de Ren détaillaient mon corps.

Je jetai un coup d'œil à mes formes généreuses. *Cette tenue a du bon, finalement.*

— Vous êtes superbes, complimenta-t-il en désignant les canapés vides. Je vous en prie, joignez-vous à nous.

Puis, il se tourna vers Neville et Sabine :

— Faites de la place pour Calla.

Sabine se leva de mauvaise grâce tandis que Neville regardait les verres presque vides sur la table.

— On dirait que vous êtes prêts pour une autre tournée, lança-t-il en regardant Mason. Tu m'accompagnes au bar ?

Mason a haussé les épaules et l'a suivi. Dax a froncé les sourcils en les voyant s'éloigner. Ren m'a tendu la main. Après une hésitation, je l'ai prise, le laissant m'attirer à côté de lui sur le canapé.

— Laisse-moi te débarrasser, dit-il en prenant ma veste sur mon bras.

Il la posa sur le canapé. J'entendis Sabine soupirer derrière moi.

— Je crois qu'il manque une gogo-danseuse sur une des estrades, Sabine, s'exclama brutalement Fey, interrompant nos courtoisies.

— Ne commence pas, grognai-je.

— Pas de problème, rétorqua Sabine en soutenant le regard de Fey. De toute façon, vos discussions m'ennuient.

Elle jeta un coup d'œil à Ren.

— Va danser, approuva-t-il. Et essaie d'éviter les ennuis.

Rejetant en arrière ses cheveux qui brillaient comme du vinyle sous les projecteurs, elle tourna sur ses talons aiguilles et s'éloigna.

J'ai tapoté la place vide à côté de moi.

— Fey ?

Elle se laissa tomber sur les coussins en velours.

— C'est une fête. Amusons-nous, dis-je en lui montrant mes canines pour qu'elle comprenne bien qu'il s'agissait d'un ordre.

Elle se mit à dessiner sur le velours épais avec ses ongles pointus.

J'avais toujours la main dans celle de Ren. Il fit glisser son pouce sur mon poignet, et j'oubliai complètement Fey. C'était dangereux d'être si proche de lui.

— Désolé, les gars, lança Bryn en se levant brusquement. Aussi douloureux me soit-il d'approuver Sabine, je suis là pour danser. Qui vient avec moi ?

Ansel s'est immédiatement levé.

— Moi.

— Super, s'exclama-t-elle en l'entraînant avec elle.

Fey les regarda partir puis pointa le doigt sur Dax.

— Tu danses ?

— Et toi ?

— Tu ne veux pas venir le découvrir par toi-même ?

Elle se leva et passa devant le Bane, dont les yeux se mirent à briller sauvagement lorsqu'elle laissa glisser ses doigts sur ses larges épaules. Dax regarda Ren, qui fit un petit signe du poignet, et partit à sa poursuite.

Je me laissai aller contre les coussins.

– Elle est comme Jekyll et Hyde.

– C'est ta meilleure guerrière, non ? demanda Ren.

J'ai hoché la tête.

– Dax aussi est le meilleur. Normal qu'ils soient attirés l'un par l'autre. Qui se ressemble s'assemble.

– Je pensais que c'était les opposés qui s'attiraient.

– Non, ce sont des bêtises véhiculées par la culture populaire. Si tu étudies vraiment la littérature, et je parle des bonnes choses, Chaucer, Shakespeare, tu verras que seules les âmes qui se reflètent vraiment forment de beaux couples. Du moins, si elles arrivent à se trouver.

– Tu parles d'âmes sœurs ? Depuis quand es-tu si romantique ?

– Il y a beaucoup de choses que tu ne sais pas de moi, dit-il d'une voix qui me fit trembler.

Je cherchai un endroit sûr où poser les yeux et je me rendis compte que Cosette était toujours assise, abandonnée, sur l'autre canapé.

Ren a suivi mon regard.

– Cosette, pourquoi ne vas-tu pas rejoindre les autres ?

Elle se leva aussitôt.

Je fronçai les sourcils, soudain consciente du voile d'obscurité qui nous recouvrait dans ce coin isolé de la boîte de nuit.

– Ce n'était pas la peine de la renvoyer.

— As-tu peur de te retrouver seule avec moi, Lily?

Sa voix m'attrapa comme un lasso, m'attirant à lui.

— Je n'ai peur de rien.

— De rien? C'est impressionnant.

— Tu sous-entends que tu crains quelque chose, toi?

Ren recula. Mon cœur se serra.

— Oui, une chose, murmura-t-il, si bas que je faillis ne pas l'entendre.

— Une chose? demandai-je en m'approchant de lui.

Il me regarda. Son expression troublée disparut.

— Disons que c'est mon secret. Je ne le partagerai pas sans quelque chose en retour.

Sa main glissa sur mon épaule, sous ma cascade de cheveux, et il posa ses doigts sur ma nuque. Par une simple pression, il m'attira à lui et la force de ses bras m'enflamma.

Je me dégageai de son étreinte. Il y avait des Gardiens partout.

— Tu peux garder tes secrets.

J'avais beau désirer qu'il me touche, je ne lui faisais pas encore confiance. J'avais trop entendu parler de toutes ses conquêtes. D'ailleurs, il savait à quoi s'en tenir. La femelle alpha devait être pure le jour de l'union. Ce qui signifiait pas de contact rapproché avant la cérémonie.

Comme s'il avait lu dans mes pensées, Ren me fit un sourire espiègle, les yeux fixés sur mes courbes.

— Sois honnête. Tu peux vraiment respirer dans ce truc?

J'ai planté mes ongles dans le canapé. *Fais attention à toi, Ren. Moi aussi je peux jouer au plus malin.*

– Alors, Sabine et toi ?

– Hein ? s'exclama-t-il en se laissant aller contre les coussins, s'enfonçant dans l'obscurité.

– Oh, je vois ! C'est courant, chez les filles Bane, de te sucer le cou ?

– Quoi ? demanda-t-il, le visage tordu par la colère. Non. Efron a un truc pour Sabine. C'est sa préférée. Il trouve son attitude attirante. Il lui a donné de l'ecstasy quand nous sommes arrivés. Depuis, elle est un peu, euh… joueuse.

– Oh, d'accord !

Son attitude ? Efron aime les garces venimeuses ?

Il entreprit de passer son bras autour de ma taille.

– Jalouse ?

J'ai refermé mes doigts sur son poignet, empêchant sa main d'avancer.

– Ne sois pas ridicule.

Pourtant, ma peau me brûlait là où il m'avait touchée.

Des pas lourds ont annoncé l'arrivée d'un aîné Bane massif. Nous nous sommes brusquement éloignés l'un de l'autre.

– Efron vous demande, dit-il en fixant Ren. Il est dans son bureau.

– Bien sûr. J'arrive. Tu veux aller retrouver les autres ? me proposa-t-il. Je ne sais pas combien de temps ça va prendre.

Le garde d'Efron secoua la tête.

– Il veut l'alpha Nightshade aussi. Vous deux.

Ren enroula ses deux bras autour de ma taille et je ne résistai pas.

Que me veut le maître de Ren?

Ren déglutit.

– Très bien, ajouta-t-il en me faisant signe de le suivre. Ne le faisons pas attendre.

Le garde poussa un grognement d'approbation et disparut dans l'obscurité.

Ren me guida le long de la piste de danse miroitante, jusqu'à l'escalier. J'ai serré ses doigts jusqu'à sentir son pouls battre dans mes veines. Efron Bane. Ce nom me donnait la chair de poule. J'espérais que Ren me protégerait.

Nous nous sommes frayé un chemin dans la foule d'humains au rez-de-chaussée du club, une expérience qui avait de quoi rendre claustrophobe. Ren s'est arrêté devant une grande porte en bois. La surface en chêne était minutieusement sculptée. J'ai reculé pour examiner le motif. Il s'agissait de l'archange Michel empêchant Adam et Ève d'entrer dans le jardin d'Éden.

– C'est un choix intéressant, commentai-je.

– Efron a un sens de l'humour assez particulier.

Il pressa ma main et ma peau glacée se réchauffa un peu.

Il frappa sèchement à la porte. Un moment plus tard, elle s'ouvrit et nous plissâmes les yeux de surprise.

Lumine Nightshade a reculé, nous faisant signe d'entrer.

– Bienvenue, les enfants. Comme c'est bon de vous voir.

La pièce sentait la fumée de cigares et le

cognac. Il y avait plusieurs peintures murales. Chacune représentait une scène de *L'Enfer* de Dante. J'ai rapidement détourné le regard ; les images de l'enfer étaient beaucoup trop crues pour qu'on les observe de près.

Lumine posa les yeux sur l'alpha Bane.

– Renier Laroche. C'est un plaisir de te rencontrer. Je suis Lumine Nightshade. Efron n'a de cesse de me chanter tes louanges, cher enfant.

Son sourire évoquait un collier de perles.

Ren inclina la tête.

– Merci, maîtresse Nightshade.

– Efron et moi étions impatients de vous présenter un nouveau venu à Vail, dit-elle en nous conduisant vers deux fauteuils en cuir et un canapé face à une cheminée ronflante. Efron, ils sont là.

Un homme était assis sur le canapé, un bras sur l'accoudoir, l'autre tenant un petit verre de cognac. Il avait la même peau et le même halo de cheveux dorés que son fils.

– C'est un plaisir de te voir, Renier, lança-t-il en buvant une gorgée de cognac. Et voici la charmante Calla. Enfin nous nous rencontrons.

Il tendit la main et me fit signe d'approcher. J'hésitai un instant, mais Lumine me poussa vers le canapé. Mon corps devint glacé dès que les doigts de Ren furent séparés des miens. J'essayai de ne pas trembler lorsque le maître Bane prit ma main dans la sienne et la porta à ses lèvres. Ses yeux brillants avaient la même couleur ambrée que les flammes qui dansaient dans la cheminée. Ma poitrine se contracta et il me fallut toute ma maîtrise pour rester immobile.

– Je t'en prie, assieds-toi, dit-il sans lâcher ma main, en m'attirant sur le canapé.

J'ai jeté un regard désespéré à Ren, qui avait l'air angoissé.

Lumine toucha son épaule.

– Pourquoi ne vas-tu pas les rejoindre ?

Pour la première fois de ma vie, j'ai éprouvé de la reconnaissance envers ma maîtresse.

Ren s'est assis à côté de moi et je me suis serrée contre lui, essayant de mettre autant de distance que possible entre Efron et moi, ce qui n'était pas facile étant donné qu'il ne voulait pas lâcher ma main.

– Allons, les enfants, nous gronda Efron. Nous sommes tous là pour prendre du bon temps, n'est-ce pas ?

Il me rendit enfin ma main, mais se mit à me caresser la clavicule. La tête me tournait.

Efron a un truc pour Sabine. C'est sa préférée.

Je me suis blottie contre Ren. Il a passé son bras autour de moi, lançant un regard assassin à Efron, qui se contenta de hausser un sourcil.

– Tu ferais bien de ne pas oublier ta place, Renier.

– Et vous feriez bien de ne pas oublier la vôtre, Efron. Laissez-la tranquille, intervint Lumine d'une voix suave. Calla m'appartient pour un mois encore. Ensuite, si Logan ne voit pas d'inconvénient à ce que vous badiniez avec sa meute, vous ferez comme bon vous semblera.

– Logan ? demanda Ren en regardant ma maîtresse.

Elle hocha sèchement la tête.

– Oui, répondit Efron en coupant le bout d'un

cigare. Il a été décidé que Logan hériterait de la nouvelle meute. Il vient juste d'atteindre l'âge adulte. Rien ne pourrait me faire plus plaisir ; c'est un cadeau parfait pour son dix-huitième anniversaire. Mon fils sera votre maître après le rite de l'Union.

– C'est vrai, ajouta Lumine en se penchant vers Efron, allumant son cigare avec une flamme jaillie du bout de ses doigts. Cependant, cette décision n'était pas la nôtre, mais celle de…

La porte s'ouvrit brusquement, l'interrompant.

Un homme grand et élégamment vêtu entra rapidement. Il avait un bras posé autour des épaules d'un adolescent à l'air las. Je faillis tomber du canapé. *Je dois rêver. Ce n'est pas possible.*

Je plantai mes ongles dans la cuisse de Ren.

– Quoi ? murmura-t-il. Oh non, pas lui encore !

Shay Doran parut aussi choqué que nous. Il s'arrêta, nous dévisageant jusqu'à ce que l'inconnu le pousse en avant et lui désigne un fauteuil en cuir en face du canapé.

– Assieds-toi.

Efron se leva et Lumine s'inclina devant cet homme.

– Puis-je vous servir quelque chose à boire ? demanda-t-elle en lui souriant gentiment.

Il regarda le verre d'Efron.

– Un verre de cognac serait parfait. Merci, Lumine.

Il déboutonna la veste de son costume, s'installant confortablement dans le fauteuil. Je croisai son regard. Ses yeux étaient d'une nuance argentée inhumaine. Ils transpercèrent mon corps comme une épée. Mes mains se mirent à trembler.

– Merci de nous avoir invités, Efron, dit-il.

– C'est bien naturel, rétorqua celui-ci en hochant la tête.

Lumine revint avec un verre en cristal rempli de cognac.

– Ah, très bien, lâcha-t-il avant de renifler longuement l'alcool. Très bien, oui.

Les deux Gardiens tournaient autour de cet homme, observant chacun de ses gestes avec attention. J'examinais leurs mouvements avec une inquiétude grandissante.

L'inconnu se pencha en avant et sourit.

– Renier, Calla, je m'appelle Bosque Mar. Vos familles et la mienne partagent une longue histoire, même si j'ai été absent pendant plusieurs années. J'ai demandé à mes chers amis de vous faire venir pour vous présenter mon neveu.

Il a désigné Shay qui nous dévisageait toujours avec perplexité.

Nos familles ?

Bosque Mar avait des traits aquilins, une peau olivâtre, des cheveux marron foncé lissés en arrière, tel un casque. Comme ceux d'Efron, ses yeux dansaient, animés par des flammes. J'ai regardé Shay. Ses cheveux châtain doré et sa peau mordorée ne trahissaient aucune ressemblance avec celui qui prétendait être son oncle.

Pourquoi les Gardiens auraient-ils un humain parmi eux ?

Shay regarda son « oncle » puis les autres Gardiens, et posa enfin les yeux sur moi. Croisant mon regard confus, il me fit un sourire gêné.

– Peut-être vous êtes-vous déjà vus au lycée,

ajouta Lumine en me regardant avec l'air d'attendre quelque chose.

Elle passa la langue sur ses lèvres rubis.

– Oui, nous avons quelques cours ensemble, répondis-je nerveusement, sans quitter des yeux mon nouveau camarade de classe. Salut, Shay. J'espère que ta première semaine au lycée s'est bien passée. Désolée de n'avoir pu me présenter comme il se doit avant aujourd'hui. Je m'appelle Calla Tor.

J'ai vu une question se former sur ses lèvres. Je l'ai foudroyé du regard, et il a brusquement refermé la bouche.

Ma maîtresse sourit, exposant ses dents blanches et luisantes.

– Excellent. Nous ne voudrions pas que le pauvre Shay se sente isolé, n'est-ce pas ? La vie peut être tellement difficile quand on est nouveau.

Je la dévisageai. *Quoi ?*

– Le lycée de la Montagne forme une communauté très soudée, dit Efron en s'appuyant nonchalamment sur le manteau de la cheminée. (La fumée de son cigare s'enroulait en volutes autour de lui.) Nous voulions simplement que vous sachiez que Shay fait partie de la famille. Vous devez prendre soin de lui, comme vous prendriez soin des vôtres.

– Bien sûr, lança Ren à Shay, sans quitter son maître des yeux. Dis-nous si tu as besoin de quoi que ce soit.

Un rire sec s'échappa des lèvres de Shay.

– Merci.

– Si vous voulez bien excuser la brièveté de ma

visite, il y a d'autres amis à qui j'aimerais présenter mon neveu.

Bosque but une dernière gorgée de cognac avant de rendre son verre à Lumine.

– Shay.

Il se leva et lui fit signe de le suivre. Shay me jeta un dernier regard. En les voyant partir, je regrettai de ne pouvoir les suivre et comprendre quelle était la place de Shay dans mon univers. *Qui es-tu?*

Dans un coin de la pièce, une imposante horloge se mit à sonner. Minuit. Les lèvres d'Efron se relevèrent en un sourire.

– Ah, l'heure du crime. Le meilleur moment pour danser. Allez vous amuser. Je suis désolé de ne pouvoir me joindre à vous.

Il me fit un clin d'œil et mon sang se glaça.

– Lumine et moi devons parler de certaines choses, reprit-il.

Ren me prit par le bras. Je luttai contre l'envie de partir en courant. Lorsque la porte massive en chêne se fut refermée derrière nous, je me mis à trembler sous l'effet de tous les frissons que j'avais retenus.

– Est-ce que ça va? me demanda Ren.

Je me suis frotté les bras, essayant de chasser le malaise insidieux qui m'avait envahie.

– Je crois, oui.

Il posa la main sur mes épaules et me tourna vers lui.

– Je suis désolé, pour Efron. Je ne pensais pas qu'il se comporterait comme ça avec toi, puisque tu es une Nightshade.

– J'avais entendu parler de ses habitudes, mais

je ne prenais pas les rumeurs au sérieux. Je n'arrive pas à croire que Sabine l'encourage.

– Tu ne devrais pas juger Sabine, dit-il en enlevant ses mains et en commençant à s'éloigner.

– Pourquoi pas ? m'écriai-je en le poursuivant au milieu des corps entremêlés sur la piste. Ren, attends.

Il finit par s'arrêter au bas de l'escalier, mais sans me regarder.

– Sabine divertit Efron pour qu'il ne s'en prenne pas à Cosette. Cosette est jeune et notre maître la terrifie. Sabine se montre très protectrice à son égard, et elle a beaucoup sacrifié pour elle. Alors maintenant elle est blasée. Ça se comprend, je trouve.

Il ne cessait de serrer et de desserrer les poings.

– Elle peut aider Cosette… à sa façon. Moi, non, conclut-il.

– Oh ! mon Dieu, m'exclamai-je, prise de nausée. Je suis désolée, Ren. Je n'aurais pas dû dire ça.

– Ne t'en fais pas pour ça. Tu ne pouvais pas savoir. Je suis simplement content que tu sois sous la responsabilité de Lumine, conclut-il en commençant à gravir l'escalier.

Lorsque nous sommes arrivés à l'étage, Bryn a jailli de la foule.

– Calla !

Ansel la suivait de près, rayonnant.

– Où étais-tu ? demanda-t-elle en me prenant par la taille. Tu es en train de rater une fête géniale.

Alors, elle vit l'expression de mon visage.

– Que se passe-t-il ?

Je n'arrive pas à tenir Ren à distance, même s'il le faut, je suis terrifiée par Efron Bane et je n'arrête pas de penser à un garçon qui est encore plus mystérieux maintenant que lorsque j'ignorais son nom.

Je me suis forcée à sourire.

– Rien, on parlera plus tard.

Elle a hésité, dubitative.

– Allez, Bryn, lançai-je en la serrant contre moi. Amusons-nous ! Faut-il que je demande à mon frère de me faire danser ?

Ansel sourit et m'entraîna au milieu de la foule. Il me souleva et me fit faire des cercles rapides. Lorsque je reposai les pieds à terre, je me mis à tourner sur moi-même, laissant le rythme frénétique de la musique chasser tout le reste.

De la fumée emplissait la salle, tourbillonnant à nos pieds. Elle s'enroulait autour de moi comme de la soie chatoyante dans un kaléidoscope de couleurs vives. Elle sentait bon le chèvrefeuille et le lilas. Une agréable sensation s'est propagée dans tout mon corps.

Un rire musical a attiré mon attention vers les danseuses de l'estrade, qui faisaient des pas rythmés et synchronisés tout en tournant de plus en plus rapidement, rejetant la tête en arrière et soufflant par leurs lèvres rouge sang. Un brouillard s'échappait de leurs gorges et flottait vers nous. J'ai observé cette scène étrange, me demandant s'il n'était pas dangereux d'inhaler le souffle d'un succube.

La musique a ralenti, devenant plus sombre, plus lancinante. Bryn a fermé les yeux ; elle faisait des ronds sur elle-même, lentement, ses bras dessinant dans les airs des formes élaborées. Ansel la regardait, fasciné.

Mes paupières se sont closes, mes cils ont caressé mes joues. J'ai laissé la vibration du sol remonter dans mes jambes, guider les cercles et les ondulations de mes hanches alors que la musique liquide m'enveloppait. J'ai sursauté lorsque des mains venues de derrière m'ont enserré la taille.

— Ta façon de bouger est vraiment incroyable, dit Ren en me pressant contre lui.

Ses doigts ont glissé le long de la courbe de mes hanches, nos corps se sont balancés au rythme marqué de la basse. J'ai eu l'impression de me fondre dans la ligne étroite et dure de ses hanches, et cette sensation menaçait de me submerger. Nous étions cachés au milieu de la foule, non ? Les Gardiens ne pouvaient donc pas nous voir.

J'ai essayé de calmer ma respiration. J'ai fermé les yeux et me suis laissée aller contre son corps ; ses doigts pétrissaient mes hanches, caressaient mon ventre. Mon Dieu, c'était bon.

Mes lèvres se sont entrouvertes et le voile brumeux s'est glissé entre elles. Le goût de boutons de fleurs prêts à s'épanouir a empli ma bouche. Je n'avais plus qu'une seule envie, me dissoudre dans Ren. La puissance de mon désir m'a terrifiée. Je ne savais pas si le besoin de me rapprocher de lui venait de mon propre cœur ou de la magie des succubes.

J'ai commencé à paniquer lorsqu'il a appuyé ses lèvres sur ma nuque. Mes yeux se sont ouverts et je me suis forcée à me concentrer malgré la chaleur suffocante. Ses canines acérées griffaient ma peau sans la faire saigner. Mon corps s'est mis à trembler et j'ai pivoté dans ses bras. J'ai repoussé sa poitrine, mettant de la distance entre nous.

— Je suis une combattante, pas une amante, haletai-je.

— Ne peux-tu pas être les deux ? demanda-t-il avec un sourire qui me coupa les jambes.

J'ai détourné les yeux, essayant de me concentrer sur les dessins, semblables à de la dentelle, que traçaient les projecteurs sur la piste de danse. Cela ne m'a pas aidée. Mon corps me paraissait étranger, brûlant et sauvage. Même si nous étions cachés, je ne voulais pas de ça. Pas maintenant. Je ne succomberais pas à Ren. Si nous devions diriger la meute ensemble, il me fallait son respect.

— Je ne suis pas l'une de tes groupies, lançai-je en le repoussant de nouveau.

— Bien sûr que non, dit-il en revenant vers moi. Je ne t'ai jamais considérée ainsi.

Ses mots s'enroulaient autour de moi, doux et apaisants.

Il passa les doigts sur ma joue. Son autre main s'est posée sur ma taille, et il a caressé le creux de mes reins, là où une bande de peau nue ressortait entre mon corset et mon jean. Mes membres se sont mis à trembler. Ma propre faiblesse me faisait horreur.

Il s'est penché en avant, traçant avec son pouce le contour de ma lèvre inférieure. Je commençais à me noyer dans la chaleur et la fumée lorsque j'ai réalisé qu'il voulait m'embrasser.

— Non ! m'écriai-je en m'écartant.

Mon corps voulait qu'il me touche, mais mon esprit s'affolait.

– Sérieusement. On ne peut pas.

Le cœur tambourinant, je me suis frayé un passage entre le mur de danseurs pour échapper à ses avances. J'ai risqué un coup d'œil derrière moi et j'ai eu envie de rentrer sous terre en voyant son expression stupéfaite. J'allais me retourner lorsque j'ai vu des bras remonter sur sa poitrine. Sabine a collé son corps contre le sien, l'attirant dans la foule en mouvement.

Voilà exactement pourquoi tu ne peux pas m'avoir, Ren. Je ne partage pas.

Je suis retournée vers les canapés dans le coin. J'ai attrapé ma veste et j'ai filé vers l'escalier.

Sept

Je sentais encore les vibrations de la basse sur le trottoir, devant le club, alors que j'hésitais à appeler un taxi pour rentrer.

— Euh, salut. Calla?

Shay Doran est sorti de l'Éden, arborant un sourire timide. La nuit froide m'a soudain paru plus douce. J'ai envisagé de partir en courant.

Les Gardiens veulent que tu prennes soin de lui. Ne panique pas.

— Hé, fis-je en lui rendant son sourire. Comment vas-tu, Shay?

— Bien. Je vais bien, répondit-il en tirant nerveusement sur l'ourlet de sa veste cintrée. Tu viens souvent à l'Éden?

— Pas vraiment. Mes amis et moi étions invités ce soir. Je suis surtout venue par obligation.

J'aurais préféré être au fond de mon lit plutôt que là, dehors, avec cet humain étrange.

Un rire soulagé s'échappa de sa gorge.

— Oui, moi aussi. Bosque pensait que je passerais un bon moment, mais les boîtes de nuit, ce n'est pas mon truc.

— Non? C'est quoi ton truc?

— Eh bien, mon oncle est convaincu que je suis un militant de Greenpeace en herbe, dit-il en souriant, avant de soupirer. Je préfère toujours être dehors. Je fais de la randonnée. Mais tu le sais déjà.

Il eut soudain l'air apeuré. Je passai la langue sur mes lèvres et ne répondis rien. Il se hâta de reprendre la parole.

– Et j'aime lire. Beaucoup de philosophie, de livres d'histoire, de bandes dessinées.

– Des bandes dessinées ?

L'image inattendue de Shay entouré de volumes de Platon, d'Aristote, de saint Augustin et de Spider-Man m'amusa.

– Oui, dit-il, les yeux brillants. Je suis fan des *Sandman*, même si ce sont plutôt des romans graphiques. Et sinon j'aime bien les comics Dark Horse, comme Hellboy ou Buffy…

Il se tut en voyant mon regard vide.

– Tu n'as aucune idée de ce dont je te parle, n'est-ce pas ?

– Désolée. Je lis plutôt des romans.

– Ça me va aussi. Quel est ton livre préféré ?

Un taxi passa devant nous. *Je devrais vraiment y aller.*

– Ah, trop personnel, demanda-t-il en haussant les sourcils. La relation entre une fille et son roman préféré peut effectivement être complexe.

Le taxi tourna au coin de la rue. *Raté.*

– Non, c'est juste bizarre de parler comme ça à la sortie d'une boîte de nuit.

– C'est vrai, approuva-t-il en regardant le videur imposant devant la porte. Tu veux aller prendre un café ?

Je me demandais si j'avais bien entendu. *Un garçon vient de m'inviter à sortir. Personne ne m'invite à sortir. C'est interdit.* Je me suis sentie rougir. Puis je me suis souvenu qu'il n'était pas au courant.

– J'ai cherché les meilleurs endroits pour lire tard le soir à Vail, reprit-il. Il y a un café internet ouvert 24/24 h à deux pas d'ici.

– Je connais cet endroit.

Si je suis censée le surveiller, alors je ne violerai pas vraiment les règles, si ?

Il se balançait sur ses pieds en attendant ma réponse.

J'ai repensé à Ren sur la piste de danse.

– *Les Garennes de Watership Down.*

– Quoi ?

– Mon roman préféré.

– Ce n'est pas un livre avec des lapins ? demanda-t-il d'un air méprisant.

– C'est un livre sur la survie. Je t'en parlerai devant un café.

Je me mis en marche, et j'entendis le claquement de ses chaussures sur le trottoir alors qu'il se hâtait pour me rattraper.

– Lapins mis à part, au moins tu es originale.

– Excuse-moi ?

Je ne le regardais pas, continuant de marcher rapidement dans la rue déserte.

– Toutes les filles que je connais répondent : *Orgueil et préjugés.* Ou un autre roman de Jane Austen sur l'amour contrarié par les classes sociales, le conflit, et – attention, soupir languissant – le mariage.

– Je ne suis pas du genre Jane Austen.

Je ralentis pour qu'il ne soit pas obligé de me courir après.

— Non, c'est bien ce que je pensais.

Je distinguai une note d'amusement dans sa voix et je me sentis sourire.

Shay marchait les mains dans les poches.

— Tu sais, dit-il, avant de s'éclaircir la gorge, les grizzlys sont censés avoir disparu du Colorado.

J'ai gardé les yeux fixés sur le trottoir, resserrant ma veste autour de moi. *Rien n'est ce qu'il devrait être sur cette montagne. Les lois naturelles du monde ne s'appliquent pas ici.*

— J'aime faire de la randonnée. Je suis plutôt bon, à vrai dire. Et j'ai lu des livres sur la région avant de venir ici. Des pumas, peut-être, mais pas de grizzlys.

— Peut-être qu'ils sont de retour, rétorquai-je en haussant les épaules. Les mouvements de sauvegarde des animaux font de grandes avancées ces derniers temps.

— Non, je ne pense pas. Je te rappelle que je suis un militant de Greenpeace en herbe. Je sais que tu me prends pour un idiot, mais je n'en suis pas un. Et la randonnée, ça me connaît. Il n'aurait pas dû y avoir d'ours là où je marchais.

Il se tut, puis se lança.

— Ni de loup-garou.

Je me suis mordu la langue et j'ai rapidement avalé mon sang.

— Tu crois que je suis vraiment un loup-garou ?

Il ne s'intéresse à moi que parce qu'il me prend pour une sorte de monstre, pensai-je, rongée par la déception.

— Laisse-moi réfléchir : une fille super forte qui peut se transformer en loup, et qui traîne avec un groupe d'adolescents franchement effrayants se comportant comme une meute d'animaux. Est-ce que je me trompe de définition ?

– Ça dépend de ce que tu entends par loup-garou.

Je lui ai jeté un coup d'œil. Il a passé la main dans ses cheveux déjà décoiffés.

– Je pense que c'est à toi de me le dire. Les règles du monde auquel je suis habitué ne semblent pas s'appliquer ici. Ces derniers temps, j'ai l'impression de ne plus être sûr de rien.

Il s'arrêta brusquement et je me tournai vers lui. Mon souffle se bloqua dans ma gorge lorsque je vis son visage désespéré.

– Sauf que je devrais être mort, dit-il en frissonnant. Mais ce n'est pas le cas. Grâce à toi.

Il fit un pas vers moi, ses yeux scrutant mon visage, comme s'il cherchait quelque chose.

– Je veux savoir qui tu es.

Je sentais sa peur, mais j'étais intriguée par d'autres parfums plus attirants. Le clou de girofle, la pluie, les champs chauffés par le soleil. Je me suis penchée vers lui, observant la forme de ses lèvres, la lumière dans ses yeux vert pâle. Il ne me regardait pas comme si j'étais un monstre. Ses yeux débordaient de peur et de désir. Je me suis demandé ce qu'il voyait dans les miens.

Et je commence vraiment à penser que ce qui compte, c'est qui tu es, toi.

Incapable de résister, j'ai tendu la main, enroulant un doigt autour d'une mèche de cheveux qui tombait devant ses yeux. Il me prit la main, la tournant dans la sienne, touchant ma paume comme s'il craignait qu'elle ne soit pas réelle.

– Tu ressembles tellement à une fille normale.

Ses yeux passèrent sur mon visage et mes épaules. Il essaya de masquer son rapide coup d'œil à mon corset.

Bon sang, ce truc fonctionne vraiment.

J'ai imaginé d'autres endroits où ses mains pourraient s'aventurer. Cependant, je lui ai montré les dents, me dégageant de son emprise.

Il parut surpris.

– Tu vois, tu as des crocs quand tu es en colère. Il n'y a pas de doute, tu es bien un loup-garou.

Il s'est frotté les yeux, et je me suis rendu compte qu'il avait de grands cernes.

– Ou alors, je deviens fou.

La compassion m'envahit.

Je veux que tu me connaisses, Shay. Que tu me connaisses vraiment.

– Tu n'es pas fou, Shay, dis-je à voix basse.

– Alors tu es un loup-garou, murmura-t-il.

– Je suis une Protectrice, le corrigeai-je en regardant autour de moi, craignant qu'on ne m'entende.

– Qu'est-ce qu'une Protectrice ?

– J'ai besoin de savoir si tu as parlé à ton oncle ou à ses amis, comme Efron, de ce qui s'est passé dans la montagne.

Il secoua la tête.

– Comme je te l'ai dit, je craignais d'être fou. Je ne voulais pas en parler. Les choses sont telle-ment bizarres depuis que je suis arrivé ici.

Il replongea les mains dans ses poches.

– Et je n'avais pas le droit de faire cette ran-donnée. J'avais mes propres raisons pour aller là-haut, et je ne voulais pas que mon oncle soit au courant.

Le soulagement s'est déversé dans tout mon corps.

– Très bien, Shay. On va faire un marché.

J'ai hésité encore un moment. J'en avais déjà trop dit. J'aurais mieux fait de le planter là.

Mais je n'en avais pas envie. Je voulais quelque chose qui n'appartienne qu'à moi. Un frisson d'excitation me traversa.

– Si tu promets de ne raconter ni à Bosque ni à personne d'autre, et je dis bien à personne – ni au lycée, ni chez toi, ni sur les forums pour fans de Dark Horse – ce que je vais te dire, je t'expliquerai pourquoi les choses sont si bizarres à Vail.

Il hocha la tête avec un peu trop d'enthousiasme et je me suis demandé si je n'allais pas faire la plus grosse erreur de ma vie.

– Allons au café. Je me lancerai dans mes explications quand tu m'auras offert un espresso.

Je m'apprêtais à lui sourire lorsque je les ai vus. Deux hommes de l'autre côté de la rue, à quelques mètres derrière nous. Ils se sont appuyés contre un mur en tirant nerveusement sur leurs cigarettes. J'ai froncé les sourcils. Même s'ils discutaient, l'air de rien, j'aurais juré qu'ils nous avaient observés quelques secondes plus tôt.

– Viens.

Nous avons traversé la rue au bout du pâté de maisons. Shay allait à mon rythme, inconscient de ma soudaine nervosité. J'ai jeté un coup d'œil par-dessus mon épaule. Les hommes nous suivaient. J'ai reniflé l'air, mais le vent soufflait face à moi, si bien que je ne pouvais distinguer s'ils étaient humains... ou autres. Je me suis étiré les doigts en visualisant mentalement le plan du quartier.

J'ai penché la tête sur le côté et écouté. Je n'ai eu aucun mal à distinguer leurs propos bourrus.

– On ne peut pas être sûrs sans regarder sa nuque.

– Tu vas lui demander de baisser son col pour y jeter un coup d'œil ? Il correspond à la description et il sort du club du sorcier. Attrapons-le. Les questions attendront.

– Il n'est pas seul.

– Tu as peur d'une fille ? Sans doute une poule qu'il a ramassée sur la piste de danse. On assomme la fille, on enlève le garçon et on fiche le camp.

Je me suis étirée paresseusement et j'ai passé le bras autour de Shay, le rapprochant de moi. Un sourire curieux et séducteur est apparu sur ses lèvres. Il a de nouveau regardé mon décolleté prêt à éclater. Une douleur subite dans le bas de mon ventre m'a fait trébucher et le sang m'est monté aux joues. Alors, l'un des hommes a fait un bruit obscène, me ramenant à la réalité. J'ai secoué la tête et planté mes ongles dans l'épaule de Shay, m'efforçant d'attirer son attention.

– Il y a un problème. Ces types nous suivent.

J'ai pris soin de ne pas dire «te suivent». J'ignorais encore ce qu'il savait ou non de son lien avec notre monde.

– Quoi ? demanda-t-il en arrachant ses yeux de mes courbes et en commençant à tourner la tête.

– Non, sifflai-je. Continue de marcher. Regarde droit devant toi.

Lorsque je l'ai serré contre mon corps, son

cœur s'est mis à battre à tout rompre. Le mien aussi. Mes yeux se sont posés sur ses lèvres, en ont tracé le contour.

Arrête. Arrête. Arrête. Mon sang bouillonnait.

— Quand on arrivera au bout du pâté de maisons, lui murmurai-je à l'oreille, je veux que tu coures. Retourne au club. Dis au videur qu'il y a un problème. Il enverra de l'aide.

— Je ne vais pas te laisser toute seule, protesta-t-il.

— Oh si ! dis-je en lui souriant, faisant luire mes canines pointues à la lumière des lampadaires. Je peux me débrouiller, mais pas si je dois te protéger en même temps.

— J'ai un téléphone portable. Et si j'appelais la police ?

— Sûrement pas.

— Je ne partirai pas tant que tu ne m'auras pas promis quelque chose.

Il me fallut toute ma volonté pour ne pas le mordre à l'épaule comme s'il était un louveteau désobéissant. *Pourquoi n'a-t-il pas peur de moi ?*

— Quoi ? demandai-je, le cœur battant, autant affolé par la chaleur de son corps que par la possibilité d'une attaque.

— Retrouve-moi demain matin. Dans la montagne. Tu sais où.

— Ce n'est pas une...

— Retrouve-moi là-bas, me coupa-t-il. Promets-le moi, ou je reste.

Nous étions presque arrivés au coin de la rue.

— Pas demain ! Dimanche matin. J'y serai.

— Dimanche ? répéta-t-il en me prenant la main.

— Promis, chuchotai-je en pressant brièvement la sienne, avant de le pousser en avant. Fiche le camp, maintenant !

Il a souri avant de partir en courant. Puis j'ai entendu des bruits de pas précipités derrière moi. Je me suis retournée en écartant les bras pour leur bloquer le passage.

— Dégage, lança l'un des hommes d'un ton bourru.

Il a levé la main pour me pousser sur le côté. Je lui ai donné un coup de poing dans le ventre. L'air a explosé de ses poumons et il s'est plié en deux sous le coup de la douleur. J'ai enfin pu le sentir. Ce n'était pas un humain. *Des Chercheurs.*

Toute la chaleur de mon corps a disparu, remplacée par un courant glacé. Je n'arrivais pas à croire que je les avais laissés s'approcher aussi près. Une distraction qui aurait pu me coûter la vie. Shay était encore plus dangereux que je ne l'avais imaginé.

Le second homme s'est jeté sur moi. J'ai plongé sur le trottoir et je me suis transformée en loup. Une série de jurons lui a échappé.

— Ils font surveiller le gosse par des Protecteurs, Stu.

Le premier homme s'était remis ; il plongea la main dans son long manteau en cuir, les lèvres retroussées par le dégoût.

— Voyons voir ce que tu as dans le ventre, sac à puces.

Quelque chose scintilla dans sa main. Je le mordis au poignet avant qu'il ait le temps de réagir et le poignard tomba par terre. Montrant les crocs, je sautai sur lui. Son cri s'interrompit lorsque je refermai mes mâchoires sur sa trachée. Son sang coula dans ma gueule, tel du cuivre en fusion. Lorsque son cœur s'arrêta de battre, je relevai le museau.

L'autre Chercheur me regardait, le visage déformé par l'horreur. La tête à ras le sol, je me suis approchée de lui. Il a commis l'erreur de se retourner pour partir en courant. J'ai bondi comme une fusée et mes crocs ont arraché le tendon de son jarret. Il s'est écroulé par terre en hurlant, puis il a roulé sur le côté et levé la main. J'ai gémi lorsqu'un coup-de-poing américain s'est enfoncé dans mon épaule. Le choc, assez fort pour me blesser et me rendre furieuse, ne m'avait pas neutralisée. Je lui ai foncé dessus, le clouant au sol, les yeux fixés sur sa gorge palpitante.

Arrête!

Je me suis figée en entendant cette voix sèche traverser mon esprit. Deux aînés Bane sont arrivés en courant.

Efron le veut vivant, si c'est encore possible.

Ça l'est. J'ai repris ma forme humaine, et j'ai donné un violent coup de poing dans la mâchoire du Chercheur ahuri. Sa tête a cogné contre le trottoir. Ses yeux se sont révulsés.

Les Bane ont repris leur forme humaine. J'ai reconnu le videur imposant de l'Éden.

— Impressionnant, murmura-t-il.

J'ai haussé les épaules, grimaçant en sentant la douleur à mon épaule. Le videur s'est avancé vers moi.

— Blessée?

— Ce n'est rien, rétorquai-je, même si la douleur était plus intense que je ne l'aurais cru.

Il fronça les sourcils.

– T'a-t-il blessée avec son corps ou avec une arme ?

– Une arme, répondis-je en regardant la main du Chercheur inconscient. Émoussée, pas tranchante.

– Il va falloir qu'Efron t'examine. Les Chercheurs ensorcellent leurs armes. Ça pourrait être plus grave que tu ne le crois.

L'autre Protecteur a pris le corps mou du Chercheur dans ses bras. Le videur lui a fait un signe de tête.

– Allons-y. Porte de derrière. Préviens les gars de l'entrée : il faut que quelqu'un vienne se débarrasser du cadavre. Je vais aller chercher l'héritier Bane. Efron veut qu'il voie ça.

Je suivis les hommes robustes dans les rues désertes de Vail, jusqu'à une ruelle qui séparait la boîte de nuit d'Efron des autres commerces du pâté de maisons. Sous l'effet des battements de la musique et de la chaleur subite je ressentis des élancements dans mon épaule. Nous nous engageâmes dans une série de couloirs noirs couverts de placards jusqu'à une porte que je reconnus immédiatement. La suite privée d'Efron.

– Attends ici, m'ordonna le videur avant d'entrer.

Quelques instants plus tard, la porte s'ouvrit à nouveau et il passa la tête dans l'entrebâillement.

– Efron veut te voir.

Il tira la porte juste assez pour me laisser passer puis il sortit, la refermant derrière lui.

Efron Bane se tenait au centre de la pièce et discutait au téléphone. Logan, un sourire cruel aux lèvres, tournait autour du canapé, sur lequel on avait installé le Chercheur inconscient. Le Bane qui avait ramené mon assaillant au club surveillait la scène, immobile. Lumine était assise dans un fauteuil en cuir et sirotait un verre de cognac. La porte en chêne s'est ouverte une nouvelle fois et le videur est entré, suivi de Ren.

— Il paraît que tu as tué un Chercheur, dit-il en s'approchant de moi.

J'ai hoché la tête, passant par réflexe ma langue sur mes dents. Je sentais encore le goût de son sang.

— Je suis déçu d'avoir raté ça. Tu es blessée ? demanda-t-il, soudain inquiet.

— Un méchant bleu. Pas de quoi en faire un plat.

— Ah, Renier, lança Efron en glissant son téléphone dans sa poche. Merci d'être venu si vite. Cela devrait aller. Nous pouvons commencer.

— Où est Shay ? demandai-je.

— Bosque l'a reconduit chez lui. Cette rencontre avec vos assaillants — je crois qu'il les a qualifiés d'agresseurs — l'a sérieusement secoué, le pauvre enfant. Mieux vaut le mettre au lit, en sécurité.

— Bien sûr, approuvai-je, essayant de dissimuler ma confusion.

Alors les Gardiens voulaient que Shay demeure dans l'ignorance. Je ne comprenais pas quelle était sa place dans toute cette histoire. J'aurais aimé le voir pour m'assurer qu'il allait bien.

Efron s'est approché de moi ; je me suis forcée à rester calme.

– Mes gardes disent que le Chercheur a utilisé une arme contre toi.

J'ai hoché la tête.

– Où est la blessure ? demanda-t-il, les yeux plissés.

– Sur mon épaule.

– Enlève ta veste, ordonna-t-il.

Ravalant ma peur, j'obéis, laissant la veste glisser de mes épaules. Ce mouvement propagea une douleur terrible le long de mes muscles meurtris et de ma colonne vertébrale. Il prit mon bras dans ses mains rugueuses. Je retins un cri de souffrance. Ren se raidit, un grognement s'échappa de sa poitrine.

Efron jeta un coup d'œil à l'alpha, un sourire dédaigneux aux lèvres. Il examina la tache violet foncé sur mon épaule, marmonna un juron et fit signe à ma maîtresse. Lumine se leva et s'approcha. Elle retroussa les lèvres en voyant ma blessure. Efron hocha la tête.

– Leurs ensorcellements s'améliorent. Cela ne guérira pas tout seul.

Lumine prit mon menton dans ses doigts fins.

– Tu as besoin de sang de la meute. Où est Bryn ?

– Elle peut avoir le mien, dit Ren.

Lumine écarquilla les yeux.

– Comme c'est galant.

Elle sourit à Efron.

– Il semblerait que nos jeunes alphas sont déjà très liés, mon cher. C'est encourageant. Quoique j'espère que tu ne t'es pas montré… inconvenant avec une fille de ma meute, Ren, ajouta-t-elle en s'humectant les lèvres.

— Certainement pas, maîtresse, rétorqua-t-il, les yeux pétillants.

Logan, cessant de surveiller le Chercheur, s'approcha de son père.

— Que se passe-t-il ? demanda-t-il, son regard passant de moi à Ren, un sourcil levé.

— Ton alpha a proposé de guérir Calla en lui offrant son sang.

La voix d'Efron dégoulinait d'amusement hautain.

— Oh, j'ai toujours voulu voir comme cela se passait, dit Logan, un sourire moqueur aux lèvres. C'est un don tellement extraordinaire que possèdent les Protecteurs. Je le leur envie presque.

J'ai tremblé d'humiliation. Ren lui a lancé un regard noir, mais il n'a rien dit.

— Est-ce vraiment nécessaire ? demandai-je en regardant le tapis persan sous mes pieds.

Je connaissais déjà la réponse. La douleur commençait à faire tressaillir mon bras. J'avais la nausée ; j'avais l'impression que ma blessure était emplie de poison qui s'insinuait de mon épaule jusqu'à mon ventre.

— Les Chercheurs ont de toute évidence mis leur isolement à profit pour perfectionner leurs tecŸiques, dit Efron, et c'est regrettable. Il semblerait qu'ils aient trouvé un moyen d'affaiblir nos meilleures armes. À savoir toi et ta meute, Calla chérie.

Ren roula la manche de sa chemise.

— Ce n'est pas un problème, Calla.

Mais je ne veux pas me donner en spectacle devant eux ! Je me suis creusé la tête à la recherche d'une autre solution. Sans succès.

Avant que je puisse protester, Ren porta son bras nu à ses lèvres. Lorsqu'il le retira, des ruisseaux écarlates coulaient vers son poignet. Il a tendu le bras vers moi. J'ai tourné le dos aux trois Gardiens puis, inspirant profondément, j'ai pris son bras dans mes mains et couvert de ma bouche la blessure sur sa peau pâle. Son sang a coulé sur ma langue, dans ma gorge. Le liquide était chaud, sucré comme du miel, avec un petit goût fumé. Une chaleur pétillante s'est déversée dans mes veines. La douleur s'est calmée puis a disparu.

Ren prit ma tête dans sa main. Son contact me ramena à la réalité. Les joues brûlantes, je me tournai vers ma maîtresse. Elle hocha la tête en signe d'approbation, regardant mon épaule désormais intacte.

– Charmant, murmura-t-elle. Quel couple parfait. Nous nous sommes surpassés.

– Un bel héritage, en effet, approuva Efron en posant la main sur l'épaule de son fils.

Logan lui sourit puis nous regarda, Ren et moi, comme pour nous jauger.

Le videur apparut à côté de Ren et lui tendit une trousse de premier secours.

– Merci.

Ren arracha l'emballage avec ses dents et posa un bandage sur la marque de morsure.

– Maintenant que le problème est réglé, dit Efron en retournant vers le Chercheur, Lumine, voulez-vous faire les honneurs ?

Elle s'était avancée de quelques pas lorsque Logan s'est précipité vers le canapé.

– Puis-je ?

Ma maîtresse observa le jeune homme, puis sourit.

— Bien entendu, répondit-elle en lui faisant signe de s'approcher de l'homme inconscient.

Efron claqua des doigts. Les aînés Bane se placèrent de chaque côté du Chercheur, vigilants.

Logan posa les mains sur les tempes de l'homme. Ses lèvres remuèrent rapidement alors qu'il murmurait une incantation dont le sens m'échappa.

Le Chercheur ouvrit les yeux, inspira difficilement puis s'assit brusquement. Logan sourit et s'éloigna. L'homme parcourut la pièce de ses yeux affolés.

— Où suis-je ?

— Je pense que c'est plutôt à moi de poser les questions, mon ami, dit Efron en s'avançant.

Le Chercheur se recroquevilla sur le canapé. Les Bane rugirent, et il gémit comme un animal en cage.

— Ne vous approchez pas de moi.

— Est-ce une manière de traiter son hôte ? demanda Efron sans cesser d'avancer d'un pas tranquille vers l'homme tremblant. Après tout, vous êtes chez moi. Vous avez violé mon territoire.

— Il ne vous appartient pas, sorcier.

Le Chercheur cracha, sa peur remplacée par de l'indignation.

— Où est le garçon ?

— Ça ne vous regarde pas.

— Il n'est au courant de rien, n'est-ce pas ? Qui il est, que vous avez pris Tristan et Sarah ? Ce que vous allez faire ?

Il continuait de parcourir la pièce de son regard désespéré, qui tomba finalement sur moi.

– Alors c'est cette chienne, votre esclave, qui a tué Stuart.

Ren rugit et bondit en avant, se transformant en plein vol en loup gris foncé. Il s'approcha du canapé, ventre à terre.

– Non, dit Efron.

Ren s'immobilisa, sans quitter le Chercheur du regard.

Efron sourit froidement.

– Vous allez bientôt regretter qu'un Protecteur ne vous ait pas tué vous aussi. Mais je pense que nous pouvons vous trouver une mort plus intéressante. Toutes mes excuses, Renier. Je suis sûr que tu aimerais goûter la chair de notre ami. Je te promets que tu auras l'occasion de venger ta mère une autre fois.

Ren reprit sa forme humaine et revint se placer à côté de moi, le visage décomposé. Lumine traversa la pièce en souriant au prisonnier.

– Je n'ai pas peur de toi, sorcière, siffla le Chercheur en faisant un geste obscène.

– C'est tellement grossier, désapprouva Lumine en pianotant sur le canapé. Il est temps de vous apprendre les bonnes manières.

Elle leva la main et dessina une forme compliquée dans l'air. Lorsqu'elle eut terminé, un symbole enflammé resta suspendu devant elle. Le dessin se contracta, palpita deux fois, puis explosa. L'incarnation d'un spectre apparut devant elle.

Mon estomac se retourna et je fis un pas en

arrière, attrapant la main de Ren. Il entrelaça ses doigts aux miens et les serra très fort.

Le Chercheur fut projeté à terre.

– Oh mon Dieu !

– Il fait moins le fier maintenant, sourit Lumine.

Elle fit un petit geste du poignet. Le spectre glissa vers l'avant et s'enroula comme des bandes d'obscurité autour de lui. Il hurla et convulsa alors que la créature de l'ombre l'engloutissait.

– Maintenant, parlons de vos amis à Denver, voulez-vous ?

Efron s'éclaircit la gorge.

– Logan, et si tu raccompagnais nos fidèles Protecteurs, qu'ils aillent retrouver leurs amis ? Ils en ont fait plus qu'assez pour nous ce soir. Vous avez nos remerciements, jeunes alphas, dit-il en souriant lentement.

Ren hocha la tête puis m'entraîna vers la porte que Logan, nous précédant, déverrouilla et ouvrit pour nous.

– Amusez-vous bien, lança-t-il. Il faudra bientôt que nous parlions de la nouvelle meute.

Derrière nous, le Chercheur a hurlé de nouveau. Sans la musique assourdissante, son cri d'agonie aurait empli chaque recoin de la boîte de nuit caverneuse. Logan nous a fait un clin d'œil avant de refermer la porte.

Sans regarder derrière nous, nous nous sommes précipités à l'étage. J'ai repéré mes Nightshade au milieu de la foule en mouvement. Ansel et Bryn, se tenant par la main, tournoyaient à s'en donner le vertige. Neville et Mason faisaient un concours du meilleur danseur, encouragés par Sabine et

Cosette. Dax et Fey les observaient, légèrement à l'écart. La tête penchée, Dax lui murmurait quelque chose à l'oreille, et elle souriait d'un air narquois. Je me suis dirigée vers eux, mais Ren m'a retenue.

– Est-ce que ça va?

– Oui.

J'ai senti un contact léger à l'endroit où mon bleu s'était trouvé. Ren me caressait la peau en dessinant des cercles lents. La sensation provoquée par ses caresses subtiles est remontée par vagues dans mon corps. J'ai fermé les yeux, essayant de calmer les battements effrénés de mon cœur. *Pourquoi est-ce que je réagis ainsi chaque fois qu'il me touche?*

– Tu es sûre, Lily? me taquina-t-il.

Un rire rauque s'est échappé de ma poitrine lorsque j'ai entendu ce surnom détesté.

– J'en suis sûre. Et c'est grâce à toi.

Il m'attira à lui.

– Vas-tu danser avec moi maintenant, ou bien vas-tu encore t'enfuir?

Mes instincts de guerrière sont revenus au pas de charge.

– Si tu me laissais un peu respirer, je n'aurais peut-être pas besoin de m'enfuir!

Ren ôta ses mains de mes épaules.

– Pourquoi me détestes-tu, Calla?

– Qu'est-ce que tu racontes? demandai-je en secouant la tête.

– Je n'ai jamais rencontré une fille que ma compagnie répugnait autant, dit-il en détournant le regard, les mâchoires contractées.

– C'est ton problème.

Il recula comme si je l'avais frappé. Je regrettai d'avoir perdu mon calme.

– Je ne te déteste pas. J'essaie simplement de respecter les règles.

– Je comprends. La situation n'est pas idéale. Mais je me disais que, peut-être, ce qui se passe entre nous…

Ses mots se sont envolés, comme un brouillard emporté par un coup de vent. Il est passé d'un pied sur l'autre, puis il a repris la parole avec force.

– Tu as raison. Je vais te laisser tranquille. Mais je pense toujours que nos meutes devraient passer du temps ensemble. Surtout si Logan en prend le contrôle après l'union. Il est imprévisible. Nous devons être forts. Et ce nouvel arrangement ne semble pas les déranger.

J'ai hoché la tête, ne sachant quoi dire. Il a plongé ses yeux dans les miens. J'ai reculé, surprise par la dureté de son regard.

– Je ne t'embêterai plus. On avisera au moment de l'union.

J'ai baissé les yeux, le ventre serré. Je ne voulais pas qu'il abandonne aussi facilement.

– Ren, dis-je en relevant les yeux.

Mais il m'avait déjà tourné le dos. Je tendis la main un instant trop tard, et il disparut dans la foule.

Huit

J'ai à peine dormi cette nuit-là. Des rêves chao-
tiques ne cessaient de m'assaillir. Parfois, des
visions me tourmentaient : les doigts de Ren
sur ma peau nue, ses lèvres s'approchant des
miennes, sauf que cette fois je ne me détournais
pas. Shay m'attirant dans une ruelle, me poussant
contre un mur et m'embrassant jusqu'à ce que je
sois en feu. D'autres images me torturaient avec
une force cruelle : j'étais clouée au sol, Efron flottait au-dessus de moi ; puis ce n'était plus Efron,
mais un spectre. J'entendais hurler le Chercheur
et ensuite les hurlements devenaient les miens.

Le matin venu, j'ai frissonné, submergée
par l'épuisement. Je me suis cachée dans ma
chambre, enfouie sous une pile de couvertures
et d'oreillers, restant dans ma forteresse jusqu'à
ce qu'on frappe à ma porte. J'ai jeté un coup
d'œil à mon réveil : il était presque une heure de
l'après-midi.

– Oui ?

Mon père est entré et a refermé la porte derrière lui. Il avait les poings serrés.

– Je ne t'ai pas vue de la matinée, lança-t-il en
observant mes tours d'oreillers et mes remparts
de couvertures.

– Je ne me sens pas très bien, répondis-je en couvrant mon nez et ma bouche.

Seuls mes yeux étaient visibles. Il s'est crispé, jouant avec le bouton de la porte.

– Ansel m'a dit que vous étiez avec les Bane hier soir à l'Éden, commença-t-il d'une voix prudente.

Je me redressai sur les coudes en hochant la tête.

– As-tu rencontré Efron ? demanda-t-il, les yeux plissés.

– Oui.

J'entendis la révulsion dans ma propre voix.

– Est-ce que ça va ? ajouta-t-il, soudain incapable de me regarder.

– Oui, dis-je en m'asseyant, inquiète, en réalisant ce qui le préoccupait. Lumine était là aussi, ajoutai-je en serrant un oreiller dans mes bras.

– Ah oui ?

J'ai hoché la tête, me glissant à nouveau sous les couvertures.

– Est-ce que ça a toujours été comme ça ? demandai-je en regardant le plafond. Les Gardiens se sont-ils toujours servi des Protecteurs pour n'importe quel usage, pas seulement pour se battre ?

– Cela dépend des Gardiens. Efron a des goûts exotiques. Je suis sûr que tu t'en es rendu compte hier soir, répondit-il d'une voix bourrue mais résignée.

– Oui.

J'ai fermé les yeux.

– Mais c'est notre devoir de les servir. Les sites sacrés ne doivent pas être pris par les Chercheurs.

Le monde dépend de cela, et les Gardiens nous donnent le pouvoir de défendre ces sites. Nous ne pouvons pas nous opposer à eux, Calla. Même si certains aspects de nos maîtres ne nous plaisent pas.

– Je sais, dis-je en tournant la tête vers lui, sans oser poser les questions qui me taraudaient.

Et si nous avions Efron comme maître, et non Lumine? Si c'était moi et maman qu'il voulait et non les filles Bane? Que ferais-tu alors?

Ces horribles pensées menaçaient de me submerger, alors j'ai abordé un autre sujet.

– Il y a eu une attaque de Chercheurs hier soir.

– Nous avons appris ça ce matin. Félicitations pour ta première mise à mort. Ta mère et moi sommes très fiers de toi.

Il me sourit brièvement et je haussai les épaules. Il parut satisfait de ma réaction modérée à ses éloges.

– Il est probable que nos patrouilles s'intensifient bientôt. Je pense qu'ils envisagent d'utiliser votre nouvelle meute avant même que l'union soit officielle.

Il faut croire que tout le monde veut que la nouvelle meute voie le jour plus tôt que prévu.

– Logan Bane en a obtenu le contrôle en guise d'héritage, annonçai-je.

Il croisa les mains devant sa poitrine.

– C'est inattendu. Quoique je suppose que le fils d'Efron atteindra bientôt l'âge adulte.

– Sais-tu qui est Bosque Mar? demandai-je en fronçant les sourcils.

Il secoua la tête.

– Qui ça?

117

— C'est un Gardien. Il était à l'Éden hier soir, répondis-je en me rappelant notre étrange rencontre. Je crois que c'est lui qui a décidé que Logan dirigerait notre meute. Notre maîtresse s'est inclinée devant lui. Je ne l'avais jamais vue faire une chose pareille.

— Nous ne nous occupons pas de la hiérarchie du monde des Gardiens, dit-il sèchement. Ce sont leurs affaires. J'obéis à Lumine et à personne d'autre.

Il se mit à faire les cent pas devant la porte.

— Lorsque votre nouvelle meute sera formée, vous n'aurez de comptes à rendre qu'à Logan. Ne te mêle pas des affaires des Gardiens. Tu es une guerrière, Calla. Ne l'oublie pas et sois prudente. Ce genre de distractions ne peut que te faire du mal.

— Oui, bien sûr.

Je me suis recroquevillée sous mes couvertures. *J'ai été stupide hier soir ; mon père a raison. Ce que je veux n'a aucune importance. Je dois être forte. Rien de plus.*

J'ai mordu mon oreiller. *Je déteste les garçons.*

Il a observé ma retraite en fronçant les sourcils.

— Ta mère prépare le déjeuner. Te joindras-tu à nous ?

— OK.

Ma forteresse en coton n'y changerait rien : j'étais une guerrière et il était temps que je me comporte comme telle.

La mélodie carillonnante a résonné dans mes oreilles avant que mes yeux ne s'ouvrent. Les notes pénétraient par la fenêtre de ma chambre, que j'avais laissée entrouverte la veille, accompagnées d'un courant d'air mordant. Le gel. La première gelée de l'année. J'ai regardé mon réveil. Bryn arriverait dans une demi-heure pour notre patrouille hebdomadaire.

Comment vais-je me débarrasser d'elle ? Je mâchais mes flocons d'avoine en me demandant si Shay arriverait vraiment à gravir la montagne à une heure aussi matinale, quand Ansel est apparu en bas de l'escalier.

– Hé, frangine.

– Qu'est-ce que tu fais déjà debout ? demandai-je en regardant l'horloge, craignant d'être en retard.

Mais il n'était que six heures et demie. Nos patrouilles commençaient à sept heures.

– Je voulais savoir si je pouvais venir avec vous aujourd'hui.

Il s'efforçait de paraître nonchalant, mais il se servit du café d'une main tremblante. Le liquide noir éclaboussa le comptoir.

– Tu as patrouillé avec Mason hier, dis-je en le regardant essuyer le café avec une serviette en papier.

– Je sais, répondit-il rapidement. Je pense seulement qu'un peu de pratique me ferait du bien. Je veux dire, avec l'attaque d'hier, et tout ça.

Je me suis mordillé la lèvre.

– Oh, à vrai dire, j'allais donner sa journée à Bryn et patrouiller seule.

– Pourquoi ? demanda-t-il en s'asseyant à table, ses doigts tambourinant sur sa tasse.

J'inventai une excuse sur le vif.

— J'ai juste besoin de réfléchir. Et je réfléchis mieux quand je suis seule.

— Est-ce que ça va, Cal ? s'inquiéta-t-il en versant d'innombrables cuillerées de sucre dans son café.

— Comment tu arrives à boire ça ? lançai-je en frissonnant.

— Réponds à ma question, dit-il en portant la tasse à ses lèvres.

— Je vais bien.

— Maman a dit que tu avais passé la moitié de la journée au lit hier.

Il ajouta une autre cuillerée de sucre dans son café.

— Nous sommes sortis jusqu'à quatre heures du matin vendredi.

— Ne m'en parle pas. C'est moi qui ai dû me lever deux heures plus tard. Et Mason ne fait pas un compagnon de patrouille agréable quand il est fatigué. Grincheux comme pas deux. Il a même coupé en deux un lapin qui avait eu le malheur de le surprendre.

Il goûta une nouvelle fois son café. Cette fois, il sourit et en but une longue gorgée.

— Sérieusement, Cal. Est-ce que tuer ce Chercheur t'a perturbée ?

— Non.

Il prit un air dubitatif. Je soupirai.

— Je n'ai fait que mon travail. Il avait essayé d'attaquer Shay.

— Tu veux dire le nouveau dont tout le monde parle ?

— Oui, répondis-je en allant remplir ma tasse

à nouveau. Les Gardiens s'intéressent à son bien-être. Il vit avec eux.

Ansel me tendit sa tasse vide.

— C'est étrange. Et les Chercheurs ont essayé de l'attaquer ?

— Oui. J'en ai tué un. L'autre…

J'ai hésité avant de le servir.

— Tu veux que je ne la remplisse qu'à moitié pour laisser de la place pour le sucre ?

Il ne mordit pas à l'hameçon.

— Qu'est-il arrivé à l'autre ?

— Les Gardiens ont lâché un spectre sur lui.

Ansel a pâli.

— Qu'a-t-il fait ?

— Je ne sais pas exactement. Efron nous a renvoyés. Mais j'ai eu l'impression que leur interrogatoire allait devenir très efficace.

— Je suis content de ne pas avoir vu ça, lança-t-il en recommençant le rituel du sucre.

— J'aurais préféré éviter, moi aussi. C'est en partie pour ça que je suis restée au lit hier.

— Quoi d'autre ?

— Je suis inquiète au sujet de Logan, répondis-je en scrutant la surface noire de mon café.

— Pourquoi ça ?

Il se leva et alla dans le garde-manger remplir le pot de sucre qu'il avait vidé.

— Il va prendre le contrôle de la nouvelle meute.

Un fracas retentit dans le garde-manger. Des grains brillants roulèrent par terre.

— Ansel ! m'écriai-je en allant chercher le balai.

— Désolé, marmonna-t-il en faisant un tas avec le sucre. Sérieusement ? Logan ? Ni Efron ni Lumine, ni même eux deux tour à tour ?

— Réjouis-toi que ce ne soit pas Efron, dis-je en lui tendant la pelle.

Il remarqua mon expression lugubre.

— Pourquoi ?

Je balayai lentement, serrant le manche de toutes mes forces.

— À cause de Sabine ? demanda-t-il à voix basse.

Je me figeai.

— Tu es au courant ?

— Neville l'a dit à Mason, qui me l'a dit.

— Moi je l'ai appris par Ren, ai-je ajouté doucement, avant de me remettre à balayer.

— Mason dit que Ren le vit très mal. Ce n'est pas une information de première main, mais je le crois. Il ne peut pas protéger Sabine d'Efron. Je n'arrive pas à imaginer ce que ça doit représenter pour un alpha. Il a beau s'agir de son maître, l'instinct de Ren le pousse à protéger les membres de sa meute.

Je ne répondis pas.

— Qu'est-ce que tu en penses ? insista-t-il.

— Pour la première fois, je me suis sentie heureuse que Lumine soit notre maîtresse. Et j'espère que Logan est différent. Ren dit qu'il n'est pas comme son père, mais qu'il est imprévisible.

Il haussa les épaules.

— Logan est forcément différent de toute façon. Je veux dire, il ne voudrait pas…

La porte d'entrée s'est ouverte et Bryn a bondi dans la cuisine.

Ansel s'est redressé brusquement, et le sucre dans la pelle est à nouveau tombé par terre. J'ai poussé un grognement.

— Oh, désolé, lâcha-t-il en me jetant un regard penaud et en me prenant le balai des mains.

— Prête pour le grand air, Cal ? demanda Bryn en souriant, avant de regarder par terre. Que s'est-il passé ?

— Ansel pense que le café se boit avec autant de sucre que de liquide, lançai-je en souriant à mon frère rougissant. Il s'est un peu laissé emporter.

Bryn a ri et s'est tournée vers la porte.

— Hé, attends une seconde, dis-je en la prenant par le bras.

Elle haussa un sourcil, surprise.

— J'aimerais courir en solo aujourd'hui, ajoutai-je d'une voix que j'aurais aimée neutre. Ça ne te dérange pas ?

— Quoi ?

— Je préférerais patrouiller seule, répétai-je, cherchant en vain une bonne raison.

Minable, Calla, minable. Elle ne va jamais avaler ça.

— Je vois, lâcha-t-elle en s'asseyant à la table. Alors tu as rendez-vous avec Ren ?

— Quoi ?

— Quoi ?! s'exclama Ansel, qui sursauta et renversa encore le contenu de sa pelle.

Il poussa un juron, mais ne reprit pas le balayage.

Mes yeux sont passés de Bryn à mon frère.

— Je n'ai pas rendez-vous avec Ren.

Je ne m'étais pas attendue à ça, mais je me suis rendu compte qu'il n'en faudrait pas plus pour tenir Bryn à distance. Même si ça devait me coûter une semaine de taquineries de leur part.

— Vraiment ? demanda Bryn en jouant avec le

pot de sucre vide sur la table. Vous aviez pourtant l'air de bien vous entendre à l'Éden. C'est un super danseur. N'est-ce pas, Ansel ?

Elle lui fit un clin d'œil, auquel il répondit par un sourire narquois.

Je les ai foudroyés du regard.

– Je n'ai PAS rendez-vous avec Ren.

Il me fallait protester, pour que la théorie de Bryn soit crédible.

– Bien, sourit-elle, ses yeux me disant qu'elle ne me croyait pas du tout, ce qui, dans ce cas, me rendait bien service. Tant mieux car, tecŸiquement, les règles interdisent à deux alphas de patrouiller ensemble. Tu sais, au cas où quelque chose arriverait et où vous seriez tous les deux tués.

– *TecŸiquement*, nous ne sommes pas encore les alphas de la nouvelle meute, répondis-je brusquement. Nous sommes toujours un Bane et une Nightshade.

– Donc tu as bien rendez-vous avec lui, s'entêta-t-elle avec un sourire si large que j'ai cru que son visage allait craquer.

– Non !

J'attrapai la cuillère à sucre des mains d'Ansel et je la lui jetai. Elle l'esquiva sans peine.

Mon ventre se serra douloureusement. J'étais presque certaine que, lors de cette soirée à l'Éden, j'avais réussi à éloigner l'alpha Bane de moi.

Bryn se dirigea en riant vers le placard.

– Peu importe, conclut-elle en prenant une tasse. Si tu veux y aller toute seule, ça ne me pose pas de problème. Quoi que tu veuilles faire là-bas.

Je me suis rassise pour terminer mon café sans cesser de la contempler d'un air mauvais.

Ansel finit enfin par jeter le sucre à la poubelle.

— Alors, Bryn, lança-t-il en prenant le pot de sucre et en retournant le remplir dans le garde-manger. (J'étais étonnée qu'il en reste encore vu la quantité qu'il avait renversée par terre.) Si tu ne patrouilles pas aujourd'hui, tu veux bien me rendre un service?

Elle but une gorgée de café et plissa le nez.

— À condition que tu me donnes du sucre, c'est trop amer. Je ne sais pas comment tu fais pour boire ça pur, Calla. Tu assures.

— C'est pour ça que je suis ton alpha.

Ansel revint à la table en brandissant le pot plein.

— Arrête de le balancer dans tous les sens, marmonnai-je, tu vas encore le renverser.

— Gentil garçon, dit Bryn.

Il ouvrit un tiroir et lui lança une petite cuillère.

— Merci, dit-elle en versant trois tonnes de sucre dans sa tasse. Alors, c'est quoi ce service?

— Si vous étiez humains, vous seriez tous les deux diabétiques, commentai-je, atterrée.

Ansel rit, avant de regarder Bryn. Il avait l'air nerveux.

— Euh, tu as eu Mlle Thorntorn en anglais quand tu étais en seconde, non?

— Tout le monde l'a eue, répondit-elle en remuant son café. C'est le seul professeur d'anglais pour les secondes.

— Oh oui, c'est vrai. On est en plein chapitre sur la poésie, et je n'y comprends rien.

— Hum, hum.

Elle goûta son café, fit la grimace et le sucra encore. Après un rapide coup d'œil à l'horloge, je me levai et allai poser ma tasse dans l'évier.

– Je sais que tu écris de la poésie, continua Ansel, le regard plongé dans les profondeurs de sa tasse. Alors je me suis dit que tu pourrais peut-être m'aider.

Bryn haussa les épaules.

– Bien sûr. Puisque Calla m'a laissée tomber pour son nouveau petit copain, je suis libre.

Ma tasse a cogné contre l'évier.

– Ce n'est pas mon petit copain.

Elle m'a ignorée.

– Tu sais, Ansel, si tu veux vraiment de l'aide en poésie, tu devrais en parler à Neville. D'après ce que j'ai entendu, il est meilleur que moi. Il a même publié quelques poèmes.

– Oui, oui. Je lui en parlerai, mais je dois rendre mon devoir demain et tu es là.

– Vu sous cet angle…

– Ravie que vous fassiez quelque chose d'utile aujourd'hui, m'exclamai-je en sortant comme un ouragan.

Je les entendis rire alors que je me transformais en loup et fonçais dans le bois derrière chez nous. Je gravis le versant est de la montagne. La terre gelée me mordait les pattes. Je savais où j'allais et je ne m'arrêtai qu'une fois arrivée à destination. Lorsque j'atteignis la crête, je m'assis sur mon derrière. Il était là, m'attendant tranquillement, ce qui ne me surprit pas autant que je l'aurais cru. Je l'observai un moment depuis mon point de vue surélevé, en considérant les différentes options. Finalement, je me levai et sautai, atterrissant à quelques pas de lui. Il poussa un cri de surprise et se releva.

Je le dévisageai en silence, immobile. Il plissa les yeux, puis il tendit lentement la main, faisant quelques pas en avant. Je grognai et tentai de lui mordre les doigts. Il recula et jura. Je repris ma forme humaine.

— Tu es un homme mort, lançai-je en pointant sur lui un doigt accusateur. N'essaie jamais, jamais de caresser un loup. C'est insultant.

— Désolé, dit-il d'un air chagrin, avant de rire. Bonjour, Calla.

— Bonjour, Shay.

Neuf

— Je suis surprise que tu sois venu, dis-je en faisant les cent pas, mal à l'aise, et en scrutant l'orée de la forêt qui nous entourait. Tu dois être matinal. Pourquoi voulais-tu me retrouver ici ?

Ce qui m'inquiétait surtout, c'était pourquoi je voulais tant qu'il soit là, moi.

— Pas tant matinal qu'insomniaque. J'essaie de comprendre la folie dans laquelle je suis tombé. Et puis, j'étais censé t'offrir un café.

Il ouvrit son sac et en sortit un thermos et une petite tasse en fer-blanc.

Je frissonnai, mais la froideur matinale n'y était pour rien.

Avec un sourire taquin, il me servit une tasse du liquide noir comme du goudron et me la tendit.

— Espresso ?

— Merci, dis-je en riant. C'est ce que j'appelle de la randonnée de luxe.

— Uniquement dans les grandes occasions.

— Tu n'en veux pas ? demandai-je en regardant ses mains vides.

— Je me suis dit qu'on pourrait partager la même tasse. Je te promets que je n'ai pas la gale !

Je souris, fascinée par la manière dont le soleil

faisait ressortir les mèches dorées dans ses cheveux châtains, légèrement ondulés.

– Calla ? Ça va ? demanda-t-il en se penchant vers moi.

J'aurais voulu qu'il m'empoigne comme dans mon rêve.

Détournant le regard, je bus une gorgée de café. Il était extrêmement fort et absolument délicieux.

– Tu sais, la plupart des gens ne retournent pas à l'endroit où ils ont failli mourir. On pourrait même dire que ceux dotés d'un peu de sagesse l'évitent.

Je lui tendis la tasse. Ses doigts effleurèrent les miens et ma peau se mit à me picoter, chaude, vivante. Lorsque ses lèvres touchèrent le métal, je frissonnai, comme si c'était moi qu'il avait embrassée. *Est-ce à cela que ressemble un baiser ? La même électricité que quand nos mains se touchent, mais sur les lèvres ?*

– Je ne suis pas comme la plupart des gens, dit-il en s'asseyant en tailleur.

– Non, c'est vrai, acquiesçai-je en m'asseyant face à lui.

– Je ne manque pas de sagesse, cependant, ajouta-t-il en souriant. Je pense que l'ours va éviter cet endroit pendant un bon moment. Tu es un loup très effrayant.

– Et cela ne t'inquiète pas ?

Il s'appuya sur les coudes et allongea les jambes.

– Si tu voulais me manger, tu l'aurais déjà fait.

– Je ne mange pas les gens.

– CQFD.

Il leva le visage vers le ciel, laissant le soleil le réchauffer.

— Tu devrais quand même avoir peur de moi, murmurai-je.

— Pourquoi ? demanda-t-il en arrachant une fleur sauvage fanée.

— Parce que je pourrais te tuer.

— L'ours m'aurait tué, rétorqua-t-il en pliant la tige de la fleur entre ses doigts. Tu l'en as empêché.

Je n'aurais pas dû. Ces mots sont restés coincés dans ma gorge. J'ai regardé les petites boucles de ses cheveux, le doux sourire sur ses lèvres. *Comment aurais-je pu le laisser mourir ? Il n'a rien fait de mal.*

Il prit mon silence pour un besoin d'explications.

— Tu m'as sauvé la vie. Chez moi, c'est un signe que tu mérites ma confiance.

— Ça se tient. N'empêche que tu ne devrais pas être là.

— Nous sommes dans un pays libre.

— Nous sommes dans un pays capitaliste et ceci est une propriété privée.

Il observa un moment la petite fleur avant de l'écraser entre ses doigts.

— Ta propriété ?

— Pas exactement. Mais j'en suis responsable.

— Toi seulement ?

— Non, et c'est une des raisons pour lesquelles tu ne dois plus jamais revenir ici. En général, je ne suis pas seule.

— Tu es avec qui ?

— Bryn.

Je me suis allongée par terre. Le soleil matinal

s'avivait, projetant des rais de lumière sur le sol gelé.

— Petite, cheveux blonds et bouclés, qui n'a pas la langue dans sa poche. Tu l'as vue au lycée.

— Oui.

Je lui fis signe et il me tendit la tasse. Nos doigts ne se touchèrent pas, et j'essayai d'ignorer ma déception.

— C'est aussi un loup-garou ?

Mes lèvres se figèrent sur le bord de la tasse.

— Désolé, désolé. Je veux dire, euh, une Protectrice ?

— Oui, dis-je en sirotant l'espresso et en détournant le regard.

— Mais vous pouvez vous transformer en loup ? Quand vous voulez ? Même quand ce n'est pas la pleine lune ?

Il tendit la main, comme pour parer un coup.

— Je ne veux pas t'insulter, reprit-il. Dans ce domaine, je ne connais que les références de la culture populaire.

— Je comprends. La réponse est oui. Nous pouvons nous transformer quand nous le désirons. La lune n'a rien à voir là-dedans.

Il parut impressionné.

— Et il y a simplement une sorte de miroitement quand vous vous transformez. C'est intéressant. Je veux dire, vos vêtements ne partent pas en lambeaux.

À peine eut-il prononcé ces mots qu'il se mit à rougir.

Je faillis renverser ce qu'il restait de café.

— Désolée de te décevoir, murmurai-je, me sentant rougir à mon tour.

— Je voulais seulement dire…

Il agita les mains, ne sachant comment formuler sa question.

— C'est de la magie complexe, expliquai-je, évitant ce sujet gênant. Techniquement, je suis en permanence à la fois louve et humaine. Je choisis la forme que mon âme habite et je peux en changer librement. L'autre forme reste toujours là, invisible – un peu comme dans une autre dimension – jusqu'à ce que je l'occupe à nouveau. Mes vêtements, les accessoires, tout ce qui allait avec ma forme humaine, ça ne change pas. Et je peux appeler des composants de chaque forme si j'en ai besoin. Par exemple, je peux aiguiser mes dents même quand je suis humaine.

Je me tus, réfléchissant un instant.

— Sans doute pourrais-je garder mes vêtements même quand je suis en loup, si j'en avais envie. Mais ça n'aurait aucune utilité, ce serait idiot.

— Hum…, fit-il en tendant la main. Je vais avoir besoin de café pour assimiler tout ça.

Je laissai mes doigts effleurer les siens.

— Sais-tu d'où tu viens ?

Il ne quitta pas ma main des yeux, même quand je la posai sur mes genoux. Mon cœur battait la chamade. Je pensai aux paroles de mon père et je serrai mes genoux contre moi.

Qu'est-ce que je fais là ? Je prends trop de risques.

Shay m'observait, calme mais curieux. Quand je croisai son regard, je sus que je ne voulais pas partir.

— D'après la légende, le premier Protecteur a été créé par un Gardien blessé au combat. Il était caché dans la forêt, terriblement faible, aux portes de la mort. Alors, un loup est apparu et lui a apporté de la nourriture, le protégeant des autres prédateurs de la forêt. Le Gardien a réussi à bander ses plaies tandis que le loup continuait de lui apporter de quoi se nourrir. Lorsqu'il a guéri, le Gardien lui a proposé de le transformer en Protecteur. Moitié humain, moitié animal, empli de magie ancienne. En échange de leur loyauté et de leurs services éternels, le Gardien subviendrait toujours aux besoins des Protecteurs et de leurs familles. Voilà comment a été créé le premier Protecteur ; depuis ce jour, nous sommes les guerriers des Gardiens.

– Qu'est-ce qu'un Gardien ? demanda-t-il en me regardant d'un air vide.

J'ai poussé un grognement, réalisant à quel point cette discussion pouvait être dangereuse. Je me sentais beaucoup trop à l'aise avec lui. Je lui dévoilais des choses sans même m'en rendre compte.

Il se pencha vers moi.

– Que se passe-t-il ? Certaines questions sont-elles interdites ?

– Je ne sais pas trop.

J'aimais le sentir proche de moi. Je humai l'excitation jaillissant de sa peau, une odeur sauvage de nuages orageux.

Une chaleur délicieuse tourbillonnait dans mon corps. Je plongeai les ongles dans mon jean. *C'est le café.* Je me repliai sur moi-même.

Il regarda mes membres tendus s'éloigner de lui.

– Prends ton temps. Je veux que tu me fasses confiance.

Ce n'est pas toi le problème. C'est à moi que je ne peux pas faire confiance.

Je ne voulais pas partir, mais je commençais à avoir peur. Si j'arrivais à contrôler la conversation, peut-être pourrais-je nous protéger tous les deux.

— Pour l'instant, disons simplement que les Gardiens sont les personnes devant lesquelles je dois répondre de mes actes. Maintenant, je peux te poser quelques questions ?

— Bien sûr.

Il paraissait ravi que je m'intéresse à lui.

Je ris.

— Je peux avoir un peu plus de café, d'abord ? On a déjà fini cette tasse.

— Bien sûr, dit-il en la remplissant.

— D'où viens-tu ?

J'avais voulu commencer par une question facile.

— De partout, marmonna-t-il.

— Partout ? répétai-je, les yeux plongés dans ma tasse. Ça ne me dit rien...

— Désolé. Je suis né en Irlande. Sur une île minuscule, au large de la côte. Mes parents sont morts lorsque j'étais bébé et Bosque m'a élevé comme son propre fils.

— C'est ton oncle ? demandai-je en l'observant attentivement.

Il hocha la tête.

— Le frère de ma mère.

C'est un mensonge, mais je me demande s'il le sait. Je me suis contentée de sourire, lui faisant signe de continuer.

— Bosque travaille dans l'investissement.

Consultant pour le gouvernement, je ne sais pas exactement quoi. Il gagne beaucoup d'argent, mais il doit voyager tout le temps. Je n'ai jamais passé plus de deux ans dans la même école. Nous avons vécu en Europe, en Asie, au Mexique et dans plusieurs villes des États-Unis. Ces deux dernières années, j'étais à Portland, puis Bosque m'a emmené au Colorado.

– Tu as dû mener une vie très solitaire.

Il haussa les épaules.

– Je n'ai jamais vraiment eu d'amis, du moins pas d'amis proches. Je pense que ça explique pourquoi je lis autant. Les livres ont toujours été de véritables compagnons.

Il se mit sur le côté, s'étendant par terre.

– C'est aussi pour ça que je fais beaucoup de randonnée. Je préfère la solitude à la foule. La nature m'attire beaucoup.

Il frissonna.

– Sauf quand je tombe sur un grizzly là où il ne devrait pas y en avoir. Puis-je te poser une question, maintenant ? demanda-t-il en me regardant avec intérêt. D'un ordre différent ?

J'ai bu la dernière gorgée.

– Bien sûr. Mais je n'ai pas terminé.

– Entendu. Il y a juste une chose que j'aimerais vraiment savoir.

Il s'est remis sur ses pieds et s'est redressé. Son mouvement m'a surprise, et je me suis levée d'un bond, laissant tomber la tasse.

J'ai reculé d'un pas quand il a enlevé sa veste North Face et ôté son T-shirt.

– Regarde, dit-il en passant la main sur sa poitrine.

135

– Oui, très joli, murmurai-je. Tu fais de l'exercice, non ?

L'afflux de sang chaud dans mes veines me brûlait.

Il a serré les dents.

– Arrête. Tu sais de quoi je parle. Aucune trace. Ni là, ni sur ma jambe. Cet ours m'a griffé profondément. Où sont les cicatrices ?

Je lui ai rendu son regard sérieux.

– Remets tes vêtements. Il fait trop froid pour prendre un bain de soleil.

J'avais toujours cru que mon corps était ma meilleure arme, fort, aussi résistant que le fer. Maintenant, mes membres se ramollissaient. Je ne pouvais détourner les yeux de la courbe de ses épaules, du V que dessinaient ses hanches au-dessus de son jean, du labyrinthe de lignes que formaient ses muscles sculptés, de son sternum à son abdomen.

– Vas-tu répondre à ma question ?

Il commençait à avoir la chair de poule, mais ne bougeait toujours pas.

J'aurais voulu m'approcher de lui et poser les mains sur sa peau, vérifier si son pouls était aussi rapide que le mien, sentir l'afflux de chaleur enivrant que provoquait en moi sa proximité.

– Oui, dis-je en lui montrant sa veste, trop effrayée pour m'approcher de lui. S'il te plaît, rhabille-toi.

– Je t'écoute, lança-t-il en me tournant le dos.

Il passa les bras dans les manches de son T-shirt. Puis il leva les bras pour y passer la tête, et mes yeux se posèrent sur le dessin sombre qu'il portait à la nuque. Je n'avais pas repensé à ce tatouage depuis que je lui avais sauvé la vie. Mais il était bien là, en forme de croix.

J'ai froncé les sourcils. *On ne peut pas être sûr sans regarder sa nuque.*

– J'attends.

Il ramassa sa veste et l'enfila. Je suis revenue au moment présent.

– Je t'ai guéri.

J'ai joint mes doigts pour lutter contre l'envie de le toucher.

– Je sais, lâcha-t-il en faisant un pas vers moi. Je l'ai senti quand j'ai…

Il hésita, son regard étonné parcourant lentement mon visage, puis il ajouta :

–… quand j'ai bu ton sang.

Mon cœur s'affola et je hochai la tête. Il me prit le bras. Ma peau me picota lorsqu'il remonta la manche de ma veste et de mon pull. Ses doigts coururent légèrement sur mon avant-bras, envoyant des frissons tièdes dans tout mon corps.

Cette sensation était à la fois étrange et familière. J'étais excitée comme avant de débuter une chasse. Avec Ren, mon désir naissait subitement, comme la colère ou un défi. Shay m'évoquait la lente brûlure de la passion, une chaleur blanche, insistante. Avec lui, il n'y avait plus de meute, de maître ou de maîtresse. Juste moi et ce garçon dont le contact me torturait à des endroits réservés à quelqu'un d'autre.

– Regarde, ajouta-t-il en effleurant l'endroit où je m'étais mordue. Pas de trace non plus.

Nous nous sommes regardés dans les yeux pendant quelques instants, puis j'ai retiré mon bras et redescendu la manche de ma veste sur ma peau fourmillante.

Tu ne peux pas faire ça, Calla. J'ai creusé la terre avec le bout de mon pied. *Tu sais que tu ne peux pas. Quoi que tu ressentes ici, tu n'es pas libre.*

— Je guéris très vite, murmurai-je. Mon sang possède d'exceptionnelles vertus guérisseuses. Comme celui de chaque Protecteur.

— Ça n'avait pas le goût de sang, rétorqua-t-il en passant la langue sur ses lèvres, comme s'il pouvait encore me goûter.

J'ai serré les bras sur ma taille. J'avais envie qu'il me goûte de nouveau, et pas que mon sang.

— Non, parce que notre sang est différent. C'est l'un de nos plus grands atouts. Les Protecteurs peuvent instantanément se soigner les uns les autres sur le champ de bataille. Cela nous rend presque indestructibles.

— Je veux bien le croire.

— Voilà son but, mais comme tu l'as vu, nous pouvons soigner tout le monde, dis-je en donnant un coup de pied dans un caillou. Seulement, nous ne sommes pas censés le faire.

Il regarda le caillou rebondir sur le sol.

— Alors pourquoi…

— Shay, s'il te plaît, écoute-moi. Le pouvoir de guérison des Protecteurs est sacré pour nous. Nous devons seulement nous guérir mutuel-lement. Ce que j'ai fait… Quand je t'ai sauvé, j'ai violé nos lois. Cela pourrait me coûter la vie si quelqu'un de mon monde l'apprenait. Tu comprends ?

— Tu as risqué ta vie pour me sauver ?

Il a fait un pas vers moi. Le sang battait à mes oreilles.

Il a pris mon visage entre ses mains, s'approchant jusqu'à ce que ses lèvres touchent presque les miennes. J'ai frémi. Alors que je le regardais dans les yeux, sentant son souffle chaud sur ma peau, j'ai su que je recommencerais s'il le fallait, quel qu'en soit le prix.

– Je n'ai jamais voulu te mettre en danger, Calla, souffla-t-il. Jamais.

J'ai posé mes mains sur les siennes. Ses doigts se sont agrippés aux miens.

– Mais l'autre loup ? Bryn. Elle était là. Elle sait.

– Elle est mon compagnon de meute, mon second. Sa loyauté est absolue. Elle ne me trahirait jamais ; elle préférerait mourir.

– Je ne te trahirai pas non plus, dit-il en souriant faiblement, encore secoué.

– Tu ne peux en parler à personne, ajoutai-je d'une voix que j'avais peine à maîtriser. S'il te plaît. Je perdrais tout.

– Je comprends.

Nous nous sommes tus. Le calme de la clairière amplifiait notre silence. Je voulais qu'il m'embrasse – j'aurais voulu qu'il sente le désir qui, je le savais, émanait de moi, tout comme le parfum grisant de passion qu'il dégageait. *Tu ne peux pas, Calla. Ce garçon n'est pas pour toi.* J'ai fermé les yeux, et il m'a paru un peu plus facile de m'éloigner de lui.

– Alors, puisque j'ai bu ton sang… est-ce que je vais me transformer en loup… euh, en Protecteur ? C'est pour ça que cela constitue une violation de vos lois ?

Je secouai la tête. Je crus voir un éclair de déception passer dans ses yeux.

– Tu lis trop de bandes dessinées, Shay.

Il sourit légèrement.

– Alors, dis-moi, comment devient-on un Protecteur? Je veux dire, à part la légende de vos origines.

– Eh bien, on peut nous créer normalement. J'ai des parents et un frère cadet.

Il parut surpris, ce qui me fit rire.

– Mais nos familles fonctionnent différemment, repris-je. Elles ne suivent pas la formule «tomber amoureux, se marier, avoir des enfants». Les nouvelles meutes de Protecteurs sont planifiées longtemps à l'avance. Mais s'il y a un besoin urgent de Protecteurs, on peut en créer. Les alphas peuvent transformer les humains.

– Les alphas?

Il fouilla dans son sac à dos et en sortit une barre de céréales.

– Les chefs de meute.

– Es-tu une alpha? Tu te comportes comme si tu étais le chef. Et tu as qualifié Bryn de «second».

– Oui, répondis-je, ravie de le voir aussi observateur.

– Comment transformes-tu un humain?

Il me fit signe de venir m'asseoir à côté de lui.

– Avec une morsure et une incantation.

Il me regarda, les yeux remplis de peur et de curiosité.

– Ne va pas te faire d'idées. Je ne mords que pour tuer.

J'ai souri et secoué la tête en voyant son mouvement de recul.

– On ne transforme des humains qu'en cas de grande nécessité, si on ne peut pas attendre qu'une meute élève ses enfants. Mais les Protecteurs qui ne sont pas nés de manière naturelle ne se sentent à l'aise dans aucune de leur forme. Il leur faut longtemps pour s'habituer.

– Qu'est-ce que tu entends par « avoir besoin d'eux » ?

Je me suis installée à côté de lui.

– Nous sommes des guerriers. Les guerres provoquent des pertes. Mais il n'y a pas eu de situation vraiment grave depuis plusieurs siècles.

– Qui peut t'ordonner de créer de nouveaux Protecteurs ?

Je me suis mordu la lèvre.

– Ma maîtresse.

– Ta maîtresse ?

– Lumine Nightshade. Tu la connais. Elle était avec Efron vendredi soir, dans son bureau.

Il hocha la tête, ses yeux reflétant son trouble.

– Elle a autorité sur ma meute, les Nightshade.

– Ta meute ? murmura-t-il. Il y en a plus d'une ?

– Il y en a deux. L'autre est celle d'Efron. Les Bane.

– Combien y a-t-il de Protecteurs ?

– Cinquante loups dans chaque meute, plus ou moins.

Il poussa un sifflement, s'appuyant sur ses coudes.

– La meute est toujours petite à ses débuts, continuai-je, puis on lui permet de s'agrandir avec le temps, si les alphas se montrent des guerriers et des dirigeants compétents.

– Est-ce que j'en connais? demanda-t-il en remettant la barre de céréales dans son sac, ayant changé d'avis.

– Tu as sans doute vu des adultes, mais tu ne pourrais pas les reconnaître à moins qu'ils ne changent de forme devant toi, ce qui est interdit. Les plus jeunes loups vont tous dans notre lycée. Les Nightshade sont mes amis, et ces derniers temps, on s'est mis à traîner avec les jeunes Bane.

Son expression s'est transformée alors qu'il assemblait les pièces du puzzle.

– Ren Laroche et son gang.

– Son gang? demandai-je en arrachant une poignée d'herbe que je jetai sur lui.

– Vous vous comportez un peu comme ça, dit-il en enlevant les brins de son pull et en secouant les cheveux pour en faire tomber la terre.

– Nous sommes des loups, pas un gang. D'ailleurs, les amis de Ren et les miens – les Nightshade – ne sommes que des enfants. Nos parents et les autres adultes forment les véritables meutes. Ils patrouillent jour et nuit dans la montagne. Nous ne les remplaçons que le week-end.

Il a pâli.

– C'est pour ça que si j'étais venu ici un autre jour de la semaine…

– Tu serais mort.

– Bien, lança-t-il en s'allongeant, regardant les nuages en mouvement au-dessus de nous. Pourquoi deux meutes?

– Les Bane patrouillent le versant ouest de la

montagne, nous la face est. Mais ça va bientôt changer.

– Pourquoi ?

– Les Gardiens vont créer une troisième meute.

Il se rassit.

– Une troisième meute ? D'où vient-elle ?

J'ai détourné le regard, mal à l'aise.

– De nulle part. Elle sera formée grâce à l'union des jeunes loups des deux meutes déjà existantes. La nouvelle génération de Bane et de Nightshade. Nous sommes la nouvelle meute. Pour l'instant nous ne sommes que dix. Comme je le disais, les meutes commencent toujours ainsi ; nous devrons faire nos preuves avant d'ajouter de nouveaux loups à nos rangs.

– Calla.

La violence de sa voix m'a forcée à le regarder. Il avait les doigts enfoncés dans la terre, les articulations blanchies par l'effort.

– Pourquoi n'arrêtes-tu pas de dire « nous » ?

– Ren et moi sommes les alphas de notre génération. Nous dirigerons la nouvelle meute.

Il plissa le front.

– Je ne comprends pas.

J'ai rougi et attrapé ma natte que j'ai tordue entre mes doigts.

– Qu'est-ce que tu sais sur les loups ?

– Ce sont des chiens, mais plus gros et plus forts ?

Il pâlit en voyant mon regard menaçant.

– Désolé. Je ne sais rien.

– OK. Pour simplifier, nos liens sociaux sont incroyablement forts et tournent autour de la loyauté aux alphas de la meute. Deux alphas

143

s'accouplent et dirigent leur meute. Chaque alpha a un bêta, notre second, en quelque sorte. Bryn est le mien et Dax celui de Ren. Les autres se conforment à cette hiérarchie et obéissent à nos ordres. L'affection qui nous lie nous rend féroces, tels les guerriers que nous devons être. Nous avançons ainsi dans le monde et nous accomplissons notre devoir envers les Gardiens. (J'eus un sourire ironique.) Et c'est sans doute pour ça que tu trouves que nous nous comportons comme un gang.

Cela ne le fit pas rire.

— Alors pourquoi as-tu décidé de former cette nouvelle meute ?

— Je n'ai rien décidé. Seuls les Gardiens ont ce pouvoir.

— Mais tu as dit que les deux alphas devaient s'accoupler ? rétorqua-t-il d'une voix tremblante.

J'ai hoché la tête, sentant la chaleur de mes joues descendre dans mon cou et dans mes bras. *Je dois lui dire ; il a le droit de savoir.* Mais je n'en avais pas envie. J'étais persuadée qu'il arrêterait de me toucher dès qu'il connaîtrait la vérité et, à cette pensée, je me sentais vide.

— Ne me dis pas que tu vas… *t'accoupler* avec Ren Laroche parce qu'on te l'a ordonné ?

— C'est plus compliqué que ça, dis-je en ramenant mes genoux contre ma poitrine, m'ancrant dans le sol. La seule raison pour laquelle Ren et moi, ainsi que tous les autres jeunes loups, sommes nés, c'est pour former la nouvelle meute. C'est pour ça que les Gardiens nous ont mis au monde. Ils ont arrangé les unions de nos parents comme ils arrangeront les nôtres, selon leur bon vouloir. C'est l'héritage de l'alliance entre les Gardiens et les Protecteurs.

Il se leva brusquement.

— Mais est-ce que tu sors avec Ren, au moins ?

— Ça ne fonctionne pas comme ça, expliquai-je en me levant à mon tour. Tu ne comprends pas. Nous ne devons pas… être ensemble avant l'union.

— L'union ?

Il se détourna, marmonnant et secouant la tête. Lorsqu'il me regarda de nouveau, il avait les lèvres pincées.

— Tu essaies de me dire que tu vas te marier ? Avec cet abruti ? Quand ?

— À la fin du mois d'octobre, lâchai-je en mettant les mains sur les hanches. Et ce n'est pas un abruti.

— Pourtant, il en a tout l'air ! Quel âge as-tu ? Dix-huit ans ?

— Dix-sept.

Il m'attrapa par les épaules.

— C'est insensé, Calla. Je t'en prie, dis-moi que tu ne vas pas faire ça. Ça t'est égal ?

J'aurais dû le repousser, mais ses yeux brillaient de tant d'inquiétude que je suis restée immobile.

— Non, bien sûr, répondis-je, incapable de détacher mon regard du sien. Mais cette décision ne m'appartient pas. Je sers les Gardiens comme l'ont fait et le feront toujours les Protecteurs.

— Bien sûr que cette décision t'appartient.

J'ai vu de la pitié sur son visage et la colère m'a envahie.

Je l'ai poussé. Il a perdu l'équilibre et il est tombé par terre.

– Tu ne sais rien de mon monde, crachai-je.

Il se releva avec une agilité surprenante.

– Peut-être, mais je sais que dire à quelqu'un qui il peut aimer ou non est absurde.

Malgré mon hostilité, il s'est approché de moi et m'a pris la main.

– Et cruel. Tu mérites mieux.

Mes doigts tremblaient entre les siens. Un liquide brûlant et importun s'est accumulé au coin de mes yeux. Des larmes aveuglantes ont coulé sur mon visage. *Pourquoi continue-t-il de me toucher ? Il ne comprend donc pas ?* J'ai arraché ma main de la sienne et j'ai reculé en titubant.

– Tu ne sais pas ce que tu dis, rétorquai-je en m'essuyant les yeux.

Mais le torrent salé ne voulait pas s'arrêter.

– Ne pleure pas, Calla, murmura-t-il en essuyant mes larmes. Tu n'es pas obligée de faire ça. Je me fiche de ces Gardiens. Personne ne peut contrôler ta vie à ce point. C'est dingue.

Je l'ai foudroyé du regard, lui montrant mes canines acérées.

– Écoute-moi, Shay. Tu es un imbécile. Tu ne sais rien. Tu ne comprends rien. Ne t'approche plus de moi.

– Calla !

Il tendit la main, ne reculant qu'en me voyant changer de forme et essayer de lui mordre les doigts. Il criait encore mon nom lorsque je me suis enfuie parmi les ombres de la forêt.

Dix

L'obscurité enveloppait le ciel lorsque, lasse, j'ai poussé la porte d'entrée. De tranquilles nocturnes au piano emplissaient la maison, bande-son des soirées de mes parents lorsqu'ils ne patrouillaient pas dans la montagne. Chopin, un verre de vin dans la main de ma mère, un whisky dans celle de mon père. Ce soir, mon père devait être blotti dans son fauteuil en cuir tandis que ma mère parcourait les bois près d'Haldis.

Mes épaules se sont affaissées lorsque j'ai gravi l'escalier. J'avais l'impression qu'on y avait posé un sac de sable. Tout ce que je voulais, c'était prendre un bain chaud, me coucher et ne jamais me réveiller.

Arrivée à la dernière marche, j'ai entendu une succession de chocs et de bruits de pas derrière la porte fermée de la chambre d'Ansel. J'allais frapper lorsque la porte s'est ouverte.

– Hé, Calla ! s'exclama Bryn, toute rouge.

Elle soutint mon regard pendant un bref instant. Quand elle détourna les yeux, les muscles de sa mâchoire tressaillirent nerveusement.

– Tu es encore là ? demandai-je.

Je fis rapidement le calcul. Je l'avais laissée à la table de la cuisine presque douze heures plus tôt.

Son regard se perdit dans le couloir. Elle tapota des doigts sur ses hanches.

– Euh, oui. J'étais… Tu sais… J'ai aidé Ansel avec ses devoirs de poésie.

– Je vois. Je suppose qu'il avait pris beaucoup de retard.

Un sourire apparut au coin de ses lèvres.

– Oh, je ne dirais pas ça.

– Merci de m'avoir aidé, Bryn! s'écria Ansel depuis sa chambre.

– À demain, Cal.

Elle se précipita dans l'escalier.

J'ai suivi sa sortie rapide, les yeux plissés, avant d'entrer dans la chambre de mon frère. Il était allongé sur son lit et tournait nonchalamment les pages d'une anthologie de littérature anglaise.

– Comment s'est passée la patrouille? demanda-t-il en faisant semblant de lire.

– Bien, répondis-je en m'asseyant au coin de son lit. Et comment s'est passée ta journée?

– Fantastique, ronronna-t-il.

– Et pourquoi ça, petit frère? rétorquai-je en prenant mon menton entre mes doigts.

Il s'assit, redressa les épaules et lança son livre si fort qu'il rebondit sur son lit et tomba par terre.

– J'espère que ce ne sont pas tes devoirs? lançai-je en désignant l'anthologie.

Il m'ignora.

– Il faut que je te parle, annonça-t-il en se redressant encore.

Je roulai sur le côté.

– Vraiment? Que se passe-t-il?

Il continua de me fixer sans cligner des yeux.

— C'est au sujet de Bryn et moi.

— Oui ?

Je haussai un sourcil et tirai sur le dessus-de-lit.
Une expression frustrée passa sur son visage.

— Je veux dire, Bryn *et* moi.

Oh mon Dieu! J'appréhendais ce moment depuis quelque temps déjà. *Pauvre Ansel.*

— J'ai bien entendu. Que se passe-t-il entre vous deux ?

— Je t'en prie, Calla. Tu veux vraiment que je te fasse un dessin ?

— Absolument.

Je savais ce qu'il allait dire, et pourtant j'espérais encore me tromper… pour notre bien à tous.

Des taches roses sont apparues sur son cou.
Il toussota.

— Je veux dire, tu n'as pas remarqué que… ?

Il secoua la tête et donna un coup de poing dans un oreiller, tellement fort que les coutures ont craqué. Des plumes d'oie se sont élevées autour de nous.

— Dis-moi ce qui se passe, demandai-je en m'asseyant.

Il bougea la tête de haut en bas, comme s'il répétait un discours.

— Je veux être avec elle, commença-t-il, avant de prendre une grande inspiration. Lorsque la nouvelle meute se formera, je veux que Bryn soit ma compagne.

— Ansel !

C'était pire que ce que j'avais imaginé.

— Écoute, Cal. J'aime Bryn. Vraiment. Profondément. Comme dans les livres, ou dans les films. Elle est tout ce que je veux dans cette vie.

Je voulais juste savoir si j'avais une chance. Alors aujourd'hui, je lui ai dit.

— Et qu'a-t-elle répondu ? rétorquai-je, emportée par ma curiosité.

Son visage s'illumina.

— Elle m'a laissé l'embrasser. Je crois qu'elle a aimé.

J'ai poussé un grognement, malgré une pointe de soulagement. Ce n'était peut-être pas aussi sérieux que je le craignais.

— Mon Dieu, An, tu sais comment est Bryn. Elle essaie toujours tout au moins une fois.

J'ai désigné le couloir.

— Elle a détalé dès que je suis arrivée. Désolée, mon chéri, mais je crois qu'elle a honte maintenant.

— Non. Elle craint juste que tu sois furieuse. Plus précisément, elle a peur que tu lui arraches une oreille.

— Écoute, je sais que tu as un faible pour Bryn depuis que tu es louveteau, mais ne te fais pas d'illusions.

— Lâche-moi un peu, Calla. Je ne suis plus un bébé. C'est sérieux.

— Tu as sacrément confiance en toi, m'exclamai-je en considérant avec méfiance son sourire béat.

Il baissa les paupières et ses cils couvrirent ses iris gris.

— Et si je te disais qu'elle m'a laissé l'embrasser pendant quatre heures ?

— Quoi ?

J'ai failli tomber du lit.

— Et on n'a pas fait que s'embrasser, ajouta-t-il avec une expression diabolique.

— Ansel! m'écriai-je, réalisant que j'avais complètement sous-estimé la situation.

Il fit des bonds sur le matelas, hilare, les yeux brillants.

Je me suis mise sur le ventre, j'ai attrapé un oreiller et j'ai enfoncé les dents dans la housse en coton.

— Allez, Cal. Sois heureuse pour nous. Nous sommes amoureux.

Il me donna plusieurs petits coups dans les côtes.

J'ai lâché l'oreiller et je me suis levée. Je me suis tournée vers lui, les poings sur les hanches.

— Les choses ne se passent pas comme ça pour nous. Je me fiche des films ou des livres. Nous ne vivons pas comme les humains, Ansel, tu le sais!

— Je sais, je sais. Mais papa dit que les Gardiens acceptent les suggestions des alphas concernant les unions. Puisque tu sais ce que Bryn et moi ressentons, tu peux faire passer le message.

— En effet, mais je ne peux rien promettre. Ce sont les Gardiens qui décident des unions. Ils ont toujours le dernier mot.

— D'après papa, Lumine a suivi ses suggestions à la lettre.

Il semblait tellement plein d'espoir que mon cœur s'est serré.

— Je sais. Mais Lumine ne sera plus notre maîtresse, ne l'oublie pas. Ce sera Logan.

J'eus l'impression qu'on me donnait des coups de couteau dans le ventre.

— S'il dit que Bryn et Mason doivent se mettre ensemble, je ne pourrai rien y faire.

Je m'attendais à ce qu'Ansel proteste

violemment, mais au lieu de cela, il éclata de rire. Il s'effondra sur le lit, hystérique. Je fronçai les sourcils.

– Oui, ça serait quelque chose !

– Euh, qu'est-ce qu'il y a, An ? Je suis sérieuse.

– Oui, bien sûr, Calla.

Devant mon silence, il me regarda, bouche bée.

– Tu ne sais vraiment pas ?

– Je ne sais pas quoi ? demandais-je, agacée de me sentir exclue de cette blague d'initiés.

Ansel prit le dernier oreiller intact sur son lit et le pressa entre ses poings.

– Mason est gay.

– Tu te fiches de moi ? Mason ? Mason est gay ? Il soupira.

– Tu sais, c'est ça le problème avec les alphas. Vous êtes tellement préoccupés par la nouvelle meute que vous ne voyez même pas ce qui se passe sous votre nez.

– Mason ? répétai-je, embarrassée par l'incrédulité de ma voix.

– Nev et lui sortent ensemble depuis l'année dernière, annonça-t-il en se mettant sur le ventre.

– Nev ? Qui est Nev ?

Ansel se contenta de me regarder sans rien dire. Il me fallut peu de temps pour comprendre.

– Neville ? Le Neville de Ren ?

– Non, pas le Neville de Ren. Le Neville de Mason, rétorqua-t-il en souriant. Et tout le monde l'appelle Nev.

– Depuis l'année dernière ?

– Oui, ils se sont rencontrés dans un groupe de soutien pour les Protecteurs homosexuels «déclarés», dit-il en dessinant des guillemets dans l'air. Parce que, tu sais, aucun de nous ne pourrait vraiment déclarer une relation non approuvée. Qu'on soit hétéro ou homo.

Un rire ironique s'est échappé de ma gorge.

– Alors tu veux dire que Mason et Neville – pardon, Nev – sont tous les deux aux Protecteurs Gay Anonymes ?

Il haussa les épaules. Je me laissai tomber sur le lit.

– Waouh !

Ce n'était pas tant le fait que Mason soit gay qui me surprenait, mais plutôt qu'il l'ait aussi bien dissimulé. Évidemment, c'était une question de vie ou de mort, mais j'avais comme un poids sur le cœur à l'idée qu'il ne me faisait pas assez confiance pour me le dire.

Ansel s'étendit à côté de moi, posant la tête sur ses bras croisés.

– Tout se passe en cachette, bien entendu, continua-t-il avec amertume. À cause des Gardiens. Ils ne sont pas vraiment tolérants question modes de vie alternatifs.

J'ai enfoui les mains dans mes cheveux, appuyant sur chaque côté de mon crâne.

– Non, c'est sûr.

Mason et Neville ? C'était difficile à imaginer. Mason était extraverti et hilarant, alors que Nev était, disons, réservé.

Ansel prit le dernier numéro de *Rolling Stone* sur sa table de nuit.

– D'ailleurs c'est assez ironique, quand on pense à Logan.

– Logan ?!

J'ai abattu ma main sur le magazine pour le forcer à me regarder.

– Oui, Logan. Enfin d'après ce que dit Mason. Mais pour lui, comme pour n'importe quel Gardien, ce n'est pas aussi grave que pour nous. Logan n'aura qu'à épouser une magicienne pour la forme. Elle lui pondra des héritiers et ça ne l'empêchera pas de se taper tous les incubes dont il aura envie.

– Ansel ! m'écriai-je.

Au moins, il n'y avait pas de risques que Logan se comporte comme son père.

– Oh, je t'en prie, Cal. Je sais que je suis ton petit frère, mais ça ne veut pas dire que je n'y connais rien.

Il me lança l'oreiller à la figure.

– En fait, à en juger par cette conversation, j'en sais beaucoup plus que toi.

Soudain, sa voix prit un ton sentencieux.

– J'espère que cela laisse présager de bonnes choses pour nous. Tu sais, ce que j'ai dit sur Logan. Il reste un Gardien, mais il sera peut-être différent.

– Oui.

Il se mordillait la lèvre, pensif mais optimiste.

– Il fallait que je prenne le risque, Calla. Je l'aime. Je l'ai toujours aimée.

Un frisson a couru le long de ma colonne vertébrale.

– D'accord, Ansel. Je comprends. Mais tant que nous n'aurons pas reçu d'ordre officiel des Gardiens, votre relation aussi devra rester secrète. S'il vous plaît, soyez prudents.

– Merci, frangine.

Je sentis son battement de cœur agité lorsqu'il posa la tête au creux de mon épaule. Je fermai les yeux, sachant que j'aiderais Bryn et mon frère. Pourtant, je sentais la morsure d'une autre émotion, beaucoup moins admirable. En tant qu'alpha, je pouvais aider mes partenaires de meute à obtenir ce qu'ils voulaient, mais personne ne ferait la même chose pour moi.

Onze

Lorsque nous nous sommes garés dans le parking le lendemain matin, Ansel s'est tourné vers moi.

– Bryn souhaite te parler, alors je vais vous laisser.

Je hochai la tête en défaisant ma ceinture.

– Je t'en prie, ne lui crie pas dessus. Et j'aime vraiment ses deux oreilles.

Je le foudroyai du regard. Il déguerpit.

Lorsque j'arrivai à mon casier, Bryn était déjà là, tremblante. Je voyais presque sa forme de louve, recroquevillée, les oreilles aplaties, la queue entre les jambes.

– Je te jure que ce n'était pas prémédité, Cal.

– Je sais.

Elle tourna autour de moi, mal à l'aise, alors que j'ouvrais mon casier.

– Je suis vraiment désolée. Je sais que les choses ne sont pas censées se passer comme ça.

J'ai hoché la tête, sans quitter des yeux mes livres et mes classeurs.

– S'il te plaît, regarde-moi.

Je me suis tournée vers ma meilleure amie. Ses grands yeux bleus étaient écarquillés, craintifs.

Une boule s'est formée dans ma gorge.

– Je ne peux rien te promettre.

Elle prit ma main tremblante.

– Je sais. Viens, allons en cours.

Alors que nous entrions dans la classe et qu'elle m'entraînait vers nos bureaux, au fond, elle me jeta un regard en biais.

– C'est toi qui as raconté à Ansel que j'avais un faible pour JoŸ Donne?

– Tu as un faible pour JoŸ Donne? répétai-je d'un air méprisant.

– Waouh, murmura-t-elle, ton petit frère est vraiment fort.

Alors que je cherchais un stylo dans mon sac, je l'entendis chuchoter pour elle-même :

– «Tandis que nos amours d'enfants grandissaient, les masques et les ombres de nous s'envolaient; mais désormais, il n'en est plus rien[1].»

– C'est tellement tarabiscoté, grommelai-je, l'estomac noué.

– Tu dis ça parce que tu n'as pas une once de romantisme en toi, Cal, dit-elle en me donnant un coup de cahier sur la tête.

Je haussai les épaules sans me retourner. Bryn n'était pas ma seule source d'inquiétude ce matin-là. Je ne cessais de surveiller la porte d'entrée, impatiente de voir Shay arriver. Je me sentais coupable de lui avoir parlé aussi durement dans la montagne, ce qui affaiblissait ma résolution de l'éviter.

Pourtant, Shay était dangereux. Je savais que je devais combattre l'attirance qui se faisait plus forte à chaque fois que je le voyais. Ma décision

---

1. Extrait de «A Lecture upon the Shadow», du poète anglais JoŸ Donne (1572-1632).

provoqua une douleur sourde qui se localisa dans mes épaules. J'aimais beaucoup cet humain étrange. Sa façon insouciante d'aborder la vie et son mépris pour les règles représentaient un changement bienvenu dans le monde terriblement fermé dans lequel je vivais.

Il est enfin entré. T-shirt vert à manches longues, jean, cheveux ébouriffés tombant sans cesse devant ses yeux. Il a traversé la classe sans me regarder et s'est assis au bureau à côté du mien. Observant la raideur de ses mouvements, j'ai réprimé un soupir, soulagée mais triste qu'il ait pris mes avertissements au sérieux. Ce n'était pas seulement qu'il me plaisait, il me fascinait. Je n'aurais jamais cru qu'un humain pourrait capter mon intérêt. Les manières de Shay n'avaient rien de commun avec celles des pensionnaires, qui se comportaient tous comme des moutons, se sauvant dès qu'un Protecteur s'approchait d'eux dans les couloirs. Il était intrépide et résolu, m'évoquant un loup solitaire, un alpha même, sans les liens de la meute pour le retenir à un seul endroit.

J'ai sorti mon exemplaire de *Gatsby le Magnifique* tandis que M. Graham commençait son cours sur les différents courants sexuels des années 1920. J'ai essayé de prendre des notes, mais mes yeux ne cessaient de revenir sur Shay. Il griffonnait furieusement, s'arrêtant occasionnellement pour souligner des passages du roman. Il ne me jeta pas un seul regard. Je suis retournée à mon travail, essayant de me convaincre que ce changement de comportement était une bonne chose.

Et de deux!

Les deux confrontations qui m'avaient inquiétée, avec Bryn et avec Shay, étaient passées. Il n'en restait plus qu'une.

Lorsque je suis arrivée en chimie organique, Ren avait déjà commencé d'installer le matériel pour l'expérience du jour. Je me suis dirigée vers lui, chassant les souvenirs désagréables de notre dernière rencontre.

– Salut, lançai-je en m'asseyant sur mon tabouret.

– Hé, Lily, dit-il en poussant ses livres pour me faire de la place. Jolie robe.

J'ai réprimé mon premier réflexe, l'envoyer promener, et j'ai sorti mon livre du fond de mon sac.

– Quel est le sujet de l'expérience aujourd'hui ? demandai-je sans le regarder.

– L'alchimie, répondit-il en riant doucement.

– Quoi ?

Il n'est quand même pas sérieux.

Il poussa vers moi une poignée de pièces.

– Je crois que Mlle Foris essaie de stimuler notre intérêt en nous faisant croire qu'il ne s'agit pas vraiment d'un cours de chimie. L'expérience reproduit celles qu'effectuaient les alchimistes de l'Antiquité et du Moyen Âge pour transmuer les métaux en or. On doit tester une hypothèse pour voir si c'est possible ou non.

– Je vois.

J'ai commencé à lire les instructions dans le livre et j'ai rassemblé plusieurs béchers pour y verser les liquides nécessaires à l'expérience.

– Si ça marche, je prends l'or et je m'enfuis.

– Bonne idée, rétorquai-je en cherchant le

long briquet à butane tandis qu'il installait le bec Bunsen. Comment s'est passé le reste de ton week-end ?

Mauvaise question.

Ren se raidit.

– Bien, répondit-il en m'arrachant le briquet de la main.

Le cours traînait en longueur, dans la gêne et la tension, notre conversation se limitant à des questions abruptes et à des réponses monosyllabiques. Alors que nous travaillions mécaniquement, un creux se formait dans ma poitrine.

J'examinais la pièce que je tenais dans une pince en métal, à la recherche d'un quelconque changement, lorsqu'une voix voilée s'éleva derrière moi.

– Hé, Ren !

Je resserrai ma prise sur la pince en jetant un coup d'œil par-dessus mon épaule. Ashley Rice, une brunette aux longues jambes, humaine, regardait l'alpha Bane, la tête penchée, ses lèvres rose chewing-gum entrouvertes dans un sourire engageant.

– Hé, Ashley, répondit Ren en posant son stylo et en s'appuyant nonchalamment contre le bureau.

Je retournai à notre expérience tandis qu'elle battait des cils. Les conquêtes de Ren appartenaient à deux catégories : les filles qui se languissaient toujours de lui et celles qui plantaient des aiguilles chaque soir dans une poupée vaudoue à son effigie. Ashley se plaçait dans la première catégorie.

J'ai regardé l'horloge. Le cours était presque

terminé. J'allai jeter le contenu de nos béchers dans l'évier.

— Alors, Ren, dit-elle d'une voix rauque qui me fit grincer des dents. Je sais que ce n'est que dans un mois, mais il y a sans doute une tonne de filles qui veulent t'inviter à la Lune de Sang.

J'essuyai un récipient avec une serviette en papier et j'en attrapai un autre.

— On a passé un si bon moment au bal de promo l'année dernière, soupira-t-elle avec mélancolie.

J'eus l'impression qu'on m'enfonçait des fils barbelés dans le cou.

— Et ça fait longtemps qu'on n'a pas passé un peu de temps tous les deux, continua-t-elle. Tu aimerais y aller avec moi ?

— Désolé, Ashley. Je suis déjà pris.

— Tu as déjà une cavalière pour le bal ? demanda-t-elle d'une voix aiguë, un peu trop forte.

— Oui.

Je l'ai entendu remuer nerveusement les pieds.

— Alors, c'est qui ? couina-t-elle.

— Calla.

Le récipient en verre se brisa dans ma main. Je jurai alors que des morceaux de verre s'enfonçaient dans ma paume.

Ren fut immédiatement à côté de moi.

— Allons, Calla. Qu'est-ce que ce bécher t'a fait ?

Je secouai la tête, sans cesser de jurer, et j'arrachai de ma peau un morceau de verre aussi coupant qu'un rasoir.

— Est-ce que ça va ? demanda Ashley, feignant

l'inquiétude, en se penchant vers notre table. Oh mon Dieu, il y a tellement de sang!

Malgré ma douleur, je souris en la voyant verdir et s'enfuir.

– Je vais chercher la trousse de premier secours, lança Ren.

Il revint quelques minutes plus tard avec une boîte blanche couverte d'une croix rouge.

– J'ai dit à Mlle Foris que ce n'était pas grave. Si elle voyait ta main, elle voudrait t'envoyer à l'hôpital pour qu'on te fasse des points de suture.

Je plaçai ma main en sang sous l'eau du robinet.

– Prends soin d'enlever tous les éclats de verre. La blessure va se refermer rapidement, il ne faut pas qu'ils restent coincés sous la peau. Ça m'est arrivé une fois, ça fait un mal de chien.

– Merci, répondis-je sèchement, je vais me débrouiller.

Il me tendit une serviette en papier lorsque je retirai ma main du jet d'eau. Je vérifiai qu'il ne restait pas de verre et je la pressai contre la plaie.

– Comment tu as fait? demanda Ren en s'appuyant contre la table, les sourcils froncés. À croire que tu ne connais pas ta force.

– J'ai entendu une nouvelle choquante, rétorquai-je en lui tendant ma main indemne pour qu'il me donne de la gaze.

– Laisse-moi faire.

Il prit ma main blessée entre ses doigts et se mit à la bander.

– Quoi donc? ajouta-t-il en appuyant doucement les carrés de coton contre ma peau.

– Que j'avais un cavalier pour le bal de la Lune de Sang.

J'aurais voulu paraître offensée, mais le doux contact de ses doigts sur ma peau me distrayait.

– Je n'avais pas réalisé que tu disais à tout le monde que nous sortions ensemble, continuai-je.

Il examina le bandage puis se leva.

– Oui, cela m'a semblé être une réponse appropriée sur le moment. Je ne vais pas envoyer des invitations au mariage à toutes mes ex. Au moins, la rumeur va circuler et je n'aurai pas besoin de rembarrer des filles pendant les trois prochaines semaines.

– Parce que tu penses que d'autres filles vont t'inviter ? demandai-je d'un ton méprisant.

Il me regarda en souriant. Je détournai les yeux de son visage taquin.

Bien sûr que oui.

Il alla jusqu'à la poubelle. Lorsqu'il revint à notre table, où je l'attendais, les mains sur les hanches, il se tendit subitement.

– Calla, tu crois honnêtement que je vais continuer à sortir avec d'autres filles jusqu'à l'union ?

Je me suis détournée, incapable de le regarder.

– Je n'en ai aucune idée.

– Eh bien non, grommela-t-il.

Il se mit à ranger le matériel dans notre placard, dont il claqua la porte en bois avec tant de force que je sursautai.

– Désolée d'être un tel poids pour toi, dis-je en serrant les poings, ce qui me fit grimacer de douleur.

– Qu'est-ce que tu racontes ?

Il se retourna vivement vers moi.

Quelqu'un s'éclaircit bruyamment la gorge derrière nous. Shay se tenait là, posant des yeux brûlant d'antipathie sur mon partenaire de laboratoire.

– Excuse-moi, Ren, lança-t-il, les dents serrées. Ça ne te dérange pas si je parle à Calla seul à seule ?

Ren s'approcha de Shay, le regardant lentement de haut en bas. Lorsque Shay redressa les épaules, je vis l'alpha Bane se retenir de rire.

– C'est à Calla de décider.

Shay me jeta un coup d'œil. Les lignes tendues de sa bouche virèrent à la grimace. Je passai d'un pied sur l'autre, mal à l'aise, mon regard allant de Ren à Shay.

Soudain, Ren attrapa son sac.

– Pas de problème. Elle est toute à toi.

Mon cœur se serra.

– Non, attends ! dis-je en lui prenant la main.

L'alpha s'immobilisa. Je me tournai vers Shay.

– Toi et moi n'avons rien à nous dire.

Je vis que ces mots le blessaient comme le verre qui avait entaillé ma main.

Il serra les poings lorsque je passai le bras de Ren autour de ma taille.

– Tu m'accompagnes à la cafétéria ? lui demandai-je.

La sonnerie retentit à ce moment précis.

– Bien sûr, répondit-il en m'entraînant vers la sortie, laissant Shay planté là, furieux.

Lorsque nous fûmes sortis, il me jeta un coup d'œil.

– Qu'est-ce que ça veut dire ?

Je ressentis une pointe de déception lorsqu'il enleva sa main de ma taille.

– Rien, lançai-je, me forçant à ne pas trembler,

élaborant un mensonge. Il est juste un peu ébloui depuis «l'agression» de vendredi. Et il me tourne un peu trop autour.

— Est-ce qu'il t'ennuie ?

— Laisse tomber, Ren, ajoutai-je d'un ton plus léger. C'est le protégé des Gardiens, tu ne peux pas le malmener. D'ailleurs, tu sais que je suis aussi capable que toi de lui casser la figure. Il est un peu agaçant, mais pas de quoi en faire un drame. De toute façon…

Mon cœur se mit à battre plus vite. Je ne faisais pas encore confiance à Shay, et je ne comprenais pas pourquoi il voulait se rapprocher de moi, mais je ne pouvais nier que j'appréciais son attention.

— Il va arrêter de se faire des idées maintenant que la rumeur sur notre couple circule.

Ren s'arrêta et attrapa doucement le haut de mon bras.

— Tu vas dire à tout le monde que je suis ton petit copain ?

— Si tu penses que c'est une bonne idée.

— Si *je* pense que c'est une bonne idée ? répéta-t-il en s'ébouriffant les cheveux. Je ne te comprends vraiment pas, Lily.

À la cafétéria, nos compagnons de meute étaient déjà réunis à nos tables habituelles. Sept jeunes loups riaient devant Neville qui, debout sur une chaise, chantait *Ah, si j'étais riche !*[1] à tue-tête. Il portait son sempiternel costume noir de poète. C'était l'une des scènes les plus bizarres auxquelles j'avais jamais assisté.

Ren et moi échangeâmes un regard incrédule.

---

1. Chanson issue de la comédie musicale *Un violon sur le toit.*

Je ne comprenais pas ce que faisait Nev; je l'avais toujours considéré comme l'un des loups les plus timides, à l'exception de Cosette, tellement calme qu'elle paraissait à peine vivante.

Neville beugla les dernières paroles, sauta à terre, s'effondra sur sa chaise et prit son visage entre ses mains. Mason, un sourire jusqu'aux oreilles, se pencha vers lui et lui tapota la tête.

– Que se passe-t-il? demanda Ren en prenant le siège que Dax poussait vers lui. Nev a finalement pété les plombs?

Il retourna la chaise et s'assit à l'envers.

– Il a perdu un pari, expliqua Mason.

Neville releva la tête et le foudroya du regard.

– C'est tellement triste de voir un guitariste indé chanter des airs de comédie musicale, soupira Mason. Tu vois à quoi tu as été réduit?

Neville se frotta les bras, comme pour chasser les souvenirs désagréables de sa performance.

– Tu sais très bien que cette chanson est mon pire cauchemar. C'est pour ça que tu l'as choisie.

– Un pari? demandai-je en haussant les sourcils.

– Nous avons eu un grand débat sur la soirée de vendredi à l'Éden. J'avais raison, Nev avait tort.

– Ton frère est plus doué que je ne le pensais, me dit Neville en levant sa casquette.

– Comment ça? demanda Ren en ouvrant un Coca.

Neville désigna Ansel de la tête.

Je me suis tournée vers Ansel et Bryn, assis côte à côte à l'autre bout de la table, une expression rêveuse sur le visage. La jalousie m'a fait mal au ventre. Même s'ils prenaient des risques, ils avaient pu se choisir. Et avec Ren et moi comme alphas, leur romance pourrait sans doute continuer. Mason et Nev, Dax et Fey, tous avaient l'opportunité de connaître le véritable amour. Nous étions les seuls à ne pas avoir le choix. C'était ça le privilège d'être alphas ?

Ren considéra le couple un long moment, puis s'esclaffa brusquement.

— Je vous avais demandé de rester discrets, vous deux, lançai-je en leur montrant les dents, sachant que c'était autant de l'envie que de l'irritation qui avait affûté mes canines.

Bryn se recroquevilla sur sa chaise, mais Ansel vola à son secours.

— Bien sûr, avec tous les autres, mais on ne peut pas cacher ça à notre meute.

Je m'assis sur la chaise que Fey avait poussée vers moi, et cognai mon front contre la table.

— Vraiment, vous êtes insupportables. Nous sommes au lycée. Il y a trop de gens qui peuvent vous voir.

J'ai regardé Ren.

— Je suis désolée. J'allais te le dire plus tard, je te le jure.

Il se contenta de hausser les épaules.

— Ton frère a raison. On ne peut rien cacher à ses compagnons de meute.

Il baissa la voix et se retourna vers le nouveau couple.

— Écoutez Calla : restez discrets en dehors de notre cercle. Pas un mot aux autres Protecteurs. Il ne faut pas faire de faux pas.

Il adressa alors un grand sourire à Ansel.

— Félicitations, petit homme.

Mon frère, rayonnant, regarda Bryn d'un air adorateur. Elle soupira, entortillant ses boucles autour de ses doigts.

Je détournai le regard, me concentrant sur l'orange que j'épluchais.

– Neville, j'espère que tu n'envisages pas de nous quitter pour faire carrière à Broadway, murmura une voix froide et suave derrière moi.

Toute conversation cessa. Bryn et Ansel s'éloignèrent l'un de l'autre comme si un geyser avait jailli entre eux.

Je me retournai. Logan souriait à sa future meute.

– Tu as une voix merveilleuse, mon ami, continua-t-il. Tu as gagné notre admiration sincère, à mes compagnons et à moi ; elle a porté jusqu'à l'autre bout de la cafétéria. Très impressionnant.

– Merci, répondit Neville avec un sourire nerveux.

Logan fit le tour de la table, jusqu'à l'endroit où Neville et Mason étaient assis, s'arrêtant derrière la chaise de Mason. Le Gardien posa la main sur l'épaule de mon compagnon de meute. Celui-ci se tendit et jeta un coup d'œil à Neville, qui pâlit.

Ren fit mine de se lever, mais Logan l'interrompit d'un geste nonchalant de la main.

– Non, je t'en prie, détends-toi.

Le Gardien se pencha en avant.

– Comme vos alphas vous l'ont sûrement dit, il a été décidé que j'hériterais de la gouvernance de votre nouvelle meute le 31 octobre.

Il attendit que chacun ait hoché la tête en signe d'approbation avant de continuer.

— J'aimerais que vous vous rassembliez dans la salle commune à la fin de la journée. Je vous y retrouverai.

— Bien sûr, dit Ren en inclinant la tête.

— Excellent.

Le jeune Gardien tourna les talons et partit retrouver ses camarades à l'autre bout de la cafétéria.

Le cercle de jeunes loups retourna à son déjeuner, mais l'humeur générale était désormais morose. Mason se tenait immobile, le regard dans le vide. Neville se pencha vers lui. Mason lui prit la main, et ils cachèrent leurs doigts entremêlés sous la table.

Douze

J'avais les mâchoires tellement serrées pendant le cours de philosophie que je me suis demandé si cette douleur sourde allait s'installer en moi pour toujours. Le bureau à côté des grandes fenêtres resta vide. Je n'avais pas vu Shay pendant la pause déjeuner, et maintenant son siège habituel était inoccupé.

Je griffonnais quelques notes en essayant de me convaincre que cela n'avait pas d'importance. Mes yeux se posèrent une fois de plus sur sa chaise vide, mes dents grinçant les unes contre les autres avec une telle force que la douleur dans mes mâchoires se fit fulgurante.

Je m'efforçais de regarder M. Selby, qui gesticulait dans tous les sens en évoquant les arguments en faveur et en défaveur de l'existence de Dieu. Il avait commencé le cours en nous montrant un autocollant pour pare-chocs qui disait : « Dieu est mort – Nietzsche ; Nietzsche est mort – Dieu. »

J'essayais de suivre son cours plein d'enthousiasme, mais mes pensées divaguaient sans cesse. J'observais la classe. Tout le monde prenait des notes bien sagement et approuvait d'un hochement de tête les commentaires de M. Selby. Mes yeux s'arrêtèrent sur Logan. Comme toujours, le

jeune Gardien était affalé sur son bureau, profondément endormi, ses lunettes Dior dissimulant
ses yeux.

Que va-t-il nous dire après les cours ?

À la sonnerie, je dépliai lentement mes membres
engourdis, grimaçant en sentant mes muscles
endoloris.

Les trois terminales Bane quittèrent la classe
ensemble, en murmurant calmement. Je retournai seule jusqu'à mon casier, où m'attendaient
déjà les Nightshade. Nous nous sommes dirigés
silencieusement vers la salle commune. J'entendais les battements accélérés de nos cœurs à tous
alors que nous attendions Logan.

Des pas réguliers et nonchalants ainsi qu'un
parfum de clou de girofle et d'acajou annoncèrent l'arrivée de Logan. Il sourit à notre petit
groupe ; ses cheveux, savamment décoiffés, luisaient comme des fils d'or au soleil de fin d'après-
midi qui entrait par les baies vitrées. Le Gardien
attrapa une chaise sur le dossier de laquelle il
s'assit, afin de nous regarder de haut.

– Bienvenue, dit-il, son regard passant lentement sur chacun des jeunes Protecteurs. J'ai
conscience que cette réunion est un peu inattendue, mais avec l'union qui se rapproche, les
choses vont bientôt changer. (Il posa les coudes
sur ses genoux.) Pour que les alphas puissent procéder au rite de l'Union, ils doivent être adultes.
Pour Ren et Calla, cela n'arrivera qu'au Samain,
le jour où vous aurez tous deux dix-huit ans, et
où la nouvelle meute sera officiellement formée.
(Il se mit à tambouriner des doigts sur une enveloppe en papier kraft.) Afin d'assurer facilement

cette transition, j'ai rassemblé quelques éléments pour vous informer de vos devoirs, des aspects logistiques de votre nouvelle vie et du planning des différentes étapes de la transition.

Logan fit un signe de tête à Ren et lui lança adroitement l'enveloppe. Ren l'ouvrit et jeta un coup d'œil à l'intérieur.

– Qu'est-ce que c'est ?

– Des informations sur le nouveau lotissement. L'endroit où vous vivrez.

Les jeunes loups s'agitèrent sur leurs sièges, se lançant des regards méfiants.

Logan fit un geste apaisant.

– Comme je l'ai dit, ce changement prendra effet par étapes. Certains d'entre vous – Ansel, Cosette – sont encore jeunes, et les Gardiens le comprennent très bien. Les cinq maisons du nouveau lotissement sont en cours de construction. Bien entendu, la maison de Ren et Calla est terminée et ils pourront y emménager dès l'union.

Je luttai contre la chaleur qui montait dans ma poitrine et dans mon cou, et je lançai un regard à Ren. Mais il avait les yeux fixés sur Logan.

– Bryn, ainsi que Sabine et Dax, emménageront ensuite, puisqu'ils vont également terminer leur scolarité cette année.

Les deux Bane se raidirent. Bryn s'agita sur son siège tandis qu'Ansel agrippait les côtés de sa chaise. Ren s'éclaircit la gorge. Logan le regarda d'un air interrogateur.

Ren jeta un œil à ses compagnons de meute, puis au Gardien.

– Vas-tu les mettre en couple ?

Logan sourit lentement.

— Y verrais-tu une objection, Ren ? demanda-t-il.

Ren ne le quitta pas des yeux, mais ne répondit rien.

— Non, ce n'est pas mon intention.

Dax et Sabine se détendirent et Fey poussa un long soupir. Bryn adressa un petit sourire à mon frère.

— Pour l'instant, le seul couple sera celui de Ren et Calla, vos alphas. Vous êtes libres de vivre dans les maisons que nous mettons à votre disposition, en vous arrangeant comme vous le souhaitez. Il y a dans chacune d'entre elles plusieurs chambres et salles de bains ; les cinq maisons sont bâties autour d'un jardin commun, avec piscine et spa. Comme vos parents, vous aurez des agents d'entretien, des jardiniers ainsi que des ouvriers qualifiés chargés de la maintenance à temps complet, si bien que vous pourrez vous consacrer entièrement à vos devoirs de Protecteurs. Je suis sûr que vous trouverez cette organisation à votre convenance.

De petits bruits approbateurs s'élevèrent des Nightshade et des Bane. Une étincelle d'optimisme s'alluma dans mon cœur.

Logan sourit.

— Comme je l'ai dit, Ren et Calla seront les premiers à emménager. Les terminales suivront. Quant aux autres, tant que vous n'aurez pas fini le lycée, vous pourrez continuer à vivre chez vos parents si vous le souhaitez, ou emménager dans les nouvelles maisons dès qu'elles seront terminées. Où que vous viviez, cependant, vous n'appartenez plus à vos anciennes meutes. Désormais, vous devez répondre de vos actes devant Ren,

Calla, et moi. (Le Gardien se caressa le menton.) Mon père m'a généreusement proposé de m'aider à superviser la nouvelle meute. Il semble penser que, du fait de votre jeunesse, vous pourriez vous montrer particulièrement indisciplinés. (Il posa les yeux sur Sabine.) Mais je pense que si nous nous attelons tous à l'accomplissement de nos devoirs, son implication ne sera pas nécessaire.

Ren regarda Sabine, qui s'était mise à trembler.

– Bien sûr, Logan, répondit-il. Comme tu voudras.

Un demi-sourire étira les lèvres du Gardien.

– Excellent.

Il désigna à nouveau l'enveloppe.

– Vous trouverez à l'intérieur des formulaires pour demander ce dont vous aurez besoin, ainsi que des bons de commande pour le véhicule de votre choix. Chacun d'entre vous y a droit.

Dax siffla, et Logan sourit.

– Nous organiserons aussi une livraison de courses une fois par semaine à votre domicile. À cause de l'emplacement du lotissement, il ne sera pas très facile d'aller régulièrement à Vail.

– Où sont les nouvelles maisons ? demandai-je.

– Beaucoup plus haut, sur la face est de la montagne. Une seule route d'accès a été construite. La situation du lotissement correspond à l'objectif premier de la nouvelle meute.

– À savoir ? rétorquai-je en me penchant en avant, intéressée.

Logan se redressa et plissa les yeux.

– Nous avons des raisons de croire que les Chercheurs vont attaquer la Caverne d'Haldis avec toutes les forces qu'ils pourront rassembler d'ici l'année prochaine. Les Nightshade et les Bane continueront leurs patrouilles dans le périmètre, et la nouvelle meute formera un autre bouclier défensif autour de la grotte elle-même. (Il eut à nouveau un grand sourire.) Ce qui m'amène à un autre détail. Normalement, une meute porte le nom de son Gardien, mais il existe déjà une meute Bane. La vôtre s'appellera Haldis, comme le site que vous avez juré de protéger.

Je jetai un coup d'œil à ma meute et aux Bane. Leurs visages s'étaient illuminés.

– Je suis ravi que ce choix vous plaise, dit Logan. Si votre rôle clé consistera à défendre Haldis, un autre problème plus immédiat requiert votre attention. Vendredi soir, on a présenté à vos alphas un humain du nom de Shay Doran. Il est en terminale au lycée de la Montagne ; il est arrivé la semaine dernière.

Je me suis assise sur mes mains. Hors de question que Logan voie qu'elles tremblaient.

– Shay revêt une importance particulière aux yeux des Gardiens. Sa sécurité doit être notre priorité ; il était la cible de l'attaque des Chercheurs vendredi.

– Que lui veulent-ils ?

Plusieurs Protecteurs m'ont regardée, bouche bée.

J'ai baissé les yeux.

– Je suis désolée, Logan. J'ai fait la connaissance de Shay ; je suis simplement curieuse.

– Ce n'est rien, Calla, rétorqua-t-il en chassant mes excuses d'un geste de la main. Nous te sommes redevables d'avoir empêché son enlèvement. La vérité, c'est que nous ignorons ce que lui veulent les Chercheurs, si ce n'est qu'ils le croient important dans leur lutte contre nous. Nous devons donc assurer sa sécurité et faire en sorte qu'ils ne mettent pas la main sur lui.

Les yeux toujours baissés, j'ai hoché la tête.

– J'ai également eu l'occasion de faire la connaissance de ce garçon. Il semblerait qu'il se soit épris de toi. Nous avons besoin de sa confiance, alors j'aimerais encourager ce sentiment. Sympathise avec lui, je te prie. Imagine-toi comme une sorte de garde du corps *de facto*, pour l'instant.

Je relevai vivement la tête, les yeux écarquillés. Ren lança un regard furieux au Gardien, qui le soutint tranquillement.

– Le garçon ne sait rien de notre monde, et je tiens à ce que cela continue, poursuivit Logan. Moins il en saura sur le danger que représentent les Chercheurs, plus il sera en sécurité. Protégez-le, mais sans éveiller son attention. Il connaît déjà Calla, elle pourra donc agir de manière plus directe.

J'inclinai la tête. Ren était livide. Le reste de la meute murmura qu'il avait bien compris ses ordres.

– Très bien. Je pense que nous sommes au point. Si vous avez des questions, vos alphas me les communiqueront. Lumine et Efron ont donné leur accord.

Il sourit et descendit de son perchoir. Les loups commencèrent à remuer, mais il claqua des doigts pour obtenir l'attention.

– Il reste un dernier point à aborder.

Dix paires d'yeux se braquèrent sur notre nouveau maître.

– Ren a soulevé une question très importante, à savoir la manière dont vous serez accouplés dans le futur.

Des doigts glacés se refermèrent sur ma gorge.

– Les couples de Protecteurs ont toujours été choisis par les Gardiens, afin d'assurer les résultats les plus bénéfiques pour la meute. Je suis sûr que vous comprenez l'utilité d'une telle pratique.

Personne ne dit mot. Le ton nonchalant de Logan me déchirait comme du fil barbelé.

– À l'instar de mes ancêtres, je consulterai vos alphas à ce sujet, le moment venu. Vous êtes tous très jeunes. Je ne pense pas avoir à prendre de telles décisions avant quelque temps. Cependant, il est évident que des liens puissants se sont déjà formés entre vous.

Son sourire révéla des dents parfaites, luisantes.

– Cela me fait plaisir ; c'est le signe d'une meute forte, dont la loyauté sera un atout précieux. Mais je dois vous rappeler que le seul couple autorisé dans la meute Haldis est celui de Ren et Calla, les alphas. Bien que vous puissiez être tentés de former vous-mêmes vos couples, moi seul détiens l'autorité pour choisir vos compagnons et compagnes. Il s'agit de l'une de nos lois les plus anciennes et les plus importantes. Ceux qui ne la respectent pas seront immédiatement sévèrement punis.

Je n'arrivais plus à respirer.

Logan extirpa de sa poche un paquet de cigarettes. Il le tapota contre le dossier de la chaise, sortit une cigarette et la plaça entre ses lèvres.

– Ce sera tout.

Pendant un instant, personne ne bougea. Le

silence emplissait la pièce comme un brouillard épais. Puis Ren se leva et désigna la porte d'un signe de tête. Les autres Bane l'imitèrent lentement. Je me mis debout, priant pour que mes jambes ne me lâchent pas. Je ne pouvais pas regarder ma meute ; mon estomac s'agitait en moi comme une bille de flipper. Je n'avais fait que quelques pas lorsque la voix suave et traînante de Logan s'éleva.

— Mason, je peux te voir un moment ?

Je me figeai. Mason s'immobilisa juste derrière moi. Je regardai Logan ; ses yeux luisaient dans le rouge du soleil couchant. De la fumée s'échappait de ses lèvres et des senteurs de clou de girofle flottaient autour de nous.

Mason croisa mon regard. Un léger sourire apparut sur ses lèvres et il se retourna. Je m'approchai de lui et lui pris le poignet.

— Non, sifflai-je.

Il se tendit et secoua presque imperceptiblement la tête, puis se dégagea.

— Calla ! s'exclama Logan aussi sèchement qu'un coup de fouet. Je t'ai congédiée.

Un bras se posa sur mes épaules et on m'entraîna vers la porte. Lorsque je fus à bonne distance de la salle commune, je me dégageai et lançai un regard assassin à Ren. Dax et Fey se tenaient non loin de là, le visage sombre. Ansel et Bryn s'éloignèrent sans un regard.

— Je dois y retourner.

J'essayai de m'éloigner, mais Ren m'attrapa à nouveau le bras.

— Tu ne peux pas.

J'ai suivi son regard. Sabine soutenait Neville

vers la sortie. Ses lèvres remuaient rapidement alors qu'elle se penchait vers lui. Cosette les suivait à une distance respectueuse.

– Je ne vais pas laisser faire ça, dis-je. Il fait partie de ma meute, Ren. Je suis responsable de son bien-être.

– Il fait aussi partie de la mienne maintenant, murmura-t-il. Je suis vraiment désolé, Calla. J'aurais préféré t'éviter ça. Je sais à quel point c'est dur.

Dax émit un son désapprobateur. Ren le foudroya du regard.

– Ne te laisse pas bouffer par cette histoire, Cal, lança Fey, les yeux durs et brillants. Tu n'as rien fait de mal. C'est le problème de Mason.

– Comment peux-tu dire ça ? m'écriai-je.

Elle détourna le regard.

– Parce que c'est la vérité, et parce que tu dois te concentrer sur des choses plus importantes.

– Elle a raison, grommela Dax. On ne doit pas se mêler à ces bêtises. Laisse tomber.

Mes yeux me piquaient. Je regardai par terre, enfonçant mes ongles dans mes paumes, rouvrant mes plaies. Ren vit les gouttes écarlates s'écraser sur le sol. Il montra les dents à Dax et à Fey.

– Fichez le camp.

Dax se hérissa, mais tourna la tête vers la sortie. Fey lui prit la main et ils s'éloignèrent.

– Calla.

Les mains de Ren glissèrent de mes bras à ma taille et il essaya de m'attirer à lui.

– Arrête, lâchai-je en me dégageant. N'essaie pas de me dire que tout va s'arranger.

Il serra les dents, mais ne tenta plus de me toucher.

– Les choses ne s'arrangent jamais, dit-il, ses yeux sombres soudain humides. Elles ne font qu'empirer.

J'ai enroulé mes bras autour de ma taille, sans me soucier du sang qui tachait ma robe.

– Trouve Ansel. S'il te plaît, ramène-le à la maison. Je dois rester ici.

Je l'entendis prendre son souffle pour protester. Je l'interrompis d'une main levée.

– Je vais attendre que Logan s'en aille. Je dois parler à Mason.

Il secoua la tête.

– Je reste avec toi. Nous devons affronter cette situation ensemble. Tu peux demander à Bryn de reconduire ton frère.

– Ils doivent garder leurs distances ! Tu n'as pas écouté la leçon qu'on vient de nous donner ?

– Calme-toi, murmura-t-il. Logan n'a pas sonné le glas des relations dans la meute. Il a dit qu'il écouterait nos conseils, et nous lui en donnerons. Ansel et Bryn doivent simplement se montrer prudents. Nous pouvons les aider.

– Je ne peux pas y penser pour l'instant, rétorquai-je en fixant mes mains, dont la peau entaillée se refermait sous mes yeux. S'il te plaît, va-t'en. Je veux parler à Mason seule à seul.

– Très bien, dit-il en enfilant sa veste en cuir. Je m'assurerai que ton frère rentre à la maison.

Il avait déjà fait plusieurs grandes enjambées dans le couloir lorsque je murmurai un merci.

Je me dirigeai vers les toilettes des filles et je fis couler de l'eau brûlante sur mes paumes pour rincer le sang séché. De la vapeur s'éleva autour de moi alors que j'agrippais les bords du lavabo. Lorsque la douleur s'atténua un peu, je retournai lentement vers la salle commune, m'arrêtant fréquemment pour écouter d'éventuels voix ou bruits de pas. Arrivée près des portes, je me cachai derrière une rangée de casiers et j'attendis, le front appuyé contre l'acier froid.

Après un moment qui me parut durer des heures, mais qui, je le savais, ne se prolongea que quelques minutes, j'entendis les portes s'ouvrir. Je jetai un coup d'œil et je vis Logan s'éloigner d'un pas sautillant. Lorsqu'il eut disparu, je sortis de ma cachette et me faufilai à l'intérieur.

Des volutes de fumée s'élevaient dans l'air, mélange capiteux de clou de girofle et de tabac. Mason était assis au centre de la pièce. Penché en avant, un coude posé sur son genou, une main sur les yeux. Une fine cigarette noire brûlait entre les doigts de son autre main.

Je me dirigeai vers lui avec lenteur. Il leva la tête et me fit un sourire las. Il s'affala sur une chaise et tira sur sa cigarette.

– Hé, Calla, dit-il en rejetant la tête en arrière et en soufflant des ronds de fumée.

J'ouvris la bouche pour parler, mais aucun son n'en sortit. Mason m'observa alors que je m'approchais de lui à petits pas. Lorsque je fus suffisamment proche pour le toucher, je tendis une main hésitante vers son épaule. Il se leva subitement, ce qui me fit sursauter, et se plaça hors de ma portée. Il laissa tomber sa cigarette et l'écrasa avec son pied.

– Sortons d'ici.

Il passa devant moi et sortit si rapidement que je dus courir pour le rattraper.

– Mason, l'appelai-je, retrouvant enfin ma voix.

– Ne dis rien. Ça n'en vaut pas la peine.

Il s'arrêta devant son casier et tourna rapidement la molette de son cadenas.

– Dis-moi ce qui s'est passé.

Il poussa un juron lorsqu'il manqua un numéro et recommença le code.

– Il ne s'est rien passé. Pas encore.

Il y eut un clic et il ouvrit brusquement la porte.

J'inspirai profondément, mais mon soulagement fut rapidement remplacé par la colère.

– Qu'est-ce qu'il veut de toi ?

Un son bas, mi-rire, mi-grognement, sortit de sa gorge.

– À ton avis ? C'est le fils d'Efron Bane.

– Non, murmurai-je en fermant les yeux et en m'adossant contre un casier. Je ne peux pas accepter ça.

Il claqua la porte et se tourna vers moi.

– Moi non plus, Cal. Logan m'a repéré depuis un bon moment, mais je ne savais pas s'il tenterait quelque chose. Maintenant je suis fixé.

– Que vas-tu faire ?

Je haïssais Logan et l'impuissance de Mason.

Il prit sa sacoche, sans me regarder.

– Je ne sais pas. Mais je crois que j'ai réussi à gagner un peu de temps.

– Du temps ?

Il passa les mains dans ses cheveux et se massa les tempes.

– Logan a beau hériter de notre meute, il est encore jeune… Et il a peur.

Je n'arrivais pas à imaginer qu'un Gardien puisse avoir peur.

— De quoi ?

— De ses aînés, de son père en particulier. Je lui ai dit que s'il me poussait à bout, je demanderais à Ren d'en parler à Efron.

J'ai gratté la croûte sur ma main, ignorant la démangeaison que je provoquais.

— Tu penses que cela changera quelque chose ?

— Oui. Dans ce cas précis, les traditions des Gardiens pourraient jouer en ma faveur.

— Les traditions ? demandai-je en fronçant les sourcils.

Il donna un coup de poing dans son casier, qu'il cabossa.

— C'est une façon polie de dire « bigoterie ». Tant qu'il ne détiendra pas plus de pouvoir, Logan restera sous la surveillance étroite d'Efron et des autres Gardiens. Être à la tête de notre meute représente une sorte de test pour lui, il doit prouver qu'il mérite ce poste. Si je continue à le lui rappeler, je pense que ça l'empêchera de…

Il ne put terminer sa phrase.

— Tu dois l'en empêcher. Tu ne peux pas…

— Je ne le laisserai pas faire, dit-il en croisant enfin mon regard. Les Gardiens tolèrent des goûts différents, mais seulement dans le domaine des loisirs. Logan n'avouerait jamais à son père ou à n'importe quel Gardien qu'il est gay.

Je me mordis la lèvre.

— Mason, pourquoi tu ne me l'as pas dit ?

— Pour Nev et moi ?

— Tu ne me fais pas confiance, lançai-je, les yeux baissés.

Il posa la main sur mon épaule.

— Ce n'est pas ça, Cal. Je te fais confiance.

Je croisai son regard triste.

— Mais tu es le chaînon entre nous et les Gardiens. Ce que je suis, celui que j'aime… ils ne l'accepteraient jamais. Pas plus que les aînés de la meute, ni même que mes parents. Personne. Ce serait la fin pour moi et Nev. Et pas seulement de notre relation. Ce serait la fin.

Il paraissait si calme, c'en était trop pour moi.

— Combien de temps peux-tu le tenir à distance ? explosai-je. Combien de temps seras-tu à l'abri ?

Il sortit son téléphone et composa rapidement un texto.

— Qu'est-ce qui te fait croire que je suis à l'abri, Calla ?

— Je pourrais peut-être parler à Lumine.

— Ne fais pas ça, Cal, murmura-t-il en me prenant la main. Si tu fais quoi que ce soit, si tu essaies d'intervenir, Logan fera de toi un exemple. Que se passerait-il pour nous s'il te livrait à un spectre ? Ou à Efron ? Tu n'as pas le choix. Aucun de nous n'a le choix. C'est notre destinée. Les Protecteurs sont là pour servir. D'accord ?

Incapable de répondre, je serrai ses doigts plus fort.

— Ce n'est pas ta faute, dit-il d'une voix tremblante. Ça va aller.

Puis il retira sa main de la mienne et s'éloigna.

Je me laissai glisser contre le casier, repliant mes jambes sous moi.

Qu'est-ce qui m'arrive? Devenir la nouvelle alpha de la meute ne devrait-il pas me rendre plus forte?

Je ne sais pas combien de temps j'étais restée assise là lorsque je sentis le parfum de feuilles tendres et de nuages chargés de pluie.

– Calla?

Je relevai les yeux. Shay se tenait à quelques pas de moi.

– Est-ce que ça va? lâcha-t-il, sans s'approcher.

Je secouai la tête, craignant de rugir si j'ouvrais la bouche. Ce n'était pas contre lui que j'étais en colère. Plus maintenant.

Il s'accroupit pour se mettre à mon niveau.

– Qu'est-ce que tu fais là? ai-je réussi à demander.

– Une randonnée me paraissait plus tentante qu'un après-midi de cours, mais je dois quand même récupérer mes devoirs.

– Oh, je vois.

Je me suis levée, soudain impatiente de quitter le lycée, mais dans la hâte, mon pied s'est pris dans mon sac et j'ai trébuché.

Shay se jeta sur moi, prenant mon déséquilibre pour le signe d'une crise de nerfs imminente.

– Calla, qu'est-ce qui t'est arrivé?

– Je ne veux pas en parler, dis-je, sentant la colère m'envahir à nouveau.

Shay me serra le bras.

– Quelqu'un t'a fait du mal?

Je secouai la tête et je passai la langue sur mes lèvres. Et si, au lieu de laisser éclater ma fureur, je prenais ma revanche?

Chassant ma culpabilité, je profitai du fait qu'il me croyait au bord des larmes pour me laisser aller dans ses bras.

– Tu ne peux rien me dire? demanda-t-il. J'aimerais t'aider.

Je posai mon front contre son cou. Ce que je voulais de lui, ce n'était pas de l'aide. L'odeur fraîche de sa peau m'apaisa, mais j'entendis son cœur s'accélérer. Je ne l'en désirai que plus. Je m'appuyai contre lui, me délectant de la façon dont ses muscles tendus embrasaient ma peau.

– Tu veux faire un tour? murmura-t-il dans mes cheveux. Je n'ai pas encore vu les jardins de l'école.

– D'accord, dis-je en me dégageant de ses bras.

Nous sortîmes et nous traversâmes le parking pour nous rendre dans le jardin rempli de haies soigneusement taillées et de parterres de fleurs. Après quelques pas, nous surprîmes deux pensionnaires, un garçon et une fille, les membres enchevêtrés sous une arche couverte de lierre. Ils détalèrent comme des biches effarouchées.

Je les regardai s'enfuir, me demandant ce que

cela faisait de dérober des instants de plaisir et de les cacher au monde.

Shay marchait à côté de moi en silence. J'observai mes paumes. Les croûtes et les marques de coupure avaient disparu.

– Je suis désolée d'avoir été dure avec toi aujourd'hui, lançai-je en lui prenant la main.

Un sourire moqueur apparut au coin de ses lèvres.

– Tu es toujours plus gentille quand ton petit copain n'est pas dans les parages.

– Qui ? demandai-je, les sourcils froncés.

– Grand, brun, enragé, marmonna-t-il en passant ses doigts entre les miens.

– Ren ?

Je n'ai pas lâché sa main. J'aurais peut-être dû.

Il ne répondit pas, mais serra les mâchoires.

– Mon attitude n'avait rien à voir avec lui, rétorquai-je, incapable de maîtriser totalement ma mauvaise humeur. J'étais en colère contre toi.

– Peu importe, répondit-il en retirant ses doigts.

Apparemment, je n'étais pas la seule à être furieuse.

– Allons par là, dis-je en m'engageant dans un petit chemin.

Contrairement aux autres sentiers du jardin, il était en terre, et non pavé de galets ronds. Il passait entre de grands arbres à feuilles persistantes qui filtraient la lumière de la fin d'après-midi. Je m'arrêtai quand nous arrivâmes à mon endroit préféré du jardin, une clairière entourée de pins. Je m'assis, à moitié cachée par les fougères hautes.

Shay observa les alentours.

– Très joli.

– Oui, acquiesçai-je en étirant les bras vers le ciel, laissant le soleil réchauffer ma peau. Je viens ici quand j'ai envie d'être seule.

– On se sent à l'abri, murmura-t-il en s'accroupissant près de moi. Isolé.

Ma robe s'était relevée lorsque je m'étais assise et je surpris le regard de Shay, posé à l'endroit où ma peau disparaissait sous le tissu. Je me suis penchée vers lui.

– Embrasse-moi.

On aurait dit que je lui donnais un ordre, et ses épaules se sont raidies.

– S'il te plaît ? ajoutai-je.

Je n'aurais jamais cru qu'il me serait aussi difficile de demander quelque chose dont j'avais envie. Je n'avais pas l'habitude.

Pour cette fois, que les Gardiens et leurs lois aillent au diable. Voilà ce qu'ils avaient gagné à m'ordonner de passer du temps avec un garçon aussi beau. Mon premier baiser n'appartiendrait qu'à moi.

Shay se releva.

– Ne le prends pas mal, Calla. Ce n'est pas que je n'en ai pas envie.

– Tu en as envie ?

Une vague de chaleur me traversa, immédiatement remplacée par un sentiment de vide. *Mais tu ne le feras pas.*

– Oui, bien sûr, dit-il, les bras croisés sur la poitrine, les muscles tendus. Mais tu es bouleversée et je ne sais pas vraiment pourquoi tu me demandes ça.

Je tirai sur le bas de ma robe.

— Laisse tomber.

— Je veux bien t'aider à régler le problème qui te préoccupe, mais ce matin tu m'as envoyé balader, et je ne veux pas t'embrasser aujourd'hui pour que tu m'envoies au diable demain.

Une fougère innocente paya le prix de mon humiliation ; je l'arrachai en entier, racines comprises.

— Je sais, je sais, dis-je en jetant les feuilles et la terre. Je suis désolée.

— Il va bientôt faire nuit, ajouta-t-il en me tendant la main. Tu possèdes peut-être la vision nocturne des loups, mais pas moi.

— Parfois, j'oublie tes faiblesses, dis-je en refermant mes doigts sur les siens.

— Mes faiblesses ?

Il m'aida à me relever, et je me surpris à sourire. La décontraction de Shay avait réussi à calmer mon irritation. Lorsque je fus debout, il posa mes mains sur son torse, puis il m'enlaça et me serra contre lui.

Je sentis le contour de sa poitrine, ses cuisses contre mes hanches. Je levai le menton et ses lèvres se posèrent sur les miennes. Ce contact léger se propagea dans tout mon corps et explosa en moi. Frissonnante, je pris sa lèvre inférieure entre mes dents, la mordillant légèrement. Il gémit et enfonça ses ongles dans mon dos. Ses lèvres entrouvrirent les miennes, les explorant, s'y attardant.

J'avais encore les yeux fermés lorsqu'il s'écarta.

— Je croyais que tu ne voulais pas m'embrasser, murmurai-je.

Je le regardai et il sourit timidement.

— Je n'ai pas pu m'en empêcher.

— Tant mieux, dis-je en posant les doigts sur mon cou pour sentir mon pouls. Je ne pensais pas que ça me ferait cet effet-là. C'était incroyable.

— Attends une seconde, s'exclama-t-il en posant son index sous mon menton, relevant mon visage vers le sien. Ne me dis pas que c'était ton premier baiser ?

Je reculai dans l'ombre des pins, voulant dissimuler la rougeur de mes joues.

Il ne me suivit pas.

— Quoi ? Que se passe-t-il ?

— C'était bien mon premier baiser, confirmai-je en époussetant ma robe. C'est tout. N'en parlons plus.

Il traça le contour d'une fougère avec sa main.

— J'ai du mal à le croire. Mais si c'est vrai, alors je suis content que tu n'aies pas été déçue.

— Non, murmurai-je, sentant encore la chaleur se déverser dans mes membres. Aucune déception.

Il s'approcha de moi, mais je levai la main.

— Mais nous n'allons pas recommencer.

— Excuse-moi ? demanda-t-il en haussant un sourcil.

— Tu sais que je dois suivre des règles différentes de celles des autres filles.

— Des règles concernant les baisers ?

Il semblait sur le point d'éclater de rire, mais quand je hochai la tête, il jura et frappa le sol du talon.

— Je ne suis pas en train de t'envoyer promener,

dis-je en m'approchant de lui, sans le toucher. Seulement, je ne suis pas comme les autres filles, Shay. Je ne peux pas être égoïste.

— Et m'embrasser, c'est égoïste? demanda-t-il en me caressant la joue.

— Très égoïste.

J'effleurai sa paume de mes lèvres, savourant sa chaleur, son odeur.

— Et si j'ai encore envie de t'embrasser? murmura-t-il.

— Non, dis-je en enlevant à contrecœur sa main de mon visage. Si tu veux vraiment m'aider, ne le fais pas.

— Tiens, au fait, j'ai trouvé quelque chose qui pourrait t'intéresser, lança-t-il en ouvrant son sac à dos, d'où il sortit un livre.

— Tu veux me donner des cours particuliers? rétorquai-je en regardant le ciel qui s'assombrissait. Tu te souviens que tu n'as pas de vision nocturne?

— Ça ne prendra qu'une seconde. Je voulais que tu voies ça.

Le livre était épais et très ancien; son dos semblait à deux doigts de tomber en miettes.

— Un livre.

— Pour m'excuser de m'être aventuré sans autorisation sur ta montagne.

Au moment où j'aperçus le titre, des lettres noires qui semblaient avoir été gravées sur la couverture, je changeai de forme sans y penser et je reculai, sur mes gardes, les poils hérissés. Shay battit en retraite, bouche bée. Le livre tomba par terre.

— Calla, Calla, répéta-t-il à voix basse, comme

une incantation. Qu'y a-t-il ? Qu'est-ce que j'ai fait ?

J'avais les yeux fixés sur lui, les crocs dehors.

— S'il te plaît, transforme-toi, dit-il d'une voix tremblante. Quoi que j'aie fait, je suis désolé.

J'ai humé l'air à la recherche d'autres personnes, de signes m'indiquant qu'il s'agissait d'un piège. En vain : nous étions seuls. J'examinai son visage, mais ne trouvai aucune trace de trahison dans son expression craintive. À contrecœur, j'ai à nouveau changé de forme. Il relâcha brusquement son souffle et fit un pas vers moi. Je reculai d'un bond.

— Reste où tu es.

Il se figea.

— Calla, que se passe-t-il ?

J'ai secoué la tête.

— C'est moi qui pose les questions maintenant.

Il hocha rapidement la tête. Je désignai le livre épais d'un doigt tremblant.

— Qui es-tu, Shay ? Qui es-tu réellement ? Et où as-tu trouvé ça ?

— Tu sais qui je suis. Je suis moi, c'est tout. Je ne t'ai jamais menti, dit-il en rougissant. Et j'ai trouvé ce livre dans la bibliothèque de mon oncle.

Je gardais les mains tendues, prête à le frapper en cas de besoin.

— Ça ne le dérange pas que tu empruntes ses livres ?

Il tripota la fermeture éclair de sa veste.

— Pas vraiment.

Je l'observai et vis à quel point il s'en voulait de m'avoir effrayée. Je baissai les mains et je m'accroupis pour toucher le sol dans l'espoir que le contact de la terre m'apaise.

— Comment ça, «pas vraiment»?

— Bosque m'a laissé la maison, mais il m'a demandé de ne pas aller dans la bibliothèque. Il collectionne les livres rares et il a sous-entendu qu'un adolescent ne serait pas capable d'en prendre soin.

— Il n'avait peut-être pas tort! rétorquai-je en regardant le livre par terre.

Il poussa un grognement, le ramassa et l'essuya.

— Ce n'est pas ma faute, tu m'as fait peur, dit-il en serrant l'ouvrage contre sa poitrine. En général je suis très soigneux. Je ne l'aurais pas sorti de la maison si je n'avais pas voulu te le montrer. Et je trouve injuste de sa part de m'interdire l'accès de sa bibliothèque. Il ferme même la porte à clé!

— Dans ce cas, comment as-tu pu prendre le livre? demandai-je en passant le doigt sur l'écorce d'un arbre.

Un sourire espiègle apparut sur ses lèvres.

— Je ne lis pas que de la philosophie. J'ai traversé une phase rebelle quand j'étais plus jeune. Je voulais devenir voleur professionnel. J'ai lu beaucoup de bandes dessinées sur le sujet à l'époque.

Il a ri en voyant mon expression incrédule.

— Quoi qu'il en soit, j'ai appris à forcer les serrures. Je me débrouille plutôt bien. C'était cool de pouvoir aller et venir dans les dortoirs de mon pensionnat quand j'en avais envie.

Malgré mes nerfs en pelote, l'image de Shay errant dans les couloirs déserts d'une école privée élitiste me fit glousser.

— Mais pourquoi as-tu déménagé ? demandai-je. Si tu étais dans un pensionnat ?

— Oui, je sais, dit-il en se mettant à faire les cent pas. Mon oncle a dit que les habitudes engendraient la paresse, que j'avais besoin de voir le monde. Je crois que j'en ai largement assez vu.

— Oui, on dirait bien.

— Pourtant, déménager, c'est dur. Je n'ai pas de racines. Pas de véritables amis. Alors je crois qu'il m'est redevable. Et puis j'ai des opinions très marquées contre la censure. Je ne crois pas qu'on doive interdire la connaissance.

L'assurance avec laquelle il s'exprimait me mit mal à l'aise. Il n'avait aucune idée des risques qu'il prenait.

— Alors tu es un grand fan d'Ève ?

— Elle n'a pas eu de chance. Je choisirais sans aucune hésitation l'arbre de la connaissance plutôt que le jardin d'Éden. Je suis allé à l'Éden, ajouta-t-il avec un sourire. C'est très surfait.

— Je crois que l'original était mieux que la version d'Efron, marmonnai-je, me cachant à moitié derrière le tronc d'arbre.

— Mais, sans parler de la tentation d'entrer par effraction dans sa bibliothèque, je trouvais sa demande ridicule, presque insultante. Nous avons voyagé dans le monde entier, j'ai toujours été confiné dans des dortoirs minables, c'était la première fois que j'entrais dans la maison de sa famille – et voilà qu'il instaure cette règle. J'adore les livres, surtout les livres anciens. Je ne les abîme jamais. Celui-ci a attiré mon attention. Je crois qu'il date du début de l'époque moderne, peut-être de la fin du Moyen Âge, mais il n'y a pas d'indication précise à l'intérieur.

– Non, sûrement pas, murmurai-je.

– Tu l'as lu ?

– Non.

Mes mains se remirent à trembler.

– Mais tu le connais, dit-il en faisant un pas vers moi.

Je lui montrai les dents.

– Ne t'approche pas. Et n'approche pas ce livre de moi.

Il le retourna pour que la couverture soit face à lui.

– Tu en as peur. Pourquoi es-tu effrayée par un livre que tu n'as pas lu ?

Puis-je vraiment lui dire la vérité ? Je voyais s'amasser autour de moi les pièces d'un puzzle impossible à assembler.

Il ouvrit le livre. Je gémis et il le referma à nouveau.

– D'accord, on n'ouvre pas le livre, je comprends. Je voulais seulement te montrer la carte.

– La carte ?

– Il y en a quatre. Elles paraissent avoir été choisies au hasard, aux quatre coins du globe. C'est dommage que tu ne veuilles pas les voir, dit-il avec mélancolie, elles sont incroyables. Tu ne peux pas imaginer comme j'ai été surpris de trouver une carte de l'Amérique du Nord dans un livre aussi ancien. Pas étonnant que mon oncle ne veuille pas que je l'abîme ; s'il y a des preuves dans ce livre que les Européens du Moyen Âge avaient exploré l'intérieur du continent, alors c'est du sérieux. Ce texte pourrait valoir des millions.

Il le soupesa comme s'il jugeait de sa valeur. Je fis la grimace, attendant qu'il poursuive.

— Bien entendu, les noms de lieux ne correspondent à rien d'actuel. Tout est en latin. Mais la géographie est reconnaissable. Lorsque tu m'as trouvé, avec l'ours, je cherchais une grotte. Ça faisait un moment que j'avais envie de faire un peu de spéléologie.

Mon sang se figea. Il me regarda en fronçant les sourcils.

— La spéléologie, c'est l'exploration des grottes.

— Je sais ce que c'est. Tu cherchais Haldis ?

Il cligna des yeux, surpris.

— Oui, c'est le nom inscrit sur la carte, Haldis.

J'aurais voulu partir en courant.

— Si tu n'as pas lu ce livre ni vu les cartes, comment en as-tu entendu parler ? J'ai consulté tous les guides de randonnées et les cartes topographiques de la région, et la seule référence à cette grotte se trouve dans le livre de mon oncle.

Il a de nouveau posé les yeux sur l'ouvrage. Je sentais qu'il mourait d'envie de l'ouvrir, de revoir les images qu'il venait de décrire.

Sans quitter son visage des yeux, je pris une décision, me demandant quel impact elle aurait sur mon avenir.

— Mon travail, le devoir de chacun des Protecteurs ici, est de protéger la Caverne d'Haldis de nos ennemis. Les Chercheurs.

Je fixai le titre du livre, une expression en latin.

Bellum omnium contra omnes.

J'ai fermé les yeux, mais je voyais encore les caractères couleur d'ébène, comme s'ils avaient été gravés à l'intérieur de mes paupières. Les mots interdits ont résonné dans mon esprit.

La Guerre de tous contre tous.

Quatorze

Les ombres emplissaient la clairière, transformant le vert vif des fougères en bleu et en gris ternes.

— Tu as cru que c'était Hobbes, n'est-ce pas ?

Je scrutais l'obscurité entre les arbres, craignant que quelqu'un ne rôde dans les environs.

— C'est pour ça que tu as choisi ce livre.

J'entendais ses pieds se déplacer sur le sol.

— Oui. Je pensais avoir trouvé un traité inédit, dit-il d'une voix un peu mélancolique. J'étais très excité. Mais je dois admettre que je ne l'ai pas encore lu. Je me suis concentré sur les cartes. Et puis mon latin n'est pas grandiose. Traduire cette bête va me prendre un moment.

J'entendis ses doigts tambouriner sur la couverture.

— Ce n'est pas de Hobbes, n'est-ce pas ?

— Non, répondis-je en souriant dans l'obscurité grandissante. Absolument pas. Range-le.

— Alors comment sais-tu ce que c'est ? demanda-t-il avec une pointe d'impatience.

— Parce qu'on m'a interdit de le lire. Sous peine de mort. Range-le maintenant.

Ma gorge se serra.

— Comment la lecture d'un livre pourrait-elle

mériter la peine de mort ? insista-t-il en fourrant l'ouvrage dans son sac à dos.

Je lui pris la main.

— On ne peut pas parler de ça ici, allons-y.

— Et où allons-nous ?

Il trébucha sur un rocher et buta contre moi alors que je le guidais dans le sentier.

— À ma voiture.

— Tu veux aller dans ta voiture ?

Ses doigts ont serré les miens.

— Pas pour ça, dis-je, sans me dégager. Nous devons nous assurer que personne ne nous entend.

Lorsque nous sommes arrivés à la Jeep, j'ai ouvert la portière et je me suis assise à la place du conducteur.

— Que se passe-t-il, Calla ? demanda-t-il en ouvrant son sac à dos. C'est quoi, ce livre ?

— Il contient un savoir trop puissant pour tous, sauf pour les Gardiens. C'est leur texte le plus sacré.

— Nous revoilà aux Gardiens. Vas-tu me dire qui ils sont, maintenant ?

— Je vais te parler de la guerre, dis-je en scrutant le parking plongé dans le noir. Apparemment, tu es tombé en plein dedans. Mais j'ignore pourquoi.

— C'est pour ça que tout est aussi bizarre, ici ? m'interrogea-t-il en se penchant vers moi. Parce qu'il y a une guerre surnaturelle dont je ne sais rien ? Dont les humains ne savent rien ?

— Oui. Mais tu n'es impliqué dans cette guerre qu'à cause des gens que tu fréquentes.

— Toi ? ajouta-t-il avec une intonation ironique.

— Pas seulement moi. Ton oncle.

— Bosque ? Qu'est-ce qu'un consultant millionnaire a à voir avec ton monde ?

— Précisément, je ne sais pas. Je l'ai rencontré pour la première fois à l'Éden vendredi soir. Mais il ne fait aucun doute qu'il est important dans mon monde. C'est un Gardien. Un Gardien puissant. Suffisamment puissant pour donner des ordres à ceux qui me donnent des ordres.

— Qu'est-ce que tu racontes ?

J'ai tourné la tête en sentant l'inquiétude dans sa voix. Même dans l'ombre, je l'ai vu pâlir. J'ai soupiré.

— Je suis désolée. Ton oncle… Il n'est pas humain. Et ce n'est pas le frère de ta mère. Je ne sais pas ce que tu fais avec lui. Aucun des Protecteurs n'a jamais entendu parler d'un humain vivant parmi les Gardiens – jusqu'à ton arrivée.

— Tu as tort. Je connais Bosque depuis toujours. Il n'était peut-être pas souvent là quand j'étais petit, mais il est bel et bien humain.

— Je ne me trompe pas. Les Gardiens paraissent humains, mais ils ne le sont pas.

La veine de son cou saillait.

— S'ils ne sont pas humains, alors que sont-ils ?

— Des Anciens. Des créatures qui incarnent tant le terrestre que le divin, pleines de magie. Ce sont des sorciers.

— Les sorciers ne sont pas humains ? Les Wiccans ne sont-ils pas des sorciers ?

— Les humains sont des occupants relativement récents de cette planète. Certains d'entre eux, qui observent des rites païens, se font appeler sorciers, mais ce n'est pas la même chose. Les

Anciens détiennent le pouvoir depuis beaucoup plus longtemps. Les humains sont mortels, fragiles. Les Anciens, non. Ils existaient avant que les hommes aient des calendriers ou écrivent leur histoire. Ils évoluent entre les mondes, celui-ci et le monde de l'esprit. Les Gardiens ont le pouvoir de protéger la terre. Les sorciers dirigent le monde, l'empêchent de se désintégrer. Ils laissent simplement croire aux humains qu'ils le maîtrisent. Les intérêts des Gardiens ne sont pas les mêmes que ceux des humains.

Shay pressa les mains contre la boîte à gants.

– OK. On va dire que je te crois. Tu les appelles les Anciens, ou sorciers, mais tu as dit que mon oncle était un Gardien. Quelle est la différence ?

– Les Gardiens ne sont pas les seuls sorciers. Une guerre a éclaté, et fait toujours rage, car, il y a une éternité, les Anciens se sont divisés en deux camps. Les Gardiens et les Chercheurs.

– Et les Chercheurs sont vos ennemis ? demanda-t-il en ouvrant la boîte à gants et en se mettant à fouiller dans mes CD, comme s'il cherchait quelque chose de normal pour exorciser cette conversation étrange.

– Oui.

– Pourquoi ?

– Quand les humains sont venus au monde, on a demandé aux Anciens de les protéger.

Shay laissa tomber le CD qu'il avait dans la main.

– Qui leur a demandé ? Dieu ? Y a-t-il un Dieu ?

– Je ne sais pas vraiment, admis-je en fronçant les sourcils. La théologie n'a pas une grande part dans l'éducation des Protecteurs. Peut-être

Dieu... Peut-être des dieux et des déesses. Tout ce que je sais, c'est que la force qui a donné la vie aux humains a désigné les Anciens comme leurs protecteurs. Ils devaient les guider, les aider à prospérer sur terre en tant que parties de la création.

— Alors les Anciens étaient des anges ? demanda-t-il, sceptique.

— Non, pas vraiment. En tout cas, pas ceux des chœurs d'anges du paradis. Les Anciens vont et viennent entre les dimensions matérielle et spirituelle. Leur origine demeure un mystère... Du moins, pour la plupart d'entre nous. Les humains ont eu beau s'inventer des légendes religieuses au fil de l'histoire, aucune n'a réussi à comprendre précisément qui étaient les Anciens, et leur place dans le monde.

— Je ne peux pas avaler ça, Calla, dit-il en ramassant le CD. C'est de la bouillie religieuse, de la fantaisie. Un écran de fumée.

Je jouais avec ma ceinture de sécurité.

— Je te répète simplement ce qu'on m'a appris. Et ces choses-là ne sont-elles pas toujours un peu embrouillées ?

— Si tu le dis, grommela-t-il. Alors, qu'est-ce qui s'est passé ? Pourquoi les choses ont-elles dégénéré ?

— Certains Anciens ne voulaient pas de cette mission. Ils avaient envie d'utiliser leur pouvoir autrement, et faire du baby-sitting pour les humains n'avait rien de très attrayant.

Il fronça les sourcils.

— Tu vois, c'est exactement là où je voulais en venir. On se croirait dans la Bible. Des anges déchus, des ego démesurés, de la jalousie, des

202

châtiments – je connais tout ça. Certains des pensionnats dans lesquels m'a envoyé Bosque étaient catholiques.

– Tu as déjà dit que tu aimais bien Ève, ça ne fait pas de toi un très bon catholique.

– J'ai juste dit qu'il m'y avait envoyé, dit-il en se remettant à examiner ma collection de CD. Je ne me suis pas converti... pas encore. Alors des anges déchus, la guerre au paradis – je suis sur la bonne voie ?

– Je ne prétends pas que les humains n'ont jamais eu d'idées similaires. Mais ce n'est que de la spéculation. J'essaie de t'expliquer ce qui se passe réellement. Et la guerre se déroule ici, pas au paradis.

– Alors les Anciens qui ne voulaient pas de cette mission... ce sont les Chercheurs ? C'est à cause de ça qu'il y a la guerre ?

Je jetai un coup d'œil dans le rétroviseur, prise de paranoïa, craignant toujours qu'on nous épie.

– Les Gardiens surveillent les sites sacrés des Anciens. Ce sont ces sites qui leur confèrent leur pouvoir, et ils s'en servent pour protéger l'humanité. Les Chercheurs veulent prendre le contrôle de ces sites et le pouvoir des Gardiens pour le mettre à leur profit. S'ils y parvenaient, les humains seraient les victimes de leurs caprices et de leur cruauté. Ils deviendraient leurs esclaves, les Chercheurs domineraient la terre, et le monde naturel perdrait son équilibre. Toutes les bonnes intentions, l'espoir de la création seraient défaits, et le monde serait détruit. Les sites doivent être protégés.

— Et les Protecteurs comme toi repoussent les Chercheurs.

Il referma la boîte à gants, l'air méfiant. Je touchai son visage.

— Shay, est-ce que ça va ? Tu veux que j'arrête de parler de tout ça ?

Il secoua la tête. Sa barbe de quelques jours frotta contre ma paume.

— Non, je veux savoir, mais honnêtement, je ne comprends pas. J'aimerais sincèrement croire que tu es folle ou que tu me mens. Mais alors je me souviens que je regarde une fille qui peut se changer en loup dès qu'elle le souhaite.

Je lui adressai un pauvre sourire.

— Donc les Chercheurs essaient d'accéder aux sites, dit-il en prenant ma main.

Il m'était plus facile de parler quand il me touchait. Je me sentais plus en sécurité.

— Historiquement, oui. Mais ils n'y sont jamais parvenus. Il y a environ trois cents ans, la guerre a connu un tournant majeur. Nous l'appelons la Descente. C'est la dernière fois qu'une armée de Protecteurs s'est battue sous les couleurs des Gardiens. Nous avons gagné, de peu. Ensuite, les Chercheurs ont été pourchassés et presque annihilés.

— Alors pourquoi êtes-vous encore là ?

— Notre nombre a été réduit ; les Gardiens n'ont plus besoin d'une armée. Cependant, même affaiblis, les Chercheurs représentent une menace. Ils tendent des embuscades, font des raids éclairs. C'est une sorte de guérilla.

— Devez-vous les combattre souvent ?

– En fait, ils n'avaient pas commis d'attaques contre ce site depuis presque vingt ans.

Je me suis mordu la lèvre, puis je me suis forcée à continuer.

– Jusqu'à il y a deux nuits.

– Deux nuits ?

Je serrai ses doigts entre les miens et il inspira profondément.

– Tu veux dire vendredi ?

Je hochai la tête.

– Les deux hommes qui nous suivaient. C'était des Chercheurs.

Il lâcha ma main et s'appuya contre la vitre.

– Que voulaient-ils ?

J'ai hésité. Cela me paraissait injuste d'avouer à Shay que les Chercheurs le pourchassaient tant que je ne saurais pas pourquoi.

– Je ne sais pas trop.

Il tapota sur la glace.

– Mon oncle m'a dit qu'ils avaient été placés en garde à vue. Je pensais qu'il avait appelé la police.

– Non, dis-je en agrippant le volant. J'en ai tué un. Les Gardiens ont questionné le second.

– Tu as tué un de ces hommes ?

Il se tapit contre sa portière.

Je le foudroyai du regard en voyant qu'il approchait sa main de la poignée.

– Je suis une guerrière, Shay.

Il s'est figé, fixant le livre posé sur ses genoux. Sa peur et sa façon de me juger commençaient à m'énerver. Je croisai les bras sur ma poitrine et continuai de l'observer, mon humeur s'assombrissant à chaque seconde.

– Écoute. Je ne sais pas ce que tu fais là, mais

il est évident que les Gardiens veulent que tu sois en sécurité. Les Chercheurs te poursuivent peut-être, mais désormais les Gardiens et les Protecteurs t'ont à l'œil. Tu ne crains pas grand-chose, mais trimballer ce livre avec toi est très dangereux.

Il serra le volume contre sa poitrine.

– Ce livre est la seule source d'information que je possède sur Bosque qui, comme tu viens de me le faire remarquer, ne peut pas être mon oncle. Et il contient peut-être tout ce que je peux apprendre sur toi et les tiens. Je veux connaître ton monde. J'en fais partie maintenant.

– Non, dis-je en relâchant le volant. Tu ne peux pas en faire partie. Tu n'es qu'un humain. Je ne veux pas qu'il t'arrive quelque chose.

Comme il ne disait rien, je lui ai jeté un coup d'œil. Il m'observait, mais toute peur avait disparu de ses yeux.

– Il ne s'agit pas que de moi. Apparemment, tu ne sais pas grand-chose sur tes maîtres. Les sorciers qui dirigent le monde.

Ce fut à mon tour de regarder dehors.

– C'est pour cette raison que je voulais te montrer ce livre. Je me demande pourquoi ils se sont servis du titre de Hobbes.

Je me tournai vers lui, un rire sinistre s'échappant de ma gorge.

– Ils ne l'ont pas fait. C'est Hobbes qui leur a piqué ce titre.

– Quoi ?

Je voyais bien qu'il ne me croyait pas.

Je haussai les épaules.

– L'histoire, telle qu'on me l'a racontée, c'est

qu'autrefois, les Gardiens recherchaient la compagnie de philosophes, pour se divertir. Ils s'entouraient d'une cour composée des humains les plus brillants. Hobbes était un de leurs favoris.

Il se pencha en avant, intéressé.

– OK.

– Les Gardiens l'appréciaient tellement qu'ils lui ont parlé de leur monde. Ils lui ont proposé de l'élever.

– L'élever ?

– Le transformer en l'un d'entre eux. Comme on peut transformer un humain en Protecteur.

– C'est incroyable, dit-il en feuilletant les pages du livre.

– Mais les révélations des Gardiens l'ont horrifié. Il tenait trop à l'idée de l'autonomie humaine. Il a rejeté leur offre et s'est mis à les attaquer dans ses écrits.

– Tu veux dire qu'il a écrit *Le Léviathan* parce qu'il traversait un épisode psychotique provoqué par les révélations des sorciers ?

Les choses ne se passaient pas aussi bien que je l'avais espéré.

– Non, ce n'était pas une psychose. De la rancune, plutôt, ou du moins du déni de première catégorie. Hobbes s'est attaqué à la sorcellerie parce qu'il ne pouvait accepter la réalité de la guerre des Sorciers. Ni l'étendue des pouvoirs des Anciens sur la terre.

Shay fit la grimace.

– Alors que lui ont fait les Gardiens ?

– Rien. Ils le considéraient comme un animal de compagnie favori qui se comporte mal. C'est ainsi qu'ils traitent tous les humains. Enfin si, ils ont bien fait quelque chose. Comme il les a vraiment irrités, ils ont sali son nom au sein de nos tribus. Ses livres sont censurés, comme tu as pu t'en apercevoir. Les Gardiens peuvent se montrer très rancuniers.

— Alors la guerre de tous contre tous n'est pas une théorie sociale ?

J'ai essayé de lui offrir un sourire compatissant. Son univers venait de tomber en morceaux. Je savais ce qu'il ressentait. Mon univers aussi n'avait plus aucun sens.

— Hobbes a volé cette expression pour provoquer les Gardiens dans ses diatribes sur l'ordre naturel de la société humaine. Pour ce que j'en sais, le livre que tu possèdes est l'histoire du monde. De notre monde, pas du tien. *La Guerre de tous contre tous* est l'histoire des Anciens, de la guerre des Sorciers.

— Si ce n'est qu'un livre d'histoire, pourquoi n'es-tu pas autorisée à le lire ?

Lorsqu'il parlait, son souffle se matérialisait dans l'air froid de la soirée.

J'allumai le contact et mis le chauffage.

— Je n'ai jamais demandé.

— Tu n'es pas curieuse ?

Je gardais les yeux fixés sur le tableau de bord qui luisait faiblement. Lorsque je regardai enfin Shay, il faisait sauter le volume sur ses genoux dans une danse comique.

— Allez, lisons-le ensemble.

— C'est interdit.

— C'est justement ce qui le rend intéressant, me taquina-t-il. Et puis, je suis impliqué dans votre monde et je ne sais pas pourquoi. Toi non plus. Ce livre pourra peut-être nous l'expliquer.

Je posai la main sur sa poitrine et je le poussai contre la portière.

– Écoute-moi, Shay. Dans mon monde, les lois ne se discutent pas, les punitions sont sévères. Je pensais avoir été claire sur ce point. Interdit, c'est interdit. Si les Gardiens découvraient que j'ai lu ce livre, ils me tueraient.

– Tout comme ils te tueraient s'ils savaient que tu m'as sauvé des griffes de l'ours ?

– Exactement. C'est aussi sérieux que ça.

– Ces Gardiens ont l'air de citoyens modèles.

Il me fourra le livre sous le nez. Je reculai.

– Arrête ! m'écriai-je en serrant les poings sur les cuisses.

Mon propre malaise me faisait horreur. Je voulais en savoir plus sur mes maîtres, mais j'étais terrifiée par ce que cela pourrait me coûter.

Shay posa la main sur la mienne, et déplia mes doigts. Je frissonnai lorsque sa peau nue effleura ma jambe.

– Calla, il y a une carte de la grotte dans le livre. Il y a des informations qui pourraient nous aider.

Je regardais ses doigts qui caressaient ma paume.

– Personne ne doit savoir que nous le lisons.

Sa main s'immobilisa.

– Est-ce que des gens du lycée vont à la bibliothèque publique ?

– Non, nous allons tous à la bibliothèque du lycée.

– J'aime bien la bibliothèque de Vail ; elle est

beaucoup mieux que celle du lycée. Il y a trop de bimbos qui préfèrent faire des bulles de chewing-gum et se raconter des ragots plutôt que lire.

— Ne critique pas les ragots, rétorquai-je en lui pinçant la main. C'est ce qui fait tourner le monde.

— C'est malheureusement vrai, dit-il en riant doucement. On peut essayer de découvrir ce qu'il y a dans ce livre. Ça pourrait prendre du temps, mais à nous deux on arrivera bien à faire une traduction.

— Je ne peux pas le lire, rétorquai-je en enroulant mes doigts autour des siens. J'ai trop peur. Et puis je suis nulle en latin.

— Alors tu veux que je fasse tout le boulot et que je te dise de quoi ça parle ? Bien essayé.

— Je peux quand même t'aider. Pendant que tu traduiras, je ferai des recherches. Je parcourrai les documents de seconde main dont tu auras besoin pour comprendre le contexte. Je peux aussi répondre à tes questions sur mon monde, éclaircir ce qui n'aura peut-être aucun sens pour toi.

Il hocha la tête et glissa le livre dans son sac à dos.

— Ce serait bien utile. Mais comment vas-tu réussir à garder le secret ? Je pensais que tu n'avais pas le droit de te mêler aux humains ?

Je me laissai aller contre l'appuie-tête.

— Figure-toi qu'on vient de m'ordonner de passer plus de temps avec toi. Pour reprendre les termes exacts, je dois être ton «garde du corps *de facto*».

Ses yeux s'illuminèrent.

— En voilà une bonne nouvelle !

J'ai arrêté la main qu'il avait commencé à faire remonter sur ma cuisse.

– N'empêche que je dois toujours respecter les règles.

– Ce sont tes règles, pas les miennes, me taquina-t-il avant que je repose ses doigts sur le siège. La bibliothèque est ouverte jusqu'à huit heures du soir du lundi au jeudi. Je vais sans doute bosser là-dessus de quatre heures à huit heures ces soirs-là. Tu pourras m'y retrouver ?

– Oui, je ne patrouille que le dimanche.

Je me suis mordillé la lèvre. Je venais d'accepter de trahir mes maîtres.

– Bien, alors c'est entendu, dit-il avec un sourire sournois. Ça va être drôle.

– Risquer nos vies, tu trouves ça drôle ?

– Pourquoi pas ? demanda-t-il en ouvrant sa portière. Je vais commencer dès ce soir. J'aurai peut-être des questions pour toi d'ici demain.

– Merci, Shay.

– Ce fut un plaisir, madame Louve.

Il descendit de la Jeep avant que je puisse le frapper.

Quinze

Une Grand Cherokee noire et luisante était
garée dans notre allée. Je fronçai les sourcils, me
demandant ce que la voiture de Ren faisait encore
là. En entrant, j'ai entendu des accords mineurs
de piano qui venaient du salon. Ren était assis
à la table de la cuisine. Il s'est levé quand je me
suis approchée.

– Que fais-tu là? demandai-je, bien plus brusquement que je ne l'aurais voulu.

L'alpha Bane n'était jamais venu chez moi
auparavant.

– J'ai discuté avec ton frère pendant un
moment, dit-il en jetant un coup d'œil à l'escalier.
Et ensuite j'ai attendu que tu rentres. Tes parents
ont dit que cela ne les dérangeait pas.

– Pourquoi? l'interrogeai-je en posant les
mains sur le dossier d'une chaise. Je veux dire,
pourquoi m'attendais-tu?

– Je voulais te parler.

– De quoi?

Il regarda à nouveau l'escalier.

– On peut aller dans ta chambre?

Je me suis mordu la lèvre, prise de vertige.

– Je suppose. C'est un peu le bazar, dis-je en
imaginant les montagnes de vêtements entre

lesquelles nous allions devoir naviguer. Laisse-moi en parler avec mes parents, d'accord?

– Bien sûr.

Je roulai les épaules en arrière, essayant de détendre mes muscles, et je sortis.

Je m'arrêtai dans l'entrée, là où on ne pouvait pas me voir, lorsque j'entendis leurs voix anxieuses. Il se passait quelque chose.

– Ce garçon est presque un homme, il est bâti comme les meilleurs guerriers, disait mon père. Il n'y a pas à se faire de souci pour lui. Quant à Calla, elle a toujours été une combattante féroce; elle se débrouillera.

– Peut-être, répondit ma mère, mais pourquoi ce changement? Ni l'un ni l'autre n'ont été prévenus. C'est une épreuve difficile. Ils sont si jeunes.

– À peine plus jeunes que nous ne l'étions, Naomi. Le but de cette épreuve, c'est de démontrer leur capacité à se battre en couple, dit mon père dans un tintement de verre. C'est une mise à mort comme une autre.

– Ce n'est pas vrai, rétorqua ma mère d'une voix tremblante. Elle n'a jamais tué un…

En entendant les mots «mise à mort», je laissai tomber mon sac. Ils se turent en l'entendant heurter le parquet.

Génial. Inutile de se cacher maintenant. D'un coup de pied, je poussai mon sac vers la cuisine.

Lorsque j'entrai dans le salon, mes parents eurent l'air surpris.

– Bonsoir, Calla, dit ma mère en essayant de reprendre une contenance normale. Nous ne t'avons pas entendue rentrer.

Mon père se laissa aller contre le dossier de

son fauteuil en cuir ; il avait les yeux fermés, mais je savais qu'il était éveillé. Les notes de Chopin coulaient autour de moi, tel un ruisseau lent lors d'une nuit sans lune.

— Salut, lançai-je en croisant les mains derrière mon dos. Ren et moi allons discuter un moment à l'étage.

— Très bien, ma chérie, dit ma mère. Ne penses-tu pas que c'est une bonne idée, Stephen ?

— Cela devrait aller, répondit mon père avec un sourire inhabituel, étirant un seul coin de sa bouche. Ren est un jeune homme impressionnant... Il ne ressemble en rien à Émile. J'ai été agréablement surpris.

Je l'ai dévisagé, incrédule. Il souriait toujours.

— Fais-moi confiance, Cal. Ta vie sera beaucoup plus agréable que si tu t'étais unie avec le père de Ren.

— Euh, d'accord, dis-je en retournant vers la cuisine.

J'aurais aimé savoir de quoi ils avaient parlé plus tôt.

— Calla, m'appela ma mère d'une voix enjôleuse. Il est bien entendu tout à fait acceptable que Renier te rende visite, mais n'oublie pas que tu es une dame. N'attire pas la honte sur toi en faisant de mauvais choix.

— Non, bien sûr que non, répondis-je en regardant par terre, pensant au baiser de Shay et à tout ce dont j'avais eu envie après.

Un sourire rusé apparut sur les lèvres de Ren lorsque je revins dans la cuisine.

S'il a entendu ce qu'a dit ma mère, je vais la tuer.

— Allons-y, dis-je en lui faisant signe de me suivre. Alors comme ça, tu as parlé à Ansel?

— Mason m'a appelé pendant que je reconduisais ton frère. Il voulait s'assurer qu'Ansel ne se mette pas en tête de faire sa propre justice.

Je me suis arrêtée devant la porte de ma chambre.

— Pourquoi t'a-t-il appelé, toi? demandai-je, blessée.

Décidément, Mason ne me faisait pas confiance.

— Ne sois pas si attachée à ton territoire, Lily, dit-il en riant doucement. Il pensait que, comme tu es sa sœur, le louveteau pourrait ne pas prendre tes avertissements au sérieux. D'ailleurs, je suis l'alpha de la meute maintenant. Le protocole veut qu'ils s'adressent à moi en premier. Même avant toi.

— Je suppose, admis-je à contrecœur.

Avec Ren comme partenaire, je ne possédais plus l'autorité absolue sur ma meute. Les mâles alpha avaient plus de poids que les femelles. Ren dirigeait la meute. C'était mon rôle de l'aider et de m'assurer que les autres lui obéissent.

— Ce n'est pas contre toi, Cal. Ce sont seulement les règles.

J'ai hoché la tête puis j'ai ouvert la porte de ma chambre.

— Oh, non!

C'était bien pire que ce que j'avais imaginé.

Il poussa un sifflement.

— Si tu détestes tellement les vêtements, pourquoi en as-tu autant? Je n'arrive même pas à voir le sol.

— Donne-moi une seconde.

J'ai pris un énorme tas de vêtements dans mes bras et je les ai jetés dans mon armoire.

— Ne t'embête pas pour moi.

Lorsque j'eus dégagé le lit, Ren s'y étendit, prenant quelques oreillers pour se redresser. Puis il me fit signe d'approcher.

— Viens là.

Mon cœur s'est serré.

— Je ne vais pas te mordre, Lily.

Il me montra ses dents. Pas de crocs.

Je m'approchai lentement de lui.

— Ren, étais-tu au courant pour Mason et Nev ?

Il hocha la tête.

— Depuis combien de temps ?

— Environ six mois, je crois, répondit-il en haussant les épaules.

— Et ça n'a pas posé de problème au reste de ta meute ?

— Pas trop, dit-il, mal à l'aise.

— Qu'est-ce que ça veut dire ?

Il soupira.

— Sabine n'a aucun problème avec ça. Elle a toujours adoré Neville. Et Cosette laisse Sabine penser à sa place, alors ça ne la dérange pas non plus.

— Alors, c'est Dax.

Ren ne répondit pas, mais roula sur le côté et attrapa mon poignet.

— Dax n'est pas d'accord ? insistai-je alors qu'il m'attirait sur le lit.

Mon pouls s'affola.

— Dax pense que c'est trop risqué de laisser Nev

et Mason être ensemble. Il voit ça comme une faiblesse. Une menace pour la meute.

– C'est dommage.

J'étais impressionnée par le calme de Ren. *Comment fait-il ?*

Mon ventre s'est serré.

Ah oui, il a l'habitude.

– Ça n'a pas d'importance, dit-il, et je sentis les muscles de sa poitrine se contracter. Dax sait que je suis l'alpha, et j'ai donné mon accord à Neville. Lui et Mason doivent pouvoir être ensemble si c'est ce qu'ils veulent.

– Alors nous sommes sur la même longueur d'onde, dis-je, taisant mes doutes.

J'avais l'impression que Dax n'avait pas accepté de bonne grâce l'ordre de Ren.

– En effet, dit-il, son expression se durcissant. Cela ne posera aucun problème.

– Bien.

J'étais si proche de lui que je me demandais si j'allais réussir à me détendre.

– Alors, de quoi voulais-tu me parler ?

– J'ai besoin de savoir que tu vas bien.

Ses yeux et sa voix s'adoucirent.

– Il s'est passé tellement de choses ces derniers temps, reprit-il. Ça a été dur pour nous tous. Mais c'est toujours différent pour les alphas.

– C'est vrai.

Je retins mon souffle lorsque ses doigts suivirent le contour de ma clavicule.

Il caressa les mèches de cheveux ondulés éparpillés sur mon épaule.

– Je peux être là pour toi, si tu veux bien.

Il tourna son visage vers le mien.

— Qu'est-ce que tu fais? demandai-je en essayant de m'écarter.

Mais sa main glissa derrière ma nuque. Lorsqu'il chuchota, son souffle caressa mes lèvres.

— Laisse-moi t'embrasser, Calla. Tu ne sais pas depuis combien de temps j'en ai envie. Personne ne le saura.

Surprise, j'inspirai subitement et mes lèvres s'entrouvrirent. Il posa sa bouche, douce comme du velours, sur la mienne. Je fermai les yeux. Une centaine d'ailes se mirent à battre dans ma poitrine et dans tout mon corps. Son parfum me submergeait. Le cuir, le bois de santal, les feux de bois de l'automne. Il s'écarta, mais seulement pour faire descendre ses lèvres sur mon cou.

J'avais le sang en feu et je tremblais. *Est-ce vraiment en train d'arriver?*

Je ne pouvais m'empêcher de penser à Shay dans la clairière. Au moment où je lui avais demandé de m'embrasser. À l'électricité quand ses lèvres avaient touché les miennes.

Mais c'est ici qu'est ma place. J'ai essayé de chasser ces souvenirs.

Ren caressa mon genou, ses doigts remontèrent sur ma cuisse, se glissèrent sous ma robe.

J'attrapai son poignet.

— Attends!

Il ne libéra pas son bras de mon emprise mais continua d'embrasser le creux de mon épaule.

— Et si on oubliait l'attente? murmura-t-il contre ma peau.

— S'il te plaît, Ren.

Mon cœur battait à tout rompre.

– Ça va trop vite. Nous sommes censés attendre l'union.

Il roula sur le côté en poussant un grognement.

– Je pense que tu découvriras que l'assouvissement d'un désir longtemps refoulé est très surestimé.

– Je suis désolée, dis-je en lui prenant la main. Ce n'est pas que je ne veux pas…

Je m'arrêtai, réalisant que je ne savais pas ce que je voulais.

– Je peux t'aider, lança-t-il en s'approchant de moi.

Je sautai du lit.

– Je suis sérieuse, Ren.

– Bien, répondit-il en se levant doucement. C'est un territoire nouveau pour toi. J'espère seulement que les Gardiens ne t'ont pas transformée en nonne avec leur séquestration imbécile.

J'attrapai un livre sur ma table de nuit et je le jetai sur lui.

– Sors de ma chambre !

Il attrapa le livre en plein vol et le posa sur mon lit.

– Du calme, Lily. Ce n'était qu'une mauvaise blague. Je ne voulais pas t'offenser.

Je tremblais d'humiliation.

– Tu ne sais pas ce que c'est.

– Je sais, je suis désolé, dit-il en s'approchant de moi et en prenant mon visage entre ses mains. Je suis sûr que ça n'a pas été drôle. Tu mérites mieux.

Je hochai la tête. Il inclina son visage et effleura mes lèvres avec les siennes.

– Je te montrerai comme ça peut être drôle. Tu dois me faire confiance.

– Désolée de m'être énervée, murmurai-je.

– Pas de problème. C'est toi le chef. Pas de pression.

– Je ne suis plus en colère, promis, mais je suis vraiment fatiguée, dis-je en m'asseyant sur mon lit. La journée a été rude.

– En effet.

– Est-ce qu'on peut en rester là pour ce soir? On a déjà…

– Comme je l'ai dit, rétorqua-t-il avec un sourire tendu, c'est toi le chef. En attendant que tu sois prête, je te laisserai tranquille. À demain.

Il m'embrassa le front et sortit. Je me laissai tomber sur mon oreiller. J'avais l'impression de ne plus rien contrôler, et encore moins d'être le chef de qui que ce soit. Mes lèvres me picotaient encore après le baiser de Ren, mais lorsque j'ai fermé les yeux, je n'ai vu que le visage de Shay.

Seize

Shay tourna la page et griffonna quelques notes pendant que je m'agitais sur mon siège.

– Je n'arrive pas à croire qu'ils n'autorisent pas les boissons ici, dis-je. Comment suis-je censée lire tout ça sans café ?

– Tu n'as encore rien lu, Calla, me corrigea-t-il sans lever les yeux. Tu es restée assise là à me regarder lire.

– Tu ne m'as rien donné à chercher, rétorquai-je en jetant un coup d'œil au livre ouvert devant lui. D'ailleurs, tu as trouvé quelque chose d'utile ?

Il fit la moue.

– Écoute, je ne critique pas. Je te demande simplement ce que tu as trouvé jusque-là.

Il s'appuya contre sa chaise.

– Le livre semble divisé en trois parties. *De principiis priscis*, l'histoire de l'origine de ton monde, je suppose. Puis une section intitulée *De poelio…*

Il se tut, me regardant d'un air entendu.

– La bataille, dis-je.

Il hocha la tête et sourit.

– Bizarrement, je me doutais que tu connaîtrais ce mot.

Je souris et étirai mes bras au-dessus de moi. À

la simple suggestion d'un combat, mes muscles tressaillaient d'impatience. J'étais assise depuis des heures, d'abord au lycée et maintenant à la bibliothèque. Shay me regarda avec amusement avant de retourner à ses notes.

– Peut-être contient-il des détails sur la guerre des Sorciers ? Nous allons vite le savoir.

– Quel est le titre de la troisième partie ?

Il fronça les sourcils, dégageant son front des mèches châtain doré qui l'embarrassaient.

– C'est la seule que je ne comprends pas.

Il ouvrit le livre, tourna plusieurs pages jusqu'à la fin du volume.

– Et c'est de loin la plus courte. *Poenuntiatio volubilis.*

– Une annonce ?

Je pris un stylo et commençai à gribouiller dans mon carnet.

Shay se tourna vers le dictionnaire de latin.

– Je ne pense pas. Plutôt une prophétie, ou un augure. Mais le second mot, *volubilis*, implique que ce n'est pas gravé dans la pierre ; tu sais, comme l'idée de sort, ou de destin. Ce que décrit cette section, quoi que ce soit, peut être changé, altéré.

– Alors le livre se termine sur la description d'un événement censé se produire dans le futur ?

Sans que je sache pourquoi, cette idée me donnait la chair de poule. Il poussa un grognement dégoûté.

– Non. Je suis allé à la dernière page pour voir s'il y avait une conclusion qui pourrait nous aider à remettre le reste de l'ouvrage dans son contexte.

Il se rendit à la dernière page. Ma chair de poule s'intensifia.

– Qu'est-ce que ça dit ?

– *Crux ancora vitae*, répondit-il avec irritation.

– Quoi ?

Je me levai et me mis à faire les cent pas.

– Je crois que c'est un proverbe, ou quelque chose du genre. Cela signifie «la croix est le point d'ancrage de la vie». Je ne savais pas que tes sorciers étaient chrétiens, dit-il en passant les doigts sur les lignes.

Je continuais de tourner autour de la table.

– Ils ne le sont pas. Et le contenu de ce livre non plus. Quel que soit ce proverbe, il doit avoir une signification différente.

– Tu dois te tromper, Calla. Si tu prends en compte l'usage du latin et ce que j'ai pu discerner de ce texte en le comparant à d'autres livres rares – l'écriture, les enluminures – toutes ces choses facilitent sa datation. Il a été écrit à la fin du Moyen Âge, ou au début de la Renaissance, alors il peut tout à fait y avoir une influence chrétienne. Et puis il y a cette croix.

– Ce livre a peut-être été publié au Moyen Âge, mais il a dû être écrit avant. Les Anciens existaient avant les chrétiens.

– Mais si ce texte est préchrétien, et non médiéval, alors qu'est-ce que ça peut bien vouloir dire ? demanda-t-il en repoussant le livre, frustré. Quelqu'un aurait dû apprendre à cet imbécile comment terminer une narration. Pas de conclusion, seulement un proverbe débile. Et un dessin.

Je m'arrêtai juste devant sa chaise.

– Un dessin ?

– Oui, le dessin d'une croix, répondit-il en reprenant le livre, les yeux fixés sur la dernière page. Je suppose que cela donne un peu de crédit à ta théorie selon laquelle le livre n'est pas chrétien. Elle ne ressemble à aucun des crucifix que j'ai vus.

Je m'approchai un peu, le cœur battant.

– Comment ça ?

– Pourquoi n'y jetterais-tu pas un œil ? demanda-t-il en me regardant dans les yeux.

Lorsqu'il vit à quel point j'étais apeurée, il se leva et s'approcha de moi.

– Calla, dit-il en me prenant les mains, je comprends que tu aies peur de ce livre. Mais tu as franchi le pas maintenant, je pense que tu dois le regarder.

Je commençai par secouer la tête, mais il me serrait les doigts avec force.

– J'ai besoin de ton aide.

Il soutint mon regard, avec bienveillance, mais aussi un air de défi.

J'aurais voulu protester. Je savais pourtant que, maintenant que j'avais accepté de le retrouver à la bibliothèque, faire marche arrière aurait été absurde.

– D'accord.

Il me reconduisit vers la table. Mes mains se mirent à trembler lorsqu'il tourna le livre vers moi. Il s'assit, croisant les bras derrière la tête.

– Bizarre, hein ? Tu as vu, les deux branches sont différentes. Ça donne une impression d'asymétrie, alors que les branches sont de la même longueur.

J'ai fixé l'image, puis Shay.

– Tu ne la reconnais pas ?

– La reconnaître ? Comment ça ?

– Shay, c'est le tatouage que tu as sur la nuque, dis-je en tapotant l'image avec le doigt.

Il se mit à rire.

– Je n'ai pas de tatouage.

– Si.

– Je pense que je m'en souviendrais, si je m'étais fait tatouer. J'ai entendu dire que c'était très douloureux.

Il tressaillit lorsque je tirai sur le col de sa chemise. Le tatouage était bien là, tel que je me le rappelais. La croix, exactement similaire à celle du livre des Gardiens, était tatouée à l'encre noire sur la peau dorée de sa nuque.

– Tu vois, je te l'avais dit. Pas de tatouage.

Il essaya de se dégager, mais je l'immobilisai en lui appuyant sur l'épaule.

– Shay, cette croix est tatouée sur ta nuque. Je la regarde en ce moment même.

Un frisson le traversa. Je relâchai mon emprise, pressant doucement ses muscles tendus.

– Calla, murmura-t-il. Tu es sérieuse ?

– Oui, dis-je en m'accroupissant à côté de lui. J'ai du mal à croire que tu n'aies jamais vu ta propre nuque.

Il plissa le front.

– Ça a bien dû m'arriver. Et je ne me rappelle pas y avoir vu de tatouage.

Il a frissonné lorsque j'ai passé les doigts sur sa croix.

– Il est juste là.

– Passe-moi ton miroir de poche ; je vais aller voir dans les toilettes.

Il se leva d'un bond et me regarda avec impatience.

— Je n'ai pas de miroir de poche.

— Vraiment ? demanda-t-il en fronçant les sourcils. Je vais trouver un moyen.

Il fila et je m'assis sur sa chaise, reprenant le livre que j'avais commencé à lire.

Quelques minutes plus tard, je relevai les yeux. Shay me foudroyait du regard, l'air méfiant et nerveux.

— Tu te fous de moi ou quoi ?

— Tu as trouvé un miroir de poche ?

— J'en ai emprunté un à la bibliothécaire. Je lui ai dit que j'avais un problème avec ma lentille de contact et que le miroir des toilettes n'était pas assez grossissant.

— Tu portes des lentilles de contact ?

— Non, dit-il en tirant une chaise. Tu n'as pas répondu à ma question.

Je redressai les épaules.

— Je n'ai aucune raison de te mentir, Shay. Tu veux dire que tu as regardé ta nuque et que tu n'as rien vu ?

— Exactement. J'ai vu ma nuque, la peau nue de ma nuque. Aucun tatouage. Aucune croix étrange.

— Je suis désolée. La croix est tatouée sur ta nuque. Je ne sais pas grand-chose de la magie des Gardiens, je ne peux faire que des suppositions. Mais ils ont dû modifier ta vue pour que tu ne puisses pas la voir.

J'ai encore regardé l'image sur le livre, passant les doigts sur la page.

— Ils ont demandé aux Protecteurs de ne rien te

dire sur notre monde, même s'ils nous ont ordonné de te protéger. Pour je ne sais quelle raison, ils veulent que tu demeures dans l'ignorance.

Il devint tout blanc.

– Tu veux dire que mon oncle m'a jeté un sort pour que je ne puisse pas voir le tatouage ?

– Ce n'est pas ton oncle, essayai-je de lui rappeler gentiment, mais fermement. Et oui, je pense que c'est ce qu'il a fait.

Shay posa les coudes sur ses genoux, cachant son visage entre ses mains. Je me levai avec hésitation. Je frémis lorsque je passai mes bras autour de son corps tremblant, l'attirant contre moi. Mon cœur battait à tout rompre. J'avais beau savoir que je devais garder une distance physique avec lui, le voir dans cet état et ne rien pouvoir faire me semblait trop cruel.

Il encercla ma taille de ses bras. Ses doigts propageaient de la chaleur dans tout mon corps. Il se laissa aller contre moi, posa la joue au creux de mon épaule, et des décharges électriques circulèrent sur ma peau. Je caressai ses cheveux, me mordant la lèvre pour m'empêcher de lui embrasser le front.

– Merci, murmura-t-il doucement, d'une voix tendue, avant de s'éclaircir la gorge. J'ai un peu de mal à accepter de ne pas savoir vraiment qui je suis.

Je laissai échapper un petit rire.

Shay se raidit.

– Tu trouves ça drôle ?

Je passai les doigts dans ses cheveux.

– Non, je trouve ça intéressant, c'est tout. J'ai toujours su exactement qui j'étais et qui je serais.

Il se redressa et je le relâchai, mais je restai accroupie près de sa chaise.

— Aimerais-tu être autre chose que ce que tu es ?

— Non, répondis-je du tac au tac. Nous sommes ce que nous sommes. Je n'ai aucun désir d'être quelqu'un d'autre. Mais en ce moment, j'ai peur de ce que ça peut signifier pour les gens auxquels je tiens.

Il m'observa, leva lentement la main et me caressa la joue. Quand je le regardais dans les yeux, j'avais l'impression de pénétrer dans un jardin secret.

Je retournai rapidement m'asseoir, le souffle court, le cœur tambourinant.

Je sentis ses yeux sur moi alors que je dessinais des formes dans mon cahier.

— Je voulais connaître le contenu de ce livre parce que j'avais besoin d'en savoir plus sur les Gardiens et les Protecteurs, dis-je en me tournant vers lui.

Il me regardait avec curiosité. Je m'aperçus avec soulagement qu'il ne semblait pas offensé par ma brusque retraite.

— Mais de toute évidence, tout ce qui se passe ici te concerne, Shay. Nous devons découvrir qui tu es.

Il ne dit rien, se contentant de hocher une fois la tête.

— Nous savons donc que cette croix se trouve sur ta nuque, mais nous ne savons pas ce qu'elle signifie.

Il examina à nouveau le dessin.

— Mon tatouage comporte-t-il aussi ces triangles ?

— Non, répondis-je en rapprochant à contrecœur ma chaise de la sienne.

— Mais tu penses qu'ils ont de l'importance ? m'interrogea-t-il en me montrant mon cahier.

À ma grande surprise, je me rendis compte que j'avais dessiné au moins dix triangles sur la page blanche.

— Je n'arrive pas à me débarrasser de l'impression que je les ai déjà vus quelque part, mais je ne sais pas où, dis-je en me mordillant la lèvre, laissant mon esprit divaguer. Oh !

Je fouillai dans mon sac et j'en sortis mon manuel de chimie organique.

— Tu as des problèmes en chimie ? demanda Shay, les sourcils froncés, en me voyant tourner les pages.

Je secouai la tête et continuai à feuilleter le livre jusqu'à trouver l'introduction à l'expérience de lundi.

— Regarde. Je savais bien que je les avais déjà vus. C'est dans l'introduction historique à l'expérience d'alchimie. Ce sont des symboles alchimiques.

Shay se leva pour les regarder par-dessus mon épaule.

— Heureusement que tu as lu l'introduction. Moi je suis passé directement à l'expérience.

Je souris et continuai à lire.

— Ces quatre triangles représentent les quatre éléments : la terre, l'air, le feu et l'eau.

J'observai l'image dans le texte des Gardiens, puis dans mon manuel.

— Mais je n'ai aucune idée de leur rapport avec la croix.

— Je crois que tu viens de trouver ton premier sujet de recherche, Cal, dit-il en me tapotant l'épaule.

— D'accord. Mais sur quoi d'autre que ce proverbe puis-je m'appuyer ? C'est quoi déjà ?

— La croix est le point d'ancrage de la vie, déclara-t-il avec une solennité moqueuse. C'est la dernière phrase du livre. Ensuite vient l'image.

J'ai noté le proverbe au milieu des triangles.

— Qu'y a-t-il avant le proverbe ?

— Encore du charabia, répondit-il avec frustration. Deux lignes sont isolées tout à la fin du texte. La dernière est le proverbe, et l'autre est : « Puisse le Scion porter la croix. »

— Puisse le Scion porter la croix. La croix est le point d'ancrage de la vie.

Soudain, je vis la compréhension naître sur le visage de Shay. Un frisson glacé glissa le long de ma colonne.

— Que signifie « Scion », Shay ?

Sa pomme d'Adam monta et descendit lorsqu'il déglutit.

— Ça signifie « descendant ».

— Descendant de qui ?

J'avais raison. C'est vraiment quelqu'un d'important.

— Ce n'est pas un terme spécifique ; il peut s'agir du descendant de n'importe qui. Parfois, on utilise ce terme pour dire « héritier ».

— Shay, commençai-je en lui touchant l'épaule, espérant qu'il se retourne.

J'avais peur de le toucher, mais je voulais encore voir son tatouage.

— Non, dit-il sèchement.

Il s'écarta de moi et se dirigea vers les hautes étagères qui nous entouraient.

Je me levai d'un bond.

– C'est forcément toi. Tu portes la croix. Elle est sur ta nuque. Tu es le Scion.

– Non, non, non, répéta-t-il en reculant alors que je m'approchais. Tout ça… c'est une farce. Une mauvaise blague.

Il avait les traits tirés et me regardait avec un air accusateur.

– J'ai un tatouage que je ne peux pas voir. Mon oncle n'est pas un humain, mais un sorcier. Et maintenant, je serais un descendant extraordinaire mentionné dans un livre écrit des centaines d'années avant ma naissance ? Je ne crois pas, non.

Lorsque je réalisai qu'il allait se sauver, je fis la seule chose qui me vint à l'esprit pour l'arrêter.

– Shay.

Ma voix tranchante le figea sur place. Je m'élançai dans les airs, me transformant en loup, et je le renversai par terre. Mes pattes de devant se posèrent sur sa poitrine, le clouant au sol. Puis je repris ma forme humaine.

– Tu aimerais peut-être que je te mente, mais tu as devant toi une fille qui peut se transformer en loup quand elle le souhaite. Tu te souviens ?

Je lui caressai la joue, trop consciente de la manière dont mon corps épousait le sien. Je fermai les yeux, profitant de son odeur, de la chaleur de son corps.

Il passa les bras autour de mon cou, posa une main derrière ma tête et m'attira vers lui. Avant que je puisse réagir, ses lèvres furent sur les miennes.

Le baiser commença lentement, une exploration délicate, hésitante. Le contact tendre de sa bouche m'hypnotisait. J'ouvris les lèvres, laissant le désir m'emporter.

Son baiser s'intensifia. Sa main courut le long de mon dos, sur ma tresse, et se glissa sous mon T-shirt. J'avais l'impression de boire la lumière du soleil. Mes doigts remontèrent de sa poitrine à son cou, puis à sa mâchoire. Je me pressai contre lui. Je voulais découvrir tous les mystères qu'il savait si facilement extraire de mon corps. Je voulais plus de liberté, plus de folie.

Shay attrapa mes hanches et, dans un mouvement rapide, me retourna contre le sol. Ses mains bougeaient sous mon T-shirt, son corps pesait sur le mien. Je sentais son désir grandissant mêlé au mien, notre passion fiévreuse saturant l'atmosphère comme un éclair qui s'apprête à frapper. Je me redressai, refermai les jambes autour de lui. Ses doigts se déplaçaient avec précision, traçant le contour de mes courbes, s'attardant dans des endroits qui me coupaient le souffle, me liant à lui tout en me libérant. Le gémissement de plaisir que je poussai contre sa bouche me ramena brutalement à la réalité.

Je me dégageai et trébuchai jusqu'à la table. Tout tournait autour de moi. Mon cœur tambourinait dans ma poitrine, insistant, douloureux.

Je ne peux pas faire ça. Je ne peux pas. Pourtant j'en avais envie. Plus que tout au monde.

Il se releva et me sourit. La lumière chaude était revenue dans ses yeux.

– Que se passe-t-il ?

Je retournai à ma chaise, furieuse, sans rien

dire. Je me détestais, et mon corps, séparé du sien, me faisait souffrir.

– Oh, c'est vrai, dit-il, son sourire s'estompant. Le règlement concernant les baisers et tes noces imminentes. C'est pour quand, déjà ?

– Samain.

Mon cœur se serra. C'était tellement proche.

– Quoi ? C'est censé me dire quelque chose ?

Je froissai un bout de papier et je le jetai sur lui.

– Pour quelqu'un qui porte un prénom aussi difficile à prononcer, c'est plutôt pathétique[1].

Il ramassa mon missile et le jeta dans la poubelle la plus proche.

– Ce n'est pas parce que j'ai un nom irlandais que je suis un spécialiste des langues anciennes.

– Tu es bon en latin, répliquai-je.

– C'est pour ça que je n'ai pas besoin d'apprendre les autres.

– En effet. Samain. SA-MAIN.

– OK, Samain. Le jour de ton mariage. Alors, c'est quand ?

– Le 31 octobre.

– Le jour de Halloween ? Comme c'est romantique.

– Peu importe Halloween. Ce qui compte, c'est le Samain.

Je lui lançai un regard menaçant, qu'il l'ignora.

– Et c'est important parce que…, dit-il en me faisant signe de continuer.

– Les Gardiens peuvent renouveler leur pouvoir

---

1. Seamus est un prénom irlandais qui se prononce « Shaï-mus » ; le terme Samain, issu de la mythologie celtique, se prononce quant à lui « sow-wen ».

ce soir-là. Le voile entre les mondes est plus fin lors du Samain.

– Quels mondes ?

– Celui-ci, et l'enfer.

– C'est effrayant.

Il attrapa un stylo et prit quelques notes. Ses doigts tremblaient. Je me demandai si c'était la peur, ou si son corps était encore secoué par le désir, comme le mien.

– Ce doit être effrayant, en effet. Heureusement, les Protecteurs ne font que patrouiller dans le périmètre ce soir-là. Je n'ai jamais vu ce qu'ils y faisaient.

Soudain, je me sentis nauséeuse.

– Waouh ! Tu es toute verte. Que se passe-t-il ?

Je me suis agrippée au bord de la table, espérant que mon malaise allait se calmer.

– Cette année, je vais le savoir.

– Pourquoi ? demanda-t-il en se penchant vers moi.

– La cérémonie va être différente cette fois, dis-je en enlevant avec un ongle une fine couche de vernis sur la table. Comme ils ont choisi cette nuit pour l'union, je serai présente.

– Sais-tu ce qui va se passer ? ajouta-t-il, lui aussi très pâle.

– Non. Le rite de l'Union est un secret. Je ne sais pas grand-chose à ce sujet.

– Ça craint. Toute cette histoire craint.

– Arrête, Shay, dis-je en essayant de me remettre à lire.

– Je ne vois pas pourquoi tu ne peux pas faire une entorse au règlement. À ce qu'on m'a dit, Ren est sorti avec la moitié de Vail.

Il me regarda comme s'il s'attendait à ce que je sois choquée.

— Tout le monde le sait, répondis-je en gardant les yeux fixés sur la table. Ça n'a pas d'importance. C'était son choix. Les règles sont différentes pour lui.

— Comment ça? Les garçons seront toujours des garçons mais les filles doivent bien se tenir? se moqua-t-il.

— Je suis la femelle alpha, expliquai-je en coinçant mes chevilles derrière les pieds de ma chaise. Personne ne peut me toucher. C'est la loi des Gardiens.

— Mais Ren peut toucher qui il veut? Parce qu'apparemment, c'est ce qu'il fait.

— C'est un mâle alpha. La chasse fait partie de sa nature.

Je forçais tellement contre les pieds de ma chaise que le bois a craqué. Je ne voulais pas qu'il pose la question que je voyais se former son visage.

— Mais si tu es une alpha toi aussi, la chasse n'est-elle pas dans ta nature?

Je ne répondis pas. J'avais les jambes en feu.

— Et je t'ai touchée…

Ses doigts tressaillirent, comme s'il voulait recommencer. *Me désire-t-il autant que je le désire?*

— Je n'aurais pas dû te laisser faire, dis-je, alors que tous les muscles de mon corps se relâchaient. Peut-on parler d'autre chose?

— Mais ce n'est pas juste…

Il essaya de me prendre la main. Je m'écartai.

— La justice n'a rien à voir là-dedans. Il s'agit

de tradition. Et elle est importante pour les Gardiens.

– Mais et…

Il se tut.

– L'union est trop proche, le coupai-je en glissant les mains sous la table. Je ne suis pas libre. Et pour ton information, Ren ne sort avec personne non plus en ce moment.

– Est-ce qu'il sort avec toi ? demanda-t-il en refermant violemment son ordinateur portable.

– C'est compliqué.

En réalité, c'est simple. J'appartiens à Ren, pas à toi.

Il se laissa aller contre le dossier de sa chaise.

– Je ne supporte pas ce type. Il se comporte comme si tu lui appartenais.

– Tu ne le comprends pas, répliquai-je, embarrassée par l'absurdité de cette conversation. Et tu ne m'embrasseras plus, Shay Doran.

– Je ne te promets rien.

Je me détournai, espérant qu'il n'avait pas remarqué la rougeur qui avait envahi mes joues. Je ne voulais pas de sa promesse, mais ce choix ne m'appartenait pas. *Je dois arrêter ça, maintenant.*

– Très bien, dis-je froidement. Je suis sûre que tu t'en sortirais parfaitement dans la vie avec une seule main.

Il enleva ses mains de la table.

– Tu n'oserais pas.

– À toi de voir si tu veux prendre le risque, ajoutai-je en riant.

Il frissonna et marmonna quelque chose dans sa barbe.

— Je n'ai pas entendu.

La frustration me donnait mal au ventre. Je voulais qu'il me touche encore, et j'étais furieuse contre moi-même et contre lui, qui éveillait ce désir en moi.

— Je disais juste que je suis content de savoir que je suis tombé sous le charme d'une vestale.

— Une quoi ?

— Oh, des bêtises, de l'histoire, dit-il avec un sourire froid qui me hérissa. Des jeunes filles elles aussi extrêmement désirables mais intouchables. Si elles brisaient leur vœu de chasteté, elles étaient enterrées vivantes.

— Enterrées vivantes ?

Serait-ce ma punition si les Gardiens apprenaient ce qui se passe entre Shay et moi ? Je savais qu'il y aurait des conséquences s'ils savaient qu'un autre garçon que Ren m'avait touchée, mais je n'avais pas vraiment réfléchi à la forme qu'elles prendraient.

— Et l'heureux jeune homme qui avait séduit une vierge sacrée était flagellé à mort en public.

Soudain, je me suis sentie vide. Ma propre punition avait de quoi m'effrayer, mais l'idée de ce qui pourrait arriver à Shay était bien pire.

— Alors je suppose qu'on devrait tirer les leçons de l'histoire, ajoutai-je en essayant d'empêcher ma voix de trembler.

— Nous ne vivons pas dans la Rome antique, répondit-il sèchement.

— Puisque le sujet est clos, dis-je en ignorant son air furieux, revenons aux choses importantes.

Il me dévisageait.

— S'il te plaît, murmurai-je.

— D'accord, lança-t-il en rouvrant son ordinateur. Bon, si nous partons du principe que je suis
ce Scion, que peut-on en déduire ?

Merci.

— Il faudrait déjà savoir de qui tu es le
descendant.

Il hocha la tête et haussa les épaules.

— De personne de connu.

— Tu ne te rappelles pas tes parents ?

— Non. Ils sont morts dans un accident de voiture quand j'avais deux ans. Je ne me souviens
plus du tout d'eux, je ne sais même plus à quoi
ils ressemblaient.

Il posa le texte des Gardiens sur ses genoux et
traça le contour de la croix.

— Je n'ai aucune photo. Oncle Bosque disait
toujours qu'il valait mieux laisser le passé
tranquille.

J'ai froncé les sourcils.

— Tu ne possèdes rien ayant appartenu à tes
parents. Aucun souvenir ?

— Seulement une couverture que ma mère avait
tricotée pour moi, dit-il avec un sourire penaud.
Je l'emmenais partout quand j'étais petit.

Je jouais avec le bout de ma natte en me retenant de rire.

— Comment s'appelaient-ils ?

— Tristan et Sarah Doran.

J'ai sursauté si violemment que ma chaise a
manqué se renverser. *Oh mon Dieu, ces noms !
Non, non, non.*

Il releva brusquement la tête.

— Quoi ?

— Tristan et Sarah ? répétai-je, horrifiée.

— Oui. Calla, que se passe-t-il ? Encore une mauvaise nouvelle ?

— Je ne sais pas ce que ça veut dire, ne l'oublie pas. Mais le soir où nous avons été agressés en sortant de l'Éden…

Le visage du Chercheur prisonnier me revint vivement en mémoire.

— Le Chercheur que nous avons fait prisonnier, repris-je, désespérée par le teint livide de Shay, il a prononcé leurs noms, Tristan et Sarah.

— L'un des hommes qui nous a agressés connaissait mes parents ?

Les veines de son cou palpitaient.

— Je n'en suis pas sûre.

Je voulais dire la vérité, mais chacun de mes mots me faisait l'effet d'un fil qui, si je tirais dessus, risquait de défaire toute ma vie.

— Qu'a-t-il dit exactement ? me questionna Shay, penché en avant, et me regardant attentivement.

— Il a demandé où tu étais…

Je me suis interrompue, fouillant dans ma mémoire.

— Puis il a dit : « Il ne sait rien, n'est-ce pas ? Qui il est, que vous avez pris Tristan et Sarah ? Ce que vous allez faire ? »

Shay agrippa les accoudoirs de sa chaise.

— Je pensais que les Chercheurs essayaient de détruire le monde. Ce ne sont pas eux, les méchants ?

Je hochai la tête, n'ayant aucune explication à lui fournir.

Il se leva, ferma son ordinateur et ramassa son sac à dos.

— Je suis désolé, mais je dois y aller. C'est trop…
J'ai besoin d'être seul. Je reviendrai demain.

Je n'ai pas bougé quand il s'est approché de
moi. Pourtant j'avais envie de le suivre.

— Et, Calla, ajouta-t-il en se penchant vers moi,
murmurant dans mes cheveux, je ne pense pas
être le seul à qui l'on ment.

Dix-sept

Le lendemain matin, Shay n'était pas en cours. Une vague de nausée me submergea.

Les Gardiens auraient-ils pu lui faire du mal ?

Je me rongeai les ongles pendant les trois premiers cours de la journée. Quand j'entrai dans la classe de chimie organique et que je le vis, assis à sa place, je luttai contre l'envie de courir le prendre dans mes bras. Quand je m'approchai, ses deux partenaires humains se blottirent à l'autre bout de la table. Shay observa leur réaction du coin de l'œil.

— Tu fais toujours cet effet-là aux humains ? demanda-t-il avec un petit sourire.

— En général, oui. Comme tous les Protecteurs. Tu es une anomalie de la nature, je devrais te terrifier.

Je m'appuyai contre la table, essayant de garder une voix calme.

— Où étais-tu ce matin ?

— Tu t'es fait du souci pour moi ? demanda-t-il en souriant de plus belle. Pour ta petite anomalie de la nature ?

— N'importe quoi, mentis-je.

— J'ai séché, dit-il en faisant tourner un crayon

de papier entre ses doigts. Je n'avais pas envie de sortir de mon lit ce matin.

— Je trouve ton attitude bien cavalière, lançai-je, agacée d'avoir risqué un ulcère alors qu'il dormait.

Il baissa la voix et se pencha vers moi.

— D'après toi, mon oncle est un sorcier ultra-puissant, et d'après Logan, c'est un membre du conseil d'administration. Que vont-ils faire, me renvoyer ?

— Peut-être, mais j'apprécierais un peu de considération. Pour ce que j'en savais, les Gardiens auraient bien pu te donner en petit déjeuner à un spectre.

Il fronça les sourcils.

— C'est quoi, un spectre ?

Un frisson m'a parcourue.

— Peu importe. Appelle-moi, la prochaine fois, d'accord ?

— Tu vas me donner ton numéro de téléphone ? demanda-t-il avec un sourire taquin.

Je n'ai pas pu m'empêcher de sourire à mon tour.

— Il faut croire.

Il sortit son téléphone et y entra le numéro que je lui dictais.

— Tu veux le mien ? demanda-t-il avec un regard plein d'espoir.

— Bien sûr, dis-je en sortant à mon tour mon téléphone.

— Ton bien-aimé n'a pas l'air d'apprécier, lança Shay, toujours souriant.

Je jetai un coup d'œil au fond de la classe. Ren, appuyé nonchalamment sur notre table, nous observait, une paire de ciseaux à la main. Jamais fourniture scolaire ne m'avait paru aussi dangereuse.

— Bon cours, murmurai-je.

Je retournai à ma place, me reprochant de m'être montrée si ouvertement amicale envers Shay.

Lorsque j'arrivai à notre table, Ren était occupé à préparer l'expérience du jour.

— Hé, Ren.

Mon pouls battait si fort que j'ai à peine entendu ma propre voix. Lorsque je le regardais, je ne voyais qu'une chose : mon lit. Je sentais la chaleur de son corps près du mien, entendais mon souffle court alors que ses mains se glissaient sous ma robe.

Quand j'essayais de chasser ces souvenirs, des images de Shay les remplaçaient. Je ne pouvais me débarrasser de l'impression que j'avais trahi Ren de façon impardonnable. Mais cette seule pensée me mit en colère et fit apparaître devant mes yeux les visages de toutes les filles qui avaient accepté avec joie les baisers de Ren, et plus encore. Ces deux sentiments se confrontaient violemment en moi, et j'étais incapable de le regarder.

Mais Ren ne semblait pas disposé à me regarder non plus.

— Calla, me salua-t-il froidement.

Pour la première fois, je regrettai le surnom que je détestais tant.

C'est ça qu'il entend par « pas de pression » ? Ou est-il furieux parce que j'ai parlé à Shay ? Mon Dieu, je trouve toujours le moyen de tout gâcher.

Je réprimai le soupir qui montait dans ma

poitrine et je mis à chercher mon manuel de chimie.

– Je vois que tu prends à cœur les ordres de Logan, gronda Ren.

Je me tournai vers lui et je sursautai. Il était penché au-dessus de moi, son corps à quelques centimètres seulement du mien.

Je haussai les épaules.

– Les ordres sont les ordres.

– Eh bien, il doit être content !

Il posa la main sur la table, passa d'un pied sur l'autre, mal à l'aise, si proche de moi qu'un seul pas aurait suffi pour que je me blottisse contre lui.

J'ai essayé de me concentrer sur la conversation.

– Logan ? Oui, je suppose qu'il sera content.

– Je parlais de Shay, dit-il en jetant un regard mauvais vers l'avant de la classe.

Soudain, mon esprit fut envahi par des images de vierges charmantes, jetées vivantes dans des tombes béantes, hurlant alors qu'on les recouvrait de terre. *Je dois arranger les choses.*

– En ce qui concerne l'autre soir…

Je suis la femelle alpha. Il est mon compagnon. Pourquoi est-ce aussi difficile ?

Il se redressa puis s'écarta. Je sentis mon estomac se nouer.

– Mlle Foris a dit que cette expérience allait prendre l'heure entière. Il faut qu'on s'y mette.

– Ren…

Son regard en biais m'interrompit.

– Laisse tomber.

Je l'ai pris par le coude et l'ai tourné vers moi.

– Écoute-moi, Ren. Tout est embrouillé en

ce moment, et ça a été difficile pour nous tous, comme tu l'as dit.

Il essaya de se détourner, mais j'ai grogné et l'ai maintenu en place. Un léger sourire est apparu sur son visage dur.

– Tu dois savoir…

Mon courage me fit défaut pendant un instant. Prenant une grande inspiration, je me suis lancée.

– Que je ne veux pas que tu me laisses tranquille.

Il se tendit, le regard méfiant, comme s'il attendait que je nuance mes propos. Comme je n'ajoutais rien, il retira doucement son bras.

– Je garderai ça à l'esprit.

Nous travaillâmes dans un silence inconfortable. À la fin du cours, j'étais malheureuse. Ren quitta la pièce sans même me faire un signe.

Lorsque j'entrai dans la cafétéria, la meute Haldis était réunie autour de nos tables et discutait d'un air satisfait. Dax, Fey et Cosette formaient un groupe. Le solide élève de terminale gesticulait dans tous les sens et les deux filles le regardaient, le visage radieux. Bryn et Ansel discutaient tranquillement, l'un à côté de l'autre, mais à mon grand plaisir, je vis qu'ils avaient réussi à contenir au moins un peu leurs regards énamourés.

Je trébuchai en voyant Sabine : assise à côté de Mason et de Neville, elle souriait. Mason leur faisait la démonstration de la façon douteuse dont on pouvait se servir d'une banane, et ils ont tous éclaté de rire.

– Hé, Cal, dit Ansel lorsque je me suis assise à côté de lui. Ça te dérangerait d'échanger ta pomme contre une orange ? Tu as pris la dernière quand tu as préparé ton déjeuner.

– D'accord.

Il se mit aussitôt à fouiller dans mon sac.

– Tu te sens mieux, Cal ? demanda Bryn. Tu n'avais vraiment pas l'air dans ton assiette en première heure.

– Oui, oui, répondis-je. J'ai juste mal dormi. Mais je vais bien.

En voyant Ren s'approcher, je sortis mon sandwich de mon sac d'un geste énervé, tout en essayant de me rappeler ce que signifiait l'expression « avoir de l'appétit ». Je n'avais pris qu'une bouchée de rosbif lorsque j'ai entendu une voix familière.

– Salut, lança Shay, qui se trouvait apparemment juste derrière moi. Je me demandais si je pouvais me joindre à vous.

La bouchée de sandwich se coinça dans ma gorge. Je toussai, et les larmes me vinrent aux yeux. Ansel me tapa dans le dos jusqu'à ce que je puisse respirer à nouveau.

Je me raclai la gorge et je me tournai vers lui. *Non, Shay. Ne fais pas ça. Tu ne comprends pas les implications de ton geste.*

– Est-ce que ça va ? me demanda-t-il.

Il s'exprimait d'une voix sérieuse, mais ses yeux riaient.

– Tu veux t'asseoir avec nous ? dis-je avec une incrédulité grandissante.

Je ne savais pas à quoi il jouait.

– Oui, si ça ne vous dérange pas.

Toutes les conversations cessèrent. Les jeunes loups dévisageaient ce garçon humain qui était assez courageux, ou assez fou, pour pénétrer dans leur espace social. Je jetai un coup d'œil à la table des Gardiens, de l'autre côté de la cafétéria. Comme je m'y attendais, Logan avait relevé ses lunettes de soleil sur son front et suivait cet échange avec attention, une expression paresseuse mais intéressée sur le visage.

– Bien sûr.

Je clignai des yeux, surprise par la vitesse avec laquelle Ren avait parcouru la distance qui le séparait de Shay.

– Nous avons tous envie de mieux te connaître, Shay. Je t'en prie, assieds-toi.

Première nouvelle !

Avec un petit sourire en coin, Ren se glissa sur la chaise voisine de la mienne et tira le sac contenant mon déjeuner devant lui.

– Calla, veux-tu laisser ta place à Shay ?

Shay fronça les sourcils.

– Je peux me trouver une chaise.

– Ce ne sera pas nécessaire, dit Ren d'une voix glaciale, sans me quitter des yeux.

Je ne savais pas à quoi Ren jouait, mais je ne voulais pas le pousser à bout quand Shay était impliqué. Si je devais rester debout pendant tout le déjeuner, alors qu'il en soit ainsi. J'ai poussé ma chaise vers Shay.

Des doigts encerclèrent mon poignet. Je tournai brusquement la tête. Les yeux de Ren dansaient avec une joie sombre. Il m'attira à lui comme si j'étais un vulgaire trophée.

– Alors, qu'y a-t-il pour le déjeuner ? demanda-t-il en me prenant sur ses genoux.

– Je peux vraiment aller chercher une autre chaise, répéta Shay d'une voix furieuse.

Les iris couleur charbon de Ren brillaient d'une lueur de défi, et j'étais décidée à le relever.

– Non, intervins-je en m'efforçant de garder mon calme. Ça va aller.

– Ça n'a vraiment pas l'air très... confortable.

La mâchoire de Shay se crispa lorsque l'alpha passa les bras autour de ma taille.

– Oh, au contraire, ronronna Ren.

Mes joues s'enflammèrent lorsque ses lèvres effleurèrent mon cou.

– Tu n'es pas bien, Lily ? demanda-t-il.

Shay grimaça en entendant ce surnom. Il me fallut toute ma volonté pour ne pas gifler l'alpha. Il se comportait avec cruauté.

– Ça va.

J'ai lancé un regard assassin à Bryn, qui papillonnait des paupières. Ansel arborait un sourire imbécile.

– Oh, regardez-moi ça, dit Mason en posant le menton sur sa main. C'est la chose la plus adorable que j'aie jamais vue. Qu'est-ce que vous avez fabriqué derrière notre dos tous les deux ? C'est très vilain.

Dax nous contempla et un grognement satisfait s'échappa de sa poitrine. Fey lui fit un clin d'œil et s'humecta les lèvres. Nev releva les yeux du carnet dans lequel il écrivait, haussa un sourcil, puis se remit à écrire.

Bryn et Ansel me faisaient tous les deux des grimaces. Même Sabine gloussa. Cosette lui jeta un coup d'œil, s'agita sur son siège, mais ne réussit pas à sourire. Vaincue, je me laissai aller contre

Ren, qui m'enlaça. Ses mains étaient vraiment basses sur ma taille, et leur contact réveillait des endroits de mon corps dont, jusque-là, j'avais à peine eu conscience. C'est alors que j'ai remarqué la souffrance qui se lisait sur le visage de Shay.

— Tais-toi, Mason.

Je pris mon orange et la jetai sur lui. Il rit en l'attrapant au vol.

— Ne fais pas attention à nous, Shay, ajouta-t-il en lui souriant. Nous ne sommes qu'une bande d'animaux sauvages.

— Sérieusement, dit Dax en faisant jouer les muscles de ses bras.

Un rire nerveux s'empara de la meute. Shay a souri à Mason.

— J'avais remarqué, mais certains d'entre vous sont mieux élevés que les autres.

Il lança un regard mauvais à Ren, qui le lui rendit. Dax arrêta de sourire et Fey retroussa les lèvres. Je lui décochai un regard d'avertissement en voyant ses canines pointues. Elle me jeta un regard dur comme l'acier mais ferma les lèvres.

— Eh bien! voilà qui promet d'être intéressant, commenta Mason en sortant un objet argenté de sa poche et en le lançant à Shay.

Lorsque Shay ouvrit sa main, il avait un chocolat Hershey's Kisses dans la paume.

Mason lui fit un clin d'œil.

— Bienvenue à notre table, mec. J'espère que tu survivras.

— Ça devrait aller, dit-il en tournant le chocolat entre ses doigts. Merci. Rien de tel qu'un bon baiser.

Il sourit et me lança un regard en biais qui me donna le frisson.

— Tu as bien raison, ajouta Mason en riant et en s'appuyant contre le dossier de sa chaise. Maintenant, les présentations.

Il prit la main de Neville, l'empêchant d'écrire.

— Lis-le.

— Lire quoi ? demanda Neville, visiblement irrité par cette interruption.

— Le limerick[1] que tu as écrit, répondit Mason avec un grand sourire.

— Sûrement pas, dit Nev en repoussant sa chaise.

— Allez, insista Mason, il est super.

— Un limerick ? demanda Shay en regardant Nev.

— Il n'est pas vraiment bon, dit Nev en dégageant sa main de celle de Mason.

— Nev est un poète, lança ce dernier en arrachant le carnet des mains de Neville, le tenant hors de sa portée alors qu'il essayait de l'attraper. Voici son recueil. Et si on le lisait ?

Nev pointa son stylo sur Mason, comme s'il s'agissait d'un couteau.

— Si tu montres ça à quiconque, je te tuerai.

— Dès que tu auras récité le limerick, je te le rendrai, dit-il en s'asseyant sur le carnet. Je sais que tu le connais par cœur.

— Je me demande bien pourquoi je suis gentil avec toi, marmonna Nev.

— Mon charme irrésistible.

---

1. Au Royaume-Uni, un *limerick* est un petit poème en vers, populaire et satirique, comprenant en général un jeu de mots, très en vogue au XIXᵉ siècle.

– Ton quelque chose d'irrésistible, oui.

– Moi aussi j'aimerais l'entendre, intervint Ren.

Il se mit à me caresser la cuisse. Son odeur était chaude et apaisante, mais son contact me faisait trembler. *S'il te plaît, Shay, ne regarde pas par là.*

Nev jeta son stylo sur la table.

– D'accord :

La vie de Ren et Calla peut être torride,
Car les jeunes à Vail sont bien morbides
Bine et Cos jamais ne faiblissent
Dax et Fey jamais ne blêmissent
Et Ansel et Bryn pourraient bien devenir sordides

Bryn recracha son Coca light sur la table. Mason et Ansel applaudirent. Moi j'étais trop abasourdie pour réagir.

Voilà ce que le tranquille Neville fait de son temps libre?

– Bine? répéta Sabine en fronçant les sourcils, tandis que Cosette épongeait le soda qui avait coulé jusqu'à leur côté de table. Depuis quand je m'appelle « Bine »? Et nous n'appelons jamais Cosette « Cos ».

– C'est une question de rythme, expliqua Nev. Désolé. Je vous avais dit que ce n'était pas très bon.

– Pourquoi Mason et toi n'êtes-vous pas dedans? demanda Ansel.

– Oh, il en a écrit un autre sur nous deux, dit Mason en remuant les sourcils.

Nev le poussa et il tomba de sa chaise en riant.

– C'était super, lança Shay en souriant. Tu

251

pourrais le répéter pour que je m'entraîne à associer chaque nom à un visage ? Ce serait plus facile si vous leviez la main quand Nev dit votre prénom.

Nev regarda Ren, qui hocha la tête, et s'exécuta à contrecœur. Chaque membre de la meute leva la main en entendant son nom, sauf Sabine, qui se contenta de faire la moue, et Dax et Fey qui firent un doigt d'honneur à Shay.

— Merci, dit Shay en tournant sa chaise vers celle de Bryn, sachant désormais où il avait le plus de chance de trouver des alliés.

Bryn lui sourit. Ansel poussa une poignée de chips devant notre invité.

Shay en fourra une dans sa bouche en rendant son sourire à Bryn.

— Calla m'a beaucoup parlé de vous, dit-il entre deux coups de dents.

— Vraiment ? demanda Bryn en me jetant un coup d'œil inquiet.

J'ai secoué discrètement la tête, et elle s'est détendue.

— C'est parce qu'on est géniaux, ajouta Ansel en levant le pouce.

— Joli, petit frère, marmonnai-je. Très cool.

Il rougit et Bryn lui fit un baiser sur la joue.

— Ignore-la. Nous sommes géniaux. Alors, c'est quoi ton histoire, Shay ?

— Rien de spécial, rétorqua-t-il en me faisant un clin d'œil.

Je lui ai lancé un regard mauvais.

Ne me force pas à t'arracher les cils un à un.

— Je suis en terminale, ajouta-t-il. J'habite à Rowan Estate avec mon oncle.

Toute la table resta bouche bée. Des visions de couloirs vides et de toiles d'araignée emplirent mon esprit. Je faillis tomber des genoux de Ren, mais il m'a rattrapée en riant doucement. Je me mordis la lèvre en regardant Shay. Je ne m'étais jamais demandé où il vivait à Vail. Je n'en croyais pas mes oreilles.

Ce doit être une erreur. C'est une institution, pas une maison.

— Rowan Estate ? répéta Ansel. Je croyais que c'était un musée ou un truc comme ça. Tu vis là-bas ?

— Oui. La maison appartient à mon oncle, mais il n'est pas souvent là. Avec son boulot, il voyage dans le monde entier. On peut dire que je suis le maître des lieux. Je crois qu'il l'ouvre parfois pour des visites historiques quand il ne réside pas là. Vous êtes les bienvenus, si vous voulez la visiter.

Il fit un grand sourire à Ansel, qui pâlit.

— C'est très gentil, Shay, intervins-je. Mais je suis sûre que ton oncle ne voudrait pas qu'une bande de voyous comme nous s'approche de ses précieuses antiquités.

Je ne laisserais jamais mon frère aller là-bas. Je ne souhaitais ça à personne.

— Comme vous voulez, dit-il en se penchant sur son déjeuner qui, à ce que j'en voyais, consistait en quatre barres de céréales et un Sprite.

— Alors, c'est comment de vivre là-bas ? demanda Bryn en posant le menton sur l'épaule d'Ansel.

Je souris en voyant les yeux de mon frère se remettre à briller à ce simple contact.

Shay ouvrit sa canette.

— Je ne peux pas me plaindre d'être à l'étroit. C'est gigantesque, opulent. Mais un peu sinistre, pour être honnête. Bosque, mon oncle, est parti la plupart du temps pour ses affaires, alors je suis souvent tout seul. Des employés viennent faire le ménage deux fois par semaine. Il y a des centaines de pièces.

Je remuai sur les genoux de Ren, mal à l'aise. L'idée de Shay seul dans cet énorme manoir me rendait malade.

Shay baissa la voix, comme s'il racontait une histoire de fantômes.

— C'est le genre d'endroit où l'on a l'impression que des ombres vous suivent partout.

— Des ombres ? répéta Ansel.

J'ai regardé mon frère en secouant la tête, mais je savais que notre inquiétude était la même.

Des spectres. Cette pensée lugubre me fit frissonner.

— Ça va ? demanda Ren en tournant son visage vers moi.

J'en eus le souffle coupé. Nos visages n'étaient séparés que de quelques centimètres. Je distinguais chacune des minuscules taches argentées dans ses yeux, galaxie tourbillonnante sur fond noir. Je me perdais dans le velours sombre de ses iris.

— Calla, tu trembles. Est-ce que ça va ?

Sa voix inquiète me sortit de ma transe.

— Je viens juste de me rappeler que je n'ai pas fini mes lectures pour Grandes Idées, dis-je en me laissant glisser de ses genoux. Il faut que je me dépêche.

Sans me retourner vers les membres de ma

meute, je me précipitai dans la direction de mon casier et me ruai dans les toilettes les plus proches. Je ne savais pas pourquoi mon cœur battait si fort, ni pourquoi j'étais aussi essoufflée. Tout ce que je savais, c'est que je ne pouvais pas passer un moment de plus à cette table, déchirée entre Shay et Ren.

J'inspectai les cabines pour m'assurer que j'étais seule. Elles étaient vides. Je m'approchai du lavabo, j'ouvris le robinet d'eau froide et m'aspergeai le visage.

La porte s'entrouvrit.

Au moins j'ai eu deux secondes d'intimité.

– Calla.

Une main puissante me prit par le bras et me força à me retourner.

– Sors de là! criai-je en repoussant Ren. Nous sommes dans les toilettes des filles.

– Si quelqu'un entre, je dirai que je me suis perdu, dit-il en souriant.

Je fis les gros yeux, essayant de m'essuyer le visage du dos de la main.

– Tu es vraiment pâle, ajouta-t-il. Qu'est-ce qu'il y a?

De l'eau coula dans mon cou.

– Rien. J'ai juste oublié de faire une partie de mes devoirs hier soir. Je te l'ai déjà dit.

J'allai chercher une serviette en papier.

Un grognement a résonné dans sa poitrine.

– Bien essayé. Tu n'oublies jamais de faire tes devoirs.

Touchée.

– Pourquoi m'as-tu suivie? ai-je demandé en me tournant vers le miroir et en faisant semblant de réarranger mon chemisier. Je t'ai dit que j'allais bien.

Un sourire amusé flottait sur ses lèvres.

– Tu m'as aussi dit que tu ne voulais pas que je te laisse tranquille.

Je jetai la serviette froissée dans la poubelle.

– En parlant de ça, tu t'es bien amusé aujourd'hui ?

Son rire brusque retentit dans toute la pièce.

– Tu veux dire quand je t'ai prise sur mes genoux ou quand j'ai vu l'expression de son visage ?

– Il est au courant pour nous deux, Ren, dis-je en m'appuyant contre le lavabo. Inutile d'être cruel.

– Je pense que je peux juger par moi-même de son respect pour notre relation. Tu n'as pas remarqué la façon dont il te regarde ?

– Ne sois pas bête, lançai-je sèchement, mais je ne pus m'empêcher de rougir.

– Je suis tout à fait sérieux, répondit-il calmement. Il n'a pas peur de nous comme les autres humains. Je vais le tolérer à cause des ordres des Gardiens, mais il repousse les limites de ma patience quand il s'agit de toi.

– Tu es jaloux, dis-je en lui donnant un petit coup sur la poitrine.

Il ne répondit rien, mais couvrit mes mains des siennes et les pressa contre l'évier.

Je lui montrai les dents.

– Quand j'ai dit que je ne voulais pas que tu me laisses tranquille, je ne voulais pas dire tout le temps. Et maintenant, j'aimerais rester seule. Ce n'est pas ce que j'appelle un décor romantique.

Il secoua la tête.

— Trois choses.

— Quoi ?

— Un : qu'est-ce qui te préoccupe vraiment ?

Les lignes inquiètes autour de ses yeux eurent raison de ma colère.

— Les spectres. Ce qu'a dit Shay sur l'impression que des ombres le suivaient. J'ai peur qu'il y en ait dans sa maison, qu'ils le surveillent lorsque Bosque n'est pas là. Il ne sait rien sur eux. C'est tellement dangereux.

Je frissonnai.

— Tu t'inquiètes pour lui.

Plusieurs émotions passèrent dans ses yeux, trop rapides pour que je puisse les identifier.

— Nous parlons de spectres. Bien sûr que je m'inquiète. Tu sais ce qu'ils pourraient lui faire.

Il était inutile de lui mentir. Mon instinct me poussait à protéger Shay. Je ne pouvais pas le cacher. Heureusement, puisqu'il coïncidait avec les ordres de Logan, ce n'était pas nécessaire. Du moins pas encore.

Ren serra les mâchoires et resta silencieux un moment. Puis il sembla prendre une décision, et son expression indécise disparut.

— Si c'est vrai, c'est dangereux, oui. Mais nous n'en savons rien. Il paraît peu probable qu'ils le mettent volontairement en péril. Un spectre libre attaquerait n'importe quel humain.

La pression sur mes mains se relâcha.

— À ta place, je ne me ferais pas de souci. C'est un gamin étrange. Ce n'est sans doute que son imagination.

— Je l'espère, dis-je en regardant la porte, craignant que quelqu'un n'arrive. Trois choses, donc ?

– Deux : aimerais-tu aller chasser avec moi après les cours ?

Il se pencha vers moi, souriant du coin des lèvres.

– Chasser ?

– Un troupeau de cerfs commence à prendre trop d'importance sur notre versant de la montagne.

Mes muscles se mirent à tressaillir d'impatience, mais je secouai la tête.

– Merci, ce serait super, mais je ne peux pas.

– Pourquoi ? demanda-t-il avec une déception évidente.

Je me mordis la lèvre et je décidai d'être honnête. Autant que possible.

– Tu sais que Logan m'a demandé de passer plus de temps avec Shay ?

Il ne dit rien, mais j'entendis un grognement menaçant dans sa poitrine.

– Je l'aide à faire ses devoirs tous les soirs.

– Tous les soirs ? rugit-il.

– Les ordres sont les ordres, me justifiai-je lamentablement.

– Bien, dit-il d'un ton vaincu qui me chagrina.

– Quel est le troisième point ? demandai-je dans l'espoir d'abandonner ce sujet embarrassant.

Il retrouva le sourire.

– Trois.

Il posa une main sur mon visage et l'autre se glissa derrière mon dos. Il attira mon corps contre le sien. Mon cœur se mit à battre la chamade. Je le repoussai.

– Oh non, Lily. Si tu veux te débarrasser de moi, il va falloir faire mieux que ça.

J'inspirai et essayai de me libérer de son étreinte, mais il me maintenait fermement, observant mes efforts avec amusement. Il me souleva et me posa sur le lavabo.

– Qu'est-ce que tu fais ? demandai-je, prise de panique. Quelqu'un pourrait entrer !

– Si quelqu'un nous voit, il fera demi-tour et s'en ira, murmura-t-il, la bouche contre mon oreille. Personne ne me contrarie.

Ses hanches appuyaient contre mes genoux, les forçant à s'ouvrir, faisant remonter ma jupe sur mes jambes. Je m'agrippais à sa chemise pour ne pas tomber dans le lavabo. Sa main s'enfonçait dans le creux de mes reins. Je respirais difficilement. Un flux de chaleur coulait dans ma poitrine, dans mon bassin. J'avais l'impression de m'y noyer.

– On ne peut pas…

Ses lèvres me firent taire dans un baiser qui me donna le vertige. J'enfonçai mes ongles dans ses épaules.

– Tu as dit que tu ne voulais pas que je te laisse tranquille, dit-il, sa langue effleurant ma pommette. C'est ma façon de te harceler.

– N'es-tu pas en train d'enfreindre les règles ? parvins-je difficilement à articuler. Et l'union ?

– Je préfère suivre mes propres règles.

Il glissa la main entre mes cuisses.

Toute force abandonna mes membres.

– Je n'arrive pas à respirer.

– Ça veut dire que tu aimes ça.

Il m'embrassa à nouveau.

Une ombre mouvante attira mon attention.

– Ren, attends, murmurai-je contre ses lèvres. Je crois que…

La porte des toilettes s'ouvrit à toute volée.

— Oh mon Dieu! s'écria l'infirmière Flynn, qui n'avait pourtant pas du tout l'air surprise. J'interromps quelque chose?

Ren jura dans sa barbe. Il s'agissait de quelqu'un qu'*il* ne pouvait pas contrarier.

— Désolé, mademoiselle Flynn. J'allais partir.

J'ai rougi lorsqu'il a reboutonné ma chemise. Je n'avais même pas remarqué qu'elle était ouverte.

— Merci pour cette conversation, Lily. On se voit en cours.

Il se pencha vers moi, effleura mon front de ses lèvres puis adressa un sourire charmeur à l'infirmière Flynn avant de sortir.

Je fermai les yeux et me laissai glisser du lavabo. Étonnamment, mes jambes réussirent à soutenir mon poids. J'avais craint de me liquéfier sur le sol. Au fond de moi, je sentais encore l'étreinte de Ren, mais ensuite l'image est devenue floue et, au lieu de l'alpha, j'ai vu Shay en train de me sourire. *Je ne peux pas vivre comme ça.*

Un rire musical en cascade me ramena à la réalité. L'infirmière Flynn s'approcha de moi, laissant la porte se refermer derrière elle.

— Pauvre, pauvre chérie. L'attente doit être tellement difficile pour toi. J'ai entendu dire que Ren était un amant extraordinaire. Tous les Gardiens parlent de lui – le jeune Protecteur qui hante leurs rêves.

Ses lèvres rouges et luisantes souriaient avec cruauté.

— Mais les règles sont les règles. Il est un mâle alpha, si bien que son… impatience peut être excusée. La tienne, en revanche, est très décevante.

Mon estomac se souleva. Je m'agrippai à l'évier.

— Fais attention, petite. Sinon je dirai à Logan que votre union progresse un peu trop vite. Tu ferais bien de ne pas le désobliger. Ces jolies jambes doivent rester fermées jusqu'au Samain.

Elle me caressa la joue de ses doigts fins, blancs comme de la craie.

— Je vais excuser ton comportement pour cette fois. Ne sors plus du droit chemin.

Elle enfonça ses ongles dans mon visage, avec suffisamment de force pour me faire mal, mais pas assez pour laisser de marque. Dans une parodie de la tendresse de Ren, elle se pencha vers moi et pressa ses lèvres sur mon front.

Son rire vira au gloussement lorsqu'elle retourna vers la porte. Je la suivis du regard. Il me sembla voir remuer la bosse sur son dos.

Dix-huit

Shay referma brusquement le livre de la bibliothèque et le repoussa violemment. L'ouvrage glissa
sur la table et tomba par terre avec un bruit sourd.
C'était la cinquième fois depuis que je m'étais
assise à côté de lui, à quatre heures.

– Tu veux qu'on se dispute maintenant ou
tu attends de voir combien de reliures tu peux
endommager avant qu'on se fasse virer de la
bibliothèque ?

Pour toute réponse, il tapa furieusement sur
le clavier de son ordinateur.

– Allez, Shay. Arrête.

Il se laissa aller contre sa chaise.

– Sérieusement, ça ne te dérange pas d'être
traitée comme ça ?

– Traitée comment ?

– Comme un objet.

La veine de son cou palpitait.

– Ce n'est pas ça, dis-je en me levant et en
ramassant les livres. Tu ne comprends pas nos
rapports, c'est tout. Nous sommes tous les deux
des alphas ; nous nous défions tout le temps.

– Bien sûr.

J'attrapai un livre posé près de lui pour qu'il
ne soit pas tenté de l'envoyer valser lui aussi.

— Et comment le défies-tu, au juste ?

— Ça ne te regarde pas. D'ailleurs, rien de tout ça ne serait arrivé si tu ne l'avais pas provoqué en venant t'asseoir avec nous. Ren n'a fait que répliquer à ton incursion sur son territoire. Qu'est-ce qui t'as pris ?

— Tu vois, tu l'admets ! Tu viens de te qualifier toi-même de « territoire ».

— C'est une façon de parler, Shay. Et tu n'es pas en position de t'estimer lésé. Tu n'es pas innocent ; tu as défié Ren et tu le sais.

Il fronça les sourcils, se concentrant sur son ordinateur.

— Écoute, dis-je, enfouissant les mains dans mes cheveux. Je t'ai expliqué comment notre monde était régi. Tu ne peux rien y changer.

— C'est là que tu te trompes. Sur deux points. D'abord, je ne sais pas vraiment ce qu'il en est. Tu m'as seulement parlé des ordres de tes Gardiens. Je ne sais pas ce que tu ressens réellement au sujet de ce petit mariage arrangé, parce que tu ne veux pas me le dire.

Je me retins de renverser les livres à mon tour.

— Ensuite, je pense que les choses peuvent changer.

La détermination que je lisais dans ses yeux me terrifiait.

— Tu te trompes et tu dois arrêter. D'abord les baisers, et ensuite cette scène au déjeuner. Tu n'imagines pas combien ce que tu fais est dangereux. Ren est déjà jaloux…

— C'est toi qui m'as demandé de t'embrasser la première fois, et la seconde fois tu en avais manifestement envie, dit-il en se balançant sur sa chaise. Et s'il est jaloux, tant mieux. Il a toutes les raisons de l'être.

Je pris un livre, m'enfonçant dans mon siège.

– Ce n'est pas bien. Ren est un alpha. Tu te conduis comme un intrus, un loup solitaire. S'il pense que tu interfères avec sa meute, son premier instinct sera de te tuer.

Un sourire hautain apparut sur ses lèvres.

– Qu'il essaie un peu pour voir !

Je me précipitai à ses côtés, et plantai les doigts dans ses épaules.

– Tu as complètement perdu la tête ? Ren est un Protecteur ; tu ne pourrais rien contre lui.

– Perdu la tête ? murmura-t-il. Oui, c'est ce que je me dis parfois.

Il toucha mon visage d'une main hésitante. Ses doigts coururent sur ma pommette puis, doucement, sur mes lèvres.

– Je n'ai jamais ressenti ça pour personne.

Moi non plus. Mes lèvres s'entrouvrirent sous ses doigts. *Je ne savais même pas que je pouvais ressentir ça.*

Lorsque Ren me touchait, j'avais l'impression d'être emportée par une tornade de sensations, et mon corps, sans aucun contrôle, s'abandonnait. Les caresses de Shay étaient différentes, et créaient une dépendance plus forte. La façon dont ses doigts s'attardaient sur ma bouche semblait allumer une flamme à combustion lente, produisant une chaleur qui se propageait dans mes joues, mon cou, et qui consumait finalement chaque centimètre de ma peau, un feu si intense que j'avais l'impression que rien ne pourrait jamais l'éteindre. Je savais que, si je restais un moment de plus, je le laisserais m'embrasser de nouveau. Ou que je l'embrasserais. Je retournai m'asseoir en toute hâte, ramenant mes genoux contre ma poitrine, espérant qu'il ne verrait pas que je tremblais.

— Je t'ai demandé de ne pas faire ça. Je ne veux pas être enterrée vivante. Et je ne pense pas non plus que tu rêves d'une flagellation publique.

Il ouvrit la bouche, comme pour protester, mais se contenta de hausser les épaules.

— Bien. Si tu peux tolérer ma présence, j'aimerais continuer de m'asseoir avec vous pour le déjeuner. En fait, j'ai vraiment passé un bon moment après que Ren et toi êtes partis. J'aime tes amis – ta meute – Ansel et Bryn sont supers. Et Mason, je n'ai jamais rencontré quelqu'un comme lui. Il est fantastique.

Je hochai la tête sans rien dire.

— Neville ne dit pas grand-chose, mais quand il le fait, c'est toujours brillant. Le mec costaud, Dax, et les deux garces, Fey et Sabine, sont un peu effrayants, mais tout de même intéressants.

— Dax est le bêta de Ren, comme Bryn est la mienne. Dax, Sabine et Fey réagissent envers toi de la même façon que Ren. Tu n'as pas peur de défier leur alpha. Ils sont donc tout de suite sur la défensive. Sans mentionner le fait que ce genre de conduite est tout à fait inédit chez un humain. La meute pense que tu es fou. Ne sois pas surpris s'ils font des paris sur le temps pendant lequel Ren va se retenir de te trancher la gorge.

— Tu sais, je ne suis pas vraiment à ma place avec les autres humains non plus. D'ailleurs, ça n'a jamais été le cas.

Il détourna le regard.

— C'est la véritable raison pour laquelle j'ai voulu déjeuner avec vous.

Je pensai à la vie solitaire que Shay avait dû mener, qu'il menait encore, plus que jamais, et ma poitrine se serra.

— Tu peux toujours t'asseoir avec nous. De toute façon, la meute est censée veiller sur toi. Mais fais attention. Et si tu arrêtes de provoquer Ren, il n'agira pas comme il l'a fait aujourd'hui.

— Tu sais, tu parles toujours de la force des Protecteurs. Je ne comprends pas pourquoi vous ne combattez pas.

— Combattre ? demandai-je en fronçant les sourcils. Qui ?

— Les Gardiens. Je ne sais pas ce qui t'a décidée à lire ce livre, mais tu as dit que tu n'aimais pas certains des ordres que tu reçois. Alors pourquoi y obéir ?

— C'est notre devoir. La tâche que nous accomplissons est sacrée, dis-je en pliant mes jambes sous moi. Et nous sommes récompensés. Les Gardiens assurent notre confort. Ils nous fournissent maison, voiture, argent, éducation. Ils nous donnent tout ce qu'on leur demande.

— Sauf votre liberté, marmonna Shay.

Je lui lançai un regard énervé.

— Que se passerait-il si vous refusiez d'exécuter un ordre ?

— Cela n'arrive jamais. Comme je te l'ai dit, notre devoir est sacré. Pourquoi refuserions-nous ?

— En théorie, dit-il en soutenant mon regard. Après tout, vous me paraissez plus forts que les Gardiens.

— Physiquement, oui.

Je n'en dis pas plus. Des doigts glacés caressèrent ma peau.

— Shay, quand tu as dit que tu avais l'impression que des ombres te suivaient à Rowan Estate, fallait-il le prendre au pied de la lettre ?

— Comment une ombre pourrait-elle me suivre ? demanda-t-il en désignant un livre d'histoire médiévale, que je lui tendis. Je veux dire, à part la mienne.

— As-tu vu des ombres, des formes noires qui ne semblaient pas liées à des objets de la maison, et qui se déplaçaient au-dessus de toi, à côté de toi ?

— Non, c'est juste un vieux manoir sinistre, dit-il en ouvrant le livre. Pourquoi me poses-tu cette question ?

— Nous ne pouvons pas combattre les Gardiens car ils ne nous combattraient pas seuls.

Il releva les yeux.

— Quoi ?

— Les Gardiens ont d'autres alliés, en plus des Protecteurs. Nous leur servons de soldats et nous protégeons les sites sacrés. Mais les spectres leur servent de gardes du corps.

— Les spectres ?

Je vis la peur envahir brusquement ses yeux.

— Des gardes de l'ombre. Ils ne sont pas de ce monde. Les Gardiens peuvent les faire venir dès qu'ils le souhaitent. Rien ne peut vaincre un spectre, et seuls les Gardiens peuvent les contrôler. En théorie, si un Protecteur désobéit à un ordre… (Ma voix s'est mise à trembler.) Ou s'ils savaient que j'étais là avec toi et ce livre, ils pourraient envoyer un spectre pour régler la situation.

— Je vois, dit-il lentement. Et tu penses qu'il pourrait y avoir des spectres dans la maison de Bosque ?

— Je me suis dit qu'il en avait peut-être posté là-bas pour te protéger en son absence. Mais ce serait risqué ; sans un Gardien à proximité, les spectres peuvent se comporter de manière imprévisible. Tu serais en danger. J'étais inquiète.

Je me tordis les doigts nerveusement.

— Très bien, lança-t-il en secouant les épaules, comme pour chasser des pensées désagréables. Si tu risques ta vie, alors autant que ça en vaille le coup. Remettons-nous au travail.

Je le regardai avec reconnaissance.

— Adjugé.

— Je pense avoir trouvé quelque chose d'intéressant.

Il plaça le texte des Gardiens devant lui et en feuilleta les premières pages.

Je me penchai vers lui, mais je sursautai subitement, posant les yeux sur les hauts rayonnages autour de nous.

— Que se passe-t-il ? demanda Shay.

J'attendis, tendant l'oreille. Rien.

— J'avais cru entendre quelqu'un dans les rayonnages, répondis-je en secouant la tête. Peu importe. Qu'as-tu trouvé ?

— Selon l'histoire que tu as apprise, quand la guerre des Sorciers a-t-elle commencé ?

— Avant même que les humains n'écrivent leur histoire. Comme je le disais, les Gardiens sont à la fois terrestres et divins, et beaucoup plus anciens que le monde que nous connaissons.

– Ce n'est pas ce que dit ce livre, dit-il en faisant courir son doigt sur un passage.

– Quoi ?

Je me redressai.

– À en croire ce texte, la première bataille de la guerre des Sorciers a débuté à la fin du Moyen Âge, autour de 1400.

– C'est impossible.

– Tu veux que je te le lise ?

J'ai hoché la tête.

Il lissa les pages devant lui.

– «*Anno Domini 1400* : Avec l'Ascension de l'Annonciateur et l'accélération de notre pouvoir a commencé le grand schisme et les afflictions de notre peuple.» Ça te dit quelque chose ?

– Pas du tout.

– Dommage, dit-il en laissant le livre se refermer. J'espérais que l'expression «l'Ascension de l'Annonciateur» te rappellerait quelque chose. C'est intrigant.

– Je n'ai aucune idée de ce qu'est cet Annonciateur. Ni l'accélération du pouvoir.

– Ça doit vouloir dire que les Gardiens ont développé leur magie en 1400.

– C'est absurde, dis-je en tournant ses notes vers moi. Les Gardiens n'ont pas développé leur magie d'un seul coup ; ils ont toujours détenu un grand pouvoir.

– À moins que…, ajouta-t-il en reculant légèrement sa chaise.

Je l'observai avec méfiance.

– À moins que quoi ?

– À moins qu'ils ne t'aient pas dit la vérité.

– Pourquoi inventeraient-ils l'histoire de leur propre origine ?

Il parut soulagé que je ne l'aie pas frappé.

– Je ne sais pas. À toi de me le dire.

– Je n'en ai aucune idée. Cette histoire est la seule que j'aie jamais connue – que nous ayons jamais connue.

– Je suppose qu'il n'y a pas grand-chose à tirer de ça, alors, soupira-t-il.

Je sentis l'odeur quelques secondes avant de repérer un mouvement du coin de l'œil.

– Calla ! cria Shay, mais j'avais déjà entendu la vibration de l'arbalète et plongé par-dessus ma chaise.

Le carreau se planta dans le dos d'un livre qui s'était trouvé au même niveau que ma poitrine quelques instants plus tôt. Étalée par terre, je roulai sur le côté, juste à temps pour voir le Chercheur viser à nouveau.

– Non ! hurla Shay en sautant sur la table et en se jetant sur l'inconnu.

Le Chercheur poussa un grognement lorsque Shay le heurta, et leurs corps entremêlés roulèrent par terre.

– Shay ! Arrête ! Sors d'ici !

Je me transformai en louve, les muscles bandés.

– Par ici, la louve.

Je me retournai. Un autre Chercheur émergea des rayonnages, une épée dans chaque main. Les lames lançaient des éclairs alors qu'il les faisait tournoyer furieusement.

Je jetai un coup d'œil à Shay, qui se battait toujours, puis à mon nouvel adversaire. Les deux

Chercheurs étaient jeunes, pas plus de vingt-cinq ans, et ils semblaient être seuls. Pourtant, ils paraissaient terriblement dangereux avec leurs visages durs, mal rasés, leurs cheveux emmêlés, et un désespoir fiévreux dans les yeux. Je reculai contre le rayonnage en rugissant.

Shay luttait contre l'autre Chercheur. Ils cherchaient tous deux à obtenir l'avantage. Le Chercheur marmonnait des mots inintelligibles, serrant les dents, essayant de dominer Shay. Mais il n'avait pas sorti d'arme.

— Allez, petit, siffla-t-il. Je ne vais pas te faire de mal. Laisse-moi une chance de m'expliquer. Connor, viens par ici et donne-moi un coup de main.

Pour toute réponse, Shay lui donna un coup de poing dans la mâchoire. Puis un autre en pleine figure.

— Je suis sérieux, petit, reprit le Chercheur en crachant du sang, d'une voix soudain pâteuse et nasale.

J'ai compris que Shay lui avait cassé le nez.

— Nous sommes là pour t'aider.

— Arrête de tourner autour du pot, Ethan. On n'a pas le temps de discuter. Défends-toi. Un coup à la tête ne va pas le tuer.

Le dénommé Connor me quitta des yeux pendant une seconde et j'en profitai pour m'élancer en avant, me glissant sous ses lames aiguisées.

Il jura, se tourna pour me suivre, mais je contournai la table en direction de Shay. Ethan leva un bras, si bien que mes mâchoires se refermèrent sur son biceps et non sur sa gorge. Il hurla, essayant de se dégager, mais j'enfonçai mes crocs plus profondément et tirai dans le sens opposé. Shay bondit sur ses pieds et courut de l'autre côté de l'étagère.

— Lâche-le, sale chienne ! hurla Connor.

Je m'éloignai d'Ethan lorsque Connor plongea sur nous. Dans l'élan, il tomba lourdement sur son compagnon. Ethan poussa un cri, avant que le choc lui coupe le souffle.

— Pousse-toi, Calla ! s'écria Shay.

Je fis un bond sur le côté et une avalanche de livres se déversa sur les deux Chercheurs. Je sentis un courant d'air passer entre mes poils lorsque les étagères s'écrasèrent à quelques centimètres seulement de moi.

Je regardai Shay, puis je changeai de forme, et je me précipitai vers lui, secouant la tête en voyant son petit sourire suffisant.

— Tu es blessé ? demandai-je en l'examinant de haut en bas.

— Quoi ? Pas de baiser ? répliqua-t-il en désignant l'amoncellement de livres, de bois et de Chercheurs inertes. Je suis un héros.

— Tu es impossible.

— J'essaie seulement de te prouver que je suis aussi fort que ton loup. Récupérons le livre et partons d'ici.

Shay sauta par-dessus le fouillis, glissa le livre dans son sac à dos, attrapa mon sac, puis se dépêcha de revenir vers moi.

Des bras et des jambes sortaient de sous les livres, et je vis un doigt remuer.

— Je devrais vraiment les tuer, murmurai-je.

— Je ne pense pas que ce soit une très bonne idée, dit Shay en pointant le pouce vers la section centrale de la bibliothèque. Nous allons bientôt avoir du public.

– Il y a eu un bruit terrible. Cela venait de là-bas derrière.

Un lecteur apparut, stupéfait, suivi de la bibliothécaire.

– Oh mon Dieu ! s'écria l'homme en laissant tomber ses lunettes de lecture. Il y a quelqu'un coincé là-dessous ?

– Appelez les urgences ! Vous avez vu ce qui est arrivé ? nous demanda la bibliothécaire.

Elle pressa les mains sur sa poitrine et j'eus peur qu'elle ne fasse une crise cardiaque.

– Vous les connaissez ?

L'homme avait sorti son téléphone, mais continuait de fixer le tas de livres, incrédule. La bibliothécaire lui arracha l'appareil des mains et se mit à composer le numéro en marmonnant. Pas de crise cardiaque, juste une comédienne.

– Non, madame, répondit Shay avec sérieux et de grands yeux innocents. Nous cherchions simplement un coin tranquille pour étudier. Et on ne peut pas dire qu'on l'ait trouvé.

Je ne pus m'empêcher de sourire quand je lui pris la main et que nous partîmes en courant.

Dix-neuf

Lune de Sang. Samain. Lune de Sang. Samain. J'allais en classe, incapable de penser à autre chose. C'était si proche maintenant, et j'avais de moins en moins de certitudes.

Lorsque j'entrai en cours de chimie organique, Ren me fit un grand sourire.

– Lily.

Je ne pus résister à l'étincelle de défi dans ses yeux. J'essayai de lui donner un coup de pied dans le tibia, mais il l'esquiva.

Alors que nous installions notre matériel, je lui jetai un coup d'œil.

– Ren, qu'est-ce que tu sais du Samain ?

Il prit une expression exagérément pensive et s'approcha de moi.

– Voyons, c'est mon anniversaire, et le tien. Mais bien sûr, tu le sais déjà.

Je rougis lorsque, se plaçant derrière moi, il passa les bras autour de ma taille. Ses lèvres effleurèrent mon oreille.

– Je pense que la réponse qui ne m'attirera pas d'ennuis, c'est : le jour le plus heureux de ma vie. Ou quelque chose comme ça. Certainement pas la fin de mes jours insouciants, ou encore le jour où je vais me retrouver enchaîné à un boulet.

Oups, je viens de réaliser qu'il faudra que, à l'avenir, je t'offre un cadeau pour ton anniversaire et un pour notre anniversaire le même jour. Quelle plaie !

– Oh, je t'en prie, dis-je en lui donnant des coups de coude.

Son sourire espiègle ne le quitta pas lorsqu'il s'assit et se mit à doser des feuilles de thé. J'ouvris mon livre.

– Alors, nous allons extraire la caféine du thé ?

– Apparemment, répondit-il en sortant une balance et des poids.

Je lui donnai un bécher tout en jouant avec les plis de ma jupe, qui n'arrêtaient pas de se froisser sur mes genoux. Il s'agissait encore d'une des contributions de Naomi à ma garde-robe. Je décidai rapidement que je détestais cette jupe.

– J'étais sérieuse, pour le Samain. Que sais-tu des rites ?

– Rien de particulier. Le monde des esprits, le voile qui s'affine, bla, bla, bla, lança-t-il en me faisant un clin d'œil, auquel je ne répondis pas. Mais mon père m'a dit que c'était une nuit dangereuse, que les esprits étaient imprévisibles lorsqu'ils détenaient autant de pouvoir.

Je frissonnai, me demandant quels genres d'esprits seraient présents à notre union.

Il prit le bicarbonate de soude.

– C'est aussi le jour où ma mère est morte, murmura-t-il.

Je me figeai, alors que j'allais allumer le bec Bunsen. Ren resta concentré sur l'expérience. À part ses mâchoires serrées, rien ne trahissait sa détresse.

— Ta mère a été tuée pendant le Samain ? soufflai-je, abasourdie.

Je ne savais pas que notre union avait été organisée le jour anniversaire du meurtre de Corinne Laroche.

Il garda les yeux fixés sur la balance.

— C'était une embuscade des Chercheurs… Tu connais l'histoire. Ils n'en ont pas fait d'aussi réussie depuis.

Je connaissais effectivement cette histoire, comme tous les jeunes loups. C'était presque une légende. Les Chercheurs avaient attaqué le territoire des Bane sur le versant ouest de la montagne. L'assaut s'était produit avant l'aube, alors que Corinne était seule chez elle avec son bébé. Plusieurs Protecteurs Bane, dont la mère de Ren, avaient été tués avant que les Gardiens ne réalisent ce qui se passait. La contre-attaque avait été brutale : les Gardiens avaient mené une campagne de six mois pour traquer et détruire les insurgés, qu'ils avaient retrouvés dans plusieurs camps près de Boulder. Avant l'incident devant l'Éden, l'assaut des Chercheurs contre les Bane avait été la dernière attaque majeure dans la région.

J'en eus la chair de poule.

Ren me jeta un coup d'œil et sourit en me voyant trembler.

— Tout va bien, Calla. Je me souviens à peine d'elle. Et mon boulot est de tuer ceux qui me l'ont enlevée. Ça me paraît équitable. D'une certaine manière, c'est une forme de justice.

Je me mordis la lèvre, attendant qu'il continue.

— Pourquoi veux-tu gâcher la surprise ?

demanda-t-il d'un ton léger qui me surprit. Je croyais que tu étais une grande fan des règles des Gardiens.

– Ce serait bien de savoir un peu ce que nous sommes censés faire, marmonnai-je.

Il désigna le bec Bunsen.

– Tu comptes l'allumer ? On doit faire chauffer ce liquide pendant vingt minutes tout en remuant.

– Oui. Désolée.

J'attrapai le briquet et je me dépêchai d'allumer la flamme.

– Tu veux remuer ? demanda-t-il en posant le récipient sur la grille métallique.

– Oui.

Il me tendit une tige de verre.

Remuer s'avéra franchement monotone. Je soupirai, m'appuyant contre la table. Ren attrapa l'un des nombreux plis de ma jupe entre ses doigts.

– Cette jupe ressemble un peu à un accordéon, dit-il en riant. Mais elle te va très bien.

– Merci, répondis-je sèchement. Je pense qu'on les appelle effectivement des plis en accordéon. Du moins c'est que ce que dit ma mère.

– Tu sais, j'ai réfléchi au fait qu'on était censés sortir ensemble officiellement maintenant.

– Et ?

– Aimerais-tu dîner avec moi ?

– Tu veux dire, un vrai rendez-vous ?

Je me concentrai sur ma tâche, ignorant mon cœur qui battait la chamade.

– Quand ?

– Avant l'union. Dîne avec moi, ensuite je t'accompagnerai à la Lune de Sang pendant deux heures, puis ce sera l'heure de la cérémonie.

Des plis de ma jupe, ses doigts remontèrent au bas de mon pull, et se glissèrent sous le cachemire bleu pâle pour caresser la peau du bas de mon dos.

Le souffle coupé, je pris son poignet entre mes doigts et j'interrompis cette exploration provocatrice.

— Nous sommes en classe, sifflai-je, les dents serrées.

Je regardai autour de moi. Plusieurs personnes détournèrent précipitamment le regard. Ashley Rice continuait de me fixer d'un air mauvais. Je me retins de regarder dans la direction de Shay.

Avec un grand sourire, Ren essaya de libérer son poignet.

— Tu es censée remuer.

— Tiens-toi bien, dis-je en le relâchant, le pinçant en guise d'avertissement, avant de me remettre au travail.

— Ça ne risque pas, répondit-il, mais il se contenta de serrer ma main libre dans la sienne.

Une vague de chaleur se répandit de mes doigts au sommet de mon crâne.

— Alors, aimerais-tu dîner avec moi et aller au bal ensuite ? Je me suis dit que ce serait bien qu'on passe un peu de temps ensemble.

Son pouce caressait le dos de ma main. Mes genoux allaient céder.

Je m'éclaircis la gorge.

— Seuls ?

— Oui. Comme tu m'as laissé tomber, j'ai dû supporter Dax hier à la chasse. Cela dit, la chasse en elle-même n'a pas été décevante. Il a tué un mâle énorme à lui seul.

— Impressionnant, dis-je en haussant un sourcil.

— C'est sûr. N'empêche que ce n'était pas le partenaire dont j'avais envie. Tu as été tellement occupée à prendre soin du protégé de Logan ces derniers jours que je n'ai pas pu passer de temps avec toi.

— Sois gentil.

— Je pense juste que nous méritons un vrai rendez-vous, pas toi ?

— Je suppose que si, répondis-je d'une voix forcée, anticipant déjà la réaction de Shay à cette nouvelle.

— Ça ne te plairait pas ? demanda-t-il, son amusement commençant à fondre.

— Non. Je veux dire, si, j'aimerais bien dîner avec toi. Je suis surprise, c'est tout. Je pensais que toute la meute se rendrait en groupe à la cérémonie.

— Un tête-à-tête me paraît plus tentant, pas à toi ? murmura-t-il en se penchant vers moi.

Il mordilla le lobe de mon oreille. Tous mes muscles se liquéfiaient. J'en lâchai la tige en verre et je m'accrochai au bord de la table pour ne pas tomber.

Ren s'est redressé, inquiet.

— Est-ce que ça va ?

Je me contentai de hocher la tête, incapable de parler. Il sourit et se pencha sur son manuel.

— Bon, ensuite ? Nous sommes censés avoir une toile à beurre. Où est-elle ?

Alors qu'il la cherchait, j'essayai de me rappeler comment on respirait.

Je restai à bonne distance de l'alpha jusqu'à la

fin du cours. Il était d'humeur dangereusement joueuse, et mes réactions à ses attentions étaient suffisamment erratiques pour que je craigne de renverser du liquide inflammable et de mettre le feu à notre table.

Alors que j'allais chercher mon déjeuner dans mon casier, après le cours, Shay m'a rattrapée.

– Tu m'accompagnes à la cafétéria ? demandai-je en lui jetant un coup d'œil.

Il donna un coup de pied dans une canette de coca vide, et l'envoya valser bruyamment dans le couloir.

– Ren était amical, aujourd'hui, pas vrai ?

Génial.

– Tu n'es pas obligé de nous espionner.

– Je n'ai pas eu besoin de vous espionner pour le remarquer, dit-il avec mauvaise humeur. Il n'arrêtait pas de te coller.

Je rougis.

– Mlle Foris n'a rien dit, alors je crois que tu exagères.

– Elle n'oserait jamais. Vous la terrifiez, tous les deux.

Je haussai les épaules. Il avait absolument raison.

Un silence gênant s'installa alors que nous marchions vers mon casier. Je fus soulagée lorsqu'il reprit enfin la parole.

– Tu veux aller prendre un café ce soir ? Je suppose que la bibliothèque, ce n'est plus possible.

– En effet, mais je ne peux pas.

– Pourquoi ?

– Ma mère organise un truc, marmonnai-je. Pour l'union.

– Oh, dit-il en s'appuyant sur le casier à côté du mien. Quel genre de truc ?

J'aurais voulu me cacher dans mon casier.

– Un truc de filles.

– Ça m'a l'air passionnant, l'entendis-je commenter, même si je m'étais caché la tête dans mon casier.

Cessant d'imiter une autruche effrayée, j'attrapai le sac contenant mon déjeuner.

– Bon, allons manger.

Shay fredonna *La Marche nuptiale* jusqu'à ce que je lui donne un coup de poing dans les reins.

Vingt

— Aïe !

Je m'éloignai de Sabine, dont les mains étaient pleines d'épingles. C'était la troisième fois qu'elle me piquait et j'étais persuadée qu'elle le faisait exprès.

— Désolée, dit Sabine, qui n'avait pas l'air désolée du tout.

— Calla, tu dois rester immobile, marmonna ma mère. Sabine, fais attention.

— Oui, Naomi, répondit cette dernière en baissant la tête, ce qui ne m'empêcha pas de voir son sourire narquois.

Si je n'avais pas été coincée dans tout ce tissu, je lui aurais décoché un bon coup de pied.

Bryn, debout devant moi, examinait l'avancement des travaux.

— Je pense qu'il faut resserrer ici, dit-elle en désignant mon épaule.

Ma mère se leva.

— Bien vu, Bryn. Sabine, il va nous falloir plus d'épingles.

J'attrapai son bras.

— Si tu me piques encore une fois, je te transforme la tête en coussin à épingles.

— Calla, ce n'est pas ainsi qu'une dame

s'adresse à ses suivantes, me réprimanda ma mère. Cosette, où en est cet ourlet ?

— Presque fini, répondit cette dernière, agenouillée à mes pieds.

Je ne pouvais même pas la voir, enfouie sous toutes ces couches de taffetas.

— Bon sang, Sabine ! dis-je en me frottant l'épaule. S'il y a du sang sur cette robe, tu vas le regretter.

— Je ne perce pas la peau, répondit-elle, sans cacher son sourire.

— De toute façon, tu finiras sans doute couverte de sang, dit Fey depuis le coin où elle s'était retranchée.

Elle restait aussi éloignée que possible de l'atelier couture, comme si le simple fait de toucher de la soie risquait de lui transmettre le virus de la jolie princesse.

— Fey ! s'écria ma mère en lui montrant les dents.

Je titubai sur l'estrade que ma mère avait installée dans ma chambre pour l'essayage. Bryn me prit par la taille pour m'empêcher de tomber, enfonçant au passage d'autres épingles dans ma peau.

— Aïe, lançai-je faiblement.

— Désolée, dit-elle en relâchant son étreinte.

— De quoi est-ce qu'elle parle ? demandai-je à ma mère, qui secouait la tête.

— Qui t'a parlé de la cérémonie ? interrogea-t-elle en foudroyant Fey du regard.

— Désolée, madame, s'excusa Fey en regardant par la fenêtre. Dax a surpris une conversation entre Émile et Efron.

— Dax devrait apprendre la discrétion, rétorqua ma mère.

Bryn ne bougea pas, voyant que je n'avais pas complètement retrouvé mon équilibre.

— Maman, s'il te plaît, murmurai-je. Tu ne peux vraiment rien me dire ?

Elle passa la langue sur ses lèvres en regardant les filles inquiètes.

— Je ne peux pas te dire grand-chose, ajouta-t-elle calmement. Mais je t'assure qu'il n'y aura pas de sang sur cette robe.

— Oh, tant mieux, dis-je, respirant à nouveau.

— Parce que tu seras sous ta forme de loup quand tu tueras, termina-t-elle.

— Quand je tuerai ?

Je vis mon reflet dans le miroir. On aurait dit l'une des femmes d'Henri VIII à qui l'on venait d'annoncer qu'elle serait bientôt remplacée[1].

Fey prit un ours en peluche tout abîmé sur ma coiffeuse. J'eus peur qu'elle lui arrache la tête.

— Je t'en prie, Cal, s'exclama-t-elle. La mise à mort sera sans doute le seul moment marrant de la soirée.

— Jusqu'à ce que Ren l'emmène au lit, ronronna Sabine.

Fey poussa un rire qui ressemblait davantage à un rugissement. J'entendis même les gloussements étouffés de Cosette sous les couches de tissu.

— Tais-toi, Sabine, lança Bryn en lui donnant un coup de pied, ce qui me fit sourire.

_____

1. Henri VIII, roi d'Angleterre de 1509 à 1547, eut six épouses, dont deux périrent sur l'échafaud.

— Vraiment, les filles, ajouta ma mère en posant les mains sur les hanches. Vous vous comportez comme des barbares.

Elle prit mon visage entre ses mains.

— Calla, la cérémonie sera magnifique. Nous t'attendrons dans la clairière sacrée – à part Bryn, qui te conduira au site du rituel. Là, elle te laissera seule. Des tambours éveilleront les esprits de la forêt, et la chanson des guerriers sera la dernière chose que tu entendras avant d'être appelée.

— Qui m'appellera?

— Tu verras, répondit-elle en souriant. Je ne veux pas tout te dévoiler. C'est le mystère du rituel qui le rend aussi spécial.

Spécial? Je regardai ses yeux embués. Je ne me sentais pas spéciale, seulement anxieuse.

— Et la mise à mort?

C'était donc ça qui inquiétait mes parents.

Elle ôta les mains de mon visage et les ramena vers elle.

— C'est une épreuve, une démonstration publique que toi et Ren possédez la capacité de diriger votre meute ensemble.

— Nous allons chasser ensemble? demandai-je, incapable de m'imaginer la scène. Et les Gardiens vont regarder?

— Votre proie vous sera présentée à la fin de la cérémonie, dit-elle en lissant le devant de ma robe.

Je grimaçai alors qu'une autre épingle me piquait.

— Quelle est la proie? demanda Bryn en me prenant la main, les doigts tremblants.

— Vous ne le saurez que le moment venu. L'effet de surprise fait partie de l'épreuve.

— C'était quoi, quand vous avez été unie à Stephen ? demanda Sabine.

À ma grande surprise, je vis qu'elle avait les poings serrés, comme si la question de la mise à mort l'effrayait autant que moi.

Ma mère alla prendre une brosse sur ma coiffeuse. Très calme, elle vint se placer derrière moi et se mit à me brosser les cheveux.

Juste au moment où je pensais qu'elle ne répondrait pas, elle a repris la parole.

— Un Chercheur que nous avions capturé.

— Oh ! fis-je.

Le visage du Chercheur que j'avais combattu à la sortie de l'Éden me revint à l'esprit. *Se peut-il qu'il soit encore vivant ? Les Gardiens vont-ils le sortir d'une prison secrète pour le jeter à nos pieds pendant la cérémonie ?*

Un vrombissement s'éleva de mon lit. Fey fouilla sous un tas de crinoline et brandit mon téléphone.

— Tu veux que je réponde ?

— C'est qui ? demandai-je.

— Shay.

La brosse s'immobilisa dans mes cheveux.

— Qui est Shay ? demanda ma mère.

— L'humain que nous baby-sittons pour Logan, dit Fey en me lançant le téléphone.

— Maman, glapis-je en réussissant à attraper mon téléphone in extremis, alors qu'elle tirait sur mes cheveux.

J'entendis la brosse heurter le sol. Ma mère se

planta devant moi. Elle avait le visage plus pâle que les draps froissés de mon lit.

— L'humain des Gardiens t'appelle ? Pourquoi ?

— Tu as entendu parler de Shay ?

Le téléphone vibrait toujours dans ma main.

— Je...

Elle se pencha, ramassa la brosse.

— Il me semble avoir entendu Lumine en parler. Je ne savais pas comment il s'appelait.

— Qu'a-t-elle dit sur lui ?

Elle entreprit de mettre de l'ordre sur ma table de nuit.

— Ce n'est pas important, ajouta-t-elle sans me regarder. Je ne savais pas que vous étiez proches.

— Trop proches, murmura Sabine.

— Comment ça ? demanda ma mère en regardant d'abord Sabine, puis moi. Est-ce que tu fraternises avec d'autres jeunes hommes que Ren ? C'est honteux !

J'essayai de donner un coup de pied à Sabine, et je serais tombée si Bryn ne m'avait pas rattrapée.

— Bien sûr que non, Naomi, répondit Bryn. Logan a demandé à Calla de surveiller Shay. De le protéger.

Ma mère pâlit encore.

— Pourquoi voudrait-il...

Elle se tut et se mit à tapoter mes oreillers pour leur redonner du volume. Je regardai mon téléphone qui vibrait, ne sachant quoi faire.

— Naomi, vous n'avez pas dit que ce serait bientôt l'heure du dessert et des cadeaux ? demanda Bryn. Je crois qu'une pause nous ferait du bien.

— Oui, oui ! s'exclama ma mère, manifestement soulagée. J'ai préparé du thé et des mignardises. Nous prendrons les rafraîchissements dans le petit salon.

— Merci, Bryn, murmurai-je quand les filles sortirent derrière ma mère.

Elle pressa mon bras avant de courir après Fey, qui se retourna vers elle en fronçant les sourcils.

— Des mignardises, c'est quoi ce truc ? lui demanda-t-elle.

Je décrochai mon téléphone.

— Hé.

— Calla, dit Shay, surpris. Je ne pensais pas que tu décrocherais.

— Si. Je n'ai que quelques minutes, dis-je, entendant ma mère donner des instructions sur le placement correct de la porcelaine et de l'argenterie.

— Ce sera rapide. Je pense avoir compris pourquoi on ne peut rien trouver d'utile à la bibliothèque.

— Pourquoi ?

— Quelque chose dans ces symboles d'alchimie me tracassait. Tu sais, ceux qui accompagnaient la croix ?

— Hmm.

— Alors j'ai fait quelques recherches, et ce n'est pas le seul endroit où on peut les trouver.

Je l'entendis tourner des pages.

— Il y a un triangle sur la carte. Celle que j'ai utilisée pour aller dans la montagne. Pile sur l'emplacement de la grotte.

— Il y a un triangle sur la Caverne d'Haldis ?

— Oui. Un triangle à l'envers traversé par une ligne.

— C'est la terre, dis-je, revoyant mentalement les différents symboles alchimiques. La grotte doit être liée au pouvoir élémentaire de la terre.

— Tu ne sais pas ce qu'il y a dedans ?

— Dans la caverne ? Je pensais que c'était le site lui-même qui comptait. Tu penses qu'il y a quelque chose à l'intérieur ?

— Je pense qu'on devrait essayer de le découvrir.

— Tu es sérieux ?

— On ne peut plus retourner à la bibliothèque après l'attaque des Chercheurs, comme tu l'as toi-même fait remarquer. Mais il faut qu'on fasse quelque chose.

— Je ne sais pas, dis-je, la bouche sèche. Le site est à haute altitude. Il y aura sans doute déjà beaucoup de neige.

— Je suis bon en escalade. Je me débrouillerai. Je sais que tu peux y arriver, Cal.

— Il faudrait qu'on y aille un dimanche, le jour où Bryn et moi patrouillons. Ce ne sera pas difficile de se débarrasser d'elle. Elle sautera sur l'occasion de passer la journée seule avec Ansel. Mais nous n'aurons peut-être pas le temps d'aller à la grotte et de revenir avant la patrouille suivante des Nightshade. Enfin, je pourrais y arriver…

— Ne crois pas une seule seconde que je vais te laisser y aller sans moi.

Ma mère apparut dans l'embrasure de la porte, un napperon à la main.

— Calla, c'est l'heure des cadeaux et des jeux !

Tu veux de l'aide pour retirer ta robe? Prends garde à ne pas perdre d'épingles.

– Des jeux? demandai-je, nauséeuse.

– Des jeux? répéta Shay, hilare. Tu es en pleine fête prénuptiale? Pas étonnant que tu n'aies pas voulu m'en dire plus. Tu ne dois pas passer un super bon moment.

Je posai la main sur le téléphone.

– Je descends dans une seconde, maman.

– C'est malpoli de faire attendre ses invités, dit-elle d'un ton aigre avant de disparaître dans l'escalier.

– Calla? demanda Shay. Tu es encore là?

J'observai mon reflet, imaginant comme il serait amusant de faire de ma robe les confettis les plus chers du monde.

– Je suis là. Désolée.

– Alors, on y va quand?

Son impatience me donnait à la fois envie de rire et de pleurer. Le Samain aurait lieu dans à peine plus d'une semaine. Une fois unie à Ren, je ne pourrais plus passer du temps avec lui. Je ne savais même pas si je pourrais le revoir.

– Ce dimanche. Nous irons à la grotte ce dimanche.

– Dans trois jours? Oh bon sang, j'étais tout excité par ma brillante idée et maintenant, je suis juste nerveux.

– Tu as bien raison de l'être. À demain.

– Tu ne vas pas me parler de ta robe?

Je lui raccrochai au nez.

– J'arrive, maman! m'écriai-je en sautant de l'estrade.

Je n'avais pas fait deux pas que je me pris les

pieds dans mon ourlet. Je tombai la tête la première. J'essayai de me redresser, mais je n'arrivais
pas à sortir de mon cocon rose, doré et ivoire. À
chaque mouvement, les épingles me piquaient
comme un essaim d'abeilles en colère.

Je hurlais encore lorsque Bryn finit par me
sortir de ma prison de soie.

Vingt et un

– Alors, qu'est-ce que tu fais ce soir? me demanda Shay tandis que nous sortions de Grandes Idées.

– Je vais travailler à ce devoir, dis-je en tapotant sur mon cahier. Je commence à prendre du retard à cause de… tout ça.

– Je peux venir chez toi? demanda-t-il en me montrant sa feuille pleine de notes. On pourrait le faire ensemble.

– Je ne pense pas que ce soit une très bonne idée.

– Pourquoi?

Il prit mes livres pendant que j'ouvrais mon casier.

– Ça ne plairait pas à ma mère.

– Mais je suis un si gentil garçon.

– Ça ne… aïe!

Ansel m'avait envoyé un ballon de foot dans le dos.

– But!

J'attrapai une bouteille d'eau dans mon casier et l'aspergeai en plein visage.

– Belle repartie, dit-il en souriant et en s'essuyant. Mais il ne faut pas tirer sur le messager.

– C'est bon, tu respires toujours. C'est quoi le message?

— Nev joue au Burnout ce soir. Il nous a invités.

— C'est quoi, le Burnout? demanda Shay.

— C'est un bar dans l'ouest de la ville, dis-je en enfilant ma veste. Un rade plus qu'un bar, en fait.

— Arrête, Cal. Tu adores cet endroit, lança Ansel en faisant rebondir le ballon sur ses genoux. Ne fais pas comme si tu n'aimais pas les bars miteux. En plus, on n'a rien fait avec les deux meu…, euh, tous ensemble, depuis l'Éden. On a tous besoin de décompresser.

— À quelle heure?

— Dix heures.

— Je ne sais pas, dis-je en regardant Shay.

Ansel suivit mon regard.

— Tu devrais venir aussi, Shay. Passe la soirée avec nous. On s'amuse bien même en dehors du déjeuner.

— Comment comptez-vous entrer? demanda Shay. Vous avez de fausses cartes d'identité?

— Nev connaît le patron, répondit Ansel. Pas besoin de cartes d'identité.

— Super! dit Shay en me faisant un sourire malicieux.

— Euh, ouais, répondis-je en réprimant un grognement. Super.

Ansel était rayonnant.

— Mason viendra nous chercher vers neuf heures. C'est sur la route 24, Shay. Prends le chemin en graviers sur la droite et tu arriveras au bar.

— Je serai là.

Je fouillai dans la poche de ma veste et je lançai mes clés à Ansel.

– Tu peux conduire, An. Je te retrouve dans la voiture.

– Vraiment ? Cool !

Il se précipita vers le parking avant que je puisse changer d'avis.

Lorsqu'il fut trop loin pour m'entendre, je foudroyai Shay du regard.

– Tu es fou ou quoi ?

– De vouloir écouter Nev ? demanda-t-il avec un sourire placide. Je ne pense pas, non. Même si je suppose que l'opinion de Mason sur son talent est un peu faussée.

– Tu sais ce que je veux dire, dis-je sans sourire. Ren sera là.

– Oui, probablement.

Je ne pouvais m'empêcher d'imaginer les deux garçons dans le même bar sombre et bondé. Le mot « désastre » s'inscrivit comme une enseigne lumineuse en travers de mon esprit.

– Il voudra...

Je me mordis la lèvre.

– Se comporter comme ton petit ami ? demanda Shay en haussant les sourcils. En public ?

Je baissai les yeux et hochai la tête.

– Je comprends.

– Merci, Shay, dis-je, soulagée qu'il ne s'entête pas. J'aurais vraiment aimé que tu puisses venir.

– Ah bon ? demanda-t-il en jouant avec la porte de mon casier. Et pourquoi ça ?

Je fronçai les sourcils.

– Tu ne peux pas juste te contenter de ça ?

– Je ne crois pas, répondit-il avec un sourire joueur. Non.

— Tu es toujours aussi agaçant ?

Son sourire me fit mal au cœur, me rappelant à quel point son espièglerie pouvait me faire rire. La soirée serait stressante sans lui pour soulager mon anxiété.

— Réponds-moi.

— Je ne sais pas si c'est important, mais tu vas me manquer, dis-je en m'approchant de lui. Dimanche, c'est loin.

À peine ces mots sortis de ma bouche, je me mordis la lèvre.

Mais qu'est-ce que j'ai dit ? J'aurais mieux fait de me taire…

— C'est agréable à entendre, lança-t-il avec un sourire dangereux. Mais je serai quand même là ce soir.

Mon cœur s'arrêta de battre.

— Quoi ? Mais tu viens de dire que…

— Je sais, Calla, dit-il en me pressant la main. À ce soir.

Je le dévisageai. Il rit et partit.

Mason engagea sa Land Rover sur le chemin en graviers. Le véhicule imposant détonnait à côté des motos et des vieilles voitures des habitués.

Bryn défit sa ceinture.

— Je ne sais pas ce qu'on fait là. Je préférerais largement être à l'Éden.

— Nev ne joue pas à l'Éden, rétorqua Mason. Et puis, c'est bien de changer un peu.

— Crois-moi, c'est mieux ici, dis-je, le ventre noué à la seule idée de retourner dans le club d'Efron.

Mason et moi échangeâmes un regard. Nous

n'avons rien dit, mais je savais que nous pensions la même chose. Nous ne risquions pas de croiser Logan au Burnout.

Ansel passa le bras autour de la taille de Bryn et la força à sortir de la voiture.

– Tu vas t'amuser et tu le sais.

Elle fit la moue jusqu'à ce qu'il l'embrasse. Alors un grand sourire éclaira son visage.

Le Burnout[1] avait été construit sur les vestiges d'un café ravagé par le feu une décennie plus tôt. Au lieu de raser le bâtiment, les nouveaux propriétaires avaient simplement construit le bar tout autour, sur l'ancien site. Du bois carbonisé apparaissait un peu partout, comme une œuvre d'art moderne placée là par erreur. Au sol, les lattes en bois dur faisaient saillie, si bien qu'à certains endroits, il était facile de trébucher.

La seule lumière provenait des nombreux néons fixés aux murs, enseignes publicitaires pour de la bière. Un nuage de fumée flottait dans l'air comme un voile, emplissant mes narines et masquant les autres odeurs. Un groupe d'habitués grisonnants était perché sur des tabourets mal assortis le long du bar, et des motards vêtus de cuir étaient regroupés autour des tables dans les coins sombres de la pièce. Face au bar, une petite plate-forme faisait office de scène.

Nev y était assis, les jambes pendantes, sa guitare posée négligemment sur les genoux. Shay était appuyé contre la scène. Nev nous aperçut et hocha la tête. Ansel et Mason se dirigèrent immédiatement vers lui.

1. En anglais, le verbe *to burn out* signifie brûler, cramer.

Bryn me prit la main.

– Leurs conversations sur la musique peuvent devenir assez pointues. Tu veux qu'on aille s'asseoir ?

Je suivis son regard. Ren, Dax, Fey, Sabine et Cosette étaient assis tous ensemble.

– OK.

Comme nous approchions de la table, Ren se leva et me tendit la main.

– Content que tu sois là.

Mon pouls s'affola, mais j'allai vers lui, je le laissai m'enlacer et me conduire à la chaise voisine de la sienne.

– Merci, murmurai-je entre les plis de sa veste en cuir.

Bryn s'assit à côté de moi.

– Salut, tout le monde, lançai-je aux autres loups. Ça me fait plaisir de vous voir.

– Salut, Calla, répondit Dax.

Sabine me fit un bref sourire. Cosette répondit trop doucement pour que je puisse l'entendre par-dessus le vacarme ambiant.

– Fey, ajoutai-je en la regardant, Mason m'a dit que Dax t'avait emmenée.

– Oui, dit-elle en se rapprochant de lui.

J'ouvris la bouche, mais je me ravisai et je ne dis rien. *Mieux vaut attendre de voir comment ça va se passer.*

Ren regarda en direction de la scène, et posa les yeux sur Shay.

– Ton fan-club est arrivé tôt. Il t'attend.

Je me mordis l'intérieur de la joue. *Ce sera un miracle si je survis à cette soirée.*

– Ansel l'a invité.

— Il ne faudra pas que j'oublie de l'en remercier, dit Ren avec un sourire menaçant.

— Je pense que c'est bien, rétorqua Bryn, sur la défensive. Logan voulait qu'on le surveille. Pourquoi Calla devrait-elle faire tout le boulot ? C'est la responsabilité de la meute.

— Bien sûr, répondit Ren, un peu plus calmement. Nous devons l'aider à s'occuper du gamin.

— On va voir comment il se débrouille en dehors de l'école, lâcha Dax avec un rictus.

Fey lui murmura quelque chose à l'oreille et il rit bruyamment.

— Tu as quelque chose à dire, Fey ? demandai-je en lui serrant le poignet comme un étau.

Elle essaya de se dégager.

— Pas vraiment.

Bryn se mit à gronder et Fey arrêta de se débattre.

— Désolée, Cal, ajouta-t-elle rapidement. Je ne voulais pas te manquer de respect. C'était juste une blague entre nous.

— Je comprends, dis-je en la regardant fixement jusqu'à ce qu'elle détourne les yeux.

Je relâchai son poignet quand Ren me pressa l'épaule.

— Du calme, raisonna-t-il. C'est notre soirée de repos. Dax, va nous chercher une autre tournée.

Dax hocha la tête et tapota la cuisse de Fey avant d'aller au bar.

Ansel, Mason et Shay prirent place autour de la table.

— Hé, les gars, lança Ren en leur souriant. Ravi que tu aies pu te joindre à nous, Shay.

Je remarquai malgré moi la soudaine dureté de sa voix, celle d'un loup aux aguets.

– Ce n'est pas le barman de l'Éden ? demanda Bryn en regardant la scène.

Deux hommes étaient montés sur scène avec Neville. Je reconnus le Bane de la boîte de nuit, une basse pendue à l'épaule.

– C'est Caleb, dit Mason. Et oui, il travaille à l'Éden. C'est un bon ami de Nev.

– Et à la batterie ? demanda Ansel.

– Tom, répondit Mason. Cet endroit lui appartient, et il aime bien jouer avec les groupes locaux.

Neville s'approcha du micro. Même amplifiée, sa voix ressortait à peine dans le vacarme.

– Sabine, on aurait besoin de toi. Prends ta chaise et viens nous rejoindre.

Mes compagnons de meute l'ont tous regardée avec surprise, les Bane se sont contentés de sourire. Ren a rapproché ma chaise de la sienne et a passé son bras autour de ma taille. J'ai croisé les yeux de Shay pendant une seconde avant de me concentrer sur les musiciens. J'avais l'impression d'assister à un jeu de tir à la corde. Et la corde, c'était moi.

Sabine monta sur scène avec sa chaise. Nev lui tendit un tambourin et plaça un micro devant elle.

– Que se passe-t-il ? demanda Bryn.

– Sabine fait les chœurs pour Nev. Parfois, ils font des duos, expliqua Ren. Elle a une très belle voix.

– Vraiment ? commenta Bryn en prenant une poignée de cacahuètes. Qui l'eût cru ?

Cosette la fusilla du regard.

— Bonsoir, dit Nev, captant notre attention. Je m'appelle Nev. Caleb est à la basse, et vous connaissez tous Tom. La charmante Sabine nous fait l'honneur de nous accompagner ce soir.

Les seuls applaudissements vinrent de notre table. Apparemment, les autres clients n'étaient pas là pour la musique.

Neville fit un signe de tête à Tom. Le patron du bar et Caleb échangèrent un regard et, la seconde suivante, la basse et la batterie se lancèrent dans un rythme lent, grinçant. Un bref sourire apparut sur les lèvres de Neville ; ses doigts se mirent à courir sur le manche de sa guitare, et il commença à chanter.

Mason m'adressa un sourire radieux et je hochai la tête. *Oui, je comprends maintenant.*

Sabine reprit l'harmonie. Sa voix était suave et sombre, comme les premières ombres du crépuscule. La musique s'est déversée dans mes veines, mélange de sable et de soie. Subtile, enivrante.

Tous les Bane étaient penchés en avant, captés par le rythme de la chanson de Neville. J'avais l'impression que la ligne de basse vrombissait dans mon corps.

J'ai vu les pieds de Bryn courir sur le sol, se déplaçant sur une rivière de son invisible. Elle regarda Ansel, les yeux brillants.

— On m'a promis qu'on pourrait danser.

— Déjà ? demanda Ansel. J'aimerais bien juste écouter pendant un moment.

Le sourire de Bryn disparut, mais Shay intervint.

— Je veux bien danser. Si ça ne te dérange pas, dit-il en se tournant vers mon frère.

300

— C'est aux dames de décider, répondit Ansel.

Bryn ne réussit pas à dissimuler complètement sa surprise, mais elle tendit rapidement la main à Shay, un sourire joueur aux lèvres.

— Dans ce cas, allons-y.

Shay l'entraîna sur le sol bosselé. Quelques motards les regardèrent avec intérêt lorsqu'ils se mirent à danser devant la scène. Neville hocha la tête, souriant, alors que Shay passait les bras autour de Bryn et la guidait.

— Hum…, marmonna Ansel. Il est doué.

— Nerveux ? demandai-je en riant.

Il me fit un grand sourire.

— Non. Ce n'est pas après elle qu'il court.

— Je me demande où tu as pêché cette idée, dit Ren en resserrant son étreinte autour de ma taille.

Ansel se recroquevilla.

— Désolé, mec. Je n'ai pas réfléchi.

— C'est vrai qu'il ne danse pas trop mal, ajouta Ren avec une étincelle mauvaise dans les yeux. Mais on devrait peut-être lui montrer ce que sont d'excellents danseurs.

Je me tendis mais, à ma grande surprise, il se tourna vers Cosette.

— Tu veux danser ?

Ses grands yeux s'agrandirent encore, mais elle sourit timidement et hocha la tête. Il lui prit la main et ils quittèrent la table. Dax prit le bras de Fey et ils suivirent l'autre couple.

Je n'ai pas pu m'empêcher de froncer les sourcils.

— C'était bizarre, dit Ansel. Ça va ?

— Ça va, répondis-je, essayant d'ignorer

l'irritation qu'avait provoquée le départ de Ren avec Cosette.

Est-ce que ce sera comme ça après notre union? S'échappera-t-il avec d'autres filles chaque fois qu'il en aura envie?

— Ne t'en fais pas, Cal, me rassura Mason. Shay lui fait l'effet d'une épine dans la patte et il essaie de te faire croire qu'il s'en fiche.

— Peu importe, lançai-je, gênée par leur sollicitude. Je n'ai pas envie de danser avec Ren.

Mason joua un rythme rapide sur la table avec les jointures de ses phalanges.

— Mais tu as envie de danser.

Il se leva et me tendit la main.

— Génial, le seul sans partenaire, dit Ansel quand je me suis levée. Où est Sabine quand j'ai besoin d'elle?

— Je pense qu'elle préférerait te mordre que danser avec toi, rétorquai-je.

— C'est vrai, admit-il en souriant. Je vais simplement attendre que Bryn se souvienne qu'elle m'aime bien.

— Bonne idée, dit Mason en m'entraînant vers la scène.

La musique s'est faite encore plus lente.

— Comme c'est romantique, ajouta Mason en m'embrassant sur la joue.

Je ris, suivant les cercles lents qu'il dessinait sur le sol inégal.

Il ôta soudain ses mains de ma taille et d'autres mains se posèrent sur mes hanches.

— Je vais prendre le relais, Mason, intervint Ren, juste derrière moi.

— Bien sûr, dit Mason en inclinant la tête.

Ren me tourna vers lui.

— C'était grossier, lançai-je, plus contrariée par
sa défection un peu plus tôt que par cette interruption. Tu aurais pu attendre.

Il se contenta de sourire.

— Non. Je veux danser avec toi maintenant.

— Bien. On danse. Tu es content?

— Presque, dit-il, ses lèvres effleurant mon
front.

Je me concentrai pour ne pas trébucher sur le
sol inégal.

— Tu ne veux pas savoir ce qui me rendrait vraiment content? demanda-t-il d'un air taquin.

— Je n'en suis pas sûre.

L'obscurité orageuse de ses iris faisait crépiter
ma peau, la rendait électrique.

— Laisse-moi te reconduire ce soir, continua-
t-il en mettant la main dans sa poche. Je veux te
montrer quelque chose.

— Quoi?

Un éclair argenté passa devant mes yeux. Des
clés.

— Notre maison.

Je le dévisageai, puis je regardai les clés.

— Notre maison?

— Dans le nouveau lotissement. Elle est prête.
J'ai demandé à Logan si je pouvais aller la voir et
il m'a donné les clés. Je suis sûr que je pourrai en
obtenir un autre jeu pour toi.

— Notre… notre maison? bégayai-je à nouveau.

— Oui, Calla, sourit-il. L'endroit où nous
vivrons ensemble après l'union. Quand nous
serons le couple alpha. Tu as oublié comment ça
fonctionnait?

— Tu veux y aller ce soir?

— Juste pour jeter un coup d'œil.

— Et Logan est d'accord?

— Logan n'a pas besoin de savoir que je t'y ai amenée, dit-il en agitant les clés sous mon nez. Et puis, tu n'es pas curieuse?

— Un peu.

J'étais surtout curieuse de savoir ce que Ren comptait faire quand nous serions là-bas.

Il sourit, repassa le bras autour de ma taille.

— Et tu me ramèneras chez moi juste après? demandai-je en plissant les yeux.

— Si c'est ce que tu veux, répondit-il avec douceur, en passant le pouce sur ma pommette. Mais je serais tenté de voir si je peux te convaincre d'arrêter de te comporter comme la grande dame que ta mère voudrait que tu sois.

— Alors tu l'as entendue? grommelai-je, rougissante.

Comme si je voulais être une dame, et prétendre ne rien ressentir d'autre que mon sens du devoir.

— Je ne peux pas lui reprocher de vouloir protéger ta vertu, dit-il en souriant. J'aimerais être dans ses bonnes grâces, mais en attendant on pourrait peut-être faire une petite soirée pyjama dans notre nouvelle maison. Ce serait notre secret. Je te promets que je ne dirai rien à personne.

Je lui ai donné un petit coup de pied dans le tibia.

— Je ne te crois pas. Arrête.

— À moins que tu ne préfères l'effet de surprise, continua-t-il, impitoyable. Je suis plutôt agile. Je parie que je pourrais monter sur ton toit et me faufiler par la fenêtre de ta chambre un de ces jours.

Je me figeai dans ses bras.

– Tu n'oserais pas.

– Non, c'est vrai, lança-t-il en riant. Sauf si tu me le demandais.

Les battements rapides de mon cœur ne s'accordaient pas au rythme lent de la chanson de Neville.

– C'est là qu'est ta place, Calla, dit-il en me serrant contre lui et en relevant mon menton. Avec moi. Dis-moi que c'est ce que tu veux.

Je ne pouvais détacher mon regard du sien.

– Ce que je veux ?

– Oui. Tout ce que tu veux, je te le donnerai. Toujours. Je te le promets. Dis-moi seulement une chose.

– Quoi ?

– Que c'est ça que tu veux, nous, ajouta-t-il d'une voix si basse que je faillis ne pas l'entendre. Qu'un jour, tu m'aimeras.

Mes mains se mirent à trembler autour de son cou.

– Ren, tu sais que nous allons être ensemble. Nous le savons tous les deux depuis longtemps.

Il me regarda avec dureté.

– Ce n'est pas ce dont je parle.

– Pourquoi est-ce que tu me demandes ça ?

J'essayai de m'écarter, mais il me retint contre lui.

L'esquisse d'un sourire apparut sur ses lèvres.

– Pourquoi pas ?

Ma mauvaise humeur l'a emporté.

– Tu es en train d'essayer de me dire que tu m'aimes, toi ?

C'était plus un défi qu'une véritable question, mais ses yeux s'enflammèrent.

– Qu'est-ce que tu crois ?

Ses lèvres touchèrent les miennes, d'abord doucement, puis de plus en plus pressantes, les forçant à s'écarter. Étonnée, je me raidis dans ses bras. Mais il continua à me caresser les lèvres avec les siennes, avec douceur, mesure, mais insistance. Je me laissai aller, me noyant dans la chaleur de Ren, résistant légèrement à la pression de ses mains sur ma taille, sachant que ça le pousserait à me serrer plus fort contre lui.

Le fracas de bois renversé et de verre brisé me ramena à la réalité.

Je me retournai, m'attendant à voir Shay foncer sur nous. Mais il ne nous regardait pas. Personne ne nous regardait.

La musique s'était arrêtée. La table des jeunes loups était retournée. Des verres s'étaient brisés tandis que d'autres, intacts, avaient roulé sur le parquet incliné jusque dans les coins de la pièce. Dax grondait ; il avait empoigné Mason par la chemise et avait essayé de le frapper, mais apparemment avait arrêté son poing en plein vol et essayait de le repousser. Fey se tenait à côté de Dax qu'Ansel retenait par l'avant-bras pour l'éloigner de Mason. Juste derrière eux se trouvait Shay, les muscles tendus. Bryn s'était à moitié levée de sa chaise et fusillait Fey du regard.

Ren s'écarta de moi.

– Que se passe-t-il, bon sang ?

Il fonça sur Dax, moi sur les talons.

Le visage de Mason était tordu par la colère.

– Tu n'as pas le droit, dit-il.

– Et toi, tu dois apprendre à te taire, répliqua Dax.

– Arrête de faire l'idiot, lança Ansel en tirant sur le bras de Dax, sans réussir à le faire bouger d'un pouce.

– Il a raison, Dax, dit Shay. C'est quoi, ton problème ?

– Tais-toi et reste en dehors de ça, aboya Fey.

Neville fourra sa guitare dans les bras d'une Sabine éberluée, sauta de la scène et vint se placer près de Mason. Il foudroya Dax du regard.

– Arrête ça, mec. Tu te prends pour qui ?

Dax l'ignora.

Je regardai autour de nous, craignant que l'on ne se fasse mettre dehors. Mais les autres clients étaient retournés à leurs boissons, indifférents à cette banale rixe de comptoir.

Ren prit Dax par l'épaule.

– Lâche-le et attends-moi dehors. Maintenant.

Dax relâcha la chemise de Mason, lui jetant un dernier regard assassin avant de se détourner et de sortir du bar. Fey le suivit.

– Où penses-tu aller comme ça ? demandai-je en lui bloquant le passage.

– Désolée, Cal, dit-elle avec un regard d'acier. Je suis avec lui sur ce coup.

– Fais attention à toi, Fey, grondai-je.

Elle ne se déroba pas.

– Tu as quelque chose à me reprocher ?

– Je te le ferai savoir quand j'aurai appris ce qu'il s'est passé.

– Très bien.

Elle me contourna et courut après Dax.

Neville fit mine de les suivre, livide. Ren le prit par le bras.

— Remonte sur scène et remets-toi à jouer. Je ne sais pas ce qui s'est passé mais l'incident est clos.

— Mais…

— Je vais bien, Nev, dit Mason en posant la main sur son épaule. On va régler ça. Va jouer.

Nev remonta sur scène à contrecœur et, quelques instants plus tard, la musique recommença, sur un riff beaucoup plus énervé.

— Quelqu'un pourrait me dire ce qui se passe ? demandai-je.

— Ce n'est rien, dit Mason en aidant Cosette à redresser la table. Comme l'a dit Ren, c'est fini maintenant.

— Ce n'est pas rien, protesta Ansel.

— Que s'est-il passé ? insista Ren.

— Vraiment, il n'y a pas de quoi en faire un plat, répondit Mason, les traits tirés. Il a pété un plomb, c'est tout.

— Je ne pense pas que tu puisses laisser passer ça, Mason, intervint Shay d'une voix calme. C'était grave. Dax a dépassé les bornes.

Je me suis tournée vers Bryn.

— Qu'a-t-il fait ?

Elle jeta un coup d'œil à Mason et à Ansel.

— Il n'a pas apprécié quelque chose qu'a dit Mason… au sujet de Neville.

Ren serra les mâchoires.

— Je vois.

Il se dirigea vers la porte, et je le suivis. Nous

avions traversé la moitié de la salle lorsqu'il se retourna brusquement.

– Je vais m'en occuper, Calla.

– Il faut que je sois présente. Ça nous concerne tous les deux.

Il secoua la tête.

– Je peux gérer ça. Dax sait déjà qu'il est dans le pétrin. Ce serait mieux que tu restes là et que tu essaies de convaincre les autres que tout ira bien.

– Très bien.

Le processus était déjà entamé. C'était Ren le responsable maintenant. Je le regardai quitter le bar.

Comment pourrais-je les convaincre que tout ira bien ? Rien ne fonctionne comme prévu.

J'étais tellement en colère que mes muscles étaient douloureux. J'avais horreur qu'on me traite comme une inférieure. J'avais toujours dirigé ma meute et soudain, c'était comme si toutes ces années passées à être leur alpha ne signifiaient plus rien. Je n'étais que la compagne de Ren. J'ai senti une main sur mon épaule et je me suis retournée.

– C'était violent, dit Shay.

J'ai hoché la tête.

– C'est un problème. Dax et Fey n'acceptent pas très bien la relation de Nev et Mason.

– J'ai remarqué, lâcha-t-il en regardant en direction de la porte. Que va faire Ren ?

– Je ne sais pas. Mais je lui fais confiance.

Comme si j'avais le choix.

– Il le faut bien, rétorqua-t-il en faisant la moue. Alors ?

— Alors quoi ?

— M'accorderas-tu cette danse ?

— Excuse-moi ? ai-je demandé, abasourdie.

— Ren a eu son tour sur la piste de danse. Maintenant c'est à moi.

— Je ne me souviens pas de t'avoir promis quoi que ce soit, dis-je en reculant. Et puis, il faut que j'aille parler aux autres pour tenter d'arranger les choses.

— C'est bien ce que je pensais, lança-t-il. Je vais t'aider.

Je l'ai regardé, les sourcils froncés, alors qu'il posait une main sur ma taille et me prenait la main. Il me serra contre lui tout en étirant nos bras, droits comme des flèches.

— Qu'est-ce que c'est que ça ?

— Un tango, répondit-il en me guidant sur la piste avec de grands pas mélodramatiques.

— En quoi ça va-t-il m'aider ? demandai-je en jetant un coup d'œil à ma meute.

Ils nous observaient tous d'un air perplexe.

— Ce n'est pas la musique qui adoucit les mœurs, Cal, dit-il en me renversant si bas que mes cheveux effleurèrent le sol. C'est le rire.

Je jetai à nouveau un coup d'œil à notre table, et ce que je vis m'étonna. Le plan de Shay fonctionnait. Ansel et Mason ricanaient, Bryn gloussait comme une folle, et même Cosette ne pouvait s'empêcher de sourire.

Shay soupira et me fit tourner devant lui, avant de me ramener à lui comme si j'étais un yo-yo.

— Ce serait beaucoup mieux si j'avais une rose entre les dents. Ne serais-je pas éblouissant ?

– Plutôt ridicule, je dirais.

– Ridiculement éblouissant, rétorqua-t-il en souriant.

Même les motards riaient; leurs visages durs à la Sid Vicious évoquaient maintenant plutôt celui du Père Noël.

Je me pressais contre le corps chaud de Shay. Lorsqu'il me serrait dans ses bras, j'arrivais vraiment à croire que tout irait bien. Je me suis demandé s'il savait à quel point il pouvait me rendre heureuse, malgré mes peurs incessantes concernant l'avenir. Soudain, le regret me comprima la poitrine, arrêtant mes rires. Me voir les lèvres collées à celles de Ren devait l'avoir profondément blessé. Il méritait mieux, plus que je ne pourrais jamais lui donner.

– Alors tu n'es pas en colère contre moi? demandai-je en tournoyant sur moi-même comme une ballerine.

– À propos de quoi? Ce n'est pas toi qui es intolérante. En ce qui me concerne, Fey et Dax peuvent aller au diable.

Il n'a pas vu le baiser.

Le soulagement m'envahit, suivi par une pointe de culpabilité.

Pourquoi est-ce que je ne veux pas qu'il sache? Ce n'est pas juste de lui cacher la vérité.

Rien ne pouvait changer ce qui m'attendait avec Ren. Shay, plus que quiconque, devait le comprendre. Mais, comme je contemplais son sourire, la chaleur de ses yeux, je ne pus me résoudre à lui parler du baiser.

– Je pense que tu devrais partager ta brillante

idée avec Nev, dis-je. Je ne voudrais pas qu'il pense que nous nous moquons de lui.

— Nev a beaucoup d'humour, répondit Shay en me renversant à nouveau. Je pense qu'il comprendra.

— Si tu le dis.

J'ai regardé la scène. Shay semblait avoir raison. Même s'il avait l'air un peu décontenancé, Nev souriait jusqu'aux oreilles.

— Tu sais, si je t'embrassais à la fin de ce numéro, ce serait le clou du spectacle, ajouta Shay, alors que j'avais encore la tête en bas.

Je ne pus m'empêcher de sourire en voyant son rictus malicieux.

— Si tu m'embrasses maintenant, Ren te tuera.

— En amour comme à la guerre, tous les coups sont permis. Au moins, je mourrais heureux.

— Tu es infernal, dis-je en plantant mes ongles dans ses épaules. Relève-moi !

— Je ne veux pas décevoir notre public.

— Ils devront faire avec, rétorquai-je, commençant à faiblir à cause de l'afflux de sang dans mon crâne. Je t'ai dit clairement ce qui se passerait si tu m'embrassais. Je pense que ta main te manquerait.

Il ne me releva que pour me renverser de l'autre côté.

— Tu résous tous tes problèmes par des menaces de violence ?

— Non.

— Menteuse.

Ma tête tournait quand il m'a remise sur mes pieds, mais mon corps me paraissait aussi léger que l'air.

J'éclatai de rire quand il se mit à danser la polka. Neville a secoué la tête, mais il riait lui aussi. La musique s'est arrêtée. Nev dit quelque chose aux membres de son groupe et ils se lancèrent dans une reprise punk d'un air de polka.

Shay et moi tournions de plus en plus vite.

— Je t'avais dit que ça marcherait !

Je m'écroulai contre lui, prise de vertige mais heureuse, et je posai la joue sur son épaule. C'est là que j'ai aperçu Ren. Il se tenait dans l'embrasure de la porte, les yeux fixés sur nous. Il était aussi immobile qu'une statue de pierre.

Je me dégageai des bras de Shay.

— Je crois que le spectacle est terminé.

— Génial, murmura-t-il en suivant mon regard. Va lui parler.

— Je suis désolée, dis-je en m'éloignant de lui en titubant, encore déséquilibrée par tous ces tours et ces figures.

— Je sais que tu n'as pas le choix, répondit-il avec un sourire morne. Je vais aller voir Ansel et Mason, au cas où ils voudraient savoir où j'ai appris ces incroyables pas de polka.

Je me tournai vers Ren, et mon estomac se souleva violemment. Il traversait la piste de danse, et son expression furieuse réveilla ma mauvaise humeur. Je n'avais rien fait de mal. Je pensai à notre nouvelle maison, à l'union, ne voulant soudain plus rien faire de ce qu'il m'avait demandé.

— C'était quoi, ça ? rugit-il.

— On essayait simplement de détendre l'atmosphère, dis-je d'une voix calme, en désignant nos tables, où toute la meute riait. C'était une blague. Regarde notre succès.

– Tu n'aurais pas pu trouver un moyen qui ne nécessite pas que Shay te tripote ?

– Ce n'est pas ce qui s'est passé, répliquai-je sèchement.

Même si c'est ce que j'aurais voulu.

– Bien, dit-il en me prenant le bras. Essaie de ne plus recommencer. Je n'aime pas voir un autre homme te toucher.

Un autre homme ? Depuis qu'il l'avait rencontré, Ren avait pris soin d'appeler Shay « ce gamin ». La jalousie le dévorait vraiment.

– Bien sûr, Ren, répondis-je en me dégageant. Mais si tu veux bien m'excuser, j'en ai assez pour ce soir.

– De quoi est-ce que tu parles ?

– Je m'en vais. J'ai fait ce que tu m'avais demandé. La meute est contente. Maintenant je veux juste partir d'ici.

– Ne réagis pas comme ça, soupira Ren en repoussant une mèche de cheveux derrière mes oreilles.

Je me sentis infantilisée et repoussai sa main.

– Je ne voulais pas m'en prendre à toi, reprit-il. Tu as raison, ce gamin me tape sur le système. Je n'aime pas être jaloux. Ce n'est pas ta faute.

Il paraissait sincère, mais j'étais trop en colère pour laisser tomber. Et il avait recommencé à l'appeler « ce gamin », sauf que maintenant il me grondait moi aussi comme si j'étais une petite fille.

– Merci pour ton honnêteté. Mais je ne veux pas rester. S'il te plaît, ne me force pas.

Je savais qu'il en avait le pouvoir et cela me répugnait.

– Où vas-tu aller? demanda-t-il.

– Dans les bois. Là où vont les loups la nuit, répondis-je en lui faisant un sourire aiguisé. Peut-être est-ce l'appel de la lune.

– J'aimerais que tu restes avec moi, dit-il lentement. Mais je ne vais pas te forcer.

Je m'éloignai avant qu'il puisse ajouter autre chose.

Je sortis comme un ouragan, brisant au passage une chaise d'un coup de pied. Dehors, l'air froid de la nuit mordit ma peau, et détendit un peu mes muscles contractés. Fey et Dax se trouvaient encore dans le parking, têtes rapprochées, et parlaient à voix basse.

Dax parut surpris et agacé.

– Ren t'a envoyée pour une autre tournée de réprimandes? demanda-t-il en faisant jouer les muscles de ses épaules larges.

– Je n'ai rien à vous dire, répondis-je sèchement avant de me mettre à courir.

Je changeai de forme et m'enfonçai dans la forêt sans me retourner.

Vingt-deux

Shay était adossé à sa Ford Ranger. Il me fit un petit signe quand j'apparus puis se mit à fouiller dans son coffre, d'où il sortit une paire de piolets, qu'il attacha sur son dos.

Je changeai de forme quand je le vis essayer de réprimer un sourire.

– Quoi ?

– Je pensais simplement à la dernière fois que je suis venu ici, dit-il en resserrant les lacets de ses chaussures de randonnée. Je me suis réveillé dans ma camionnette. J'ai cru que je m'étais endormi avant même de faire mon excursion et que tout n'avait été qu'un rêve.

Je me penchai en avant, étirant les muscles de mon dos.

– Oui, c'était le but de la manœuvre.

– Tu m'as assommé et tu m'as traîné jusque-là, n'est-ce pas ?

– Je ne t'ai pas traîné, je t'ai porté.

Il rit et secoua la tête.

– Merci, alors. Prête ?

Shay s'avéra être un bon grimpeur, progressant avec grâce et régularité tandis que je bondissais devant lui à travers les bois. Nous ne dûmes nous arrêter qu'une seule fois pour qu'il puisse fixer des crampons à ses chaussures avant d'escalader un passage particulièrement gelé, que je franchis en deux grands sauts. Sa paire de piolets était restée sur son dos pendant toute notre ascension.

Alors que nous approchions de la grotte, j'ai accéléré le rythme. La tête près du sol, je fis les cent pas. Je ne pus empêcher un gémissement plaintif de s'échapper de ma gorge.

Shay m'a rejointe péniblement.

— Ça va aller, Calla.

Je repris ma forme humaine, ne cessant de piétiner dans la neige en regardant cette ouverture sombre dans le flanc de la montagne, qui ressemblait à une bouche immense prête à nous avaler.

— Je n'en suis pas entièrement convaincue. Et si quelqu'un se rend compte que nous sommes venus ici ?

— Comment ça pourrait-il arriver ?

— Mon odeur, Shay. Si un Protecteur entre dans la grotte, il saura que je suis passée par là.

— Mais tu as dit que personne ne pouvait y entrer. Je pensais que c'était interdit.

— C'est le cas, mais…

— Tu veux faire demi-tour ?

Je le regardai, puis je regardai la grotte. À ce que j'en savais, aucun Protecteur n'avait jamais posé la patte à l'intérieur. Pourquoi cela changerait-il aujourd'hui ?

— Alors, on le fait ou pas ? demanda-t-il

— On le fait, dis-je, chassant mes doutes.

Il posa son sac à dos et en sortit une lampe frontale. Nous avançâmes lentement dans la grotte, sa lampe éclairant faiblement l'obscurité. Le souterrain semblait ne jamais vouloir s'arrêter.

317

Lorsque la lumière du dehors ne fut plus qu'une faible lueur, je me figeai, frappée par une odeur étrange. Je repris ma forme de loup, reniflai l'air une nouvelle fois. Elle était bien là, distincte mais inconnue, mélange de bois pourri et de gasoil. Je baissai la tête et m'avançai ventre à terre. Shay fit un pas hésitant, balayant la caverne avec la lumière de sa lampe. Nous vîmes les os au même moment. Les poils hérissés, je m'aplatis contre terre.

Éparpillés sur le sol de la grotte se trouvaient les restes blanchis d'animaux, principalement des cerfs. Je regardai de plus près les piles d'os et je frissonnai. Le crâne énorme d'un ours me souriait.

– Calla.

J'entendis le murmure de Shay en même temps que le bruit d'un grattement.

Mes yeux parcoururent la grotte, mais je ne voyais rien dans l'obscurité. Le grattement se rapprochait. Je gémis. Mes yeux suivaient la lumière qui allait et venait sur le sol.

Je venais de faire un pas lorsque le cri perçant de Shay résonna dans la grotte.

– Calla ! Au-dessus de toi ! Bouge !

Je me jetai en avant, et j'entendis une chose massive heurter le sol à l'endroit précis où je m'étais tenue une seconde plus tôt.

– Oh mon Dieu ! s'exclama Shay, choqué.

Je fis volte-face en grondant.

L'araignée recluse me contemplait avec trois paires d'yeux brillants comme des flaques d'huile. Ses longues pattes maigres étaient couvertes de poils soyeux et fins, et elles se mirent à trembler alors que l'araignée se concentrait sur sa proie. Je reculai en lui montrant les crocs, essayant de paraître menaçante malgré ma terreur. Elle était énorme, presque de la taille d'un cheval.

Son abdomen palpitait. Je sautai de droite à gauche, afin qu'elle garde son attention fixée sur moi. Elle se précipita en avant à une vitesse incroyable. Je sentis une de ses huit pattes effleurer mon dos lorsque je fis un bond sur le côté pour l'esquiver. Je tournai en rond, sachant que l'araignée était juste derrière moi. J'entendais le raclement de ses pattes sur le sol en pierre. Le cœur battant à tout rompre, je me creusai la tête pour trouver un plan d'attaque. Les loups n'avaient pas d'instinct naturel quand il s'agissait de tuer des insectes mutants. Cette créature ne ressemblait en rien aux adversaires que j'avais affrontés dans le passé.

Je décidai d'essayer de la blesser en attendant de trouver un coup fatal. Ma volte-face subite surprit mon adversaire. Ses deux pattes de devant se levèrent et je bondis, attrapant l'un des membres entre mes crocs et serrant les mâchoires. La patte grêle se brisa et je l'arrachai. Lorsque je retombai au sol et que je lui fis face à nouveau, ses six yeux luisaient de douleur. L'immense créature tressautait, se préparant à attaquer à nouveau. Son silence était plus terrifiant qu'un hurlement.

Elle se dressa sur ses pattes et chargea. Je sautai sur le côté, mais pas assez rapidement. Je m'écrasai sur le sol en pierre froid, contre lequel me maintinrent deux des pattes de l'araignée. Je tendis le cou, essayant de me défendre, de mordre ses pattes. Tremblante, je vis sa tête descendre vers mon épaule. Les bruits de ma lutte désespérée se transformèrent en gémissement lorsque j'aperçus ses crochets. Mes mâchoires se refermèrent sur une de ses pattes au moment où sa morsure perçait mon flanc.

Un son sourd précéda un bruit de déchirement, puis de succion. L'araignée lança une ruade, me relâchant, et je m'écartai difficilement. Un liquide pâle et bleuâtre s'échappait des trous béants que Shay avait creusés avec ses piolets. Furieux et déterminé, il frappa encore et encore le dos sans protection de la créature. Folle de douleur, la recluse essaya de s'en prendre à son agresseur. Je m'élançai et lui arrachai une autre patte. Elle chancela. Son sang bleu jaillissait sur le sol de la grotte. Les pattes de la créature s'écartèrent, elle s'écroula et se mit à convulser. Shay courut jusqu'à elle et, les mâchoires serrées, abaissa ses piolets entre les deux yeux centraux de la créature. Après un dernier sursaut, elle s'immobilisa.

Shay poussa un long soupir et recula. Ses doigts tenaient fermement les poignées des piolets, et les veines de ses bras saillaient. Je reniflai et tendis l'oreille, mais tout signal de danger imminent avait disparu. Je changeai de forme et je me tournai vers lui.

Il écarquilla les yeux en me voyant abandonner ma position défensive.

– Tu es sûre qu'il n'y en a pas d'autre ?

– Oui, elle était seule.

Je me frottai le dos à l'endroit où les crochets de l'araignée avaient percé ma peau. Je sentis un filet de sang. Heureusement, l'attaque de Shay avait abrégé la morsure. Elle n'était pas profonde, mais elle me faisait mal.

– Qu'est-ce que c'était ? demanda-t-il en frissonnant, les yeux fixés sur l'énorme araignée.

– Une recluse, murmurai-je. On la reconnaît à ses six yeux.

Il haussa les sourcils.

– On vient de terminer le chapitre sur les aracŸides en biologie, expliquai-je en haussant les épaules.

– Calla, ça ne peut pas être une araignée. Elles ne sont pas aussi grosses. Alors, c'était quoi cette chose ?

– Une araignée, je t'assure. Mais elle a été modifiée par les Gardiens. Ils savent faire altérer le monde naturel. La recluse devait être la dernière ligne de défense d'Haldis, au cas où quelqu'un arriverait à esquiver les Protecteurs.

Néanmoins, j'ignorais quel Gardien avait créé ce monstre, et quand il viendrait vérifier qu'elle allait bien.

– La tuer pourrait avoir été une erreur. C'est une autre preuve de notre intrusion.

– Tu es folle ? Qu'est-ce que tu voulais faire ? Prendre ce crâne d'ours et lui apprendre à jouer à la balle ?

– Tu as raison. Mais ça ne résout pas le problème.

Il ne répondit pas, se contentant de regarder le cadavre, le visage d'un blanc fantomatique.

– Est-ce que ça va ? demandai-je en faisant un pas vers lui.

– Je déteste vraiment les araignées.

Il jeta un coup d'œil à ses épaules, comme pour

vérifier qu'aucune de ces créatures détestables ne courait sur lui.

Un sourire ironique releva un coin de ma bouche.

– Pour quelqu'un qui prétend souffrir d'arachnophobie, tu t'en es bien sorti.

Je regardai les piolets dans ses mains ; du sang coulait des piques acérées.

– Où as-tu appris ça ? Tu te déplaçais comme un guerrier.

Son visage pâle s'illumina un peu et il lança les piolets en l'air, les rattrapant facilement.

Un élancement soudain me coupa le souffle. Je posai la main sur mon flanc, me rendant compte avec surprise que du sang coulait encore de ma blessure.

– Laisse-moi deviner, dis-je en m'efforçant d'ignorer la douleur. Tu es passé par une phase où tu voulais devenir ninja ou un truc du genre ?

Il secoua la tête et rougit.

– Indiana Jones. J'aime bien sa manière de mettre à profit tout ce qui lui tombe sous la main quand il est dans le pétrin. Il est plein de ressources.

– Il y a une bande dessinée Indiana Jones ? demandai-je en haussant les sourcils.

– Oui, répondit-il en donnant un coup de pied dans le cadavre de l'araignée.

– Ah, fis-je avec un sourire moqueur. Tu es aussi habile avec un fouet ?

Il se contenta de hausser les épaules, évasif.

Je me tournai vers le tunnel sombre devant nous.

– Je suppose que c'est bon à savoir pour l'avenir.

Nous avançâmes à pas prudents ; j'évitais de regarder les os éparpillés par terre. Je massais la blessure à ma taille. Elle ne saignait plus, mais la douleur se faisait plus vive et s'étendait. J'ai trébuché sur des pierres et Shay m'a pris le bras.

– Ça va ?

– Oui, ce n'est rien. Je vois mal, c'est tout.

Je rejetai les épaules en arrière, essayant de me concentrer sur notre progression dans les ténèbres. L'atmosphère semblait s'être rafraîchie ; j'avais l'impression que le froid se faufilait sous ma peau. Même avec la lumière de la lampe de Shay, j'avais du mal à voir, ma vision se brouillait à chaque pas. Le sol sous mes pieds se mit à tanguer et je trébuchai à nouveau.

– Que se passe-t-il, Calla ? demanda Shay. Tu n'es pas aussi maladroite d'habitude. Tu n'es même pas maladroite du tout.

– Je ne sais pas.

L'obscurité se mit à tourner et je tombai à quatre pattes.

– Tu es blessée ?

Mes membres tremblaient. J'avais de plus en plus froid.

– Peut-être. L'araignée m'a mordue, mais je ne pensais pas que c'était assez profond pour faire des dégâts.

– Où t'a-t-elle mordue ? demanda-t-il en s'accroupissant à mes côtés. Montre-moi.

J'ouvris ma veste et je commençai à relever mon T-shirt. Soudain, je me mordis la lèvre, hésitante.

Il se mit à rire.

– Je n'essaie pas de profiter de la situation, Cal. Il faut qu'on voie si c'est grave ou non.

Je hochai la tête et relevai le tissu. La morsure se situait au niveau de la plus basse de mes côtes, sur le côté droit de mon corps. J'ai tendu le cou, mais je ne pouvais pas bien voir par-dessus mon épaule.

Shay étouffa un cri.

– Que se passe-t-il ? demandai-je en me contorsionnant.

J'aperçus ma chair. La bile me monta à la gorge.

– Comment a-t-elle pu faire ça ? demanda-t-il d'une voix tendue.

Je secouai la tête.

– Mince. Bien sûr… j'avais oublié.

Les tremblements de mon corps s'étaient transformés en convulsions.

– La recluse possède un venin nécrotique.

– Nécrotique ? souffla Shay. Il tue ta chair ?

– On dirait bien. Je me rappelle avoir lu quelque part que les tissus mouraient rapidement.

Je fermai les yeux, prise de nausée.

– Oh, mon Dieu, Cal ! Ça s'étend à vue d'œil, gémit-il. On dirait que le venin te dévore.

J'essayai de sourire, mais je ne réussis qu'à grimacer.

– Merci de cette information. Je me sens beaucoup mieux.

– Pourquoi ne guéris-tu pas ? demanda-t-il, paniqué. Je croyais que le sang des Protecteurs leur permettait de guérir.

– Mon sang me protège… mais pas de tout. Le venin est traître, et je n'ai jamais été confrontée à celui d'une araignée ensorcelée. Je ne vais peut-être pas réussir à guérir assez vite sans aide.

– Qu'est-ce qui pourrait t'aider ?

— Un autre Protecteur. Le sang de la meute.

— Peut-on appeler Bryn ? Ou Ansel ?

— À quelle vitesse cela s'étend-il ?

Il ne répondit pas.

— Alors je suppose que la réponse est non.

Mes bras ne pouvaient plus me soutenir. Je roulai sur le sol de la grotte.

— Calla ! s'écria Shay en me prenant dans ses bras, me serrant contre lui. Je t'en prie, il doit bien y avoir une solution.

Je secouai la tête.

— Il n'y en a pas. Sors d'ici.

— Non.

— Shay, tu dois quitter la montagne. Si quelqu'un te trouve ici, il te tuera.

— Je ne vais pas te laisser mourir dans cette grotte ! s'emporta-t-il.

— Tu n'as pas le choix. Tu ne peux rien faire.

La douleur qui me torturait s'apaisa, remplacée par un engourdissement progressif encore plus effrayant.

— Si. Je peux faire quelque chose.

J'essayai de me concentrer sur Shay ; même à travers le brouillard dans lequel j'étais, la férocité de son ton m'avait surprise.

Il ôta sa veste, posa son pull et arracha son T-shirt blanc.

— Qu'est-ce que tu fais ?

— Tu dois me transformer, Calla. Dépêche-toi, avant que je m'énerve.

Il frissonna, tant, je le savais, à cause du froid que de la peur.

— Non.

— On n'a pas le temps de discuter, dit-il en

se plaçant de manière à ce que ma tête repose contre son cou.

Mon corps s'était tellement refroidi que j'avais l'impression que sa peau tiède et nue me brûlait.

– Fais en sorte que mon sang puisse te soigner.

– Tu es fou, murmurai-je. Je ne peux pas faire ça. Peu importe ce qui m'arrive. Va-t'en maintenant. Dépêche-toi. Tu vas t'en sortir.

– Oui, c'est ça. Si tu meurs, c'est comme si j'étais mort. Tu le sais. J'ai besoin de ton aide.

– Je n'ai jamais transformé personne. Ça pourrait mal tourner.

– Arrête, dit-il avec irritation. Une morsure et une incantation, c'est ce que tu as dit. Ça ne doit pas être bien difficile.

Il passa les mains derrière ma nuque, appuyant mon visage contre son épaule.

– Calla, s'il te plaît.

L'odeur de sa peau, fraîche et piquante comme un bassin d'eau glacée, m'enveloppa et dissipa les brumes de mon esprit. Une douleur déchirante traversa ma chair, qui hurlait pour qu'on la soigne. Je plantai mes ongles dans sa poitrine nue, la faisant saigner. Il se tendit mais ne se déroba pas. Mes canines s'acérèrent. Il agrippa mes épaules et pressa mon corps contre le sien. Il eut le souffle coupé lorsque ses mains s'enfoncèrent dans de la fourrure et qu'il se rendit compte qu'il tenait un loup blanc dans ses bras. J'enfonçai mes crocs dans son épaule. Il inspira brusquement. Ses muscles se tendirent, mais il ne bougea pas.

Du sang jaillit des entailles profondes dans sa

chair. Il gémit et ses yeux se révulsèrent. Il vacilla un peu. Je repris forme humaine, portai mon bras tremblant à ma bouche et mordis ma peau douce. J'appuyai ma plaie contre ses lèvres entrouvertes. Je n'avais plus de force ; j'arrivais à peine à me tenir droite. Je m'obligeai à garder les idées claires et à empêcher mon corps de trembler.

– *Bellator silvae servi*, entonnai-je d'une voix faiblissante. Guerrier de la forêt, moi, l'alpha, je t'appelle pour me servir en ce moment où j'ai besoin de toi.

J'avais l'impression que le sol de la grotte roulait sous moi. Le visage de Shay se brouilla et se tordit alors que j'essayais de me concentrer sur lui, espérant avoir dit la bonne incantation.

Une vague d'énergie le traversa. Ses bras lâchèrent ma taille et il tomba sur le sol de la grotte. Immobile, il inspira, frissonna, puis son corps entier se mit à convulser. Il hurla.

Incapable de contrôler mes membres plus longtemps, je m'écroulai à côté de lui, luttant pour rester consciente. Ses muscles tressautaient et il se contorsionnait dans tous les sens. Son visage se distordit comme s'il se divisait lentement en deux. Autrefois seulement humain, Shay se séparait désormais en loup et en mortel : deux êtres, mais un seul Protecteur.

Une minute s'écoula encore, puis une autre. J'avais les yeux ouverts, mais je ne voyais rien et je ne pouvais pas bouger. J'avais du mal à respirer ; des eaux sombres se gonflaient pour m'avaler. Le silence de l'oubli s'engouffrait dans la grotte.

C'est trop tard. Je laissai mes paupières lourdes se fermer.

Un petit gémissement résonna dans le noir. De la fourrure caressa ma peau ; des griffes raclèrent le sol de pierre.

Mes lèvres s'entrouvrirent et j'essayai de parler. Aucun son ne sortit.

Je sentis quelque chose de tiède et de doux contre ma bouche. Des gouttes d'un liquide chaud tombèrent sur ma langue, puis se déversèrent dans ma gorge. Elles avaient un goût sucré, comme du miel sauvage.

Le sang de la meute.

— Bois, Calla, murmura Shay. Tu dois avaler ou tu vas t'étouffer.

Je forçai les muscles de ma gorge à se mettre en mouvement, à faire descendre le sang.

— C'est bien, dit-il en me caressant les cheveux. N'oublie pas de respirer.

Après plusieurs gorgées douloureuses, je réussis à boire plus facilement. Les sensations revinrent dans mes membres. La douleur arriva la première, mais elle reflua lentement. Ma vision s'éclaircit et la grotte cessa de vibrer sous moi. Je repoussai le bras de Shay et je m'assis.

Il appuya sur sa peau ouverte.

— Ça suffit ?

— Je crois. Jette un coup d'œil.

J'ai de nouveau soulevé mon T-shirt. Il a hoché la tête.

— Oui, c'est en train de guérir.

Il déglutit et détourna le regard.

— Ce n'est toujours pas joli à voir, cela dit.

J'ai rapidement baissé mon T-shirt.

— Si la guérison a commencé, alors ça ira.

— Bien.

— Et toi, comment te sens-tu ? demandai-je en m'approchant de lui, scrutant son visage.

— Ça va, répondit-il en faisant rouler son cou d'arrière en avant. J'ai eu mal, très mal, mais je me sens bien maintenant. Enfin, je me sens un peu différent, ajouta-t-il en fronçant les sourcils. Je crois que j'aime bien ça.

— Tu es différent. Tu es un Protecteur.

Soudain, un loup aux yeux vert mousse, à la fourrure châtain doré, apparut devant moi, remuant la queue. Puis Shay me sourit.

— Alors, je suis comment en loup ? Bien ? Canon ? Je suis vraiment plus fort maintenant ?

— Oh mon Dieu, soufflai-je, et mon cœur s'arrêta un instant de battre. C'est très grave. C'est un désastre.

— Pourquoi ? demanda-t-il, son sourire disparaissant. Tu penses que je ne suis pas à la hauteur ?

— Ce n'est pas ça, Shay. Je n'arrive pas à croire que j'ai fait ça. À quoi est-ce que je pensais ?

— Tu ne pensais pas. Tu étais en train de mourir. Nous n'avions pas le choix.

— J'aurais aussi bien pu mourir. De toute façon, je suis morte maintenant.

Il n'y avait plus un loup dans la Caverne d'Haldis, mais deux. Moi et ce nouveau loup étrange.

— Non. Tu n'es pas morte. Tu le serais si tu ne m'avais pas transformé.

— Tu vas laisser ton odeur partout dans la grotte, Shay. Comment allons-nous la dissimuler ? J'ai violé deux lois ! Je n'ai pas le droit d'être là, et je n'aurais jamais dû te transformer !

Je pensai à la carcasse de l'araignée, à mon

sang se déversant sur le sol – je ne pouvais rien faire pour effacer les preuves.

Il me fit un sourire en coin.

– Tu n'as qu'à ajouter ça à la liste des choses que tu n'étais pas censée faire mais que tu as faites quand même. Elle commence à s'allonger.

– Tu pourrais être sérieux, s'il te plaît ?

– Je le suis, Calla. Tu m'as transformé. J'en suis heureux. Je pensais t'avoir déjà convaincu que personne ne viendrait dans la grotte et donc que personne ne sentirait nos crimes. Et au lycée, nous arriverons bien à le cacher. Quelqu'un pourrait-il s'en rendre compte ?

Je voulais le contredire, mais je me forçai à réfléchir à ses propos.

– Pas tant que tu ne te trahis pas. Il faudra que tu fasses attention.

– Qu'est-ce qui pourrait me trahir ?

– Tu pourrais changer de forme alors que quelqu'un te regarde.

– Facile.

– Pas si facile que tu le crois. Dès que tu seras en colère ou que tu te sentiras menacé, l'instinct prédateur du loup essaiera de prendre le contrôle de ton corps. Ne laisse pas tes dents s'aiguiser. Ne grogne pas et, au nom du ciel, ne t'énerve pas.

– Alors il faut que j'évite Ren à tout prix ?

Je ne relevai pas.

– Tes sens seront affinés. L'odorat, l'ouïe.

– J'ai remarqué, s'exclama-t-il en riant. Et dire que je trouvais que cette araignée sentait mauvais quand j'étais humain.

– Exactement. Tu ne pourras pas réagir

ouvertement à des choses que tu ne remarquerais pas si tu étais humain.

– Ça va aller, je suis bon acteur.

Il tendit les mains devant lui, comme pour vérifier s'il restait des signes du loup.

– Alors, tu vas m'apprendre comment être un loup ? demanda-t-il.

Je hochai la tête avec lenteur.

– Génial !

Il changea de formes plusieurs fois à la suite.

– Qu'est-ce que tu fais, Shay ?

Je me levai, époussetant mon jean couvert de terre.

– C'est juste que je n'arrive pas à croire à quel point c'est facile. De changer de forme, je veux dire. Je suis un loup-garou... C'est trop cool !

Je ne pus m'en empêcher : je ris jusqu'à en avoir des points de côté. Peut-être que tout se passerait bien. Son ravissement me rendait intrépide. Je savais que c'était dangereux, mais c'était aussi enivrant. Il me fit un sourire penaud.

– Je n'ai jamais, jamais entendu un Protecteur dire un truc comme ça, dis-je en essuyant les larmes sur mon visage.

– Que veux-tu ? Je suis unique en mon genre.

– Ça c'est sûr, acquiesçai-je en secouant la tête, souriante. Viens, monsieur Spécial. Allons voir ce que protégeait ce monstre.

Il hocha la tête et remit son T-shirt. La plaie sur son épaule, à l'endroit où je l'avais mordu, s'était déjà refermée. Nous nous frayâmes un chemin dans l'obscurité. Je fronçai les sourcils. Peut-être n'était-ce que mes yeux qui s'habituaient à l'obscurité, mais la grotte semblait étonnamment plus claire. Shay éteignit sa lampe frontale. La grotte était éclairée par une lueur chaude, rougeâtre. Il me désigna l'endroit où le tunnel tournait brusquement sur la droite. La source de lumière semblait venir de l'endroit situé juste après le virage.

Nous échangeâmes un regard perplexe et continuâmes notre avancée prudente. Le halo écarlate s'intensifia alors que nous approchions du virage. L'atmosphère s'adoucit, il faisait presque chaud. Shay posa sa veste. J'ouvris la mienne, regardant nerveusement autour de moi. J'allais franchir le seuil de l'autre pièce lorsqu'il me prit la main. Je le regardai. Il souriait.

– On fait ça ensemble.

Il m'attira à lui et nous franchîmes les derniers centimètres à petits pas.

Le tunnel s'ouvrait sur une grande pièce de forme sphérique. Des vagues de lumière rouille, ocre et écarlate ondulaient sur les murs. Je me rendis compte qu'ils étaient recouverts de cristaux qui reflétaient les nuances innombrables du rouge émanant du centre de la pièce.

Au milieu de celle-ci se trouvait une femme. Elle flottait plutôt qu'elle ne tenait debout, sa silhouette fantomatique miroitant dans la lumière chaude. Je me raidis lorsque ses yeux se posèrent sur nous. Mais elle souriait. Son regard s'arrêta sur Shay et elle tendit les mains vers lui, lui faisant signe d'approcher. Bouche bée, je tentai de lui attraper le bras lorsqu'il lâcha ma main pour aller rapidement la rejoindre. Mais c'était trop tard. Lorsqu'il prit les deux mains de la femme dans les siennes, je voulus lui hurler de faire attention, mais mon corps, de ma langue à mes orteils, était paralysé.

La lumière se mit à vaciller puis s'intensifia si rapidement que je me couvris les yeux de la main. Tout à coup elle s'éteignit, nous plongeant dans le noir. Je sursautai lorsque Shay ralluma sa lampe frontale. Puis, je me ruai vers lui, terrifiée à l'idée qu'il ait été blessé.

– Que s'est-il passé ? demandai-je en examinant son corps à la recherche de blessures. Pourquoi as-tu couru vers elle comme ça ?

Il me regarda d'un air étonné.

– Tu ne l'as pas entendue ?

– Entendu quoi ? demandai-je, craignant toujours que cette femme étrange lui ait fait du mal.

Une expression émerveillée apparut sur son visage.

– C'était tellement beau. Elle a chanté, et la mélodie était celle d'une chanson que je connais depuis toujours, mais que je n'avais pas entendue depuis des années.

– Qu'est-ce qu'elle a dit ?

– « Puisse le Scion porter la croix, murmura-t-il. La croix est le point d'ancrage de la vie. Ici repose Haldis. »

– Ici repose Haldis ?

Ça n'avait aucun sens.

Il baissa les yeux et je suivis son regard. La lumière de la lampe éclairait directement ses mains. Elles n'étaient pas vides. Un cylindre long et étroit, recourbé de chaque côté, reposait sur ses paumes. À la lumière, l'objet reflétait la multitude de nuances qui avaient scintillé sur le mur de la grotte.

– Qu'est-ce que c'est ? demandai-je, les sourcils froncés.

– C'est Haldis, répondit-il d'une voix envoûtée.

– Euh, oui. Mais c'est quoi ?

– Je ne sais pas. Ça ne pèse pas lourd, et c'est tiède. Comme si c'était plein d'énergie.

– Vraiment ?

Je tendis un doigt. À peine avais-je touché l'objet que je ramenai ma main vers moi en jurant.

– Calla ? appela-t-il d'une voix inquiète.

– Ça m'a fait mal, dis-je en regardant le cylindre, mon doigt palpitant encore de douleur. Très mal. Comme s'il m'avait mordu. Je suppose que tu es le seul à pouvoir le toucher.

– Seulement moi ?

Il referma les doigts autour d'Haldis, dans un geste protecteur, et le tourna dans ses mains pour mieux l'examiner.

– Intéressant, dit-il.

– Qu'est-ce que c'est ? rétorquai-je en me penchant par-dessus son épaule.

– Il y a une ouverture à un bout. Comme une fente.

Il inclina le cylindre pour me la montrer.

– Il y a quelque chose à l'intérieur ? demandai-je.

Il le secoua, l'approcha de son oreille.

– Non, mais ce n'est pas complètement creux non plus. Je ne sais pas ce que c'est.

– Bon, on le découvrira plus tard. Pour l'instant, on doit redescendre avant que la prochaine patrouille arrive.

Je passai mon bras sous le sien et l'entraînai vers la sortie.

– Est-ce qu'ils vont suivre nos traces ? s'inquiéta-t-il.

– Ça m'étonnerait. Ils ne vont pas reconnaître ton odeur. Ils croiront que c'est un loup normal qui est passé par là.

– Cool.

Quand nous arrivâmes à l'entrée de la grotte, je me transformai en loup. Shay m'imita. Il secoua son collier en me regardant, les yeux interrogateurs.

Viens, c'est le moment de courir. Je lui mordillai l'épaule pour jouer.

Il aboya et s'éloigna d'un saut, sans me quitter des yeux. Ses oreilles remuèrent et il gémit en donnant des coups de patte dans la neige.

Je l'observai un moment et puis je compris.

Si tu as besoin de parler, concentre-toi sur ta pensée et envoie-la-moi.

Sa réponse hésitante pénétra tranquillement dans mon esprit.

D'accord.

Je lui fis un sourire de loup, la langue pendante, puis je me retournai et m'éloignai en direction de la couverture des arbres. Je jetai un dernier coup d'œil derrière moi pour m'assurer qu'il me suivait. Il était sur mes talons. Nous nous élançâmes dans la forêt, plongeant dans la poudreuse fraîche et profonde, dévalant la pente comme si nous avions des ailes, franchissant d'un saut les cascades gelées, soulevant un nuage de neige derrière nous. C'était comme si nous remontions le temps, de l'hiver à l'automne.

J'ai l'impression que je pourrais courir sans jamais m'arrêter, dit Shay, émerveillé.

Je glapis et donnai une accélération, me délectant de la puissance de mes membres.

La nuit enveloppait le bas de la montagne lorsque nous arrivâmes devant la camionnette de Shay. De fins nuages gris voilaient à peine la lune vive, qui projetait ses rayons fantomatiques sur les pins.

Il changea de forme et s'approcha de sa Ford Ranger, cherchant ses clés dans sa poche. Elles tintèrent dans ses mains lorsqu'il se tourna vers moi. Je repris forme humaine et j'allai le rejoindre.

– Je te ramène chez toi ?

Je regardai la lune, réprimant un soupir en me rappelant l'invitation de Ren à réguler la population de cerfs.

– Je préfère courir. Avec tout le temps que nous avons passé à la bibliothèque, le grand air me manque.

Il me sourit.

– Oui. C'était incroyable. Tu dois tout le temps avoir envie d'être dehors.

– Je suis contente que ça te plaise, dis-je en m'approchant de lui.

Malgré sa transformation, il exhalait toujours cette odeur que j'aimais tant, l'odeur des feuilles nouvelles, qui contrastait vivement avec le parfum capiteux de la nuit d'automne.

– Je ne t'ai pas remercié de m'avoir sauvé la vie.

– Tu as sauvé la mienne à deux reprises, alors je t'en dois encore une, rétorqua-t-il en riant. Mais je ne tiens pas vraiment à égaliser. Je préférerais que tu ne te retrouves plus au seuil de la mort, si c'est possible.

– On est d'accord.

Je levai les yeux sur lui. Il observait mon visage, ses iris verts baignés de lune.

Il me caressa la joue.

– Tu veux rentrer chez toi ? demandai-je en prenant ses doigts dans ma main, laissant mon visage s'appuyer sur sa paume, inspirant à nouveau son odeur.

L'idée que j'avais tout un monde à partager avec lui me faisait frémir d'excitation.

– Tu es fatigué ?

– Pas vraiment. Tout ça m'a un peu énervé.

Je lui fis un sourire malicieux.

– Tu as faim ?

Vingt-trois

— Arrête de gémir ; tu as dix-huit ans et tu te comportes comme un louveteau.

Même si je m'étais plainte sur un ton taquin, l'irritation sous-jacente était bien réelle. La concentration nécessaire à la chasse me rendait nerveuse.

Ce n'est pas ma faute, répondit-il d'un ton plaintif. *Je n'ai jamais eu de queue auparavant. Je ne sais pas quoi en faire. C'est vraiment perturbant.*

Je m'arrêtai au bord d'une corniche, scrutant le grand pré qui s'étendait en contrebas. Le petit groupe de cerfs et de biches que j'avais senti paissait à cinq cents mètres de nous contre le vent, complètement inconscient de notre présence. Leur fourrure marron était gris ardoise au clair de lune.

Tu vas devoir t'y habituer si tu veux réussir.

Il me rejoignit d'un saut puis s'assit sur son derrière, me souriant, la langue pendante.

Je vais y arriver.

On va voir. J'ai levé mon museau, humant l'air à nouveau. *Tu te souviens de ce que je t'ai appris ? Un cerf est différent d'un lapin. Nous devons coordonner notre attaque pour en abattre un.*

Le loup châtain, dont la fourrure épaisse

renvoyait des reflets dorés, racla le sol couvert de neige avec sa patte, manifestement irrité par ma condescendance. *Oui, je sais. Je prends le tendon du jarret, tu prends la gorge.*

Bien. Mon regard s'est à nouveau posé sur le troupeau. *Le jeune cerf tout à droite. C'est lui que nous allons séparer du reste du troupeau.*

Il s'avança d'un pas, pour se faire son propre avis. *Il est un peu maigre, non ?*

Nous ne sommes que deux, Shay. Nous n'avons pas besoin d'un cerf adulte. Tu viens juste de manger un lapin. Tu as si faim que ça ?

Il me lança un regard plein de reproches. *Tant que tu ne me penses pas incapable d'abattre un mâle adulte.*

Je remuai les oreilles, irritée.

Il ne s'agit pas d'une compétition. On essaie seulement de trouver un peu de nourriture.

Il retroussa les babines, et se mit à danser en cercles autour de moi, joueur.

Si ce n'est pas une compétition, alors pourquoi critiques-tu mes talents de loup ?

Je ne te critique pas, je t'apprends.

Je le regardai tourner lentement autour de moi.

Pourrais-je avoir un bon point de temps en temps, mademoiselle Tor ?

Il s'élança sur moi et me mordilla l'épaule.

Tais-toi.

J'essayai de le mordre, mais il m'échappa d'un bond.

Il pencha la tête sur le côté, me faisant des yeux tristes et déçus.

Je humai l'air d'un air dédaigneux. *Tu es impossible.*

Oh… Tu aimes ça. Il étira ses pattes de devant.

J'essayai de lui montrer les crocs, mais cette tentative se solda par un sourire. *Viens, Mowgli. Allons tuer Bambi.*

Un rire hautain résonna dans mon esprit. *Tu te rends compte que tu mélanges les personnages Disney, n'est-ce pas ? Des personnages Disney. Vraiment, Calla, tu me fais de la peine.*

Je pivotai et commençai à descendre la ligne de crête. Shay me suivait de près, ses pas aussi silencieux que les miens alors que nous avancions entre les arbres, sous le couvert des pins qui encerclaient le petit vallon. Les cerfs et les biches n'avaient toujours pas remarqué notre présence. Ils retournaient les tas de neige à coups de sabots, à la recherche d'herbes enfouies.

Prêt ? demandai-je sans le regarder.

Toujours.

Je m'élançai. Les animaux surpris s'éparpillèrent. Je me concentrai sur le jeune cerf, l'éloignant de ses compagnons. Je donnai un petit coup de dent à l'animal terrifié, le forçant à prendre un virage à gauche. Shay jaillit de derrière moi, accéléra subitement et sauta, plantant ses crocs dans le jarret du cerf, qui poussa un cri et chancela. Du sang écarlate coula dans la neige alors qu'il essayait de s'enfuir malgré sa blessure. Focalisé sur le loup marron, il ne me remarqua pas. Son cri se transforma en gargouillis lorsque mes crocs lui déchirèrent la gorge. Un liquide chaud au goût de cuivre emplit ma gueule et je serrai les mâchoires encore plus fort. Le jeune cerf frémit et s'écroula.

Shay a trottiné jusqu'à la carcasse en remuant la queue.

Beau travail. Le sang du cerf était encore chaud ; mon ventre grondait. Je jetai un coup d'œil à Shay.

Les dames d'abord. Il baissa la tête en signe de respect.

J'attaquai la carcasse. Shay se plaça de l'autre côté du cerf et commença à en arracher la chair tiède.

Après un moment, il se lécha les babines.

C'est bon.

Meilleur que le lapin ? demandai-je en prenant une autre bouchée.

Il pencha la tête sur le côté, les oreilles remuant d'avant en arrière. *Meilleur qu'un plateau-télé devant un bon film.* Il me montra les crocs, ravi, puis se remit à engloutir de gros bouts de gibier.

Au début, il avait hésité quand je lui avais proposé de chasser avec moi. Mais il ne lui avait fallu qu'un lapin pour comprendre que, en tant que loup, son instinct le poussait à tuer sa nourriture et à dévorer de la viande crue.

Lorsque nous fûmes tous deux rassasiés, je regardai autour de moi. Les signes de l'aube étaient apparus dans le vallon, teintant les dernières ombres de la nuit de rose crayeux.

On devrait penser à rentrer. Je me mis à tourner nerveusement autour de la carcasse. Il se releva.

Il doit être très tard.

Très tôt, plutôt ; le soleil va se lever dans quelques heures. Retournons à ta camionnette.

Nous étions encore à bonne distance de notre destination lorsqu'il reprit forme humaine. Je l'imitai, surprise par cette décision. La forme de loup nous offrait une bien meilleure protection contre les éléments que la peau humaine et les vêtements. Je fronçai les sourcils, m'emmitou-flant dans ma veste alors qu'une rafale de vent glacial pénétrait sous mes vêtements.

— Qu'est-ce qu'il y a ?

— J'ai réfléchi, répondit-il en ouvrant et refer-mant sa veste, visiblement nerveux. À Haldis.

Je regardai sa poche, où était fourré l'étrange objet.

— La bibliothèque n'est pas un endroit sûr. Les Chercheurs nous avaient de toute évidence espionnés avant cette embuscade.

Je frissonnai et me frottai les bras.

— Je suis désolé, je sais qu'il est tard, dit-il, ses yeux verts s'obscurcissant, se faisant méfiants. Mais je dois pouvoir lire l'expression de ton visage. Je ne suis pas encore très calé en langage corporel des loups.

— Pourquoi as-tu besoin de voir l'expression de mon visage ?

Je commençai à m'approcher de lui, mais je m'arrêtai en le voyant reculer.

— Parce que tu ne vas pas aimer ce que je vais te proposer, et je veux savoir si tu vas m'attaquer. Comme ça, je pourrai m'échapper.

Je ris, mais son visage était sérieux.

— Tu penses que je vais t'attaquer ? deman-dai-je en l'observant avec curiosité.

Il inspira lentement.

— Nous devons faire des recherches, d'accord ?

Je hochai la tête en faisant la grimace.

– Mais la bibliothèque publique est exclue, et celle du lycée aussi…

– Oui.

Son expression se fit calculatrice, et mon intérêt s'accrut.

Il s'éloigna autant de moi qu'il lui était possible sans être obligé de crier pour se faire entendre.

– Ce doit être un sacré plan, marmonnai-je.

– Promets-moi juste que tu écouteras mon idée jusqu'au bout avant de t'énerver.

Ses yeux se posèrent brièvement sur le sentier qui menait au parking, comme pour jauger le temps qu'il lui faudrait pour courir jusqu'à sa camionnette.

Mon sourire se fit menaçant.

– Je le promets.

– Super, dit-il, sans paraître convaincu. Et si nous allions chercher les informations des Gardiens à la source ?

– La source ?

– Dans leurs livres.

Je fronçai les sourcils.

– Je ne te suis pas.

Il redressa les épaules.

– Nous devons utiliser la bibliothèque de Rowan Estate.

Cette fois, ce ne fut pas le vent qui causa mes frissons.

– Dis-moi que c'est une blague.

– Tu sais bien que non.

– Je ne mettrai pas les pieds là-bas.

– Pourquoi pas ?

– Je n'arrive pas à croire que tu me proposes ça !

Il se rapprocha un peu de moi.

— Écoute, Calla. Mon oncle est toujours en voyage ; il n'est jamais là. Personne ne nous verra, et nous avons besoin des informations que contient cette bibliothèque. Je ne pense pas que *La Guerre de tous contre tous* soit le seul ouvrage qu'il ne veut pas que je voie.

— Et c'est exactement pour cette raison que c'est trop dangereux.

— Bosque ne sait pas que je peux forcer la serrure. Je suis toujours tout seul. L'équipe de nettoyage ne vient que le mardi et le dimanche. On n'ira pas mardi, et de toute façon tu patrouilles le dimanche. Personne ne le saurait.

— Je ne sais pas…

— Logan a dit que tu étais censée passer du temps avec moi, pas vrai ? m'interrompit-il.

— Oui, mais…

— Tu ne penses pas que ce serait encore plus louche si je ne t'invitais jamais chez moi ?

— Peut-être, répondis-je en fronçant les sourcils.

— C'est sûr, dit-il avec un grand sourire.

— Tu ne vas pas lâcher le morceau, n'est-ce pas ?

— Non.

Je poussai un soupir.

— Alors, le verdict ? demanda-t-il.

— Je suppose que je ferais mieux de sortir ma liste. Je crois que je vais encore y ajouter un acte interdit.

— Là je reconnais ma Calla.

— Ton alpha.

— Comme tu veux.

Vingt-quatre

Le premier jour de classe de Shay depuis sa transformation se déroula sans incident, même si nous
avions frôlé la catastrophe pendant le cours de
Grandes Idées. Dès que Ren était entré dans la
salle, Shay s'était tendu, et l'ombre de sa forme
de loup avait glissé sur lui, lui hérissant les poils.
J'avais anticipé cette réaction et je le foudroyai du
regard jusqu'à ce qu'il se reprenne. À la fin de la
journée, je partageais presque sa conviction que
notre expédition à Haldis resterait notre secret.
Cependant, mon optimisme fut de courte durée.

Je sus que quelque chose n'allait pas dès que
je franchis la porte d'entrée. L'air ambiant piqua
mes narines et je toussai, submergée par la puan-
teur des spectres. J'envisageai d'utiliser la porte de
derrière pour éviter de passer devant la cuisine,
mais cette idée me vint une seconde trop tard.

– Tiens, ce doit être notre chère petite.

Oh mon Dieu ! ils savent tout. C'est terminé.

Mon cœur s'arrêta de battre. Je n'avais encore
jamais entendu cette voix dans ma maison.
Lorsque j'entrai dans le salon, le Gardien était
assis dans le fauteuil en cuir de mon père et me
souriait.

– Nous t'attendions, Calla, dit Efron Bane. Tu

es une jeune fille bien occupée pour rentrer si tard chez toi. Un soir d'école, qui plus est. J'espère que tu n'es pas sur la mauvaise pente.

Il n'était pas seul. En plus des spectres qui tournoyaient autour de ses épaules, Logan et Lumine étaient assis sur le canapé. *Que font-ils tous là ?* J'essayai de penser à tout sauf à la transformation de Shay, ne voulant pas qu'ils sentent ma peur.

— J'obéis aux ordres, dis-je en regardant Logan, qui hocha la tête. Comme tu l'as demandé.

— Oui, c'est ce que je me suis laissé dire. Notre Ren pense que tu les prends un peu trop au sérieux.

Vais-je devoir arrêter de voir Shay parce que Ren est jaloux ?

— Si j'ai mal compris…

— Non, non. Je sais que tu es l'innocence incarnée, chère Calla, me coupa Logan en riant. Ren se hérisse à la seule pensée d'un autre mâle t'approchant. Mais il faut le prendre comme il est. Continue comme ça avec notre garçon.

— Oui, Logan, murmurai-je.

— Voilà, pépia ma mère, tenant un plateau chargé d'un service à thé et de mini scones. Bienvenue à la maison, Calla. Comme tu le vois, nous avons des invités. Ton père est en patrouille, bien entendu.

Je hochai la tête. Maman n'avait pas l'air inquiète. Peut-être n'avaient-ils pas découvert que leur araignée avait été tuée, tout compte fait. Mais s'ils n'étaient pas là pour me punir, quelle était la raison de leur visite ?

Une portière de voiture claqua dehors.

– Tiens, ce sont nos retardataires, s'exclama Lumine en choisissant une tasse en porcelaine.

Encore de la compagnie?

On frappa à la porte.

– Calla, pourrais-tu aller ouvrir pendant que je sers le thé?

J'observai les gestes soudainement nerveux de ma mère avec une appréhension grandissante. *Qui d'autre pourrait bien venir?*

J'ouvris la porte sur deux hommes. Un que je connaissais bien, et un autre dont j'avais seulement entendu parler. Dans des termes peu élogieux.

– Tu dois être Calla, dit le père de Ren en prenant le temps de m'observer des pieds à la tête. Eh bien, au moins ils ne te donnent pas un laideron, mon garçon. Elle n'est vraiment pas mal, hein?

Je ne pus m'empêcher de grogner en lui montrant les dents.

Il rit, et se tourna vers Ren.

– Et elle a du caractère. C'est bien. La soumettre n'en sera que plus amusant.

Ren, les yeux fixés sur le paillasson, ne répondit rien. Émile Laroche me bouscula pour passer au salon, examinant la maison comme s'il envisageait d'y faire un cambriolage. J'en restai bouche bée. Heureusement que mon père patrouillait. Je faisais un tel effort pour ne pas regarder l'aîné Bane que je remarquai à peine Ren quand il s'approcha de moi et m'embrassa sur le front.

– Je suis content de te voir, murmura-t-il en me prenant la main.

Je marmonnai un salut, dévisageant toujours

son père. Je n'avais jamais rencontré Émile Laroche. Jusqu'au récent rapprochement des jeunes loups, les Nightshade et les Bane s'étaient toujours tenus à l'écart. L'alpha Bane ne ressemblait guère à son fils. Alors que Ren était fort et agile, Émile était trapu et large. Des muscles épais tendaient ses vêtements. Contrairement aux yeux et aux cheveux noirs de Ren, ses cheveux ressemblaient à de la paille emmêlée, et ses yeux avaient la couleur bleu pâle d'un ruisseau gelé.

— Naomi ! aboya Émile en souriant à ma mère. Tu es particulièrement ravissante.

— Émile, dit ma mère en gardant les yeux baissés, puis-je t'offrir quelque chose à boire ?

— Quelque chose de plus fort que ça, répondit-il en désignant le thé.

— Bien sûr, lança-t-elle en disparaissant dans la cuisine.

— Pour moi aussi, cria Efron avant de sourire à Émile. Bonne idée.

— Je t'en prie, dit ce dernier en s'appuyant contre le mur. Bonsoir, maîtresse, jeune maître.

— Merci d'être venu, Émile, ajouta Lumine en remuant son thé. Je sais qu'une telle réunion est sans précédent.

Ma mère revint avec les boissons. Elle passa la pièce en revue, retroussant les lèvres.

— Je vais aller chercher d'autres chaises.

— Tu ne veux pas t'asseoir sur mes genoux ? proposa Émile avant de vider son verre en une gorgée.

Je le dévisageai, incrédule, mais Efron rit de bon cœur tandis que Logan ricanait. Lumine fit une moue désapprobatrice tout en continuant néanmoins de siroter son thé.

— Je vais apporter la bouteille, dit ma mère quand Émile lui fourra son verre dans les mains.

Elle repartit dans la cuisine.

Je l'aidai à porter des chaises dans le salon, installant la mienne à côté de Ren.

— Quel dommage que Stephen ne soit pas là, commença Lumine.

— Oui, vraiment dommage, rétorqua Émile d'un air méprisant, en s'affalant dans son siège. Ça fait plusieurs années que nous ne nous sommes pas battus.

— Du calme, mon ami, dit Efron. Les deux meutes doivent s'unir sur ce cas. Il te faudra mettre tes griefs de côté pendant un moment.

— Que s'est-il passé ? demanda ma mère en tendant à Émile une bouteille de whisky.

— Nous pensons qu'il est arrivé quelque chose à Haldis, répondit Lumine. Il se peut que nous ayons trop tardé à former la nouvelle meute.

Je pris une expression que j'espérais neutre, alors que la terreur se logeait dans le bas de mon dos. *Ils savent !*

— Nous n'avons rien remarqué lors de nos patrouilles, répliqua ma mère.

— Le problème a eu lieu à l'intérieur même de la grotte, continua Lumine. Il se pourrait que l'une des dernières lignes de défense ait été détruite, mais nous ne pouvons en être certains sans investigation. Logan ?

Ils ne savent pas tout. Combien de temps leur faudra-t-il pour assembler les pièces du puzzle ?

Logan se tourna vers Ren et moi.

— Vous n'irez pas en cours demain. Je veux que la nouvelle meute ratisse les alentours de la grotte, et son entrée. Ne vous aventurez pas trop profondément à l'intérieur – vous saurez rapidement si vous l'avez dérangée.

— Qui ça? demandai-je en essayant de simuler l'étonnement.

— Contrairement à vous, cette créature est un véritable animal de compagnie, sourit Logan. Un animal de compagnie très dangereux qui protège la grotte. Au cas où quelqu'un réussirait à filer entre les doigts de nos fidèles Protecteurs, bien entendu.

— Est-ce qu'elle va nous attaquer? demanda Ren.

— Sans aucun doute, répondit Logan. C'est pourquoi vous devez faire vos observations et revenir me faire un compte rendu. Elle ne quitte jamais son repaire. Si vous la voyez vivante, partez; elle ne vous poursuivra pas plus loin que l'ouverture de la grotte. Si quelque chose lui est arrivé, nous devons découvrir quoi. Divisez-vous. Envoyez quelques loups explorer la grotte. Les autres devront examiner le périmètre pour découvrir qui s'est approché d'Haldis. Nous devons savoir si les Chercheurs sont passés par là.

— Qu'est-ce que c'est? demanda Ren en me serrant la main très fort.

— Je ne voudrais pas gâcher la surprise, dit Logan. Elle est très spectaculaire.

Je serrai moi aussi la main de Ren, mais seulement pour ne pas trembler. Il fallait que je fasse partie des loups qui inspecteraient la grotte. À vrai dire, il fallait même que je sois la seule à y entrer. Sinon… je ne pouvais pas penser à ce qui se passerait.

– Et tu veux que nous y allions demain ? demandai-je d'une voix que j'espérais assurée.

– Oui, répondit Logan. Nous devons agir immédiatement. Si les Chercheurs ont franchi nos défenses, nous devons y apporter des changements sur-le-champ.

– J'appellerai la meute en rentrant chez moi, dit Ren en me regardant. D'accord, Calla ?

Avant que je puisse répondre, Émile le réprimanda.

– Tu n'as pas besoin de sa permission, mon garçon.

– Il n'y a rien de mal à être bien élevé, le gronda Lumine. Calla a été une bonne dirigeante pour les jeunes Nightshade. Ren fait preuve de sagesse en lui demandant son opinion.

Émile marmonna quelque chose dans son verre. Efron ricana.

– Très bien, dis-je. Appelle-les.

Je trouverais un moyen de faire partie de la patrouille de la grotte le lendemain.

– Nous nous retrouverons aux premières lueurs de l'aube, d'accord ? demanda-t-il en pressant ma main. Sur le chemin à la base de la montagne.

Je hochai la tête.

Lumine se leva et lissa sa jupe.

– Excellent. Votre première mission. Ne nous décevez pas.

– Jamais, murmura Ren.

– Parfait, dit Efron en souriant. Dans ce cas, nous allons vous souhaiter une bonne soirée.

— Merci pour le thé, Naomi, ajouta Lumine, tes talents d'hôtesse n'ont de cesse de m'impressionner.

— Maîtresse, répondit ma mère en faisant une petite révérence.

Logan s'arrêta devant nous alors qu'il se dirigeait vers la porte.

— Bonne chasse.

Les spectres les suivirent sans un bruit. La porte se referma derrière eux et Ren se leva, mais Émile se servit un autre verre. Il tendit la bouteille à ma mère.

— En souvenir du bon vieux temps ?

— Non, merci.

— Est-ce qu'on reste ? demanda Ren, les sourcils froncés, son regard passant de son père à ma mère.

— Il ne serait guère poli de laisser seules des dames aussi charmantes, puisque Stephen ne peut veiller sur elles.

Il s'approcha de ma mère et glissa les doigts dans ses cheveux. Elle pâlit mais ne bougea pas.

— Nous pouvons prendre soin de nous, le rembarrai-je.

— Pas comme un homme pourrait le faire, dit-il, ses doigts descendant sur la mâchoire de ma mère. Naomi, avec quelles bêtises as-tu rempli la tête de ta fille ? Elle ne va quand même pas donner du fil à retordre à mon fils, si ?

— Elle fera une bonne compagne, répliqua-t-elle. À la hauteur de ton fils.

Je la dévisageai, ne comprenant pas pourquoi elle ne le repoussait pas. Je connaissais la force de ma mère ; elle n'aurait peut-être pas pu vaincre

Émile dans un combat, mais elle était certainement capable de le repousser.

– Bonne, en effet. Comme sa mère. Tu es une gentille fille, Naomi. Tu sais rester à ta place. J'ai toujours trouvé dommage que nous ne soyons pas meilleurs amis.

– Merci, chuchota-t-elle, les mains tremblantes.

– La nuit ne fait que commencer, continua Émile, en posant les lèvres contre son oreille. Elle regorge de possibilités. Nous pourrions rattraper le temps perdu.

– Comment osez-vous ? m'écriai-je en bondissant sur mes pieds. Éloignez-vous d'elle !

Émile se retourna vers moi en grondant, toutes dents dehors.

– Renier, emmène ta petite chienne à l'étage.

– Je ne vais nulle part ! hurlai-je.

Seules les mains de Ren sur mes épaules m'empêchèrent de me jeter sur lui.

– Père, nous devrions y aller. Il est tard, et nous abusons de leur hospitalité, dit Ren d'une voix calme. Stephen va bientôt rentrer de patrouille.

– Tu as sans doute raison, rétorqua Émile avec un sourire qui m'évoqua les lumières d'un train fonçant sur moi à toute vitesse. Je devrais vraiment lui présenter mes respects.

– J'ai beaucoup de devoirs à faire et je dois encore appeler la meute pour organiser notre mission de demain. Je préférerais y aller maintenant. S'il te plaît.

– Je ne sais pas d'où te vient ton éthique du travail, mon garçon, dit Émile en finissant son verre, avant de le reposer violemment sur l'accoudoir du fauteuil de ma mère. Ça a été un plaisir, Naomi.

— On se voit demain, dit Ren sans me regarder, sortant à la suite de son père.

Ma mère se leva, lissa son chemisier.

— Bon, nous ferions mieux de nettoyer tout ça, lança-t-elle en commençant à ramasser les verres et à les placer sur le plateau.

— Maman, tu ne vas rien dire du tout?

— Comment ça, ma chérie?

— Pourquoi as-tu laissé Émile te traiter comme ça?

— C'est un mâle alpha, répondit-elle sans croiser mon regard, en continuant à ranger le salon. Ils se comportent tous ainsi, c'est tout.

— Papa n'est pas comme ça!

— Non, répondit-elle en soulevant le plateau.

Je la suivis dans la cuisine.

— Mais Efron et Lumine apprécient chacun des caractéristiques différentes chez leurs dirigeants. Lumine encourage une approche stoïque et bien sûr…

— De la finesse, terminai-je à sa place. Comment pourrais-je l'oublier?

Elle me fit un sourire morne.

— Efron pense qu'il est préférable pour ses alphas d'avoir… une poigne plus ferme.

— C'est comme ça que tu définis leur attitude? ai-je rugi. Parce que pour moi, Efron et Émile sont deux gros porcs!

— Ne sois pas vulgaire, Calla, répondit-elle brusquement. C'est inconvenant.

— Tu vas le dire à papa?

— Bien sûr que non. Il déteste déjà assez Émile comme ça, et tu as entendu ce qu'ont dit nos maîtres. Notre coopération revêt une importance vitale ces temps-ci. Nos hommes ne peuvent pas se déchirer au moment où nous essayons de mettre en place de nouvelles défenses. Ils peuvent se montrer si bêtes.

– Bêtes ?! Personne à part papa n'est autorisé à te toucher !

– Aucun homme inférieur n'est autorisé à me toucher. Là, il s'agit d'alphas rivaux. J'espère que tu n'auras jamais à vivre ça. Émile saisit la moindre opportunité de provoquer ton père. Il a toujours voulu prouver qu'il était l'alpha dominant des deux meutes. Ça n'a fait qu'empirer depuis le meurtre de Corinne.

– Mais…

– Ça suffit, Calla, lâcha-t-elle en se tournant vers moi, la main levée. C'est terminé.

– Alors c'est ça, la finesse ? demandai-je, incapable de dissimuler mon indignation. Se comporter comme une prostituée avec n'importe quel homme qui te rend visite au petit salon ?

Je me retrouvai par terre avant même d'avoir réalisé qu'elle m'avait frappée. Ma joue m'élançait. Debout au-dessus de moi, ma mère avait encore le poing serré.

– Écoute-moi très attentivement, Calla. Je l'ai dit une fois, et je ne veux pas me répéter. Émile n'est pas n'importe quel homme. Il est l'alpha Bane. On ne peut pas contrarier un mâle alpha, même quand on appartient à un autre alpha. Ce serait risquer sa vie. Tu me comprends ?

J'étais trop hébétée pour parler.

– Tu me comprends ?

Je ne lui avais jamais vu un regard aussi dur.

– Oui, mère, chuchotai-je.

– Tu dois être fatiguée.

En un clin d'œil, elle changea d'expression, devenant la bienveillance même.

– Quand j'aurai terminé ici, je te préparerai une camomille et je te ferai couler un bain moussant. Une grosse journée t'attend demain, ajouta-t-elle.

Je hochai la tête et je gravis l'escalier, sous le choc. La porte d'Ansel était fermée, de la musique s'en échappait. Ma mère devait l'avoir envoyé à l'étage lorsque les Gardiens étaient arrivés. *Il n'a rien entendu.*

J'envisageai de frapper, mais je préférai aller dans ma chambre, et laisser mon petit frère à ses rêves de romance et d'amour véritable un peu plus longtemps. Je fermai ma porte et je me mis à pleurer, me demandant de combien de temps je disposais avant que ma mère n'arrive avec mon infusion, et avant que les Gardiens ne réalisent à quel point je les avais trahis.

Vingt-cinq

— On ne peut pas tous aller dans la grotte.

Je faisais les cent pas au pied de la pente abrupte. Ma meute me regardait avec des yeux suppliants. Nous attendions l'arrivée des Bane. La lumière crue de l'aube faisait miroiter la terre dans des tons de rouille qui me rappelaient Haldis. Je frissonnai, sachant que cet objet mystérieux était la raison de cette patrouille, et qu'aucun des membres de ma meute ne partageait ce secret. Aucun d'entre eux ne pouvait pénétrer dans la grotte. Ils sauraient que j'y étais allée avec un autre loup. Je voulais à tout prix les tenir à distance de cet endroit.

— Mais Logan garde un horrible animal de compagnie là-dedans ! s'exclama Fey. Ce n'est pas juste si nous ne pouvons pas tous le voir. Je parie qu'il est monstruosifique !

— Tu viens vraiment de dire « monstruosifique » ? demanda Bryn, ce qui lui valut un regard glacial de Fey.

Elles se disputaient de plus en plus souvent depuis la soirée au Burnout.

— Il ne s'agit pas de justice, il s'agit d'obéir aux ordres, dis-je, agacée par leurs grommellements. Vous obéirez à Ren quand il arrivera.

Et je vais faire en sorte qu'il m'envoie dans la grotte.

Un bruissement dans les fourrés annonça l'arrivée des Bane. Cinq loups apparurent ; voyant que nous avions nos formes humaines, ils se sont transformés les uns après les autres, Ren en dernier.

– Que se passe-t-il ? demanda-t-il.

– Ma meute a plus envie de faire du tourisme que son travail, répondis-je.

– Ce n'est pas…

– Tais-toi, Fey, grondai-je.

La visite des Gardiens et du père de Ren avait réduit l'étendue de ma tolérance.

Ren se mit à rire, désignant le reste de sa meute.

– Ne t'inquiète pas, Lily, ceux-là ne parlent aussi que de la chose dans la grotte.

– Parfait, marmonnai-je. Et si j'y allais, moi ? La patrouille est plus importante, de toute façon. Nous devons vraiment savoir qui s'est introduit dans la montagne derrière notre dos.

– Calla a raison, dit Ren en élevant la voix. La patrouille est beaucoup plus importante que la créature mystérieuse.

Certains loups grognèrent, mais furent réduits au silence par le grondement de Ren.

– C'est pour cette raison que je vais aller moi-même dans la grotte, ajouta-t-il.

– Mais…, commençai-je, essayant de dissimuler ma panique.

– Je ne le répéterai pas, continua-t-il en m'ignorant. Calla va rechercher des indices du passage des Chercheurs autour de la grotte. Bryn et Ansel, vous venez avec moi – nous allons à l'intérieur. Quant aux autres, obéissez à Calla, et si j'entends quelqu'un se plaindre, il aura affaire à moi. On vous retrouvera après notre inspection et on terminera la patrouille ensemble.

Personne ne dit rien. Je réprimai une protestation. *Bryn et Ansel ?* Je ne comprenais pas pourquoi il prenait deux membres de ma meute et non de la sienne. Au moins, je pourrais leur parler après.

De leur côté, Bryn et Ansel parurent surpris, mais ils imitèrent Ren lorsqu'il se transforma en loup. Je fis de même et le reste de la meute se concentra sur moi, même si Dax jeta un coup d'œil triste à Ren.

Voilà comment nous allons procéder, dis-je par la pensée au groupe dont j'avais la charge. Même si la peur prenait le dessus sur mon courage, je devais me comporter comme une alpha. *Nous allons faire des cercles de plus en plus grands, en commençant par le périmètre intérieur, puis en nous déplaçant vers le sud. Mason, Nev, Sabine et moi prendrons la direction est-ouest. Dax, Fey, Cosette, vous courrez de l'ouest vers l'est. Ainsi nous éviterons au maximum de parcourir les mêmes endroits, tout en couvrant le plus possible de territoire. Des questions ?* Je me sentais un peu coupable d'avoir rembarré Fey, et j'espérais rattraper le coup en la mettant en équipe avec Dax.

Ils baissèrent le museau en signe d'acceptation. *Bien. Allons-y.*

Fey prit la tête de son groupe et Dax et Cosette la suivirent.

J'allais commencer à gravir la pente devant

Mason et Nev lorsque la voix de Ren est entrée dans mon esprit.

Calla ?

Que se passe-t-il ? demandai-je, mes oreilles remuant de haut en bas. De toute évidence, cette pensée était destinée à moi seule.

Désolé de t'avoir exclue, mais il est important qu'ils s'habituent à de nouveaux schémas de patrouille. Je veillerai sur Bryn et Ansel.

Bien sûr, merci.

Je suis sûr que tu ne vas rien manquer d'excitant. Je te dirai dès que possible ce que nous avons trouvé.

Sa voix a disparu. Qu'allait-il trouver là-bas ?

Allez, on ne lambine pas, pensai-je en mordillant les talons de Mason, apeurée et frustrée. Je fis en sorte que Nev et Sabine m'entendent également. *On y va.*

Hé ! protesta Mason. *C'est nous qui t'attendons.*

Ce n'est pas une excuse, dis-je en remuant la queue, voulant sentir autre chose que la boule dans mon ventre.

Je te l'avais bien dit, mec, chantonna Nev. *J'ai toujours su que c'était un tyran.*

Sabine, assise tranquillement, attendait les ordres. Je me demandais ce qu'elle pensait.

Les rires de Mason et de Nev emplirent mon esprit alors que nous gravissions la montagne en courant, nous mordillant les flancs pour jouer, faisant la course pour prendre la tête du groupe. Mais je ne pouvais profiter pleinement de la joie de courir sans entraves.

Ça ne faisait que deux jours que Shay et moi avions combattu l'araignée de Logan et pris

Haldis. J'avais perdu tellement de sang qu'il avait dû s'infiltrer dans la pierre, tacher les murs de la grotte. Peut-être l'odeur de l'araignée couvrirait-elle la mienne ? Et dans le cas contraire ? Que ferait Ren ?

J'essayai de croquer un écureuil qui passait devant moi. Mason me mordilla la mâchoire. *Ça va ?*

J'ai la migraine, répondis-je. *Ralentissons ; on va commencer à chercher à partir d'ici.*

Nous nous dispersâmes, le museau au ras du sol, nous déplaçant lentement, cherchant des odeurs inexistantes, des indices que nous ne trouverions pas. Savoir qu'il n'y avait rien d'autre à découvrir que les traces de mon passage avec Shay rendait l'exercice assommant. Je ne tardai pas à sentir l'odeur de Shay, que mes compagnons seraient incapables de reconnaître. Je menai consciencieusement ma patrouille tout en me demandant ce qui se passait dans la grotte.

On peut manger quelque chose ? demanda Mason, interrompant mes pensées. *J'ai aperçu une grouse par là-bas et je meurs de faim. Je crois qu'il n'y a rien. Seulement un loup solitaire qui est passé par là.*

Même si je m'y attendais, le fait que Mason suppose qu'il s'agissait simplement d'un loup errant me soulagea.

C'est tout ce que j'ai trouvé moi aussi, dit Nev. *Je vote pour qu'on déjeune. Mais pas une grouse. Je déteste la façon dont les plumes se collent à ma langue. Pourquoi pas du lapin ? J'adore les lapins bien gras.*

Vous feriez mieux de vous concentrer, tous les

deux, intervint Sabine avec brusquerie. *Nous devrions attendre la fin de la patrouille pour manger. S'il y a une nouvelle meute dans le coin, nous allons devoir la chasser. La cohabitation serait trop compliquée.*

Ce n'est qu'un loup solitaire, Sabine. Arrête d'essayer d'impressionner Calla, répliqua Nev. *J'ai déjà chassé avec toi. Tu vas te jeter sur le premier lapin qui passe.*

Elle renifla avec dédain. *Ça m'étonnerait.*

Mon ventre gargouilla, me rappelant que ça faisait des heures que nous étions occupés à cette tâche inutile.

J'allais leur répondre, mais un hurlement me cloua sur place. Le long cri lugubre de Ren transperça l'air de la montagne, appelant la meute à rejoindre son alpha. Tout le soulagement que j'avais ressenti en sachant que l'identité de Shay demeurerait secrète disparut. Dans quelques minutes, je devrais affronter Ren, et j'ignorais ce qu'il avait trouvé dans la grotte.

Peut-être que c'est l'heure du déjeuner, lança Mason en se tournant dans la direction du hurlement.

Allons voir ce qu'il veut, dis-je en ouvrant la route.

Ren, Bryn et Ansel nous attendaient quand nous sommes arrivés. J'ai secoué mon collier nerveusement en voyant l'endroit que Ren avait choisi pour notre rendez-vous : la clairière où j'avais sauvé la vie de Shay la première fois. Je grattai la terre. Je ne voulais pas partager cet endroit avec les autres, et j'aurais aimé que Shay soit là à la place de ma meute. Essayant de ne pas paraître nerveuse, je m'approchai de Ren avec prudence. Il semblait calme, attendant en silence l'arrivée du reste de la meute.

Fey et Cosette jaillirent de la forêt, côté est.

Où est Dax? demanda Ren.

Il avait faim, répondit Fey en regardant par-dessus son épaule.

Dax apparut, traînant derrière lui une biche qu'il venait de tuer.

Hourra pour Dax! s'exclama Nev en courant vers lui, plantant les crocs dans la hanche de l'animal pour l'aider à traîner la carcasse jusqu'à nous.

La langue pendante, Ansel trottina jusqu'à notre repas.

Les alphas mangent en premier, dit Dax en baissant le museau, montrant les crocs à mon frère.

Ansel se coucha par terre, aplatissant les oreilles.

Désolé, Ren.

Ne t'en fais pas, répondit Ren en s'approchant de moi, posant son museau sur le mien. *Tu as faim?*

Il se frotta contre ma mâchoire, ne montrant aucun signe d'hostilité. Peut-être n'avait-il rien trouvé. Rassuré par ses manières amicales, mon ventre gargouilla à la suggestion d'un repas de viande fraîche.

Oui.

Quel morceau préfères-tu? demanda-t-il en me poussant vers la biche.

L'odeur du sang frais m'apaisa. *Les côtes*, répondis-je en me léchant les babines.

Vas-y.

J'attaquai la carcasse. Ren se plaça à côté de moi, arrachant de gros bouts de viande au niveau de l'épaule.

Le reste de la meute nous rejoignit, gardant une distance respectueuse.

Je sais que vous appréciez tous ce repas, lança Ren en continuant à manger. *Mais j'ai des choses à vous dire, alors soyez attentifs.*

Qu'avez-vous trouvé dans la grotte ? demanda Dax, le museau couvert de sang écarlate.

Vous n'allez pas le croire, dit Bryn, les poils hérissés.

Une énorme araignée morte, ajouta Ren en arrachant une patte de la biche.

Ça devait être affreux, s'exclama Sabine en s'éloignant de la meute en train de bâfrer.

Soit elle n'avait pas faim, soit l'idée de l'araignée mutante lui avait coupé l'appétit.

Grosse comment ? demanda Mason.

Trois fois Dax, répondit Ansel en léchant la mâchoire de Bryn.

C'est ce que Logan appelle un animal de compagnie ? s'indigna Nev en s'attaquant plus férocement encore au flanc de la bête.

Je pense que c'était plus une sentinelle qu'un animal de compagnie, dit Ren.

C'est agréable de savoir qu'il accorde autant de confiance à notre capacité à défendre la grotte, rétorqua Sabine d'un air méprisant.

Ren lui montra les crocs.

Quoi qu'il en soit, elle est morte, et Logan m'a demandé de l'appeler immédiatement si la grotte n'était plus protégée par cette créature.

Quand ça ? l'interrogeai-je.

Il m'a appelé hier soir, après notre départ de chez toi.

Je posai la tête entre mes pattes, me demandant si, à l'avenir, Ren recevrait souvent des ordres dont je n'aurais pas connaissance.

Il n'était pas content, continua Ren. *Mon père, Logan et Efron sont en route pour la grotte. Ils veulent vérifier quelque chose, mais ça ne nous concerne pas.*

Haldis. Je me levai, allant et venant autour du groupe, plongée dans mes pensées. Ils allaient vérifier si Haldis était toujours là. Forcément.

Est-ce que vous avez remarqué quelque chose pendant la patrouille ? demanda Ren.

Il y a un loup solitaire dans la montagne, dit Fey en s'étirant et en secouant son collier. *Je ne l'ai pas vu, mais il y a une nouvelle odeur. Sinon, il n'y a que nous.*

Shay. Ils avaient eux aussi trouvé sa trace. Mes poils se dressèrent.

Nous n'avons rien trouvé non plus, ajouta Nev en s'asseyant sur son arrière-train.

Pas même un lapin bien gras, lança Mason en lui mordillant l'oreille.

Continuons à chercher jusqu'au bas de la montagne, au cas où, ordonna Ren en s'éloignant de la biche, réduite à un tas d'os. *Bryn, va avec le groupe de Dax ; je vais venir avec vous. Ansel, va avec Calla.*

C'est toi le chef, dit Ansel en tendant le cou pour se gratter l'oreille avec sa patte arrière.

La meute se sépara et partit en direction des bois.

Nous sommes juste derrière vous, précisa Ren

au groupe. *Je dois parler à Calla pendant un moment.*

Je regardai mes compagnons de meute qui disparaissaient dans la forêt avant de me tourner vers lui.

Que se passe-t-il ?

Il s'approcha de moi, m'emprisonnant dans ses yeux charbon.

Qu'est-ce que tu es allée faire dans la grotte ?

Mon pouls s'affola, mais je reniflai le sol, feignant l'indifférence. *Je ne sais pas de quoi tu parles.*

Il se jeta en avant et me fit tomber sur le dos. Je tentai de rouler sur le côté, mais il se plaça au-dessus de moi, me retenant au sol, le ventre exposé. Ses mâchoires se refermèrent autour de ma gorge, appuyant sur ma trachée, rendant ma respiration difficile.

Je connais ton odeur, Calla. Tu y es allée. Il y a deux ou trois jours.

Je lui donnai des coups de patte, je le griffai. *Arrête. Laisse-moi me relever.*

Bryn et Ansel ont dû reconnaître ton odeur, mais ils ont fait comme s'ils n'avaient rien remarqué, ce qui signifie qu'ils ont menti pour toi. Essaies-tu de diviser l'esprit de loyauté du groupe ? Tu veux vraiment t'opposer à moi ?

Ses crocs s'enfoncèrent dans mon cou, m'obligeant à me soumettre. Je n'aurais jamais cru pouvoir détester Ren, mais à ce moment précis je n'en étais pas loin. Il serra plus fort, et je me débattis pour que cesse la douleur. Comme je continuais de lui donner des coups, il rugit. *Ne lutte pas. Dis-moi la vérité.*

Je gémis et je m'immobilisai sous lui.

Je suis désolée, j'aurais dû te le dire. J'étais curieuse, alors j'y suis allée pendant ma patrouille ce week-end.

Un grognement s'est échappé de sa poitrine. *As-tu tué l'araignée de Logan?*

Je réfléchis à toute allure, pesant le pour et le contre : mentir ou donner une ébauche de vérité ; lui raconter toute l'histoire était hors de question.

Non, répondis-je, choisissant le mensonge. *Il y avait une odeur répugnante dans la grotte, dangereuse. Je n'y suis pas restée longtemps.*

J'attendis, espérant qu'il me croirait, me demandant avec quelle précision il avait pu suivre ma trace.

Pourquoi ne m'as-tu rien dit? Il grognait toujours, mais il avait relâché la pression sur mon cou.

Je gémis mais je ne bougeai pas. *Je suis désolée, Ren. Je pensais que Logan me punirait. Tu sais que nous n'avons pas le droit d'y entrer.*

Tu es plus courageuse que moi. Ça fait des années que j'ai envie d'y aller en douce.

Il arrêta de grogner et me donna un petit coup de tête sur le museau, m'aidant à me relever. *Je n'aime pas te faire ça, Calla. Je te protégerai toujours, mais tu ne dois rien me cacher. Et les membres de ta meute non plus. Je parlerai plus tard à Bryn et Ansel.*

Je suis désolée. J'étais incapable de le regarder dans les yeux.

Il pressa son museau contre mon épaule.

J'ai besoin que tu me fasses confiance. Tu comprends?

Oui. Mes membres tremblaient. *Qu'est-ce qui a tué l'araignée, à ton avis ?*

L'unique autre odeur était celle du loup solitaire. Je suppose que c'est le même que ton groupe et celui de Dax avez senti dans la montagne. Difficile à croire qu'il a réussi à abattre seul la bête de Logan – ce loup doit être un sacré combattant.

J'ai repensé à Shay en train de manier les piolets. Comme j'avais admiré son courage, ses talents de guerrier.

J'essaie seulement de te protéger, Calla, dit Ren en léchant mon museau. *Ne prends pas de risques inutiles. Tu es trop précieuse pour ça. J'ai besoin de toi à mes côtés. Je suis désolé si je t'ai fait mal.*

Tu ne m'as pas fait mal.

Je le laissai se frotter contre moi malgré mon humiliation, soulagée qu'il abandonne le sujet.

Sans rien ajouter, il s'enfonça dans la forêt, me laissant seule dans la clairière. Lorsque je fermai les yeux, je vis Shay, je sentis ses lèvres sur mon bras, les premières étincelles de désir lorsqu'il m'avait touchée. Je levai le museau. J'avais envie de hurler ma frustration. Je détestais le silence que l'on m'imposait. Les Gardiens pourchasseraient bientôt les voleurs d'Haldis. Que feraient-ils alors ?

Vingt-six

J'avais gravi la moitié de l'escalier de pierre menant à Rowan Estate quand la terreur me cloua sur place. Shay dut me traîner de force.

— J'ai changé d'avis, dis-je en laissant glisser mes pieds sur les pavés.

— Trop tard, lança-t-il, les dents serrées.

— Je n'aurais pas dû te transformer. Tu n'aurais pas été capable de me traîner.

— Tu ne me facilites pas beaucoup les choses, rétorqua-t-il en s'efforçant de me faire avancer un pied. Tu m'es redevable, tu te souviens ? Tu m'as abandonné au bar la semaine dernière. Je crois que Ren a passé la soirée à décider de l'ordre dans lequel il allait briser chacun de mes os.

— Probablement.

— Exactement. Tu as de la chance que je sois encore là pour te faire visiter la maison.

— Tu as gagné ma gratitude éternelle. Je suis sûre que c'est une maison charmante, dis-je en me tortillant dans ses bras. Maintenant laisse-moi partir.

— Allez, Cal, monte ces marches. Tu étais d'accord. Tu vas vraiment me forcer à te porter à l'intérieur ?

Je regardai la porte massive en ébène.

— Peut-être.

— Si tu fais ça, je te prends sur mon épaule comme un homme des cavernes, lança-t-il en souriant. Ce ne sera pas joli à voir.

— Tu aimerais bien ça, pas vrai ? demandai-je en plissant les yeux.

— Tu veux vraiment le savoir ?

Je me libérai de son emprise et je gravis les marches quatre à quatre. Shay sortit une énorme clé en cuivre de sa veste. Je parcourus du regard la façade du manoir pendant qu'il déverrouillait la porte.

L'imposante demeure, couleur de brouillard, se découpait sur le ciel. De chaque côté de la porte d'entrée, le bâtiment s'étendait sur une longueur impressionnante. De grandes fenêtres à meneaux s'alignaient sur chacun des deux étages. Les pignons étaient ornés de créatures sculptées : serpents enroulés sur eux-mêmes, chevaux cabrés, griffons hurlants, chimères rugissantes. Des gargouilles ailées étaient accroupies le long du toit, comme si elles s'apprêtaient à bondir.

— Tu viens ? demanda Shay en me tenant la porte.

Je détachai mes yeux des statues, j'inspirai profondément, et j'entrai dans le manoir obscur. Je restai bouche bée. La porte donnait sur un hall immense, surmonté d'un balcon. Deux escaliers en marbre s'élevaient de chaque côté du mur du fond. Un lustre en cristal sophistiqué était suspendu au plafond. Ses prismes reflétaient la lumière du soleil pénétrant par les fenêtres, projetant d'innombrables arcs-en-ciel sur le sol en pierre. Dénuée de meubles, la pièce regorgeait néanmoins d'œuvres d'art, allant de superbes vases en porcelaine m'arrivant à la taille à des armures complètes tenant des hallebardes menaçantes et de redoutables massues dans leurs gantelets.

— Comme je l'avais dit, précisa Shay en s'approchant de moi, c'est opulent.

Sa voix résonna contre les murs.

Je hochai la tête.

— La bibliothèque est à l'étage. Les escaliers mènent aux ailes est et ouest de la maison. Tu veux qu'on commence les recherches tout de suite ou tu préfères visiter ?

— Je veux m'assurer que nous pouvons vraiment rester ici, marmonnai-je.

— La visite, alors, dit-il en se dirigeant vers l'escalier sur la droite. Je vis dans l'aile est.

Je le suivis en jetant des coups d'œil par-dessus mon épaule. Un silence sinistre enveloppait la maison ; le bruit de nos pas sur le sol en pierre retentissait autour de nous.

— Comment peux-tu t'habituer à ça ?

Je me rendis compte que je chuchotais.

— Je ne m'y suis pas vraiment habitué, dit-il en haussant les épaules. C'est assez bizarre d'être tout le temps tout seul.

— Je n'en reviens pas que ce soit aussi calme.

— Parfois, je mets la musique à fond dans ma chambre et j'ouvre la porte pour qu'elle s'échappe dans les couloirs. Ça aide un peu.

Nous nous engageâmes dans un long couloir. Des portraits plus grands que réel, allant du sol jusqu'au plafond, étaient accrochés aux murs à intervalles réguliers. Je regardai l'un d'entre eux et je me figeai. Un homme était suspendu dans le vide, le visage tordu par la douleur. Ses bourreaux étaient cachés par les teintes sombres de la toile. J'ai regardé le tableau sur le mur opposé. Il était semblable au premier, sauf qu'il représentait une femme.

— On peut marcher plus vite ? marmonnai-je.

— Désolé. J'aurais dû te prévenir. Les goûts de Bosque en matière d'art penchent vers le morbide.

— Sans blague, dis-je en gardant les yeux au sol. Qu'est-ce qu'ils représentent, au juste ?

— Je ne sais pas. Je me disais que c'était peut-être des portraits de martyrs, mais il n'y a pas de légende, et les modes de tortures, à ma connaissance, ne ressemblent pas à celles qu'ont subies les chrétiens.

— Alors il aime uniquement les tableaux représentant des gens qui souffrent ?

— Peut-être. Beaucoup d'œuvres d'art évoquent la souffrance et la mort, cela dit. Les tableaux de Bosque ne sont guère différents de ceux qu'on trouve dans les musées.

— C'est vrai.

Il tourna brusquement à droite et je me précipitai à sa suite dans un autre couloir. Je faillis heurter un homme. Un homme superbe avec de grandes ailes en cuir. Poussant un cri de surprise, je changeai de forme et montrai les crocs.

— Que se passe-t-il, Cal ? demanda Shay, les sourcils froncés, visiblement inconscient de la menace qui guettait à quelques mètres seulement de lui.

Je le dépassai sans quitter des yeux la grande créature ailée qui tenait une lance pointée droit sur nous. L'incube était immobile, arrêté en pleine action, prêt à relâcher son arme.

– C'est une statue, dit Shay en riant. Tu grognes sur une statue.

Je m'avançai d'un pas, reniflant le socle en marbre. Shay riait toujours quand je changeai de forme. Je le foudroyai du regard.

– Tu aurais pu me prévenir qu'il y avait des statues d'incubes dans la maison.

– Il y a des tonnes de sculptures ici. Je ne pense pas que tu puisses faire plus de dix mètres sans en voir une. Il y en a encore plus dans le jardin.

– Ressemblent-elles toutes à celle-ci? demandai-je en l'examinant.

– Pour la plupart. Certaines ne sont pas des hommes, mais des femmes ailées, et toutes ont des armes comme celle-ci. Certaines représentent des animaux… Enfin, des créatures mythologiques, pas de véritables animaux.

Je frémis.

– Pourquoi as-tu eu peur? Je pensais que c'était les spectres que tu craignais?

– Il y a d'autres choses à craindre que les spectres, murmurai-je.

– Es-tu en train de dire que cette chose est modelée sur une véritable créature? demanda-t-il en touchant le bout de son aile.

– Oui.

Il retira vivement sa main.

– Bon sang.

– Bon, et où nous mène cette visite, au fait?

Je voulais m'éloigner de cette statue.

– Je pensais te montrer ma chambre, dit-il avec un sourire timide. Elle est au bout du couloir.

Il me conduisit jusqu'à la dernière porte sur la droite mais hésita.

— Alors ?

— J'essayais juste de me rappeler à quand remonte la dernière fois que je l'ai rangée.

— Le personnel de Bosque ne s'en charge pas pour toi ? rétorquai-je en lui donnant un petit coup dans les côtes, un sourire aux lèvres.

— Ils pourraient, mais je leur ai demandé de ne pas le faire. Je n'ai pas envie que des inconnus fouillent dans mes affaires.

— Surtout si ton livre de chevet est un ouvrage interdit.

— Oui, il y a ça aussi.

Il sourit et ouvrit la porte.

Sa chambre était à mi-chemin entre une chambre rangée et une chambre en bazar. Des piles de livres s'élevaient sur le lit, et deux pulls étaient abandonnés sur une chaise en bois. *La Guerre de tous contre tous* était posée, ouverte, sur un secrétaire ancien. Juste à côté, Haldis émettait une lueur terne à la lumière de l'après-midi. Mais on voyait le sol, et il n'y avait pas de montagnes de vêtements sales en équilibre précaire, comme dans ma chambre.

— Pas trop mal, dit Shay en passant la pièce en revue.

— Si c'était ma chambre, je parlerais d'une nette amélioration.

— C'est bon de savoir que je n'ai pas choqué une obsédée du ménage.

Je ris, et il s'approcha de moi, passant la main dans ses cheveux.

— Alors… murmura-t-il.

Soudain, l'atmosphère se chargea d'électricité. J'avais une conscience aiguë que Shay et moi étions seuls dans sa chambre. *Reprends-toi, Cal. Tu ne peux pas contrôler tes hormones pendant cinq minutes ?*

Je passai la pièce en revue, troublée, essayant de briser la tension. J'avais beau vouloir qu'il me touche, j'étais moins encline à prendre des risques depuis ma dispute avec Ren. Mes yeux se posèrent sur une grosse malle à moitié cachée sous un jean.

– Qu'est-ce que c'est ? demandai-je en m'approchant.

– Rien de spécial, dit-il en me suivant. Juste des trucs que j'ai récupérés et que j'ai gardés avec moi au fil des ans.

Je lui fis un sourire malicieux.

– Je ne te crois pas.

– Hé ! s'écria-t-il, en essayant d'attraper mon bras lorsque je me suis agenouillée près de la malle, soulevant le loquet et le lourd couvercle.

Mais il n'avait pas été assez rapide.

J'éclatai aussitôt de rire.

– Il n'y a que des bandes dessinées.

– Oui, dit-il en réarrangeant les piles de livres. Mais ce sont toutes de très bonnes bandes dessinées, et certaines sont très rares.

J'en feuilletai quelques-unes. Alors que je soulevais un tas, mes doigts effleurèrent quelque chose de doux. Je fronçai les sourcils, repoussai les BD et enfonçai les doigts dans un tissu pelucheux. Lorsque je sortis la main de la malle, je tenais une délicate couverture en laine.

Shay s'éclaircit la gorge.

– C'est ma mère qui l'a tricotée pour moi.

– Je me souviens, dis-je en passant les doigts sur le doux tissu torsadé. Tu m'as dit que c'était la seule chose qui te reste d'elle.

Il me prit la couverture des mains.

– Quelque chose ne va pas ? demandai-je, craignant de l'avoir offensé en la sortant de la malle.

– Je ne sais pas, murmura-t-il. C'est bizarre.

– Quoi ?

– La couverture. On dirait… qu'elle a une odeur différente. Et pourtant elle n'est pas proche de mon nez.

– Oh, fis-je en hochant la tête. Son odeur est la même, c'est toi qui as changé. Ton odorat est beaucoup plus développé. Tous tes sens sont plus aiguisés désormais.

Il plissa le front, porta la couverture à son nez, inspira profondément. Je me levai d'un bond en le voyant fermer les yeux et tituber en étouffant un cri.

– Shay ? demandai-je en lui prenant le bras. Que se passe-t-il ?

– Je…, commença-t-il d'une voix chargée d'émotion. Je me souviens… Je revois son visage. Je me rappelle son rire.

– Oh, Shay, murmurai-je en l'attirant à moi.

Il ouvrit des yeux pleins de souvenirs.

– Ça ne peut pas être réel.

– Si. Les odeurs et la mémoire sont intimement liées. Tes sens de Protecteur ont libéré ces souvenirs.

– Peut-être, dit-il, les sourcils froncés.

– Ça t'a paru réel ? Familier ?

– Plus que tout.

– Alors c'est bien ta mère.

Il tordit la couverture entre ses mains.

– Attends une seconde… Non, impossible.

– Shay ?

Il me prit la main et m'entraîna dans le couloir.

– Quoi ? demandai-je alors que nous retournions à toute allure sur le palier.

Il ne répondit pas et s'arrêta devant la grande porte en bois qui menait à la bibliothèque. Il sortit de sa poche de jean un objet qui ressemblait à un couteau suisse et l'introduisit dans la serrure. J'entendis un clic et la porte s'ouvrit.

Il entra sans rien dire. Je le suivis d'un pas hésitant, tout en parcourant des yeux la bibliothèque. C'était de loin la pièce la plus grande que j'avais jamais vue, à l'exception du gymnase du lycée. Elle s'élevait sur deux étages. Trois des murs comportaient des étagères encastrées allant du sol au plafond. Un escalier en fer forgé, en spirale, menait au balcon qui entourait le tiers supérieur des rayonnages. Je n'avais jamais vu autant de livres.

Pas étonnant que Shay n'ait pas résisté à la tentation d'y entrer. Magnifique et terrifiante, la bibliothèque semblait trop parfaite pour être sûre, comme une plante carnivore attirant les insectes grâce à ses fleurs vives.

– C'est incroyable, soufflai-je.

Shay regardait le seul mur qui n'était pas couvert de livres. De grands vitraux encadraient une immense cheminée, assez haute pour que deux adultes puissent s'y tenir debout, et au-dessus de laquelle était suspendu un portrait.

Contrairement aux portraits grotesques alignés

dans les couloirs de Rowan Estate, celui-ci semblait plus traditionnel, même si ses sujets arboraient une expression grave, presque sévère. Une femme vêtue d'une robe blanche et simple était assise dans un fauteuil. Ses cheveux, de la couleur du chocolat noir, s'étalaient sur son épaule ; ses yeux vert pâle semblaient noyés de larmes. Un homme se tenait derrière elle, les mains sur ses épaules. Son visage, sérieux mais aussi terriblement triste, était encadré de cheveux châtain doré légèrement ondulés, qui effleuraient son menton.

Même si ces deux personnes m'étaient inconnues, ce portrait a fait naître une boule dans ma gorge. Je n'avais jamais vu de visages aussi malheureux. Je me suis approchée de Shay.

— Pourquoi ne me l'a-t-il pas dit ? murmura-t-il.

— Pourquoi qui ne t'a pas dit quoi ?

— Mon oncle, lâcha-t-il en arrachant son regard du portrait. C'est ma mère... et je crois que c'est mon père.

— Tu es sûr ? demandai-je, incrédule.

— Oui, si toi tu es sûre que mon odorat a ravivé un souvenir réel. C'est la femme que j'ai vue quand j'ai senti la couverture.

— Mais Bosque ne voulait pas que tu gardes de photos d'eux !

— Exactement. Alors pourquoi exposerait-il leur portrait dans sa bibliothèque ? Et pourquoi m'empêcherait-il de le voir ?

— Peut-être craignait-il que tu te rappelles quelque chose. C'est le cas ?

Il observa à nouveau le tableau.

— Non.

— Est-ce que ça va ? demandai-je en lui prenant la main.

— Je ne sais pas, dit-il en passant le pouce sur ma paume. Ce serait plus facile s'il y avait au moins une chose de sensée dans ma vie.

Je pressai ses doigts.

— Je comprends.

Nous avions tous les deux soulevé trop de pierres sous lesquelles grouillaient des secrets hideux.

— Bon, et maintenant ? ajoutai-je.

— Maintenant, on fait ce qui nous a amenés ici à la base.

— Des recherches ?

— Des recherches.

Je regardai les immenses étagères.

— Tu sais par où commencer ? Ton oncle a-t-il un catalogue ?

— Oh, ce serait trop facile, tu ne penses pas ?

— Alors je suppose que je vais devoir fouiller au hasard, dis-je en ignorant son regard taquin.

Il me fit un sourire espiègle.

— Il y a bien quelque chose.

— Quoi ?

— Un meuble-bibliothèque fermé à clé.

— Voilà qui paraît prometteur. As-tu déjà regardé à l'intérieur ?

Il rougit et se frotta la nuque.

— Ça me coûte de l'admettre, mais je me sentais un peu coupable d'être entré par effraction dans la bibliothèque de Bosque. Je me suis dit que je pourrais me rattraper en laissant ce meuble tranquille… Un compromis, en quelque sorte.

— Tu es un garçon étrange, marmonnai-je.

— C'est pour ça que tu m'aimes bien, me lança-t-il avec un grand sourire.

Il traversa la pièce.

Le meuble-bibliothèque en acajou sculpté se trouvait dans un coin, près du mur extérieur, à côté d'une grande horloge qui tictaquait doucement. Shay força la serrure et ouvrit la porte. Elle contenait six étagères remplies de livres à la couverture en cuir. Il en sortit un de la plus haute.

— Il est entièrement écrit à la main. Comme un journal.

— A-t-il un titre ?

Il l'ouvrit à la première page.

— *Les Annales d'Haldis.*

Ce titre m'était familier, et j'avais le sentiment que ces livres ne nous seraient pas utiles.

— Et il y a des dates, continua-t-il. 1900 à 1905.

Je sortis un volume de l'étagère du bas.

— Celui-ci est daté de 1945 à 1950.

Je commençai à lire, et ça n'a fait que confirmer mes doutes. C'était une généalogie. L'histoire complète des meutes de Protecteurs.

— Je ne comprends pas, dit Shay, les sourcils froncés. C'est une liste de noms, presque comme un arbre généalogique. Et il y a des notes sur les membres de la famille.

— Ça ne va pas nous aider, ajoutai-je en refermant l'ouvrage et en le remettant à sa place. Nous devrions nous concentrer sur les autres livres de la bibliothèque.

Il me regarda, surpris.

— Qu'est-ce que tu racontes ?

— Ceux-ci ne parlent pas de l'Haldis que nous recherchons.

— De quoi traitent-ils alors ?

— Ce sont les archives des Gardiens sur les meutes des Protecteurs.

— Vraiment ? demanda-t-il en haussant les sourcils.

Je hochai la tête, lui prenant le livre des mains et le rangeant sur son étagère.

— Ferme la porte et verrouille-la.

— Tu ne veux pas les lire ? C'est ton histoire.

— Je connais cette histoire. Et ça ne nous mènera qu'à une dispute.

— Pourquoi ?

— Parce que les articles n'expliquent pas ce qui est arrivé aux meutes, expliquai-je. Ils traitent surtout de la façon dont elles ont été formées, des maîtres qu'elles auront et des décisions prises dans le passé par les Gardiens au sujet des couples.

— Des couples ? demanda-t-il en baissant les yeux sur les étagères du bas. Tu veux dire que dans un de ces livres se trouve l'explication de ton union avec Ren ?

— Oui. Et de toutes les autres unions effectuées dans l'histoire de la meute. C'est un arbre généalogique, entre autres choses.

Il fixait les livres du regard en remuant les doigts.

— Laisse tomber, Shay.

— Mais…

— Tu ne peux rien y faire. Cela te mettra simplement en colère. Maintenant referme cette bibliothèque.

Il marmonna quelque chose dans sa barbe, mais il s'exécuta.

— Avez-vous un autre ordre à me donner, ô grande alpha ?

— Ne sois pas idiot. On a assez de travail comme ça. Pas la peine de transformer notre séance de recherches en mélodrame.

— En mélodrame ?

Il me dévisagea puis se jeta sur moi, me prenant dans ses bras. Tout son corps tremblait.

— Shay ?

Il me fallut un moment pour comprendre qu'il riait. Un sourire étira mes lèvres et je me mis à rire moi aussi. Des larmes coulaient sur mes joues, mon ventre commençait à me faire mal, mais mon sourire s'élargissait encore. Le son de nos rires rebondissait sur le sol de pierre et résonnait dans l'immense bibliothèque de Rowan Estate.

Avant Shay, je n'avais jamais ri comme ça, aussi libre et légère, mon corps secoué de joie plutôt que de colère. Mais alors même que je laissais le rire m'emporter, je me demandai si l'union signifiait qu'il ne serait bientôt plus là et qu'avec lui disparaîtrait à jamais toute chance de ressentir ça à nouveau.

Vingt-sept

Un groupe de pigeons surpris s'envola des avant-toits au-dessus des vitraux. Le bruit soudain des battements d'ailes et l'ombre projetée sur le verre coloré me firent sursauter et renverser ma chaise.

Shay bailla et s'étira.

— Calla, il faut que tu arrêtes de paniquer à chaque fois que tu entends un bruit.

— Je suis prudente, c'est tout.

Je ramassai ma chaise, attendant que mon cœur ralentisse.

— Nous ne risquons rien ici, dit-il en tournant une page. J'aurais même ajouté que ma suggestion était brillante si nous avions trouvé quelque chose d'utile.

Je passai en revue l'index de *Signes et symboles dans la culture humaine.*

— Ça devient un peu frustrant. Aucune des croix que j'ai rencontrées ne ressemble à ton tatouage.

Nous avons tous les deux regardé les nombreux livres éparpillés sur la table. *Rien. Nous ne trouvons rien. C'est inutile.* Énervée et épuisée, je posai mon front sur mes bras croisés.

— Je crois que nous sommes revenus à la case

départ, dit Shay en refermant bruyamment un ouvrage massif d'histoire de l'art.

– Et c'est où exactement la case départ ?

– La traduction du livre, répondit-il en posant *La Guerre de tous contre tous* devant lui.

– Tu as sans doute raison, admis-je en détendant mes épaules, pour essayer de défaire les nœuds dans ma nuque. Mais tu devrais peut-être sauter des pages.

– Hum ?

– Au lieu de t'occuper du début, passe tout de suite à la fin. Tu m'as dit que la femme t'avait chanté les dernières lignes du livre avant de conclure « Ici repose Haldis ». Alors nous devrions peut-être lire la dernière section. C'est la plus courte, ça devrait aller vite.

– Ce n'est pas une mauvaise idée, lança-t-il en ouvrant le livre à la fin.

Je recommençai à examiner les gravures de croix médiévales sur la page ouverte devant moi. Shay s'éclaircit la gorge. Je relevai les yeux, mais les siens étaient fixés sur le livre des Gardiens.

– Il y a quelque chose que je voulais te demander.

Je fronçai les sourcils en entendant la note faussement nonchalante de sa voix.

– Oui ?

– J'ai entendu dire pas mal de choses au lycée ces derniers temps sur ce truc, la Lune de Sang.

Il prit le dictionnaire latin et se mit à en tourner les pages, sans vraiment les regarder.

– Ce n'est que dans quelques jours, si j'ai bien compris.

– Oui.

Ne t'engage pas là-dedans, Shay, je t'en prie.

– C'est quoi exactement ? demanda-t-il en se laissant aller contre sa chaise.

– Oh ! fis-je, soulagée. Euh… laisse-moi réfléchir. Ça s'appelle le Bal de la Lune de Sang, mais tout le monde dit la Lune de Sang pour aller plus vite. C'est un événement bizarre, Halloween mélangé à un bal, en quelque sorte. Les parents des pensionnaires y assistent avant de ramener leurs enfants chez eux pour les vacances d'automne. Il y a toujours un orchestre de musique de chambre, plein d'alcool, et ils ne vérifient l'âge de personne. C'est ridicule, mais assez amusant en général. Si on a un lien avec le lycée, parent ou élève, on est invité. Les adultes boivent beaucoup, parlent de leurs portefeuilles d'actions et font des chèques à l'ordre du lycée. Les élèves boivent beaucoup aussi et dansent, affublés de vêtements chics qu'ils ne remettront jamais.

– Pourquoi ce nom, la Lune de Sang ?

Je crispai mes doigts comme si c'était des griffes.

– Parce que la soirée a lieu lors de la première pleine lune après celle de l'équinoxe d'automne. On l'appelle la Lune de Sang.

Il se leva et se dirigea vers la fenêtre, regardant les feuilles tomber comme des gouttes de pluie.

– Mais pourquoi de sang ?

– Parce que la pleine lune donne la meilleure lumière pour chasser à cette époque de l'année, expliquai-je, mes muscles se contractant à l'idée de la chasse. C'est le moment de la Grande Chasse. On l'appelle aussi la Lune du Chasseur.

Cette année, ce sera le 31 octobre. C'est tard pour une Lune de Sang.

Il se tourna vers moi.

– Ce ne serait pas plus simple de parler du bal de Halloween ? Ou bien tes maîtres ont-ils une dent contre les confiseries ?

Mon cerveau se bloqua une seconde sur l'image de Logan en train de réclamer des bonbons ; je me demandai en quoi il se serait déguisé.

– Non, rappelle-toi, il s'agit du Samain. Ce n'est pas Halloween que l'on fête. Les Gardiens adorent les mœurs d'antan, les traditions.

À la mention des traditions, mon ventre se serra.

– Et tout le monde y va ? Pas seulement les humains ?

Il semblait nerveux maintenant.

Je hochai la tête en le regardant d'un air méfiant, alertée par son changement de ton.

– C'est une fête sympa. Tout le monde y va. La Lune de Sang et le bal de promo sont les seuls événements où se retrouve tout le corps étudiant. Je pense qu'ils ne servent qu'à donner des repères de normalité aux humains.

Il battit un rythme rapide sur la table, puis ses mots se déversèrent subitement.

– Bon, je sais, je m'y prends au dernier moment, mais j'espère que tu me pardonneras. Je ne suis qu'un garçon, et donc je ne prévois pas ce genre de choses à l'avance. Aimerais-tu y aller avec moi ?

Mon ventre se serra. C'était exactement ce que j'avais redouté.

– Calla? demanda-t-il, alors que je refusais de le regarder. Tu comptes me répondre?

– Je ne peux pas, dis-je calmement, en lui jetant un coup d'œil.

Il s'appuya contre la table, un sourire mauvais aux lèvres.

– Pourquoi?

– Je serai avec Ren. Je vais à la Lune de Sang avec lui, mais juste pour une heure ou deux. Ce sera le soir de notre union.

Je me concentrai sur la page devant moi.

– N'en parlons plus.

– Je n'arrive pas à prendre cette union au sérieux, Calla, répliqua-t-il d'une voix brusque. Toi et ton prince le loup, unis pour l'éternité parce que quelqu'un en a décidé ainsi. C'est n'importe quoi et tu le sais. Et Ren ne réalise pas la chance qu'il a de t'avoir; il est trop occupé à se taper toutes les autres filles du lycée.

– Ce n'est pas vrai! Tu peux le lâcher un moment? m'écriai-je en me redressant et en le fusillant du regard. Tu as traîné avec nous presque tous les jours et il s'est montré parfaitement respectueux, malgré ton attitude au Burnout et les regards énamourés que tu me lances à longueur de journée.

– Des regards énamourés?! s'écria-t-il en se levant.

Il repoussa sa chaise sur le côté et se mit à ranger les livres dans son sac.

– Shay, dis-je en serrant mes bras sur mon ventre, nauséeuse.

– Au moins, je sais ce que tu ressens vraiment pour moi, dit-il d'une voix tremblante en refermant son sac.

Je me levai et posai la main sur la sienne.

– Arrête, s'il te plaît. Ce n'est pas ce que je…

Je me tus ; il m'était impossible de terminer cette phrase.

– Pas ce que tu… quoi ?

Il me prit la main et m'attira à lui. Il posa son autre main sur mon visage et caressa ma joue avec son pouce, envoyant des vagues de chaleur sous ma peau. Je m'écartai et battis en retraite jusqu'à ma chaise en secouant la tête.

– S'il te plaît, arrête. Je ne peux pas.

Je jurai en essuyant des larmes brûlantes sur mes joues. Je ne savais pas ce qui n'allait pas chez moi. Autrefois, je ne pleurais jamais et je passais désormais mon temps à réprimer en vain mes larmes.

– Calla.

Lorsque je le regardai, je compris qu'il était horrifié de me voir dans cet état.

– Mon Dieu, je suis désolé. Je n'aurais pas dû en parler.

Nous nous remîmes au travail dans un silence gênant. Shay coinça des écouteurs dans ses oreilles, mettant le son si fort que j'entendais de ma place le hurlement des guitares.

Le ciel derrière les vitraux était noir d'encre lorsqu'il arracha brusquement ses écouteurs. Je le regardai d'un air interrogateur.

– L'union a lieu le soir du Samain ? demanda-t-il. Le même soir que le bal ?

– Je t'en prie, Shay, répondis-je en me frottant les tempes. Je ne peux vraiment plus parler de ça.

– Ce n'est pas par rapport à toi, rétorqua-t-il

en désignant le texte des Gardiens. C'est au sujet de la date.

– Oui, l'union aura lieu pendant le Samain. Le 31 octobre, donc.

Il plissa le front.

– Et pourquoi à cette date ?

– Eh bien, c'est l'un des huit Sabbats – les jours de pouvoir pour les Gardiens. Samain est l'un des Sabbats les plus forts.

Il tapota des doigts sur la page.

– Lorsque le voile entre les mondes s'affine. Je me rappelle que tu as dit ça.

Je hochai la tête et il regarda ses notes ; son expression se fit inquiète.

– Qu'y a-t-il ?

– C'est assez ironique. Un rituel impliquant le Scion est censé se produire la nuit du Samain. Je ne sais pas exactement de quoi il s'agit, mais il semblerait que ce soit de cet événement que traite la section entière, *Proenuntiatio volubilis.* Il y a un mot qui me pose problème ; il signifie « don », ou quelque chose comme ça. Le contexte qui l'entoure est vraiment étrange.

– Don ? répétai-je.

– Un truc comme ça, dit-il en se replongeant dans le dictionnaire. Quoi que ça veuille dire, le Scion a un lien avec ton jour de fête.

– Ce n'est pas vraiment mon jour de fête, Shay. C'est seulement le jour que les Gardiens ont choisi pour l'union. Tu dis qu'il est écrit dans le livre que tu es présent aussi ?

– Eh bien justement, c'est le problème. Ce que je lis là ne parle pas d'une union. Je ne sais pas trop de quoi il s'agit. Il évoque deux mondes, l'obscurité. Et il y a plusieurs références au Scion. Il mentionne une sorte de rassemblement ayant un rapport avec ce «don», mais je n'arrive pas à comprendre quoi.

— Alors comment savoir?

— Peut-être que tu devrais laisser tomber les recherches sur mon tatouage et te renseigner sur le Samain, sur le genre de rites propres à cette soirée, autres que cette union tant attendue.

— Ren a dit quelque chose d'intéressant sur le Samain la semaine dernière.

— Alors maintenant nous partageons nos informations avec Ren?

— Pas sur notre… projet; j'essaie juste d'en savoir plus sur le Sabbat, pour moi.

J'avais l'impression de me rendre à cette cérémonie les yeux bandés et je détestais ça.

— Bref, il a dit que c'était un moment dangereux. Que le monde des esprits était imprévisible parce que sa puissance augmente quand le voile s'affine.

— Qu'est-ce qu'il en sait? grommela-t-il.

— Ça suffit, Shay, lançai-je sèchement. Sa mère a été tuée par des Chercheurs lors d'une attaque un jour de Samain. Voilà comment il le sait.

— Oh! désolé, dit-il en tapotant la table avec son stylo. Des Chercheurs ont assassiné la mère de Ren?

— Oui.

— Quel âge avait-il?

— C'était le jour de son premier anniversaire.

— Mince, ça craint. Cela dit, ça explique bien des choses à son sujet.

— Qu'est-ce que tu veux dire par là ?

— Rien, ajouta-t-il en se levant rapidement et en se dirigeant vers les rayonnages. On devrait se remettre au travail.

Vingt-huit

Le lendemain, Shay entra en classe avec une expression hagarde sur le visage. Lorsque la sonnerie retentit à la fin du cours, je fis signe à Bryn de me laisser et me dirigeai vers lui. Il me regarda approcher sans quitter son bureau.

— Hé, Cal.

Il y avait des cernes noirs sous ses yeux. On aurait dit qu'il n'avait pas dormi du tout.

— Je peux te convaincre de sécher ton prochain cours ?

— Si c'est important, dis-je, la peur me glaçant le sang.

Je l'accompagnai jusqu'au foyer des élèves, calme et désert. Il s'assit et tira une autre chaise vers lui. Lorsque je m'assis à mon tour, il prit son visage dans ses mains et ne dit rien pendant un moment.

— Que s'est-il passé ?

Je pus à peine entendre mon propre murmure.

— Tu sais, tu m'as dit que les Chercheurs avaient tué la mère de Ren lors d'une embuscade ?

J'ai hoché la tête.

— Est-ce qu'elle s'appelait Corinne Laroche ?

— Oui.

Pourquoi me parle-t-il de ça ?

Il serra brièvement les mâchoires.

– J'ai consulté *Les Annales d'Haldis* de l'année suivant votre naissance, à Ren et à toi. Je voulais savoir s'il y avait des traces de cette attaque.

Je l'observai en silence, un peu contrariée qu'il ait ignoré ma requête de ne pas lire ces livres, mais néanmoins curieuse de ce qu'il avait découvert.

– Il n'y a pas eu d'attaque, dit-il. Corinne Laroche a été exécutée.

J'eus l'impression que le temps avait ralenti, que tout l'air de la pièce avait été absorbé, rendant toute réaction impossible.

– C'est vrai, Calla, souffla-t-il. Elle et d'autres Bane avaient organisé une révolte contre les Gardiens. Les Chercheurs l'aidaient. Les Gardiens ont découvert le complot et elle a été punie.

Mes muscles revinrent lentement à la vie, et se mirent à trembler.

– Ils l'ont tuée, Calla. Et ils ont tendu un piège aux Chercheurs qui venaient aider la rébellion. Lorsque les Chercheurs sont arrivés, les Gardiens avaient rassemblé une force qui les a presque tous massacrés.

– Mais Ren… commençai-je d'une voix étranglée, incapable d'aller au bout de cette pensée horrible.

– Ils lui ont menti, murmura-t-il comme s'il allait être malade lui aussi. D'après ce que disent *Les Annales*, ils ont menti à tous les loups qui n'étaient pas impliqués dans le complot et ont éliminé tous les autres.

– Ce n'est pas possible.

– Je n'ai pas fini, dit-il en me prenant la main. Lorsque j'ai lu ce qui était arrivé à la mère de

Ren, je me suis replongé dans *La Guerre de tous contre tous* à la recherche d'autres cas de révolte. C'est comme ça que j'ai appris ton histoire. Ta véritable histoire.

— Comment ça, ma «véritable» histoire?

— J'ai avancé dans les derniers chapitres de *De proelio,* la partie qui décrit le dernier conflit majeur dans la guerre des Sorciers, celui que vous appelez la Descente.

— Mais je sais tout de la Descente, protestai-je, les sourcils froncés. Ce fut un terrible bain de sang, de nombreux Protecteurs y laissèrent la vie, mais ce fut néanmoins une victoire importante pour les Gardiens. Nous avons failli nous débarrasser des Chercheurs.

— Non, Calla. Ce n'est pas ce qui s'est passé.

Il prit mon autre main, me forçant à croiser son regard.

— La Descente n'a pas été l'annihilation des Chercheurs. Ce fut la répression par les Gardiens d'une révolte des Protecteurs. Les Chercheurs ont tenté d'aider les rebelles, et les Gardiens ont lancé une contre-attaque dévastatrice. Ils ont supprimé Chercheurs comme Protecteurs. Et les Gardiens ont créé une nouvelle arme pour que la guerre tourne en leur faveur, une arme appelée le «Perdu». Je ne sais pas de quoi il s'agit, mais c'est ce qui a écrasé la rébellion. Les Gardiens et les Chercheurs qui ont réussi à s'échapper sont partis se cacher.

J'arrachai mes mains des siennes, enroulant mes bras autour de ma poitrine.

— La révolte a provoqué une nouvelle politique à l'égard des Protecteurs, continua-t-il sans me quitter des yeux. Des meutes plus petites, l'interdiction de transformer des humains, des règles plus strictes, des punitions plus sévères en cas de désobéissance, et la création de liens familiaux très forts pour éviter d'éventuelles révoltes. Les Gardiens pensaient que les Protecteurs ne mettraient pas leur famille en péril, même pour défendre leur cause.

– Quelle cause, Shay ? Pourquoi autant de Protecteurs se sont-ils révoltés au siècle dernier ?

Je n'en croyais pas mes oreilles.

– La liberté. Les Protecteurs se sont révoltés car ils ne supportaient plus d'être des esclaves.

– Nous ne sommes pas des esclaves, chuchotai-je en enfonçant mes ongles dans mes flancs. Nous sommes les soldats loyaux des Gardiens. Nous les servons, et ils nous fournissent tout ce dont nous avons besoin, une éducation, de l'argent, des maisons. Tout. Notre devoir est sacré.

– Ouvre les yeux, Calla, dit-il brusquement en se mettant à faire les cent pas. Ça s'appelle l'hégémonie. Antonio Gramsci[1]. Tu pourras vérifier. Un système de règles dans lequel les opprimés sont poussés à soutenir le système de l'oppression, à s'y investir, à croire en lui. Mais ça ne change pas le fait qu'au final, toi et tous les autres Protecteurs êtes des esclaves.

– Je ne te crois pas, rétorquai-je, me balançant d'avant en arrière. Je ne peux croire à rien de tout ça.

---

1. Antonio Gramsci (1891-1937), écrivain et théoricien politique italien, membre fondateur du parti communiste italien.

— Je suis désolé, murmura-t-il, mais tu peux lire toi-même ce qui est arrivé à la mère de Ren la prochaine fois que tu viendras à Rowan Estate. Pour le reste…

J'entendis un bruissement. Lorsque j'ouvris les yeux, il tenait une liasse de feuilles arrachées à un carnet.

— Je savais que ce serait difficile à entendre. Je suis resté debout toute la nuit et j'ai transcrit la section entière pour que tu puisses la lire noir sur blanc. Je te dis la vérité.

Je levai la main.

— Je ne veux pas les prendre. Garde-les.

— Pourquoi te mentirais-je sur un sujet de cette gravité ? s'écria-t-il, les yeux furieux, en poussant les papiers vers moi. Nous savons déjà qu'ils ont exécuté la mère de Ren. Voilà qui sont les Gardiens, Calla ; voilà ce qu'ils font.

J'ouvris la bouche pour crier, mais ce furent des sanglots qui s'en échappèrent.

— Je sais que c'est vrai, Shay. Je sais que tu dis la vérité.

Il s'agenouilla devant moi et me prit dans ses bras. Tout mon corps tremblait et des larmes coulaient sur mes joues. Shay berça ma tête contre sa poitrine, caressant mes épaules et mon dos. Il appuya doucement les lèvres sur mes cheveux.

— Ça va aller, Calla. Je vais trouver un moyen de te sortir de là. Je te le promets.

Je posai mon visage sur son cou, sans cesser de pleurer. Il resserra ses bras autour de moi.

— Que se passe-t-il ici, au juste ?

La voix de Lana Flynn, cinglante, s'était élevée

derrière la porte qui reliait le foyer à la salle commune.

Mon sang se figea. Ses yeux passèrent de mon visage baigné de larmes à celui de Shay, qui lui rendit son regard sans ciller. Il se leva, s'éclaircit la gorge, et se plaça devant moi pour me cacher à sa vue.

– Je suis désolé, infirmière Flynn. Nous nous sommes disputés. Elle va à la Lune de Sang avec quelqu'un que je n'apprécie pas, et je me suis emporté. Je lui dois des excuses.

Je clignai des yeux, abasourdie par la facilité avec laquelle il mentait.

Les lèvres de l'infirmière s'entrouvrirent dans un sourire révélant le plaisir que lui inspiraient nos malheurs.

– Ah oui, aimer sans retour est une torture. Pas étonnant que tu méprises Renier. Le baiser que je l'ai vu donner à cette jeune fille était vraiment enflammé. La passion de la jeunesse est tellement… délicieuse.

Mes joues se vidèrent de leur sang. Le sourire de Flynn s'élargit quand elle vit la veine qui palpitait sur le cou de Shay.

La peur m'envahit. *Ne te transforme pas, Shay. Je t'en prie, ne te transforme pas.*

Elle s'approcha de lui jusqu'à ce que son visage soit presque collé au sien, et passa un ongle long sur sa joue, sur sa gorge, puis sa main entière caressa sa poitrine et son abdomen. Je réprimai un cri lorsqu'elle passa le doigt dans son jean et le tira vers elle. Ils étaient si proches qu'il y avait à peine assez de place pour que l'air circule entre leurs corps.

— Ne t'en fais pas, mon bel enfant chéri. Tu as encore beaucoup de choses à accomplir ici.

Il demeura figé tandis qu'elle se tournait vers moi.

— Logan entendra parler de ça, Calla. Une dame de ta stature devrait faire preuve de plus de discrétion.

Elle le libéra et s'en alla.

Shay relâcha violemment son souffle.

— Elle n'est pas que l'infirmière du lycée, n'est-ce pas ?

Je secouai la tête.

— Non. Je ne sais pas vraiment ce qu'elle est. Sabine l'a un jour qualifiée de gardienne des sorts, mais j'ignore ce que ça signifie.

Je m'approchai de lui et il se raidit.

— Tu ne m'as jamais dit qu'il t'avait embrassée.

— Tout comme je ne lui ai jamais dit que tu m'avais embrassée, soupirai-je. Qu'attends-tu de moi ? Tu veux vraiment qu'on ait cette dispute dont tu as parlé à Flynn ?

— Non, dit-il en riant doucement. Peut-être plus tard.

— D'accord.

Il se tourna vers moi, les yeux inquiets mais bienveillants.

— Que vas-tu faire ?

Je secouai la tête.

— Je n'en ai aucune idée. Je ne peux pas abandonner ma meute.

— Mais tu ne peux pas rester là.

— Shay, qui sont les Chercheurs ?

Je n'avais jamais eu autant de questions à poser.

– Je ne sais pas.

Il traversa la pièce, donnant des coups de pied dans les chaises se trouvant sur son passage.

– Ce que je sais, c'est qu'ils se sont alliés aux Protecteurs qui se sont révoltés, il y a très longtemps, et qu'ils ont aidé la mère de Ren. Chaque fois, ils ont payé le prix fort pour avoir comploté contre les Gardiens, mais je n'ai pas encore découvert qui ils sont vraiment et ce qu'ils veulent. Cela dit, je ne pense pas qu'ils soient vos ennemis, Calla. Ce sont les ennemis des Gardiens, pas les vôtres.

– À présent, ça ne veut rien dire, dis-je en frissonnant. J'ai tué un Chercheur. Les ennemis des Gardiens ont toujours été les miens. Il est peut-être trop tard pour que ça change.

– Il n'est jamais trop tard, rétorqua-t-il en frappant du poing sur la table, qui se fendit. Les réponses doivent se trouver dans ce livre ! Je dois traduire la dernière section. Elle semble indiquer la mutabilité, le changement. Je pense que c'est ça, la clé.

Je voyais l'ombre de sa forme de loup tourbillonner autour de lui.

– On va essayer, lançai-je en posant la main sur sa poitrine, humant son odeur de loup mêlée à celle de sa sueur. Il faut que tu respires, Shay. Repousse le loup. Tu es à deux doigts de te transformer.

– Je ne sais pas comment m'en empêcher, grommela-t-il.

– Respire, c'est tout.

Je posai ma tête sur son cou, attendant que nos deux cœurs se calment.

— Aujourd'hui et demain, je viendrai chez toi pour qu'on travaille ensemble.

Il caressa mon dos de bas en haut.

Pourquoi n'est-ce pas toujours ainsi ? Seulement nous deux. Rien pour détruire ce calme.

— Et ensuite ? Et l'union ?

Sa question me fit mal au cœur.

— Je ne sais pas.

J'avais l'impression de ne plus rien savoir.

Je m'armai de courage en me rendant en chimie organique. J'étais en colère, frustrée, et je voulais désespérément contrôler certains aspects de ma vie. Les choses terrifiantes que je venais d'apprendre sur les Protecteurs et les Gardiens ébranlaient toutes mes certitudes sur ma place en ce monde. Sachant ce qui était arrivé à sa mère, qu'on nous avait menti à tous, la seule idée du temps que j'allais devoir passer avec Ren avant l'union m'était insupportable. *Comment pourrais-je lui cacher la vérité ?* Je n'étais pas sûre de posséder la force suffisante.

— Séance de révision aujourd'hui, dit-il en indiquant les notes étalées devant nous. Mlle Foris se sent d'humeur bienveillante, ou alors elle n'a pas envie de perdre plus de matériel entre tes mains furieuses.

Il me sourit et je me demandai si je serais capable de mener mon plan à bien. Alors, je me suis souvenue de ses crocs s'enfonçant dans mon cou.

— Ren, je dois annuler notre rendez-vous de demain.

— Comment ça ?

J'entrelaçai mes doigts pour qu'il ne les voie pas trembler.

— Je ne peux pas dîner avec toi et aller de bonne heure au bal. Le temps va manquer.

Il se tourna vers moi, le regard méfiant.

— Comment ça, le temps va manquer ? Nous aurons autant de temps que nous voudrons.

— Bryn est tout excitée à l'idée de m'aider à me préparer. C'est un truc de filles, et elle y tient beaucoup. Ma mère aussi – tu sais comment elle est, dis-je en poussant un soupir las. Je pense simplement que les préparatifs vont déborder sur le temps qu'on aurait pu passer au bal avec les autres.

— Tu veux juste aller à l'union avec le reste de la meute ?

Il replia les doigts sur son cahier, et se mit à déchirer lentement le papier.

Il me fallut toute ma volonté pour ne pas faillir, alors que je cherchais une excuse acceptable.

— Ne peut-on pas se retrouver là-bas ? Tu vis à l'opposé de chez moi, de l'autre côté de la montagne, ça te ferait un grand détour de passer me prendre, et de toute façon je suis censée travailler à la bibliothèque avec Shay après les cours.

Ren retroussa les lèvres.

— Tu vas le voir, lui, juste avant l'union ? Plutôt que de dîner avec moi ?

Je pris une voix aussi plaintive que possible.

— Je suis désolée, mais Logan veut que je m'assure de son bien-être, et il était vraiment mal quand j'ai refusé de l'accompagner au bal. Je me suis dit que si je passais un peu de temps avec lui avant la soirée, ça maintiendrait un peu la paix.

Il pâlit, les yeux brillants, comme si un feu argenté et dur y avait été allumé.

– Il t'a invitée à être *sa cavalière* pour la Lune de Sang? demanda-t-il d'une voix si basse que je faillis ne pas l'entendre.

Je compris ma terrible erreur une seconde trop tard. J'eus l'impression que mes os se vidaient avant d'être remplis par de la glace. Ren avait traversé la salle avant même que je puisse ouvrir la bouche pour lui répondre. J'entendis un bruit fracassant et des cris d'élèves.

Le tabouret de Shay avait roulé au sol. Ren était penché sur Shay et le maintenait contre sa table. Je n'entendais pas ce que disait l'alpha, mais je voyais ses lèvres remuer rapidement. Les deux partenaires humains de Shay étaient blottis au bout de la table, accroupis près du sol, comme s'ils voulaient éviter d'attirer l'attention de Ren. Mais c'était Shay qu'ils dévisageaient, les yeux écarquillés, pressentant l'animal dangereux qui se cachait sous sa peau. Ils savaient. Si je n'intervenais pas rapidement, ils ne seraient pas les seuls.

Mlle Foris se tenait à côté de son bureau, paralysée par la peur, la main contre la bouche, les yeux exorbités, alors que sa classe se transformait en arène. Quelques humains s'échappèrent de la salle. Les Gardiens échangèrent des regards inquiets, se penchant sur leurs tables tout en murmurant.

Je courus jusqu'à eux. Le souffle me manqua quand je réalisai que Ren était à deux doigts de perdre tout contrôle de lui-même. Sa forme de loup, gris foncé, flottait comme une aura autour de lui. Ses canines pointues luisaient alors qu'il agrippait les épaules de Shay, l'immobilisant. Les doigts de Shay s'enfonçaient dans les bras de Ren ; il n'avait pas l'air apeuré, simplement furieux. L'ombre de sa forme de loup glissa sur la table, s'étendant sur toute la longueur de son corps. Je retins mon souffle, espérant que Ren serait trop aveuglé par la rage pour le remarquer. D'ici quelques secondes, ils se transformeraient tous les deux et se sauteraient à la gorge.

– Ren, non !

Je passai les bras autour de sa poitrine. Il me fallut toute ma force pour le détacher de Shay.

Shay bondit sur ses pieds, les poings serrés. Ses lèvres se retroussèrent et je vis luire ses canines acérées. Je le regardai en secouant la tête. S'il n'arrivait pas à se maîtriser, nous étions perdus.

– Ne bouge pas, sifflai-je. Tu dois te calmer.

Ses muscles tressaillirent et son cou se gonfla, mais il resta en place. Je le regardai lutter pour contenir sa fureur.

Je tournai Ren vers moi, gardant son corps serré contre le mien. Son cœur battait à tout rompre et un grondement régulier et menaçant roulait dans sa poitrine.

– S'il te plaît, Ren. Logan, tu dois penser à Logan.

Je le serrai plus fort contre moi, appuyant ma joue sur les muscles tendus de sa poitrine.

Il rugit une dernière fois avant de se calmer. Sa respiration se fit plus lente, son cœur ralentit.

– Lâche-moi, Lily.

Mon surnom suffit à me convaincre que sa fureur s'était envolée.

Je dégageai mes bras. Mes muscles douloureux

protestèrent ; j'avais agrippé l'alpha avec tant de force que chaque fibre hurlait de douleur.

Ren me regarda, ses yeux sombres résignés. Il me fit un faible sourire. Sans jeter un autre regard à Shay, il sortit rapidement de la salle.

Je poussai un long soupir saccadé.

– Quel gentil garçon, dit Shay.

Soudain, je me sentis furieuse contre lui. Tout était sa faute. Ma vie avait eu un sens avant que je lui sauve la vie. Maintenant, tout tombait en miettes.

La gifle produisit un bruit sec, cassant. Il écarquilla les yeux et posa les doigts sur la marque rouge vif de ma main sur sa joue. Sans un mot, je me détournai et je partis dans la direction qu'avait prise Ren.

Je ne le trouvai ni dans les couloirs ni dans le hall ni à la cafétéria. Il avait quitté le lycée. Secouée, malheureuse, j'allai à mon casier avec le vain espoir qu'il viendrait rejoindre la meute pour le déjeuner. Je trouvai un bout de papier plié, glissé dans une fente de la porte en acier. Je le dépliai en me mordant la lèvre. À voir comme la mine de son stylo avait appuyé sur le papier, il ne faisait aucun doute qu'il était encore furieux quand il avait écrit ce mot ; il avait presque troué la feuille.

Calla, je ne serai pas là aujourd'hui ni demain. Je te verrai à l'union.

Je me laissai tomber à terre, les jambes croisées, et je m'appuyai contre l'acier froid, jusqu'à ce que la sonnerie retentisse. Alors je me traînai jusqu'à la cafétéria, sans prendre la peine de sortir mon déjeuner de mon casier.

Le repas se déroulait sans problème depuis une dizaine de minutes lorsque Ansel fronça les sourcils et regarda autour de lui.

– Hé, où est Ren ? Et Shay ?

J'étais d'humeur si sombre que je n'avais même pas remarqué que Shay aussi était absent. Le reste de la meute se tortilla sur sa chaise, soudain mal à l'aise, en remarquant à son tour l'absence de son alpha et de notre compagnon humain. Je passai la cafétéria en revue. Les Gardiens formaient un cercle rapproché, la tête penchée, serrés les uns contre les autres, mais Logan n'était pas parmi eux. Les jeunes Gardiens se comportaient bizarrement depuis que Logan et Efron étaient allés voir ce qui se passait à Haldis. L'odeur aigre de leur nervosité emplissait mes narines chaque fois qu'ils passaient à côté de moi dans le couloir ou en classe.

Ne voyant Shay nulle part, je jetai un coup d'œil à la meute de Ren, pensant qu'il aurait au moins appelé Dax pour lui raconter ce qui s'était passé en cours de chimie. Mais l'expression du massif élève de terminale était aussi vide que celle des autres.

– Il y a eu un incident, dis-je d'une voix calme. Ils se sont disputés en classe ce matin.

– À quel sujet ? demanda Ansel, les sourcils froncés.

Un malaise brûlant envahit ma poitrine et ma gorge.

Mason siffla doucement en face de moi.

– Mince, lança-t-il en se penchant au-dessus de la table, impassible. Alors c'est finalement arrivé ?

Dax regarda Mason, puis moi, et fouilla dans sa poche en riant.

– Eh bien, ce n'est pas trop tôt. Je te dois dix dollars, mec, il a tenu beaucoup plus longtemps que je ne l'aurais cru.

– Attends, rétorqua Mason en me regardant, un sourire aux lèvres. Shay a-t-il perdu des doigts ? Ou un bras ?

Je secouai la tête.

– Alors, tu me dois vingt dollars, dit-il en tendant la main vers Dax, qui lui jeta un regard noir. Ton alpha possède plus de maîtrise de soi que tu ne le pensais.

– Pas question, j'ai seulement dit que c'était ce que je ferais à sa place, pas ce que je pensais qu'il allait faire. On reste sur dix dollars.

Dax sortit un billet froissé de son jean et le posa dans la paume de Mason.

Fey passa la main dans les cheveux ras de Dax.

– Dommage, je pensais que tu allais gagner.

– Que se passe-t-il ? demanda Ansel, perplexe, en observant leur échange.

Dax fit craquer ses doigts.

– Ren a donné une leçon à ce morveux. Shay bave sur Calla depuis qu'il est arrivé.

Ansel me jeta un regard inquiet.

– Que s'est-il passé ?

– Ren a appris que Shay m'avait invitée à la Lune de Sang, et il ne l'a pas très bien pris, dis-je en baissant la voix. Il a coincé Shay contre sa table en chimie et j'ai dû intervenir.

Dax et Fey éclatèrent de rire. Cosette pâlit et rapprocha sa chaise de celle de Sabine, qui passa le bras autour de ses épaules.

– Shay t'a invitée au bal ? murmura Bryn. Qu'est-ce que tu as répondu ?

– Elle a répondu non, bien sûr ! s'exclama Sabine en nous foudroyant toutes les deux du regard. Il est vraiment obstiné, cet imbécile ! Calla, comment est-ce arrivé ? Je t'avais pourtant mise en garde. Tu as continué de le faire espérer ?

– Sabine, tu étais là quand Logan m'a ordonné de passer du temps avec lui ! Je n'ai pas voulu tout ça. Il m'a invitée et je lui ai expliqué que j'y allais déjà avec Ren.

Sabine me considéra avec malveillance. Après avoir vérifié sa réaction, Cosette l'imita. Je m'affalai sur ma chaise.

Ansel faisait lentement tourner une pomme dans sa main, la regardant sans la voir. Fey et Dax avaient arrêté de rire et débattaient des termes originels du pari avec Mason.

– Je crois que tu lui dois dix dollars de plus, dit Neville en faisant sauter un médiator dans les airs, comme si c'était une pièce de monnaie. Tu as clairement dit que Shay perdrait un membre si Ren s'en prenait à lui.

– Je savais que je pouvais compter sur toi, dit Mason en passant le bras autour des épaules de Neville.

– Laissez tomber, dit Dax en leur montrant les dents. C'était un pari de dix dollars.

– Et si on les mettait tous les deux dans une pièce sans Calla pour intervenir ? proposa Fey en posant les doigts sur le biceps de Dax. On verrait bien si Shay arrive à garder son bras. La vue de Shay en sang te réjouirait peut-être tant que tu ferais cadeau des dix dollars à Mason.

— Qu'est-ce qui ne va pas chez vous ? m'écriai-je en tapant du poing sur la table, manquant la renverser. Vous ne vous rendez pas compte à quel point c'est grave ? Ren a attaqué Shay en plein cours et maintenant il a quitté l'école. Il pourrait avoir de sérieux ennuis avec Logan.

— Oui, intervint une voix suave derrière moi, en effet.

Je me tournai lentement vers notre maître. Son sourire me déchira, déchiqueta mes entrailles.

— Calla, dit-il en pivotant légèrement, faisant signe à quelqu'un derrière lui.

J'agrippai les côtés de ma chaise en voyant Shay s'avancer.

— J'ai été assez préoccupé par l'incident de ce matin, ajouta Logan. Comme tu peux t'en douter, j'en ai rapidement été informé, puisque l'oncle de Shay est un bon ami de mon père.

Je hochai la tête, serrant ma chaise de plus belle. Le bois émit un craquement de protestation.

— D'après Shay, il est le seul responsable. Apparemment, il t'a insultée d'une telle manière que Ren a été obligé de défendre ton honneur. L'infirmière Flynn m'a rapporté un incident similaire, une dispute entre Shay et toi, qui aurait contribué à cette... friction.

J'étais surprise que Shay essaie de défendre Ren. Néanmoins, j'opinai, masquant mes sentiments.

— Oui, c'est ce qui s'est passé.

— Je vois, dit Logan.

Il se tourna vers Shay, le regardant comme s'il attendait quelque chose. Shay se racla la gorge.

— Calla, je suis vraiment désolé de m'être énervé ce matin. J'ai dépassé les bornes. Je n'en veux pas du tout à Ren de s'en être pris à moi quand il a été au courant. J'espère que tu pourras me pardonner.

Logan sourit et posa les yeux sur moi.

— Merci, dis-je en jetant à peine un regard à Shay. Ce n'est rien.

Notre jeune maître passa en revue le reste de la meute.

— Les querelles entre amis sont regrettables. Mieux vaut les oublier rapidement. Ça m'a vraiment fait chaud au cœur de vous voir aussi accueillants avec Shay. Faisons en sorte que ça ne change pas. Je suis *certain* que Ren réussira à lui pardonner, et j'en attends autant de vous.

La meute murmura son approbation. Le sourire froid de Logan réapparut.

— Très bien. Je vais vous laisser à vos réconciliations, alors.

Ses yeux s'attardèrent un instant sur Mason, puis il s'éloigna.

— Tu veux t'asseoir ? demandai-je à Shay.

— Pas aujourd'hui. Une autre fois, j'espère.

Il posa les mains sur la table et se pencha en avant, regardant mes compagnons de meute.

— Je me rends compte que ce n'est pas le bon moment, mais je veux que vous sachiez que je suis désolé. Je comprends qu'en provoquant Ren, je vous ai tous placés dans une situation délicate. Nous sommes devenus amis, et mettre cette amitié en péril est la dernière chose que je souhaite. Je reviendrai demain, si vous n'y voyez pas d'objection.

Personne ne répondit. Je hochai sèchement la tête.

— Merci, dit-il, puis il s'en alla.

Je posai le front sur la table.

— C'était bien de sa part, grommela Dax, qui avait commencé un bras de fer avec Fey. Peut-être n'est-il pas si morveux que ça finalement. Tant qu'il reste à sa place, ça ne me dérange pas qu'il soit avec nous.

Fey grinça des dents.

— J'aimerais quand même les voir se battre.

Mason et Neville s'étaient détournés et se parlaient à voix basse.

Sabine me sonda du regard.

— Il semble comprendre énormément de choses sur la manière dont fonctionne notre relation à Logan. Plus qu'il ne devrait…

J'allais écarter la question lorsque Ansel est intervenu nerveusement.

— Je ne trouve pas ça très surprenant, étant donné qu'il déjeune avec nous tous les jours. Sans doute a-t-il simplement compris la dynamique du groupe. C'est un garçon intelligent.

Il avait parlé sans regarder Sabine et il essaya de hausser les épaules avec nonchalance, mais son mouvement ressemblait plutôt à un sursaut maladroit. Ses ongles fendirent la peau de sa pomme.

Je l'observai un moment en fronçant les sourcils avant de me tourner vers Dax. Le regard vaincu de Ren quand il avait quitté le cours de chimie me tourmentait encore.

— Je me fais du souci pour Ren. Il m'a laissé un mot pour me dire qu'il ne serait pas là ni aujourd'hui ni demain. Je n'ai aucune idée de l'endroit où il est allé.

Dax jeta un coup d'œil dans ma direction. Profitant de cet instant de distraction, Fey écrasa son poing contre la table.

Il se frotta le coude, imperturbable.

– Je vais suivre sa piste, m'assurer qu'il n'a pas massacré tout le troupeau de cerfs. Ne t'inquiète pas. Il a mauvais caractère, mais en général il ne reste pas fâché très longtemps.

Il jeta un regard en biais à Fey.

– Tu veux m'aider à le trouver, au cas où il serait encore de mauvaise humeur et où il déciderait de s'en prendre à moi ?

– Et sécher les cours de l'après-midi ? demanda-t-elle en ployant ses doigts comme si c'était des griffes. Avec plaisir, un peu d'exercice ne me fera pas de mal.

– Je veux que vous trouviez Ren, mais pas que vous séchiez les cours, intervins-je. Les Gardiens n'aiment pas ça. Nous avons déjà assez de problèmes.

Fey tapa des poings sur la table.

– On s'en fout, moi je dis qu'on y va maintenant.

Dax me lança un regard inamical avant de lui sourire.

– Allons-y, dit-il en la prenant par le bras.

Elle se dégagea et lui donna un coup de coude dans le flanc. Il fit la grimace alors que, riant aux éclats, elle se précipitait vers la sortie. Avec un grognement joueur, Dax se lança à sa poursuite.

Vingt-neuf

Shay me regarda m'étendre sur son lit.

Ses yeux passèrent sur mon corps comme une caresse hésitante.

— Qu'est-ce qui t'a fait changer d'avis ?

— Plus de questions, murmurai-je. Embrasse-moi, c'est tout.

Il sourit et s'allongea à côté de moi ; sa main courut sur la courbe de mes hanches.

— Tu es sûre ?

— Oui.

Je passai mes bras autour de son cou et l'attirai à moi.

Ses lèvres touchèrent les miennes et je m'abandonnai à cette étreinte, me pressant contre son corps. Ses mains caressèrent mon cou, puis glissèrent sur ma poitrine ; le bruit de mon cœur était assourdissant. Ses doigts se dirigèrent vers les boutons de ma chemise.

Un de défait. Deux. Trois.

Ses lèvres effleurèrent mon oreille.

— Tu veux que j'arrête ?

À bout de souffle, incapable de répondre, je secouai la tête.

Sa bouche descendit sur mon cou. Puis plus bas.

Quelque part, dehors, j'entendis gronder le tonnerre.

Non. Pas le tonnerre.

Ce grondement, quoique très sourd, était beaucoup plus proche que l'orage.

Mes yeux glissèrent jusqu'au couloir, derrière la porte ouverte de la chambre.

Quelque chose se cachait dans l'ombre. Des yeux, tels des charbons ardents.

Ren continua de grogner en sortant du voile de l'obscurité qui avait camouflé sa fourrure gris foncé.

Je tentai de parler, en vain. Mes doigts se refermèrent sur le bras de Shay. Il releva les yeux et sourit.

– Je t'aime.

À ce moment-là, Ren se ramassa sur lui-même et s'élança en avant, mettant Shay à terre.

Alors qu'ils roulaient au sol, les mâchoires de Ren se refermèrent sur le cou de Shay.

J'entendis le bruit de la peau qui se déchire, le craquement des os, et je fermai les yeux.

Lorsque je les rouvris, Ren avait repris forme humaine. Il était accroupi au-dessus du corps immobile de Shay.

Il se tourna vers moi.

– Je n'avais pas le choix, dit-il calmement. Tu es à moi.

– Je sais, chuchotai-je, sans bouger, alors qu'il s'approchait de moi. Je suis désolée.

Il se pencha et m'embrassa de ses lèvres encore humides du sang de Shay. Ce goût embrasa mes veines. Je gémis, l'attrapai par sa chemise et l'attirai vers moi. Du coin de l'œil, je voyais le cadavre de Shay qui miroitait, ne cessant de se transformer. De garçon à loup, de peau à fourrure, s'enfonçant dans une flaque de sang, dans une transformation continue. Jusqu'à ce que, enfin, il disparaisse de ma vue.

Mes yeux s'ouvrirent. J'agrippai mon ventre noué, ravalant la bile qui me montait dans la gorge. La pièce tourna plusieurs fois avant de se stabiliser. Je fixai le plafond de ma chambre ; mon exemplaire tout abîmé des *Garennes de Watership Down* était ouvert sur ma poitrine. En quête de réconfort, j'en avais lu quelques pages avant de m'endormir. Mon téléphone vibrait furieusement sur ma table de nuit. Je l'attrapai et je consultai l'écran. Shay Doran.

J'ai pressé le bouton pour répondre.

– Je serai là demain, Shay, marmonnai-je. J'ai besoin de passer une soirée seule.

Je raccrochai avant qu'il puisse répondre. Je n'aurais pas supporté d'entendre sa voix alors que les mots qu'il avait prononcés dans mon rêve résonnaient encore à mes oreilles.

Est-il amoureux de moi ? Est-ce que j'aimerais qu'il le soit ?

Un bruit de pas hésitants est parvenu à mes oreilles. Me tournant sur le côté pour faire face à la porte, je vis passer Ansel. Je me remis sur le dos, frottant mes yeux pleins de sommeil. Je m'étais effondrée sur mon lit à peine rentrée du lycée, m'écroulant sous le poids de la journée.

Le parquet craqua. Ansel repassa devant ma porte. Il jeta un regard nerveux dans ma direction avant d'accélérer le pas.

— Ansel, je ne suis pas le soleil ; arrête de tourner autour de moi et entre.

Il réapparut dans l'embrasure de la porte et avança pas à pas vers mon lit, anxieux.

— Tu te conduis bizarrement, dis-je, les sourcils froncés, en tapotant le dessus-de-lit. Assieds-toi.

Il s'assit au coin de mon lit en jouant avec les mèches de cheveux soyeux qui recouvraient ses oreilles.

— Tu as besoin d'une bonne coupe, lançai-je.

Il haussa les épaules.

— Bryn s'est mis en tête de me relooker. Elle dit qu'il faut encore les laisser pousser.

— C'est toi qui as voulu sortir avec elle. Tu l'as bien cherché. Avec un peu de chance, elle me laissera tranquille maintenant.

— Ça ne me dérange pas, rétorqua-t-il avec un sourire timide.

— Attends un peu, tu verras, marmonnai-je, envieuse de ces choses simples qu'ils pouvaient partager.

Son sourire disparut.

— Je dois te parler de Shay.

Je me suis redressée, méfiante, me demandant si j'avais crié pendant mon sommeil.

— Quoi ?

Il évitait toujours mon regard.

— Tu te rappelles, à midi, quand Sabine a dit qu'il avait l'air d'en savoir trop ?

Il est au courant. Bryn et Ansel étaient dans la grotte avec Ren – ils ont compris.

— Eh bien…, commença-t-il en examinant les broderies sur mes housses d'oreiller, il se pourrait que j'aie laissé échapper quelques trucs quand

415

nous sommes allés faire de l'escalade, il y a deux semaines.

Je ne savais pas si je devais me sentir soulagée ou horrifiée.

– Tu as laissé échapper quelque chose ?

– À vrai dire, pour être plus précis…

Il déglutit plusieurs fois.

– Il se pourrait que je lui aie expliqué certaines choses…

– Ansel !

Il leva enfin sur moi ses grands yeux navrés.

– Je suis désolé, Calla. Je n'ai pas pu m'en empêcher. On a passé beaucoup de temps ensemble, et c'est un mec super. Mais dès qu'il parle de toi, ses yeux se mettent à briller. Il est complètement accro. Et je me sentais vraiment mal, parce que je pensais qu'il n'avait aucune chance avec Ren dans les parages.

J'ai plissé les yeux et il s'est hâté de continuer.

– Alors j'ai essayé de lui expliquer que vous aviez une longue histoire commune, et que vous alliez vous mettre ensemble, et il n'arrêtait pas de poser des questions auxquelles je ne pouvais pas vraiment répondre sans révéler des choses. Sans que je m'en rende compte, je me suis retrouvé à lui parler des Protecteurs, de la meute et de l'importance de ton union avec Ren.

Il se tut, nerveux et à bout de souffle, attendant que ma fureur se déchaîne. Voyant que je ne me mettais pas à hurler, il se détendit.

– Tu sais, il n'était vraiment pas aussi surpris que je l'aurais imaginé.

– Oh, il lit beaucoup, dis-je, cette excuse me venant comme par magie. Je pense qu'il est plus

ouvert aux possibilités surnaturelles du monde
que la plupart des humains.

Ansel s'illumina et hocha la tête.

– Oui, il m'a prêté une BD, *Sandman*, c'est
génial.

Je m'effondrai sur mes oreillers.

– Je ne veux pas entendre parler de bandes dessinées. Est-ce que tu as discuté de tout ça avec
Bryn ?

– Non.

– Ansel ?

– Oui, bon, d'accord. Mais comment peux-tu
nous le reprocher ? demanda-t-il en s'allongeant
sur mon lit. Ce n'est pas notre faute, Calla. Nous
avions beaucoup de questions après notre excursion à Haldis avec Ren. On sait que tu y es allée,
et il y avait l'odeur d'un autre loup.

Je n'ai pas répondu. Il a rampé vers moi.

– Bryn et moi, on veut t'en parler depuis, mais
on dirait presque que tu nous évites. Elle a pensé
que ce serait mieux que je t'en parle tout seul.

– De la grotte ? Je ne voulais pas que vous ayez
des ennuis avec Ren.

– Pas que de ça. Vu tout le temps que vous
passez ensemble, et sa façon de se comporter,
comme s'il faisait partie de la meute, on se dit
qu'il s'est passé quelque chose entre vous. Non ?

Je restai silencieuse. Mon rythme cardiaque
s'accéléra.

Ansel ne dit rien. Puis il poussa un long soupir.

– Lorsque j'ai entendu parler de la bagarre
aujourd'hui, j'ai commencé à y voir plus clair. Je
veux dire, je ne connais pas très bien Ren, mais je
suis plutôt fin psychologue. Il n'est pas aussi sûr

de lui qu'il voudrait le faire croire, surtout quand il s'agit de toi.

Je me tournai vers lui, abasourdie. Ren, pas sûr de lui ?

En voyant mon expression surprise, il hocha la tête.

– C'est vrai. Ren a peut-être un comportement territorial, mais il est n'est pas bête. Il ne s'en serait pas pris à Shay comme ça, en pleine classe, s'il ne pensait pas qu'il y ait une possibilité que…

Il s'interrompit, comme s'il lui était trop pénible de continuer.

– S'il ne pensait pas que quoi ? demandai-je, les sourcils froncés.

Mon cœur battait à tout rompre.

La voix d'Ansel se fit murmure ; il me regardait attentivement.

– Que tu puisses être amoureuse de Shay.

Mon cœur finit de s'affoler. Je n'arrivais plus à respirer. J'ai fermé les yeux. *Le suis-je ?*

– Calla ?

Je l'entendis à peine par-dessus le rugissement de mes oreilles.

– L'as-tu transformé ?

Je me redressai, les ongles plantés dans un oreiller, déchirant le coton.

– Ce serait logique, dit-il d'une voix douce, en dessinant lentement avec ses doigts sur le couvre-lit. Tu voulais que Shay soit l'un des nôtres pour ne pas être obligée de vivre avec Ren. C'était lui, l'autre loup dans la grotte, n'est-ce pas ?

Je ne savais ni quoi faire ni quoi dire. La vérité ? Encore des mensonges ? Je ne voulais pas qu'Ansel et Bryn soient mêlés à tout ça. Ils avaient déjà essayé de me protéger en mentant à Ren. S'ils trahissaient volontairement les Gardiens, je ne pouvais imaginer le prix qu'il leur faudrait payer.

Je secouai vivement la tête, tellement inquiète pour lui que je mentis sans peine.

— Non. Ce n'est pas ce qui s'est passé. Tu sais que ce n'était qu'un loup solitaire. Je suis allée dans la grotte toute seule. Je suis désolée que tu l'aies découvert comme ça. J'aurais dû t'en parler plus tôt. Et te remercier de n'avoir rien dit. Ainsi que Bryn.

— Qu'est-ce que tu faisais là-bas? demanda-t-il, et je lus dans ses yeux qu'il n'était pas convaincu. Quel genre d'exploit essayais-tu d'accomplir?

— Je sais que c'était idiot, marmonnai-je. La curiosité m'a prise alors que je patrouillais seule. J'ai décidé de jeter un coup d'œil, mais je me suis enfuie quand j'ai senti l'araignée.

Il frissonna.

— Je me serais enfui aussi. Je n'avais jamais vu une chose pareille.

— Moi non plus, murmurai-je, perdue dans mes souvenirs de la bataille, d'Haldis, de Shay.

— Tu aurais vraiment dû nous le dire, me réprimanda-t-il. Ren était énervé. Il veut que nous travaillions ensemble.

— Je sais.

— Tu ne nous fais pas confiance? C'est vrai que beaucoup de choses ont changé à cause de la nouvelle meute, mais nous sommes toujours tes amis. On ne te laissera pas tomber, Calla.

— Je suis désolée, An.

J'hésitai un instant.

— Pourquoi pensais-tu que j'avais transformé

Shay? En dehors du fait que tu as senti un autre loup dans la grotte?

Ansel posa sur moi ses yeux gris, ses iris durs comme du silex.

– Parce que je me serais enfui avec Bryn si on m'avait dit que je ne pouvais pas être avec elle. Si elle n'était pas une Protectrice, je lui aurais tout dit, et j'aurais fui tout le reste de ma vie pour la garder près de moi.

Je l'ai regardé pendant un long moment puis j'ai lentement hoché la tête. *Il l'aime. C'est ça l'amour. C'est sûrement ça.*

– Merci de ne pas m'avoir crié dessus pour avoir dit ça, dit-il avec un sourire triste.

Je hochai à nouveau la tête, la boule dans ma gorge m'empêchant de parler.

– J'aimerais que tu me dises ce que tu ressens, Cal. Je veux seulement t'aider. Shay et Ren sont tous les deux des types bien; je ne te juge pas, quoi que tu penses. Tu dois suivre ton cœur.

J'ai grimacé.

– Ce n'est pas si simple.

– Bien sûr que si, répliqua-t-il, frustré. Bon sang, Calla, tu ne sais pas ce que c'est qu'aimer ou quoi?

J'ai gardé les yeux fixés sur le lit.

Peut-être que non. J'essaie simplement d'être forte. Et si être un alpha signifiait ne pouvoir aimer personne?

Lorsque je le regardai et qu'il vit le voile brillant couvrant mes yeux, il se décomposa.

– Je suis désolé. Je suis vraiment désolé. Je n'aurais jamais dû dire ça.

Je lui fis un pauvre sourire.

— Je t'aime, petit frère.

Je tendis les bras et je l'attirai contre moi.

Il blottit sa tête contre mon cou et je caressai ses cheveux cendrés emmêlés. J'aurais voulu tout lui avouer. Je me sentais si seule. Mais je ne pouvais pas prendre ce risque. Je voulais laisser ma meute à l'écart du danger aussi longtemps que possible.

— Et j'aime les membres de notre meute, murmurai-je, testant ces mots, sentant leur vérité, leur force. An, promets-moi que, quoi qu'il arrive, tu seras fort. J'ai besoin que tu protèges Bryn, que tu protèges la meute.

Il se tendit.

— De quoi parles-tu ?

— J'aimerais pouvoir te le dire, mais c'est trop risqué. Il y a trop de choses que j'ignore encore. Promets-le-moi, c'est tout.

Il hocha la tête, ses cheveux caressant mon menton.

— Je t'aime aussi, dit-il.

Trente

– Tu n'as pas dormi la nuit dernière non plus, pas vrai ? demandai-je en m'approchant du bureau de Shay à la fin de la première heure.

Il avait passé la plus grande partie du cours à se servir de ses bras comme d'oreillers. M. Graham ne l'avait pas dérangé, ou peut-être ne l'avait-il pas remarqué, puisqu'il avait eu assez de bon sens pour ne pas ronfler.

– J'ai travaillé sur la dernière partie. Je crois que j'ai bien avancé. Regarde.

Il sortit une feuille de sa poche. Je la pris et la glissai dans la mienne.

– Je regarderai ça plus tard, et on en parlera ce soir à la bibliothèque.

– D'accord, dit-il en se levant paresseusement. Tu veux que je sèche le cours de chimie ? Ce serait plus facile pour toi ?

Il n'ajouta pas « et pour Ren », mais j'ai eu un infime sourire en le voyant grimacer à cette pensée.

– Il ne sera pas là, rétorquai-je. Et même s'il était là, tu ferais mieux de te comporter comme s'il ne s'était rien passé. Tous les Gardiens nous surveillent... Ils préviendraient immédiatement

Logan s'ils voyaient que la situation est encore tendue.

— Ren ne sera pas là? répéta-t-il, les sourcils froncés. Il n'est pas… je veux dire, Logan n'a pas…

— Non, me hâtai-je de le rassurer. Ren essaie juste de décompresser… je crois. Il ne m'a pas donné de détails, mais il m'a fait savoir qu'il ne reviendrait que ce soir pour le bal.

Je soupirai et je m'assis à côté de lui.

— Ce que tu as fait hier… avec Logan, je ne peux assez te remercier. Tu as gagné le respect de toute la meute. Ça aurait pu être terrible pour Ren, pour nous tous.

Il commença à tendre les mains vers moi puis se ravisa, et les fourra dans ses poches.

— Oui, tu vois, parfois j'arrive à agir comme il faut, dit-il avec un sourire en coin. Tu vas t'excuser de m'avoir giflé?

— Non.

— C'est bien ce que je pensais.

La sonnerie annonçant le début de la deuxième heure retentit. Je me levai, regrettant qu'il se soit retenu de me toucher, sachant que si je ne sortais pas d'ici, c'était moi qui allais le faire.

Toute la journée, j'essayai de ne penser qu'à des sujets sans importance. Je me sentais à deux doigts de la crise de nerfs, ce que je ne pouvais me permettre. Heureusement, pendant tout le cours de français, Bryn me fit passer des dessins de coiffures possibles pour la soirée. Un sentiment de vide me fit mal au ventre alors que j'assistais, seule, au cours de chimie organique. Le cours était dispensé par un professeur remplaçant, et je me suis demandé si la séance de la veille avait poussé Mlle Foris à éviter le lycée pendant quelque temps, voire à démissionner sur-le-champ.

Puisqu'il n'y avait pas d'expérience à faire, je me concentrai sur les notes que Shay avait griffonnées. Sa frustration se manifestait dans l'agencement chaotique des mots et des expressions. *Scion, deux mondes, don? Qu'est-ce que le voile?* Après le fouillis de notes, il avait recopié un paragraphe qui, quoique confus, comprenait au moins des phrases entières.

Ceux qui ont attendu l'enfant de la moisson
Doivent décider de son sort
Pour recommencer, cherchez la croix
Pour garder le pouvoir, faites un don (??)

Sa ponctuation trahissait son irritation.

Deux mondes s'opposent, le Scion vit entre les deux
Lorsque le voile s'affine, le don (??) doit être fait
Au risque qu'un monde disparaisse et que l'autre demeure

Le reste de la page était couvert de questions et de diatribes contre ce passage obscur. Je le lus une seconde fois. Shay avait raison. À part la mention du Scion et le fait que la décision se ferait pendant le Samain, ce paragraphe n'avait aucun sens. Il était impossible qu'un autre événement soit prévu le soir de l'union. Je relus ces mots, les laissant imprégner mon esprit.

À midi, aucun loup ne protesta lorsque Shay

s'assit à notre table, d'autant plus qu'il avait intelligemment choisi de se placer entre Neville et Bryn plutôt qu'à côté de moi. Mais malgré sa présence, notre groupe souffrait d'un vide béant.

— Alors, tu as trouvé Ren? demandai-je à Dax.

Il poussa un grognement affirmatif.

— Et? insistai-je, agacée par cette réponse sommaire.

— Et il va bien, dit-il en engouffrant une tranche de pizza. Tu le verras ce soir.

Je regardai Fey. Elle jeta un coup d'œil à Dax, qui secoua la tête. Elle se tourna alors vers moi en haussant les épaules, avant de se laisser totalement absorber dans son déjeuner.

Je levai un sourcil, mais j'abandonnai le sujet.

À la fin des cours, il neigeait légèrement. Les flocons tourbillonnant derrière les grands vitraux de la bibliothèque de Rowan Estate faisaient onduler les tons rubis.

Shay tapait sur son cahier avec son crayon quand je me laissai tomber dans un fauteuil.

— Alors, ça va aller ce soir?

Je cherchai un stylo dans mon sac, évitant de le regarder.

— J'espère.

— Calla, dit-il d'une voix tendue, j'ai quelque chose à te dire, et je ne le dirai qu'une fois. J'ai vraiment besoin que tu m'écoutes.

Mes doigts se resserrèrent sur mon sac en toile.

— Shay…

Il m'interrompit d'un geste.

— Désolé, mais il le faut. S'il te plaît, regarde-moi.

J'ai levé les yeux. Il avait les mâchoires serrées.

— Je sais que je t'ai poussée à bout en te parlant de tes sentiments pour Ren et de ta loyauté envers les Gardiens. Ce qui s'est passé hier, d'abord avec Flynn, ensuite en cours de chimie, m'a fait réaliser que je vous mettais en danger, toi et les autres. Ce n'est pas ce que je veux.

Il se leva et s'approcha de l'énorme cheminée. Il observa le portrait de ses parents.

— Alors je vais arrêter. À partir de ce soir, je vous laisserai tranquilles, Ren et toi. Tu vas être avec lui. Je le sais, et je sais ce qui est en jeu maintenant que tu connais la vérité sur les Gardiens. Je ne veux pas te mettre plus en danger que tu ne l'es déjà.

— Shay, c'est…

— Je n'ai pas terminé, ajouta-t-il sans bouger ni me regarder. Je veux que tu comprennes que ça ne veut absolument pas dire que…

Ses épaules s'affaissèrent. Lorsqu'il reprit la parole, sa voix était rauque, voilée.

— Que je m'avoue vaincu. Tu sais ce que je ressens pour toi. Ça ne changera pas.

Je détournai les yeux, la gorge serrée.

— C'est vrai que nous serons plus en sécurité si tu prends un peu tes distances. Surtout le temps que tu ajustes tes instincts de loup. Quant au reste…

Mon cœur battait si fort que je m'entendais à peine parler. Lorsque je me tournai vers lui, il se tenait juste derrière moi, les yeux brillants comme le printemps.

— J'appartiens à Ren, dis-je à contrecœur, voulant que Shay m'embrasse et que le reste du monde disparaisse. Je ne peux rien faire contre ça.

— Tu n'appartiens qu'à toi-même, rétorqua-t-il avec calme. Et je suis prêt à attendre que tu le comprennes.

Secouée, je sortis les notes qu'il m'avait données ce matin, refusant de penser au peu de temps qu'il nous restait. Il regarda par-dessus mon épaule.

— Alors, qu'est-ce que tu en penses ?

— Rien de plus que ce que tu as déjà dit, dis-je en les lui tendant.

— Que signifie «l'enfant de la moisson», à ton avis ? demanda-t-il, les sourcils froncés.

— Qu'on a encore des recherches à faire.

— Attends, lança-t-il en poussant un livre devant moi. Je me suis dit que tu aimerais voir ça de tes propres yeux.

Je l'ouvris et je fixai la page manuscrite. *Les Annales d'Haldis.* Les dates inscrites au-dessous du titre correspondaient aux cinq premières années de ma vie.

— La mère de Ren ?

Il hocha la tête. Je feuilletai l'ouvrage en silence jusqu'à la bonne page. Shay resta assis tranquillement pendant que je lisais, même s'il s'agita lorsque je refermai le livre en essuyant les larmes sur mes joues.

— Mes parents étaient là. Les Gardiens ont envoyé les Nightshade à la poursuite des Chercheurs. Mais la meute ne savait pas... personne ne savait ce qui était arrivé à Corinne. Les Gardiens l'ont donnée à un spectre.

427

– Calla, dit-il en tendant la main vers moi.

Je reculai, secouant la tête.

– Ça va aller, esquivai-je en me dirigeant vers l'escalier en spirale qui menait au balcon. Nous avons du travail.

Environ vingt minutes plus tard, je revins les bras chargés de livres. Je les laissai tomber sur la table. Puis, prenant le plus gros de tous, je fis un faible sourire à Shay, et je me mis à lire.

Nous étions assis l'un à côté de l'autre. Le silence de la bibliothèque était rompu de temps à autre par le grattement d'un crayon sur le papier ou le froissement d'une page tournée. L'obscurité avait envahi la pièce. L'horloge sonna le passage d'une nouvelle heure.

Je relus le paragraphe sur les rituels de Sabbat que je venais de parcourir.

– Hé!

Shay se frotta les yeux et bâilla.

– Tu as trouvé quelque chose?

Je lus une autre page de l'ouvrage *Grands Rites*.

– Peut-être. Quand est ton anniversaire?

– Le 1er août, répondit-il sans relever les yeux.

Je tapai dans mes mains. Ce bruit le fit sursauter.

– Quoi?

Je bondis sur mes pieds, tournant sur moi-même pour fêter ma découverte.

– C'est toi! Tu es l'enfant de la moisson. Ce sont des termes interchangeables : le Scion et l'enfant de la moisson sont une seule et même personne.

– Qu'est-ce que tu racontes? Mon anniversaire est en plein été; l'enfant de la moisson ne devrait-il pas être né en automne, à l'époque des récoltes ?

— Non, répondis-je avec un grand sourire. C'est là que mes recherches interviennent. Puisque je m'informais sur le Samain, j'ai décidé de me renseigner sur les autres Sabbats. Le 1er août correspond à la moisson des Sorciers dans la Roue de l'Année. C'est toi l'enfant de la moisson, c'est sûr. On a enfin trouvé quelque chose !

Il me regarda, perplexe, puis contempla à nouveau les notes froissées que nous nous étions passées tout l'après-midi.

— Alors tout ça parle de moi. Ce passage... Ce qui va arriver pendant le rite du Samain.

Mon sourire disparut quand j'ai vu son visage inquiet.

— Oui, oui.

— Le Samain, murmura-t-il. C'est ce soir.

— Oui, dis-je en me mordant la lèvre. Mais il ne va rien se passer pour toi ce soir. C'est impossible. Les Gardiens sont concentrés sur l'union. Ils y assisteront tous. Ça n'a rien à voir avec le Scion ; le rituel de ce soir ne concerne que la nouvelle meute.

— La prophétie n'annonce que le jour, pas l'année, ajouta-t-il. Et les prophéties évoquent toujours l'avenir, n'est-ce pas ?

— Tu penses qu'il s'agit d'un événement lointain ?

— Sans doute, affirma-t-il en hochant la tête, les yeux pourtant inquiets. Au moins, c'est un progrès.

Il regarda sa montre.

— Tu n'as pas dit que Bryn passait chez toi à

429

cinq heures et demie pour t'aider à te préparer pour la grande soirée ?

– Si, pourquoi ?

– Il est six heures, m'annonça-t-il en me montrant sa montre.

– Elle va me tuer, m'exclamai-je en fourrant mes notes dans mon sac. On ne va pas avoir le temps de passer à la Lune de Sang.

– Je pensais que tu te préparais pour l'union.

– C'est le cas, mais la cérémonie a lieu près de l'endroit où se tient le bal. Tous les gens assistant à l'union vont s'y retrouver pour danser et boire quelques heures, et trinquer à notre santé. Les humains seront encore distraits par la fête quand nous partirons pour le rituel du Samain.

– Je vois, murmura-t-il.

Je ne voulais pas le quitter, mais il n'y avait rien à ajouter. Aucun rire partagé ne pourrait adoucir notre peine.

Je mis mon manteau et il hocha la tête. Son sourire ne pouvait dissimuler la tristesse de ses yeux.

– Bonne chance, Calla.

Trente et un

— Voilà, c'est le dernier, dit Bryn en tournant autour de moi pour m'inspecter.

— Pourquoi y a-t-il autant de boutons ? la questionnai-je, tout en me demandant comment j'arriverais à sortir de cette robe.

— C'est ce qu'on appelle un ornement, Calla. Ta mère les adore.

Elle pointa sur moi un pinceau pour ombre à paupières.

— Tu es sûre que tu ne veux pas de maquillage ? Je pourrais au moins te faire les yeux. Pour qu'ils ressortent vraiment.

— Non. Pas de maquillage, dis-je, m'interrogeant sur l'utilité de faire ressortir mes yeux ; ça me paraissait grotesque. J'ai accepté que tu me coiffes, mais je ne mets pas de maquillage.

Je luttais contre la nausée. La seule chose qui risquait de ressortir, c'était le contenu de mon estomac.

— Tu vas tout gâcher, s'exclama-t-elle en me donnant une tape sur la main, alors que j'essayais de tâter l'assemblage élaboré de boucles qu'elle avait adroitement empilé au sommet de mon crâne. Pas touche. Tu es vraiment sûre, pour les yeux ?

Je lui souris. Elle était éblouissante. Plus qu'éblouissante. Ses anglaises, qui lui arrivaient au menton, étaient coiffées comme à l'accoutumée, mais leurs reflets mordorés contrastaient avec le noir d'encre de sa robe de soie taille Empire, qui effleurait son corps comme si on l'avait tissée dans un ciel nocturne. Ce n'était pas juste. Bryn et les autres femelles Haldis iraient à l'union avec des parures subtiles, telles les prêtresses d'une noire déesse. Moi, je ressemblais à une pièce montée, et c'était la faute de ma mère.

— Ni les yeux ni les lèvres, rien, lançai-je en désignant ma robe qui touchait le sol. C'est bien suffisant. Si on en rajoute, je risque la combustion spontanée.

— Bien.

Elle rangea son matériel dans ce qui ressemblait à une grosse boîte à outils.

On frappa doucement à la porte. La voix étouffée et inquiète d'Ansel s'éleva.

— Vous êtes prêtes ? Mason a déjà appelé deux fois. Le reste de la meute pensait qu'on avait fini dans un fossé.

Je jetai un coup d'œil à Bryn.

— Tu avais prévu de faire une sortie théâtrale ?

— Non. Il peut entrer.

— OK, Ansel, m'écriai-je. On est prêtes.

Il ouvrit la porte. Bryn pivota sur ses talons hauts et le foudroya d'un sourire dévastateur. Il se figea sur place, pâlit, rougit violemment, puis pâlit à nouveau. Ses lèvres s'entrouvrirent, mais il n'en sortit qu'un bruit étranglé, et il abandonna toute tentative de discours, préférant la contempler.

Bryn traversa la pièce et lui prit les mains.

– Merci.

Elle effleura sa joue avec ses lèvres et commença à se retourner vers moi. Mais Ansel l'attrapa et l'embrassa. Elle fondit alors entre ses bras. Je détournai les yeux, me sentant ridicule de ressentir une telle jalousie à chaque fois que je les voyais ensemble. *Ils se sont trouvés et ils sont heureux. Peu importe si j'ai rencontré le bonheur et si je dois le laisser derrière moi.*

Après un moment gênant pendant lequel je contemplai mes chaussures, Bryn murmura :

– Nous continuerons cette conversation plus tard.

– Je n'ai rien entendu, dis-je, et maintenant je vais relever les yeux.

Ansel me sourit, la bouche maculée de rouge à lèvres.

– Tu ferais mieux de te débarbouiller, ajoutai-je en riant.

– Oh ! d'accord. Tu es superbe, au passage, lança-t-il avant de se rendre dans la salle de bains.

Bryn sautilla jusqu'à moi, cherchant son rouge à lèvres dans son sac, les joues roses, rayonnante, et j'eus envie de la frapper. Il y avait peu de chances que je rayonne de joie pendant la cérémonie.

Ansel réapparut à la porte et secoua les clés de voiture.

– Que la fête commence !

Nous regardions les danseurs qui tourbillonnaient de l'autre côté des portes-fenêtres séparant la salle de bal de la terrasse. La Lune de Sang était organisée par Efron Bane et se déroulait dans l'un de ses hôtels cinq étoiles, à la périphérie de Vail, une sorte de palais victorien à l'orée d'une forêt dense. Tout au fond de la salle, un orchestre de chambre jouait des valses. Les draperies de satin noir, les immenses fenêtres en verre coloré et des centaines de chandelles conféraient à la soirée une atmosphère digne de Halloween. Une sphère en papier presque translucide, teinte en rouge, entourait le lustre comme un cocon, baignant la salle de teintes ocre. Notre Lune de Sang à nous.

Sur une table décorée, le long d'un mur, étaient posés un énorme chaudron, dont s'échappait de la fumée de neige carbonique, ainsi que d'innombrables hors-d'œuvre et desserts délicieux. Protecteurs, Gardiens et humains tournoyaient sur la piste, vêtus de leurs plus beaux atours. De notre place, on avait l'impression de regarder un étalage de bijoux de pacotille aux couleurs vives.

— Ce n'est pas l'Éden, mais ça a l'air chouette, me dit Bryn en me faisant un clin d'œil. Dommage qu'on ne puisse pas y aller.

— J'ai déjà dit que j'étais désolée de mon retard, marmonnai-je.

— Je n'arrive pas à croire que tu aies donné des cours de soutien le soir de ton union, chuchota-t-elle avec un regard lourd de sous-entendus, en m'éloignant d'Ansel. Shay et toi devez vraiment aimer faire vos devoirs. D'ailleurs, tu n'as rien à me dire à ce sujet ? Des infos à partager avec Ansel et moi ?

— J'ai déjà dit à Ans que vous vous faisiez des idées. Il ne t'a pas fait passer *cette* info ?

— Je me disais que tu aurais peut-être une réponse différente pour moi. Tu sais, des confidences entre filles. Si tu veux cracher le morceau avant qu'on te mène jusqu'à l'autel, c'est le moment.

— Laisse tomber.

La seule mention de Shay me donnait envie de m'enfuir. À cause de l'union, j'allais le perdre, et pour moi, c'était tout perdre. Je n'étais pas d'humeur aux taquineries.

— Je ferais mieux d'aller voir si nous sommes dans les temps, dit Ansel en se détournant du flou coloré du bal. Oh, voilà Ren.

— Oh! s'écria Bryn en se précipitant derrière mon frère. Alors je viens avec toi.

Ignorant la subite douleur dans mon ventre, j'allai à sa rencontre, au bord de la terrasse. Son smoking était coupé près du corps ; la veste et le pantalon sombres contrastaient avec la chemise et la cravate grises. Je souris. Il s'agissait de ses couleurs de loup.

— Cette robe est une cérémonie à elle toute seule, Lily. Combien de temps t'a-t-il fallu pour l'enfiler ?

— Trop longtemps.

Je voulus attraper ma natte. Elle n'était pas là, et la nervosité m'a picoté la peau.

— Est-ce que ça va ? J'étais inquiète.

— Oui, dit-il avec un petit rire bas. Je n'aimerai jamais ce gamin, mais Dax m'a dit ce qu'il avait fait pour calmer Logan. Classe de sa part. Je lui suis redevable ; il est plus perspicace que je ne le pensais.

Je fis un petit bruit approbateur, me frottant les bras pour ne pas frissonner.

L'enfant de la moisson, le Scion. Le visage de

435

Shay est apparu devant mes yeux. *Tout ne parle que de lui.*

Ren me toucha doucement le bras, me sortant de mes pensées.

— Je sais que ce n'est pas ton style, mais tu es superbe. J'espère seulement que tu peux marcher sous toutes ces couches de tissu.

— Merci, répondis-je en passant le doigt sur sa cravate. Toi aussi.

— Bon, lança-t-il en plongeant la main dans sa poche. J'ai quelque chose pour toi.

— Quoi ? demandai-je, prise au dépourvu.

Pourquoi me faisait-il un cadeau ? Étais-je censée lui en offrir un moi aussi ?

Il rougit légèrement. Sa nervosité me fit battre le cœur plus vite.

— C'est juste…

Il se tut, s'éloigna de quelques pas puis revint près de moi. Finalement, il plongea ses yeux tendres et vulnérables dans les miens. Le souffle me manqua quand je vis les émotions mêlées, inhabituelles, sur le visage de l'alpha. Les mots d'Ansel me revinrent à l'esprit. *Il n'est pas aussi sûr de lui qu'il voudrait le faire croire, surtout quand il s'agit de toi.*

Il sortit son poing serré de sa poche. Il prit mon poignet et déplia ma main pour qu'elle forme une surface plane. Un objet frais tomba au creux de ma paume. Il retira ses doigts et recula comme s'il venait de me donner une grenade dégoupillée. Je baissai les yeux et retins mon souffle.

Une bague délicate était posée au milieu de ma paume. Un saphir ovale, lisse, poli, scintillait ; la pierre précieuse était montée sur un anneau argenté, magnifiquement ouvré en forme de tresse. Je regardai la bague en silence. Ma main se mit à trembler.

Ren gardait toujours ses distances.

– L'anneau est en or blanc, murmura-t-il. Il me fait penser à tes cheveux.

Je détachai mes yeux du bijou et les posai sur lui. Il me rendit mon regard, interrogateur. J'ouvris la bouche, mais la boule dans ma gorge m'empêchait de parler. Le tremblement de ma main s'étendit au reste de mon corps.

La déception envahit ses iris couleur charbon.

– Si elle ne te plaît pas, tu n'es pas obligée de la porter. Je me disais juste que ce serait bien que tu aies quelque chose avant l'union. D'après mon père, on n'offre habituellement pas de bague, mais je veux que tu saches que…

Il secoua la tête ; un grognement s'éleva de sa poitrine.

– Peu importe, ajouta-t-il, tendant le bras comme pour me reprendre la bague.

Je refermai rapidement les doigts et plaquai ma main contre ma poitrine. Il cligna des yeux, surpris par ce mouvement protecteur. Je réussis finalement à m'éclaircir la gorge, même si je ne reconnus pas la voix qui en sortit, tremblante, voilée.

– Elle est magnifique. Merci.

Il tient vraiment à moi. À nous. Cette soirée se déroulerait peut-être sans encombre, tout compte fait.

Mes yeux se mirent à me picoter et je regardai par terre. Je dépliai lentement mon poing serré et je glissai la bague à un de mes doigts.

– Je suis désolée de ne rien avoir pour toi.

Il s'approcha de moi et me prit la main, passant le bout du doigt sur la bague.

– Si, tu as quelque chose pour moi.

Bryn réapparut sur la terrasse, accompagnée de Dax.

– C'est l'heure, annonça ce dernier.

Ren hocha la tête ; il posa légèrement ses lèvres sur mon front avant de suivre son bêta dans l'escalier.

– Tu es prête ? demanda Bryn.

Elle me fit un grand sourire, mais je distinguai la note de peur dans sa voix.

– Je ne suis pas sûre que ce soit la bonne question à poser.

Je regardai la bague à nouveau. *Ma place est ici. J'ai toujours su quel chemin m'attendait. Maintenant je n'ai plus qu'à l'emprunter.*

– Sache que je serai juste derrière toi, dit-elle en me prenant le bras. Aucun membre de la meute ne laissera la situation dégénérer.

– Vous n'avez pas le droit de participer, rétorquai-je en la laissant m'entraîner dans la forêt.

– Tu crois qu'ils seraient capables de nous arrêter si tu avais des ennuis ? demanda-t-elle en me donnant un coup de coude, me soutirant un sourire.

– Merci.

– Et tu es magnifique, ajouta-t-elle.

– Je ressemble à une meringue.

– À une magnifique meringue.

Nos rires se transformèrent en nuages miniatures dans l'air froid de la nuit. Nous avancions dans l'obscurité, Bryn me guidant le long d'un sentier que je ne connaissais pas, de plus en plus profondément dans la forêt. Une fine couche de neige scintillait comme un tapis de diamants. Les bruits du bal s'atténuèrent puis disparurent. Je profitai de la sérénité de la neige immaculée, sachant que je la tacherais bientôt du sang d'une créature. Je levai les yeux vers la lune, me demandant à nouveau quelle serait notre proie lors de la mise à mort.

La Lune de Sang. La Lune du Chasseur. *C'est une nuit pour tuer*. Je laissai le clair de lune se déverser sur moi, espérant qu'il attiserait ma faim. Mais mes instincts étaient enfouis sous ma peur.

– C'est encore loin ? demandai-je, mais je vis la lueur des torches avant que Bryn ait pu répondre.

Des flammes dansaient derrière les grands pins qui encerclaient la clairière comme les barreaux d'une prison.

– Je dois y aller en premier, dit-elle en me serrant dans ses bras, m'abandonnant à l'extérieur du cercle. Naomi a dit que tu saurais quand venir. Tout va bien se passer. N'oublie pas, tu es la meilleure.

– Bien sûr.

Mais je ne me sentais pas du tout la meilleure ; j'avais l'impression d'avoir un morceau de pudding à la place de l'estomac.

– Et il paraît que les fiancées jouent souvent les divas dans ces cas-là, ajouta-t-elle en souriant. Alors si tu veux, tu peux le faire attendre un peu ; ça lui fera du bien.

– D'accord. À tout à l'heure.

– Je t'aime, Cal.

Elle m'embrassa sur la joue et s'éloigna en direction des torches.

Je la regardai partir, m'efforçant de calmer les battements de mon cœur, de ralentir mon souffle. Je ne faisais pas confiance à mes membres ; mon corps me semblait bizarre, déséquilibré, comme celui d'un poulain apprenant à marcher.

Calla, tu sais que tu dois le faire. C'est pour ça que tu as été conçue. C'est ce que tu es.

Alors pourquoi avais-je envie de m'enfuir ? N'aurais-je pas dû être attirée par mon destin ?

Je posai les mains sur mon visage, essayant de me calmer. Un battement de tambour régulier s'éleva, appelant les esprits dans le rituel. Prenant mes lourdes jupes dans ma main, j'ai commencé à me diriger vers la clairière, pour apercevoir ce qui m'attendait.

L'odeur me figea sur place. Je regardai autour de moi, paniquée. C'était impossible. Et pourtant, elle était reconnaissable entre toutes, cette odeur de pluie et de plantes tournées vers le soleil. *Shay.*

L'espace d'un instant, j'imaginai la cérémonie : Efron disant « Si quelqu'un s'oppose à cette union, qu'il parle maintenant ou se taise à jamais », Shay sortant de l'ombre et m'arrachant des bras de Ren.

Je suis en train de perdre la tête. J'essayai de chasser cette odeur et cette vision délirante. Cela ne pouvait pas être réel. Non seulement j'étais persuadée que personne ne pouvait s'opposer à l'union pendant le rituel, mais Shay ne serait pas là pour me sauver. Impossible.

Néanmoins, quand j'inspirai à nouveau, l'odeur était toujours là, m'appelant dans les ombres de la forêt, loin de la pinède. J'hésitai, déchirée entre l'obligation d'aller à la cérémonie et le besoin de savoir d'où elle venait, si elle existait vraiment. Je ne savais pas de combien de temps je pourrais repousser mon entrée.

Un nouveau son s'insinua entre les arbres. La voix de Sabine, douce et triste, perça la nuit. Une autre voix la rejoignit, celle de Neville. Leurs harmonies se sont entremêlées, parlant de bataille et de sacrifice, me rappelant que cette union n'était pas une question de sentiments, mais de devoir.

Le chant du guerrier. Il me restait un peu de temps. Je me détournai de la lumière des torches et je plongeai dans l'obscurité. L'odeur se renforça à mesure que je m'enfonçais dans les ténèbres, loin des flammes.

J'arrivai à un chêne massif, qui détonnait au milieu des pins. Je n'étais plus seule. Il y avait quelqu'un au pied de l'arbre.

Shay, à genoux devant l'arbre géant, avait les yeux bandés, la tête penchée, les mains liées derrière le dos. Ma gorge se serra.

Il leva le menton et inspira profondément.

– Calla ? Calla ? C'est toi ?

L'air afflua de nouveau dans mes poumons. *Lui aussi connaît mon odeur.*

Je me précipitai en avant, manquant trébucher sur mes jupons, et je me laissai tomber à côté de lui.

– Shay, qu'est-ce que tu fais là ? demandai-je en arrachant son bandeau, prenant son visage entre mes mains.

– Elle m'a amené ici. Je pense savoir pourquoi,

441

dit-il, son visage se vidant de toute couleur. Seulement je n'arrive pas à le croire.

– Pas à croire quoi ? Qui t'a fait ça ?

– Le mot dans la prophétie, ajouta-t-il d'une voix tremblante. Celui qui me posait problème.

– « Don », tu veux dire ? Quel est le rapport avec tout ça ?

Mais pourquoi diable parle-t-il du livre alors qu'il est attaché dans une forêt ?

Lorsque je prononçai le mot « don », il se mit à trembler.

– Oui, ce mot-là, répondit-il, son visage virant au vert.

J'eus peur qu'il ne vomisse.

– Ça ne signifie pas « don », Calla.

– Quoi, alors ?

Je libérai ses poignets, grimaçant en voyant la peau à vif.

– Ça signifie « sacrifice ».

Trente-deux

Tout se brouilla autour de moi et je crus que j'allais m'évanouir.

– Calla, dit Shay en me tenant les bras pour m'aider à me relever. Tu m'as entendu ? – Sacrifice ? répétai-je, ne sentant plus que le gouffre noir et glacial de la nuit qui voulait m'aspirer tout entière. Qui t'a fait ça ?

– Flynn. Elle est venue à la maison après ton départ. Elle m'a endormi. De l'éther, je pense que c'était avec de l'éther.

– En effet, dit une voix rauque, juste derrière l'arbre.

Lana Flynn apparut, à moitié dissimulée par l'obscurité, un sourire cruel aux lèvres, les dents fluorescentes dans la lumière pâle de la lune.

– Et maintenant tu as gâché la surprise, Calla. Tu ne sais pas que ça porte malheur si la fiancée voit sa proie avant la mise à mort ? Oh non, attends, ce n'est pas plutôt si Ren voit ta robe avant la cérémonie ? Quelle sotte je fais.

Un sacrifice. Notre sacrifice.

– Non, m'écriai-je, prise de frissons, en poussant Shay derrière moi. C'est impossible. Ils ne feraient pas ça.

Son sourire se courba comme un poignard crochu.

– Voyez-vous ça! Il semblerait qu'on m'ait caché des choses. Quelle plaisante surprise!

Elle contemplait mon expression choquée avec des yeux brillants de plaisir.

– Je t'avais prévenue qu'il ne fallait pas quitter le droit chemin, Calla. Peut-être comprendras-tu maintenant la réalité des choses. Renier te veut, ça ne fait aucun doute. Si tu acceptes de faire le sacrifice avec lui, peut-être pardonnera-t-il tes erreurs.

– C'est toi qui vas faire le sacrifice? demanda Shay en reculant et en nous dévisageant, Flynn et moi, le visage horrifié. Toi et Ren?

– Bien sûr, affirma Flynn. Pourquoi crois-tu qu'on fasse un tel cas de cette union? C'est toi qui vas nous divertir.

Lorsque je fis un pas vers Shay, il me montra les dents.

– Reste où tu es.

– Je jure que je n'étais pas au courant, murmurai-je.

La forêt me chuchotait de terribles secrets à l'oreille, me donnant le vertige. La conversation entre mes parents, l'insistance de ma mère pour que l'identité de notre proie soit gardée secrète, sa pâleur quand elle avait appris que je connaissais Shay.

– Je ne savais pas, dis-je en tombant à quatre pattes.

La tête me tournait. *C'est Shay. Le sacrifice n'est pas un événement isolé, il fait partie intégrante de l'union. Shay est notre proie.*

— Courage, petite, ronronna Flynn. C'est bientôt fini. Sois une brave fille et va dans la clairière. Ils t'attendent. J'amènerai Shay d'ici peu. Juste après que Ren aura embrassé la mariée.

Comme déclenché par ses mots, un chœur de loups s'éleva. Ma mère avait raison : je ne pouvais me tromper sur le sens des hurlements de la meute. Ils appelaient leur alpha. Mais ce son ne m'attirait pas ; je le trouvais simplement terrifiant, mortel. *Je ne suis plus l'une d'entre vous. Je ne permettrai pas que ça arrive.*

— Non, sifflai-je en me relevant difficilement. Nous partons. Maintenant.

Shay a eu un mouvement de recul et s'est collé contre un pin. J'ai senti son odeur de loup. Il luttait pour ne pas se transformer, déchiré entre la peur et la fureur.

— Je ne te ferais jamais de mal, dis-je. Tu dois me faire confiance.

Je t'en prie, Shay, crois-moi. Tu dois savoir à quel point je tiens à toi.

Il scruta la forêt, désespéré, cherchant une issue de secours.

— Shay, s'il te plaît, murmurai-je en lui tendant la main. Je t'aime.

Il se figea. Je ne savais pas ce qui m'effrayait le plus : ce que j'avais dit, ce qu'il allait dire ou ce qui se passait autour de nous. Une minute s'écoula, pendant laquelle je fus incapable de respirer.

— Je sais, répondit-il en prenant ma main. Partons d'ici.

Un bruit de craquement d'os, entre un cri et un sifflement, s'échappa de la gorge de l'infirmière Flynn.

— Vous n'irez nulle part.

Les ombres dans son dos se mirent à bouger, et ma peau se glaça. Si elle avait des spectres avec elle, nous n'avions aucune chance. Mais je me rendis compte que les formes sombres bougeaient en même temps qu'elle, comme attachées à ses propres membres. Ses épaules tressaillirent et elle sortit de l'ombre, d'immenses appendices en cuir s'écartant autour d'elle.

— Qu'est-ce que… ? commença Shay, les yeux exorbités.

Je me transformai en un loup blanc furieux et me mis à tourner autour du succube, ventre à terre. Elle rit et fit un petit geste du poignet. Un long fouet apparut comme par magie dans sa main et se déroula. La corde ondulait, comme si elle était une ombre, et non en cuir.

Je m'écartai d'un bond. Le fouet me toucha le flanc, et je glapis. Le choc sur ma peau n'était rien comparé à la vague de désespoir qui accompagna le coup.

J'étais paralysée par l'image de Ren attaquant Shay. J'entendais mes propres hurlements et le rire d'Efron. Des émotions poisseuses comme du goudron embrouillaient mon esprit, comme si elles se déversaient par l'entaille sur ma peau.

— Je n'ai peut-être pas la permission de te tuer, Scion, mais nous pouvons quand même jouer.

Flynn rejeta la tête en arrière et j'aboyai pour avertir Shay. Il roula sur le côté alors qu'un jet de flammes jaillissait de la bouche de Flynn, brûlant l'arbre contre lequel il s'était tenu quelques instants plus tôt.

Je fixai les yeux sur son fouet et sur son aura.

Je me tapis au sol puis je bondis. Mes mâchoires se refermèrent sur son poignet, broyant l'os, et elle poussa un hurlement de douleur. Je tournai la tête sur le côté, lui arrachant la main. Du sang jaillit sur le sol. Je tournai autour d'elle à toute vitesse, sentant l'odeur de ma fourrure roussie, alors que le jet de feu me poursuivait. Flynn hurla dans un langage que je n'avais jamais entendu, et je fus reconnaissante aux hurlements assourdissants des loups qui emplissaient l'air ; sans eux, les bruits de notre combat auraient alerté Gardiens et Protecteurs.

J'aboyai à nouveau sur Shay, regrettant de ne pouvoir parler. *Pourquoi ne se transforme-t-il pas en loup ?* J'avais besoin de son aide.

Il avait le regard fixé sur la main que j'avais relâchée par terre. Il fonça en avant et se saisit du fouet. Il pivota, et la longue corde tournoya dans les airs avant de s'écraser sur la poitrine de Flynn. Elle hurla à nouveau, les yeux exorbités, se tournant vers ce nouvel assaillant.

Le regard calme et déterminé de Shay parut la faire plus enrager encore que sa maîtrise de l'arme qu'il lui avait volée. Le fouet revint vers lui puis repartit dans la direction de l'infirmière, s'enroulant cette fois autour de son bras, au-dessus du moignon sanguinolent. Elle poussa un cri perçant et tira sur l'ombre qui se pressait sur son biceps comme une sangsue.

Shay serra les mâchoires et ramena vivement le fouet vers lui. Flynn perdit l'équilibre et tomba par terre. Je me jetai sur elle. Mes crocs s'enfoncèrent dans son cou, déchirant la chair tendre. Un bref gargouillis s'échappa de sa gorge, un nuage de fumée de ses lèvres entrouvertes, puis elle s'immobilisa. Je reculai et changeai de forme.

Shay contemplait le cadavre, silencieux. Je me suis précipitée vers lui et lui ai pris le bras.

– Ça va ?

Il hocha la tête.

– Qu'est-ce que c'était ?

– Un succube, mais un vrai, pas comme les statues de ton oncle. C'est une créature du monde des ténèbres qui peut être appelée par les Gardiens, comme les spectres. Mais les incubes et les succubes sont plus proches des mortels, nous pouvons les tuer. Comme tu peux le voir.

Je frissonnai, dégoûtée.

– Ils se nourrissent d'émotions ; c'est pour ça qu'elle essayait toujours de nous mettre mal à l'aise. J'aurais dû m'en douter.

Shay déroula le fouet du bras de Flynn.

– Et de quoi se nourrissent les spectres ?

– De la souffrance, répondis-je en regardant le fouet dans sa main. Indiana Jones, hein ?

Il sourit et hocha la tête en l'enroulant sur lui-même.

– Tu t'es choisi un bon modèle. Prends-le avec toi, je crains que nous n'en ayons besoin.

Je touchai son visage, soulagée qu'il n'ait pas été blessé.

– Pourquoi n'as-tu pas changé de forme ?

– Je croyais que je n'avais pas le droit.

– Je ne pensais pas avoir besoin de préciser que tu avais le droit de changer de forme si nous étions attaqués par une garce cracheuse de feu, dis-je en lui donnant un petit coup de poing sur le bras.

— C'est noté, garce cracheuse de feu égale transformation en loup, lança-t-il en agitant le fouet. De toute façon, j'ai plus l'habitude d'utiliser ceci que mes crocs.

— C'est vrai.

Les hurlements des Protecteurs s'élevaient toujours vers la lune. Combien de temps m'appelleraient-ils avant de venir me chercher ?

— Nous devons décamper. Avant qu'ils comprennent ce qui s'est passé.

— Mais on ne va pas pouvoir leur échapper, si ? Même en se transformant en loups ? demanda-t-il en regardant comme moi les torches vacillant au loin.

— On doit essayer, dis-je en commençant à m'éloigner.

— Attends, interrompit-il en me prenant le bras et en me tournant vers lui. Calla, tu le sais, n'est-ce pas ?

— Quoi ? demandai-je, prisonnière de ses yeux mystérieux.

— Que je t'aime aussi.

Les yeux pleins de larmes, je me transformai en loup et lui léchai les doigts avant de m'enfoncer dans les bois.

Trente-trois

Nous avancions dans le labyrinthe de pins. Les bois s'étaient éclaircis ; les rayons de lune dessinaient des colonnes de lumière fantomatique qui transperçaient les ténèbres.

Shay courait si près de moi que sa fourrure effleurait la mienne. *Où allons-nous ?*

Où est Haldis ? Où est le livre ? demandai-je en remuant les oreilles. Les hurlements avaient cessé, et la forêt baignait dans un calme terrifiant.

Chez moi. Je décelai la peur dans sa réponse. *Nous devons aller les chercher, n'est-ce pas ?*

Ce sont les seuls indices qu'il nous reste. J'aurais voulu que la forêt revienne à la vie, me rassure avec ses bruits familiers. Mais il n'y avait rien, que du vide. *Et vu que les Gardiens veulent mettre la main dessus, nous devons les emporter aussi loin que possible.*

Où ça ? Où irons-nous ?

Je ne sais pas. Mon univers était sens dessus dessous ; je ne possédais aucune réponse. *N'importe où ailleurs qu'ici.*

Je pourrai vivre avec. On ne peut pas dire que cet endroit me réussisse très bien.

Je lui mordillai le flanc, joueuse, contente qu'il essaie encore de faire de l'humour. Même après

450

les horribles événements qu'il avait vécus ce soir, il tentait d'alléger mon cœur.

On les a semés? demanda-t-il en sautant par-dessus un tronc tombé à terre. *Je ne les entends plus hurler.*

Mon sourire intérieur s'envola à ce rappel du silence de la nuit, et je frissonnai.

Continue de courir.

Du coin de l'œil, j'aperçus un bref mouvement dans l'ombre. Ne sachant ce que c'était, j'accélérai. La neige tournoyait autour de moi.

Calla! Le cri d'alarme de Shay retentit dans mon esprit alors qu'une forme massive sortait d'entre les arbres et se jetait sur moi.

Le souffle coupé, je me suis effondrée dans la poudreuse. Mon assaillant et moi avons roulé et roulé jusqu'à ce que je me retrouve sur le dos, clouée au sol. L'instant d'après, le visage humain de Ren apparut au-dessus de moi.

Abasourdie par l'apparition de l'alpha, toujours vêtu de son smoking, la cravate desserrée et la chemise froissée, je repris ma forme humaine et je le dévisageai.

Ses doigts s'enfonçaient dans mes épaules, me retenant contre le sol.

– On m'a envoyé te tuer, Calla. Te tuer et ramener Shay. Tu peux m'expliquer pourquoi? demanda-t-il d'une voix brisée, terrifiée.

– Ren, dis-je d'une voix tremblante, laisse-moi t'expliquer. Je peux tout t'expliquer.

Avant que je puisse continuer, un grognement s'éleva. Toujours en loup, Shay avançait vers nous, ses yeux vert pâle fixés sur Ren, ses crocs aiguisés comme des lames de rasoir. Ren fronça les sourcils, puis écarquilla les yeux et pâlit. Je me tendis, m'attendant à ce qu'il se transforme immédiatement et attaque Shay, mais il n'en fit rien. Il se releva brusquement et s'éloigna de moi, ses yeux passant de mon visage au nouveau loup.

– Tu l'as transformé.

Sa voix craqua.

Il trébucha comme s'il était aveuglé et tomba contre le tronc épais d'un pin. Ses doigts se plantèrent dans l'écorce.

Shay se ramassa sur lui-même, prêt à attaquer. Je me relevai et je me plantai devant lui, lui bloquant le passage.

– Non, Shay! Arrête! Je dois parler à Ren seule à seul. S'il te plaît.

– Pas question, dit-il, humain à nouveau, sans quitter Ren des yeux, ses canines reflétant la lueur pâle de la lune.

– Ça va aller. Juste quelques minutes, c'est promis. Maintenant, va-t'en, répétai-je en désignant la direction dans laquelle je souhaitais qu'il parte.

– Tu es folle? rugit-il. C'est l'un d'entre eux, Calla.

– Non. Il ne me fera pas de mal.

J'en étais certaine.

– Cours, je te rattraperai.

Il commença à protester, mais je le coupai.

– Maintenant, Shay. Les autres ne doivent pas être loin.

Après une hésitation, il disparut dans les bois.

Je titubai vers Ren dans la neige épaisse. Il avait les yeux fermés; ses mains saignaient là où l'écorce rugueuse avait écorché sa peau.

– Ren, regarde-moi, s'il te plaît.

Il garda les yeux fermés.

– Je le savais. C'est ce que tu veux. C'est lui que tu veux.

Il ouvrit lentement les yeux. La douleur qui se reflétait dans ses iris sombres me perça au cœur.

– Cette odeur… Il était avec toi dans la grotte. C'est lui, le loup solitaire.

– Ren, ils voulaient qu'on le tue ! m'écriai-je. Les Gardiens voulaient le sacrifier ce soir. C'est lui notre proie.

Il resta silencieux un moment, et je sus qu'une partie de lui voulait tuer Shay. Tous ses instincts d'alpha le poussaient vers cette conclusion, me posséder et détruire l'usurpateur, surtout maintenant qu'il était l'un d'entre nous. Mais une autre partie de lui, et j'espérais qu'elle l'emporterait, savait que tuer Shay n'était pas bien.

– Impossible, dit-il finalement en secouant la tête. Pas après ce qu'ils nous ont demandé. Nous avons veillé sur lui ; c'est tordu.

– C'est la vérité, m'exclamai-je, soulagée. Shay m'a accompagnée dans la grotte et il a tué l'araignée. Mais elle m'avait mordue et j'ai dû le transformer. Je serais morte sans le sang de la meute. Nous n'avions pas le choix.

Je préférai ne pas imaginer la souffrance qu'il devait endurer en apprenant que je lui avais caché tant de choses, depuis si longtemps. Que j'aimais avoir Shay à mes côtés, sous forme de loup, courant avec moi. Tous ces secrets et ces mensonges, s'élevant de l'inconnu, l'encerclant comme des vautours.

– Calla, qu'est-ce que tu racontes, bon sang ?

Pourquoi es-tu allée dans la grotte avec lui ? Ça n'a aucun sens. Pourquoi les Gardiens nous demanderaient-ils de le tuer ?

— Shay n'est pas un humain comme les autres. Il est spécial.

Ces mots le firent grimacer, mais je continuai.

— Il est le Scion, un être que les Gardiens considèrent comme une menace. Il remplit un rôle dans une prophétie dont les Gardiens ont peur.

— Quelle prophétie ? Calla, si nos maîtres le voient comme une menace, pourquoi l'aides-tu ? rugit-il. Nous obéissons aux ordres des Gardiens. Nous protégeons les sites.

— Non. Ou du moins, nous ne devrions pas. On nous a menti, dis-je en le prenant par les bras. J'ai lu *La Guerre de tous contre tous*, Ren. Shay l'a trouvée dans la bibliothèque de son oncle et je l'ai lue.

Ren écarquilla des yeux apeurés et fascinés.

— Tu as lu le texte des Gardiens ?

— Ils nous ont menti, à nous tous. Ils ne sont pas ce qu'ils prétendent être, et nous ne sommes pas leurs loyaux soldats. Nous sommes leurs esclaves. Dans le passé, des Protecteurs se sont rebellés, ont résisté. Nos ancêtres ont essayé de prendre un autre chemin, mais les Gardiens les ont tués pour les punir. Tout est là, dans l'histoire qu'on nous a interdit d'apprendre.

« Je ne peux plus vivre comme ça, continuai-je, les joues baignées de larmes. Je déteste ce qu'ils nous font subir. Ce qu'Efron fait à Sabine. Ce qui pourrait arriver à Mason, à Ansel, à Bryn… à n'importe lequel d'entre nous. Je ne veux plus me soumettre, Ren. Je suis une alpha. »

Je me suis accrochée à lui, en larmes, enfonçant mes poings dans sa poitrine.

– Calla, murmura-t-il d'une voix rauque. Si c'est à cause de ce qui s'est passé dans la montagne, je suis désolé. Je ne voulais pas te faire de mal. Je ne veux pas te dominer. Tu es ma compagne et je respecte ta force. Je l'ai toujours respectée.

Il se tut et inspira profondément.

– Je ne suis pas comme mon père.

Pas encore. Je ne pouvais faire taire mes craintes à propos d'Émile et de ce que ma mère m'avait dit sur l'alpha Bane. *Ren peut-il être vraiment différent ?*

– Ça n'a plus d'importance désormais. Je m'en vais. Je dois aider Shay à partir d'ici. Je ne le laisserai pas mourir.

– Pourquoi ? cracha Ren. En quoi mérite-t-il que tu risques ta vie pour lui ?

– Il est le Scion, murmurai-je. Il est peut-être le seul à pouvoir nous sauver. Nous tous. Et si nos vies nous appartenaient ? Et si nous n'étions plus obligés de servir les Gardiens ?

Ren me prit dans ses bras et me serra contre lui.

– Je ne sais pas comment te croire. Qu'y aurait-il d'autre ? C'est ce que nous sommes.

– Ce n'est pas pour ça que c'est bien. Tu sais que je n'abandonnerais pas ma meute si je n'y étais pas obligée. Si ce n'était pas le seul moyen de les aider.

Il me regarda dans les yeux, tendu et incertain.

– Nous avons peu de temps. Tu as beaucoup d'avance sur les autres ?

Il regarda dans la direction d'où il était arrivé.

– Ça a été le chaos quand ils ont découvert le

corps de Flynn ; j'ai senti ton odeur et je suis parti. Les autres étaient en train de se regrouper. Enfin, la meute de mon père. Les aînés Bane.

Il se tendit et le froid envahit mes membres.

– Et les Nightshade ?

– On les a arrêtés pour les interroger.

Il me rattrapa au moment où j'allais m'effondrer. Des images affreuses envahirent mon esprit. Ma meute. Mon frère. Les spectres. L'estomac retourné, je crus que j'allais vomir.

Ses bras puissants me soutinrent tandis que j'essayais de récupérer les forces qui m'avaient abandonnée.

– Que savent-ils, Calla ? chuchota-t-il.

– Rien. Aucun d'entre eux ne sait qui est Shay ou ce que j'ai appris. Je ne voulais pas les mettre en danger.

Je chassai mes pensées morbides.

– Si quelque chose leur arrive, ce sera ma faute. Tu dois les protéger. Toi seul en es capable.

– Non, si tu as des ennuis, je t'aiderai. Je viens avec toi.

Il serra les dents.

– Même si ça implique de protéger Shay, ajouta-t-il.

– Tu ne peux pas venir. Tu dois retourner là-bas. Créer une diversion pour nous faire gagner du temps. S'il te plaît, Ren.

Il inspira et me dévisagea. Je soutins son regard, essayant de mettre de la force dans ma voix.

– J'ai besoin que tu le fasses. Dis-leur que nous nous sommes battus, que tu m'as blessée et que je me suis enfuie, mais que Shay n'était pas avec moi, que je t'avais mené sur une fausse piste.

C'est lui qu'ils veulent; ils te suivront si tu les emmènes dans une autre direction.

J'avais autant de mal à dire ces mots qu'il devait en avoir à les entendre.

Il me regarda d'un air triste mais résigné.

– Et où iras-tu?

– Je ne sais pas, répondis-je, incapable de dissimuler ma peur.

– Ne fais pas ça, s'il te plaît, murmura-t-il. Rentre avec moi. Nous irons parler à Logan; il y a forcément une explication. Les Gardiens ont besoin de nous; nous sommes les alphas. On trouvera une solution. Ils ne te feront pas de mal. Je les en empêcherai.

– Mon statut d'alpha n'a aucune importance. Ren, écoute-moi. Il ne s'agit pas que de Shay, ce n'est pas que ça. Tu dois connaître la vérité. Ce ne sont pas des Chercheurs qui ont tué ta mère; ce sont les Gardiens.

Il me dévisagea.

– Nous avons trouvé des archives à Rowan Estate, l'histoire des meutes de Vail. Ta mère s'était alliée aux Chercheurs et elle a dirigé une révolte des Protecteurs quand tu étais bébé. C'est pour ça qu'elle a été exécutée.

– Impossible, souffla-t-il.

– C'est la vérité. Je l'ai lu moi-même. Les Gardiens ont tué ta mère. Je suis vraiment désolée.

– Non, s'exclama-t-il en fermant les yeux et en secouant la tête. Ce n'est pas vrai. C'est impossible.

– Aide-moi. S'il te plaît.

Au loin, un hurlement retentit, puis un autre. Je frémis.

— Je n'ai plus le temps. Que vas-tu faire ?

Il ouvrit les yeux lentement, leva la main et toucha ma joue.

— Je ferai ce que tu veux.

— Je te dois la vie, dis-je en embrassant sa paume. Dis-leur que nous nous sommes battus mais que Shay n'était pas là. Il n'a plus son odeur humaine. Ils ne pourront pas le pister, maintenant qu'il a une odeur de loup qu'ils ne connaissent pas.

— Dis-moi que tu reviendras pour la meute, ajouta-t-il, les yeux brillants de larmes. Pour moi. Je ne veux pas te perdre.

Je ne pouvais pas répondre. Des larmes emplirent mes yeux et je m'écartai de lui. Mais il me prit dans ses bras.

— Est-ce que tu l'aimes ? demanda-t-il en me regardant dans les yeux.

— Ne me demande pas ça, murmurai-je, les lèvres brûlantes après l'aveu que j'avais fait à Shay, après cette trahison. Ce n'est pas une question d'amour. C'est une question de survie.

— Non, Calla, rétorqua-t-il à voix basse. Ce n'est qu'une question d'amour.

Alors, il m'embrassa. Ses lèvres se posèrent sur les miennes en une douce caresse, ses mains coururent sur mon corps, chaque mouvement me suppliant de ne pas le quitter. Il pensait qu'il ne m'embrasserait plus jamais, je le savais. Une partie de moi voulait rester là, se raccrocher à lui, persuadée que nous étions faits l'un pour l'autre, que nous allions parfaitement ensemble. Mais une autre partie me poussait à partir, s'enfuyait déjà dans la forêt, poursuivant un destin inconnu.

Je réprimai un sanglot lorsque Ren me relâcha et me repoussa.

Le loup gris charbon regarda une dernière fois derrière lui avant de disparaître entre les arbres. Je trouvai la piste de Shay et je m'élançai dans la neige. Derrière moi, j'entendis le hurlement solitaire d'un loup. Son écho s'éleva vers la lune, empli de souffrance et d'un sentiment de perte irréparable.

Trente-quatre

Shay courait dans les jardins de Rowan Estate lorsque je le rattrapai.

Je lui mordillai le talon. *Tu es rapide. Je suis impressionnée.*

De la neige scintillante le recouvrait. Il s'arrêta et se retourna vers moi. *Est-ce que ça va ?*

Je vais bien, répondis-je en le dépassant. *Ne t'arrête pas, nous devons nous dépêcher.*

Que s'est-il passé avec Ren ? demanda-t-il en m'emboîtant le pas.

Il va nous faire gagner un peu de temps.

Nous avons filé entre les haies sculptées et les fontaines en marbre, taries.

Tu es sûre que tu peux lui faire confiance ?

J'entendis de la colère sous cette question.

Oui. Ne t'inquiète pas pour ça, inquiète-toi seulement de nous sortir d'ici. On n'est pas encore tirés d'affaire.

Nous reprîmes tous les deux notre forme humaine en atteignant les marches du manoir. Shay ouvrit la porte, me prit la main, et nous courûmes dans l'escalier. Nos pas résonnaient dans les couloirs vides alors que nous nous précipitions dans l'aile est, jusqu'à sa chambre. Le clair de lune se déversait par les grandes fenêtres ; des

ombres longues et grêles montaient et descendaient sur les murs, formant comme des flaques
d'encre sur le sol en marbre pâle. Tous mes
nerfs hurlaient, mais je réussis à ne pas sursauter quand nous passâmes devant les sculptures
d'incubes.

Shay poussa la porte de sa chambre.

– Bon, prenons ce dont nous avons besoin, et
fichons le camp.

Il sortit un sac de randonnée de son placard
tandis que je faisais les cent pas près de la porte.
Les mains pleines de vêtements, il s'interrompit
et me regarda.

– Tu veux m'emprunter un jean et un pull ?
Ils seront trop grands mais ce serait sans doute
mieux que ta robe, dit-il en me détaillant des
pieds à la tête. En revanche, tu vas devoir garder
tes chaussures. Désolé.

Les joues brûlantes, je regardai ma robe, dont
le bas était maculé de neige fondue et presque
noir à cause de la terre de la forêt.

– C'est bon, je porte des ballerines, elles ne
me font pas trop mal. Mais oui, je veux bien me
changer.

Il m'observa pendant un long moment, et la
chaleur s'étendit de mes joues à mon corps entier,
telles des petites flammes léchant ma peau.

Finalement, il s'éclaircit la gorge et me lança
un jean et un pull noir en laine d'agneau.

– Tiens, ceux-là ne sont pas très grands. je…
euh… Je vais tourner le dos pendant que tu te
changes.

– D'accord, murmurai-je en me contorsionnant pour déboutonner ma robe.

Après trois tentatives ratées, j'ai poussé un juron, me demandant comment Bryn avait pu croire que j'arriverais à m'extraire de cette robe. Alors, je pensai à Ren, et je rougis, partagée entre la culpabilité et des désirs contraires.

– Ça va ? demanda Shay sans se retourner.

Mon cœur se mit à tambouriner dans ma poitrine.

– J'ai besoin que tu m'aides à déboutonner ma robe.

Je ne pouvais pas le voir, mais j'imaginais aisément son expression abasourdie.

– C'est une création de ma mère et Bryn m'a aidée à l'enfiler. Il y a un million de boutons minuscules, que je n'arrive pas à attraper. Est-ce que tu voudrais bien me donner un coup de main, qu'on puisse s'en aller, s'il te plaît ?

– Euh, d'accord.

Il s'approcha de moi. Je lui tournai immédiatement le dos.

Il en avait défait la moitié lorsque je l'entendis inspirer rapidement.

– Quoi ? demandai-je en me tournant légèrement, sans pour autant réussir à apercevoir son visage.

– Tu ne portes pas de soutien-gorge, dit-il d'une voix essoufflée.

– C'est un corsage fait sur mesure. Le soutien-gorge est intégré. Je t'en prie, Shay, enlève-moi cette fichue robe !

Il ne dit rien pendant un moment et continua à la déboutonner. Puis il se mit à rire.

– Quoi encore ? m'emportai-je.

– Ce n'est pas exactement comme ça que

462

j'imaginais le moment où tu me demanderais de te déshabiller, ajouta-t-il doucement.

– Que tu imaginais quoi?

J'ai essayé de m'éloigner de lui, mais il tenait fermement le dos de ma robe, désormais ouvert.

L'une de ses mains relâcha le vêtement et glissa sur ma taille, tandis que l'autre touchait la peau nue entre mes omoplates et descendait lentement le long de ma colonne, jusqu'au creux de mes reins. Je frissonnai et fermai les yeux. Il posa les lèvres sur la courbe de mes épaules. Une chaleur apaisante apparut à l'endroit de ce doux baiser, puis s'étendit à mes épaules, et se déversa dans tous mes membres. Le reste du monde disparut, comme chaque fois qu'il me touchait.

Sa main se faufila sous mon corsage desserré, jusqu'à mon ventre nu. Il m'attira à lui. Je sentais chaque centimètre de son corps collé au mien, la force de son désir égale à la mienne. Ses doigts continuèrent à descendre plus bas. J'en eus le souffle coupé. Mes yeux se posèrent sur le lit, si proche. Il aurait facilement pu me porter jusque-là.

On ne peut pas. Pas comme ça, pas avec tout ce qui se passe.

– Non, murmurai-je, ma tête et mon corps luttant l'un contre l'autre. S'il te plaît, non.

Je me dégageai, combattant le flux d'émotions que ses gestes provoquaient en moi, voulant éteindre le désir déchirant qu'il avait créé en moi. Le visage des membres de ma meute défila devant mes yeux fermés. Des visages que je craignais de ne jamais revoir. Le visage de Ren. Je déglutis, serrant mon corsage contre moi.

– Ah oui. Je me rappelle. Pas de baiser, sinon je risque de perdre un membre. Désolé, je me suis laissé emporter.

Il se remit à l'œuvre de façon beaucoup plus chaste.

Je m'éclaircis la gorge, voulant paraître plus assurée que je ne l'étais en réalité.

– Ce n'est rien. Il faut juste qu'on se dépêche. Pas de distractions.

Il ôta ses mains du tissu.

– Tu devrais réussir à l'enlever maintenant. Je vais t'attendre dans le couloir.

– C'est sans doute une meilleure idée.

Je me suis tortillée pour sortir de la montagne de tissu, puis j'ai enfilé avec soulagement le jean et le pull de Shay et j'ai tressé mes cheveux, les attachant avec un ruban arraché à ma robe.

Un léger craquement me parvint aux oreilles, comme de la glace en train de se fendre. Mon pouls s'accéléra.

– Calla, dit Shay depuis le couloir, sans ta nudité pour me distraire, je me suis souvenu que nous avions de gros ennuis. Dépêche-toi, s'il te plaît.

– Je suis prête.

Je pris le texte des Gardiens sur la table de nuit et quittai la pièce, le jetant dans le sac de vêtements choisis à la hâte.

– Haldis? demandai-je.

– Déjà dedans, répondit-il en tapotant le sac. Il était caché au fond de mon placard.

– Fichons le camp.

Je lui pris la main et nous partîmes en courant.

En arrivant dans le couloir principal, je me figeai. Il s'arrêta lui aussi.

– Que se passe-t-il ?

Je pivotai, regardant les fins éclats de marbre qui jonchaient le sol.

– Où est la statue ? L'incube ?

– Quoi ? demanda-t-il d'une voix rauque.

Un bruissement, comme le vent soufflant dans un tas de feuilles mortes, s'est élevé au-dessus de nous. Je relevai les yeux.

L'incube me souriait, dépliant ses ailes et décrochant ses griffes du plafond.

– Cours !

Je poussai Shay en avant et je me transformai en loup. Une seconde plus tard, un loup mordoré courait à mes côtés.

Nos griffes raclaient le sol en marbre. Quelque chose passa en sifflant au-dessus de mon épaule et la lance de l'incube atterrit à quelques pas devant moi. Le bruit de battements d'ailes emplit mes oreilles. Shay jeta un coup d'œil par-dessus son épaule.

Il y en a plusieurs.

Combien ?

Une autre lance passa au-dessus de nous.

Je ne sais pas.

Nous arrivâmes en haut de l'escalier, et je glapis. Une chimère était tapie un peu plus bas sur les marches. Sa queue serpentine s'agitait de façon hypnotique, tandis qu'une langue fourchue jaillissait de sa gueule de lion rugissant, sa crinière de serpent fendant les airs. Ses centaines de dents aiguisées luisaient. Deux succubes flottaient au-dessus d'elle. Ils poussèrent un cri perçant en nous voyant. L'un tendit son arc et décocha une flèche droit sur moi. Je roulai sur le côté pour l'esquiver et je me relevai. Je me mis à courir le long du balcon, Shay sur les talons.

Je me précipitai dans le couloir menant à l'aile ouest. Des soupirs se firent entendre, comme si plusieurs personnes avaient relâché leur souffle au même instant. Je m'arrêtai brusquement. Un long gémissement souffreteux résonna autour de nous, de plus en plus fort, s'élevant vers le plafond dans un brouillard épais.

Qu'est-ce que c'était? La terreur dans la question de Shay était aussi stridente que des ongles grinçant sur un tableau noir.

Oh mon Dieu! J'ai reculé en toute hâte alors que deux bras, puis un corps se laissaient tomber des immenses portraits pendus aux murs.

La créature se releva brusquement et se dirigea tranquillement vers nous, poussant des gémissements continus, de plus en plus désespérés. Tout le long du couloir, des corps sautèrent des tableaux, jusqu'à ce qu'on n'entende plus que leurs pas traînants sur le sol de pierre. Des dizaines de créatures gémissantes, à la démarche maladroite et saccadée, s'avançaient vers nous.

La première d'entre elles émergea du couloir sombre. La lueur de la lune l'éclaira. Je poussai un cri, vacillante. Malgré ses traits affaissés et son expression vide, je l'aurais reconnu entre mille. C'était le Chercheur que j'avais livré à Lumine et Efron pour qu'ils l'interrogent. Mes muscles tressaillirent et je crus vaciller.

Calla! Le cri de Shay me ramena à moi. *Qu'est-ce qui se passe ? C'est quoi, ces créatures ?*

Je ne sais pas, mais elles sont trop nombreuses, dis-je, incapable de dissimuler ma panique. *On ne peut pas les combattre.*

Shay me dépassa en courant, changeant de forme.

– Viens !

Il se jeta contre la porte de la bibliothèque, qui s'ouvrit, et je le suivis dans la pièce obscure. Dès que je fus entrée, il la claqua et la verrouilla. Il se cogna le front contre le bois, haletant. Les succubes hurlaient de l'autre côté de la porte.

– Bon sang, chuchota-t-il.

Je changeai de forme.

– Je sais. On doit trouver un moyen pour sortir d'ici.

– Ce n'est pas ça, Calla, dit-il en secouant la tête.

– De quoi est-ce que tu parles, Shay ?

– La porte, murmura-t-il. La porte de la bibliothèque. Elle n'était pas fermée à clé.

Ma gorge se serra.

– Ils ne nous poursuivaient pas, continua-t-il. Ils voulaient nous attirer ici.

Je sursautai lorsqu'une lueur rose orangé se déversa dans la pièce.

Des flammes jaillirent et se mirent à danser dans la cheminée. Une figure solitaire se tenait devant le feu, sa silhouette découpée sur la lumière vacillante. La peur m'a glacé le sang. L'ombre du Gardien n'était pas celle d'un homme. J'ignorais ce que c'était.

– Très perspicace, Shay, lança Bosque Mar,

souriant, en levant les yeux sur le portrait au-dessus de la cheminée. Tes parents seraient fiers.

– Oncle Bosque, dit Shay d'une voix trem-blante. Tu es là.

Bosque continuait de sourire. Le jeu d'ombre et de lumière transformait son visage en un masque grotesque. La cruauté de son expression me coupa les jambes.

Qu'est-il vraiment ?

J'ai attrapé le bras de Shay, le tirant en arrière.

– On m'a demandé de rentrer de mon voyage d'affaires en urgence. Il semblerait que la situa-tion à Vail nous ait un peu échappé.

Il posa ses yeux plissés sur moi.

– Dis-moi, Calla. Quand précisément as-tu transformé mon neveu en un membre de ta race ?

– Ce n'est pas votre neveu, me forçai-je à répondre d'une voix dure comme l'acier.

Le rire de Bosque était comme du verre brisé.

– Tu comprends si peu de choses, toi une guer-rière, un chef de guerriers, dit-il en faisant un pas en avant. Je n'aurais jamais attendu autant de stupidité de la part d'un Protecteur alpha.

– Elle n'est pas stupide, répliqua Shay en entrelaçant ses doigts aux miens.

– Elle appartient à quelqu'un d'autre et elle a trahi les siens. Elle est l'incarnation d'une déci-sion irréfléchie, ajouta Bosque en regardant nos mains et en secouant la tête. Je crains que ça ne soit pas possible.

– Qui es-tu ? demanda Shay d'une voix calme, même si son pouls battait à tout rompre.

– La seule famille qu'il te reste, murmura Bosque.

Il regarda à nouveau le tableau. Les visages de Tristan et de Sarah paraissaient encore plus malheureux que la première fois que je les avais vus.

– Celui qui sait ce qui est le mieux pour toi, continua-t-il.

– Tu veux me tuer, murmura Shay.

Bosque pencha la tête sur le côté en souriant.

– Pourquoi voudrais-je tuer mon propre neveu ?

J'ai serré la main de Shay de toutes mes forces.

– Ça suffit, assez de mensonges. Ils l'avaient attaché ! Ils voulaient le sacrifier pendant l'union. On est au courant de la prophétie, du sacrifice. On a lu *La Guerre de tous contre tous.*

– Je sais, répondit-il d'une voix suave. Pourquoi penses-tu que nous interdisons l'étude de ce volume ?

– Pour vous protéger, vous et les Gardiens. Pour nous empêcher de connaître la vérité sur notre passé. Vous nous avez réduits en esclavage.

– Non, chère enfant. Nous vous avons sauvés, dit-il en prenant une expression peinée. Les Gardiens ont toujours pris soin de leurs soldats Protecteurs. Ce livre est un poison, rempli de mensonges inventés par les Chercheurs. Il a été mis en circulation par nos ennemis, il y a des siècles de ça, pour essayer d'en attirer certains à leur cause maléfique. Nous avons tout fait pour le supprimer à cause du mal qu'il peut causer. Ce texte a donné lieu à de véritables bains de sang.

– Ce n'est pas le livre qui nous a attaqués ! hurlai-je. Je n'ai même pas de mots pour décrire les créatures qui sont sorties de ces tableaux. Et je ne parle pas de vous, ajoutai-je en désignant son ombre étrange. Qui êtes-vous?

Le visage de Bosque s'assombrit, mais son sourire placide réapparut aussitôt.

— Je suis désolé de vous avoir fait peur, mais en ces circonstances exceptionnelles, il fallait que je trouve un moyen de captiver votre attention. Vous devez revenir à la raison.

— À la raison? cracha Shay. Je veux la vérité!

— Bien entendu, Shay. Si j'avais su que tu avais développé un tel esprit critique, je ne t'aurais jamais interdit l'accès de la bibliothèque. Un jeune homme brillant comme toi ne pouvait qu'y pénétrer par effraction! Ta soif de savoir est admirable.

Il eut un sourire tranchant comme un poignard.

— C'est ma faute, reprit-il. Je te considère toujours comme un petit garçon. Je voulais te protéger de tes ennemis et je n'ai pas vu à quel point tu avais mûri. Je t'ai négligé, et je le regrette profondément.

Shay m'a serré la main tellement fort qu'il m'a fait mal.

— Dis-moi qui tu es vraiment.

— Je suis ton oncle, répondit Bosque posément, en s'approchant de nous. Ta chair et ton sang.

— Qui sont les Gardiens? demanda Shay.

— Des gens comme moi, qui veulent seulement te protéger. T'aider. Shay, tu n'es pas un enfant comme les autres. Tu n'imagines même pas l'étendue de tes talents inexploités. Je peux te montrer qui tu es vraiment. T'apprendre à utiliser le pouvoir que tu détiens.

— Si vous tenez tant à Shay, pourquoi devait-il être sacrifié lors de mon union ? demandai-je en poussant Shay derrière moi pour le protéger.

Bosque secoua la tête.

— Encore un terrible malentendu. C'était le test, Calla, de ta loyauté à notre noble cause. Je pensais que nous t'avions offert la meilleure éducation possible, mais peut-être n'es-tu pas familière du sacrifice d'Isaac par son père Abraham ? Le sacrifice de celui qu'on aime n'est-il pas la preuve ultime de la foi ? Tu penses vraiment que nous voulions que Shay meure entre tes mains ? Nous t'avons demandé d'assurer sa protection.

— Vous mentez, dis-je en tremblant.

— Vraiment ? rétorqua-t-il en souriant, paraissant presque bienveillant. Après tout ce que tu as vécu, tu n'as aucune confiance en tes maîtres ? Nous ne t'aurions pas forcée à tuer Shay. Une autre proie aurait été fournie à sa place au moment ultime. Je comprends qu'une telle épreuve puisse paraître trop horrible pour être honnête, trop exigeante pour toi et Renier. Peut-être êtes-vous encore trop jeunes.

Je ne sus quoi répondre. Soudain, je remettais en question tout ce que j'avais fait jusque-là, me demandant si mes propres désirs ne m'avaient pas écartée du droit chemin, m'empêchant de voir la vérité. Je ne savais plus que croire.

— Je m'occupe de Shay depuis qu'il est tout petit. J'ai subvenu à ses besoins, exaucé tous ses désirs. Ça prouve l'importance que j'accorde à son bien-être, tu ne crois pas ?

Il s'arrêta à quelques pas de nous et tendit les bras vers son neveu.

— S'il te plaît, accorde-moi ta confiance.

Les vitraux derrière Bosque explosèrent en une cascade d'éclats multicolores. Je poussai Shay au sol et je couvris son corps du mien, pour l'abriter de la pluie coupante. Puis je cachai mon visage sous mon bras alors que le verre déchirait mes vêtements et ma peau.

Des cris et des bruits de pas résonnèrent dans la pièce. Je relevai le visage. Une vingtaine de Chercheurs au moins surgirent par les fenêtres brisées, dans une vague d'acier étincelant et de flèches sifflantes dirigées sur le Gardien. L'air autour de Bosque miroita et les projectiles rebondirent contre un bouclier invisible. Il leva les bras. Les flammes dans la cheminée s'éteignirent et la lueur rouge illuminant la pièce céda la place à de profondes ténèbres.

Quelques Chercheurs trébuchèrent et tombèrent ; d'autres s'arrêtèrent brusquement, essayant de se repérer. Shay me poussa et se releva.

— Que s'est-il passé ?

— Des Chercheurs, sifflai-je. Plus que je n'en ai jamais vu.

Bosque rejeta la tête en arrière et hurla, faisant vibrer les livres sur les étagères. Je me couvris les oreilles. L'obscurité de la pièce s'accumula en flaques distinctes qui s'élevèrent dans l'air, prenant forme lentement. J'attrapai le bras de Shay, le souffle coupé.

— Est-ce que ce sont… ? commença-t-il d'une voix tendue.

— Des spectres, murmurai-je. Pourtant c'est impossible.

— Pourquoi ? demanda-t-il, les yeux écarquillés,

alors que les gardes de l'ombre descendaient sur les envahisseurs.

Je repris mon souffle à grand-peine.

— Personne ne peut appeler plus d'un spectre à la fois. Ils sont trop difficiles à contrôler.

— Des spectres! cria l'un des Chercheurs. Ethan, Connor! Prenez le garçon et partez! Les autres, libérez-leur le passage.

Une Chercheuse hurla lorsque les vrilles noires s'enroulèrent autour de sa taille. Un autre sortit en vain son épée pour se défendre du spectre qui l'engouffrait; il émit des sons étranglés alors que son corps disparaissait dans le voile noir.

— Allez! Allez! Allez! hurla le premier Chercheur.

Le visage de Bosque se tordit de fureur. Les doigts crispés comme des serres, il désigna la porte de la bibliothèque, tourna les mains et rejeta les bras en arrière. La porte s'ouvrit brusquement et la horde de créatures qui attendait sur le balcon se jeta dans la bataille, revenue à la vie. Les succubes et les incubes crachaient et poussaient des cris stridents en volant dans la bibliothèque, soufflant des jets de flammes. Les flèches des Chercheurs fendirent l'air. Plusieurs créatures ailées hurlèrent et tombèrent au sol, des flèches garnies de plumes plantées dans leurs poitrines.

La chimère bondit dans la pièce et se jeta sur un Chercheur qui poussa un cri lorsqu'elle lui mordit l'épaule, tandis que sa queue de serpent lui fouettait les jambes. Des pas traînants et des gémissements annoncèrent l'arrivée des morts vivants qui se mêlèrent eux aussi à la bataille, la bouche grande ouverte, les yeux vides et affamés. Certains Chercheurs lâchèrent leurs armes, hurlant à la vue de ces créatures lentes et desséchées.

Bosque éclata de rire et agita les bras comme s'il dirigeait une symphonie. Le chœur de gémissements augmenta en volume.

— Ne regardez pas les Perdus ! cria le premier Chercheur. Notre cible est tout ce qui compte !

— Monroe ! Le garçon est là !

Un homme se précipita vers nous. Je le reconnus aussitôt, même s'il ne saignait plus du nez.

Je lui montrai les crocs lorsqu'il brandit son arc.

— Pas le temps de discuter cette fois-ci, dit Ethan.

Je me transformai et je me jetai sur lui, mais deux carreaux d'arbalète se plantèrent dans ma poitrine et me coupèrent le souffle. Entraînés par la force de mon saut, Ethan et moi roulâmes par terre. Je m'écrasai contre un mur. La douleur remonta le long de ma colonne. Je sentis le sang couler sur mon ventre alors que je luttais pour rester consciente.

— Calla !

Shay s'élança vers nous, se transformant en plein air. Ethan poussa un juron en esquivant les mâchoires du loup.

— Monroe ! Connor ! Venez ici tout de suite ! Ils ont transformé le Scion, hurla-t-il en lâchant une autre série de jurons.

Une silhouette floue traversa la pièce à toute allure, se frayant un passage à travers les ailes, les serres et les armes. Connor se jeta à terre pour éviter la forme ondulante d'un spectre. Puis il se releva et fonça sur Shay, qui rugit lorsqu'il sortit ses épées. Il les garda inclinées vers le sol, et le loup et le Chercheur commencèrent à se tourner autour lentement.

– Je ne veux pas te faire de mal, petit, mais je n'ai pas le temps de jouer.

Je les regardais à travers un brouillard de souffrance. Mon souffle faisait un bruit humide. Malgré la douleur, j'ai essayé de me traîner vers eux.

Shay ne quittait pas Connor des yeux, et Ethan en profita pour se redresser. Il glissa la main dans son long manteau de cuir, se jeta sur le dos de Shay et lui planta une seringue dans le cou. Shay glapit, se cabra en grondant et Ethan tomba sur le sol de pierre. Le loup pivota, les muscles tendus, prêt à bondir, mais soudain, il secoua la tête. Ses membres se mirent à trembler et il gémit, vacillant, avant de s'effondrer. Il ne bougeait plus.

J'ai poussé un hurlement, luttant pour me rapprocher de lui. Chaque pas me faisait souffrir horriblement. Les carreaux de l'arbalète sortaient toujours de ma poitrine. Le sang dans mes poumons me noyait lentement.

Lorsque je l'atteignis, je changeai de forme et je plongeai les mains dans sa fourrure, secouant ses épaules.

– Shay! Shay!

Mais je sentais mes forces s'échapper.

– Des carreaux ensorcelés; j'espère que tu apprécies.

La voix graveleuse d'Ethan me fit tourner la tête. Il pointait son arbalète sur moi.

– C'est toi qui l'as transformé ?

Ma poitrine était en feu, ma vision brouillée. Je hochai la tête et je m'affalai par terre, à côté de Shay. *Alors c'est comme ça que je meurs ?* J'essayai de lui prendre la patte.

Les doigts d'Ethan se sont resserrés sur la détente. Un long gémissement s'éleva derrière moi, détournant son attention. Il a trébuché, bouche bée.

– Kyle ?

Je me suis tordu le cou. Le Chercheur cadavérique sorti de l'un des tableaux avançait lentement vers nous, les mains tendues devant lui.

– Non ! s'écria Ethan en se précipitant vers la créature titubante.

Le Chercheur qui avait crié les ordres apparut au-dessus de moi, cachant la créature gémissante à la vue d'Ethan.

– Pousse-toi, Monroe, dit Ethan. Je dois l'aider.

– Ce n'est pas ton frère, Ethan, rétorqua l'autre en lui agrippant les bras. Ce n'est plus Kyle. Oublie-le.

J'ai entendu un sanglot étouffé et les épaules d'Ethan se sont affaissées.

– Nous devons partir d'ici, dit Monroe. Couvre les arrières de Connor pendant que vous sortez.

Ethan hocha la tête, le visage déformé par la peine.

– Entendu.

— Maintenant, Connor, ordonna Monroe. Dépêchez-vous.

Connor s'accroupit à côté de Shay et prit le loup dans ses bras.

Je criai lorsque sa patte fut arrachée de ma main.

— Je l'ai, lança Connor. Allons-y.

— Après toi, dit Ethan en brandissant son arbalète.

Connor traversa la pièce à toute allure, Ethan à ses côtés, tirant sans s'arrêter de courir. Monroe se tourna pour les suivre.

— Attendez, murmurai-je d'une voix rauque.

Il me regarda et fronça les sourcils.

— Qui es-tu?

— J'essaie d'aider Shay.

— Tu l'as transformé? En Protecteur?

— Il le fallait.

La pièce commençait à disparaître devant mes yeux.

— Ce sont les Gardiens qui t'ont demandé de le transformer?

— Non, répondis-je en grimaçant et en fermant les yeux, assaillie par la douleur. Ils ne savaient pas.

Il haussa un sourcil.

— Tu as défié les Gardiens?

Je hochai la tête. Je convulsai et crachai du sang.

Il y eut un long gémissement et le raclement des pieds sur le sol en pierre se fit plus fort. Je me demandai à combien de mètres se trouvait la créature qu'était devenu Kyle, et si elle était très puissante.

Monroe jeta un coup d'œil derrière moi, fronça les sourcils et me regarda à nouveau, alors que j'essayais de me redresser.

— Je suis désolé, dit-il en levant son épée, et en écrasant la poignée sur mon crâne.

Une douleur déchirante me traversa avant que je ne sombre dans l'obscurité.

Trente-cinq

J'oscillais entre conscience et inconscience. De brefs éclairs de son et de lumière perçaient occasionnellement le voile qui étouffait mes sens. Je sentais des mouvements autour de moi, mais je ne pouvais pas bouger. Mes membres étaient engourdis. Mes bras, mes jambes, mon torse, tous me semblaient trop lourds ; ils n'étaient pas douloureux, mais comme imprégnés d'eau, échappant à mon contrôle.

Me tirait-on ou bien me portait-on ? Je n'en étais pas sûre. J'avais vaguement conscience que mon corps était soulevé, secoué, passé d'une paire de bras à une autre. Cela se produisait-il vraiment ? J'avais chaud, je somnolais. Mes paupières me faisaient l'effet de rideaux de plomb.

– *Il paraît qu'on a blessé un loup alpha.*

Des voix. Des paroles rudes appartenant à des inconnus, à des ennemis. Des mots qui n'avaient aucun sens.

– *Le fils de Corinne ? Monroe doit être soulagé.*

– *Non, c'est une femelle.*

– *Dommage. On ne va pas la garder avec nous quand même ?*

– *Je ne sais pas. Je crois que Monroe pèse le pour et le contre.*

Quelqu'un prit ma main et j'entendis la voix d'un ami.

– *Ça va aller, Calla. Je ne les laisserai pas te faire de mal, je te le jure.*

– *Shay, par ici*, ordonna une voix bourrue mais étrangement familière. *Je t'ai demandé de ne pas lui parler.*

– *Vous n'êtes pas raisonnable.*

– *Tu t'apercevras rapidement que je suis très raisonnable, mais tu n'as pas encore gagné ma confiance.*

– *Et c'est ce que je suis censé faire ?*

– *Ce serait sage de ta part.*

Le monde me revenait, des sons et des odeurs étranges tournoyaient autour de moi. J'étais allongée sur le dos, et j'avais toujours une douleur sourde dans la poitrine. Mes yeux essayèrent de s'ajuster à la faible lumière. Un objet froid aux bords tranchants se referma autour de mon poignet gauche. Un poids abaissa mon bras, le collant contre mon corps et mes yeux se refermèrent à nouveau. Je ressentis une douleur dans la cage thoracique et je grimaçai.

– Ethan, reste près de Connor au cas où elle se réveillerait, ordonna Monroe.

– Pourquoi est-ce que vous faites ça ? demanda Shay. C'est inutile. Elle n'est pas votre ennemie. Plus maintenant.

– Bien sûr, petit, lança Ethan avec un rire froid. Si tu le dis.

– Donne-moi l'autre, Ethan, demanda Connor.

Le même objet enserra mon poignet droit et la pression colla mon bras contre mon torse.

– Ça devrait suffire, dit Connor.

— Vous avez dit qu'elle irait bien, gronda Shay. Vous l'avez promis.

— Et je tiendrai parole, rétorqua Monroe. Nous ne lui avons pas fait de mal.

— Elle m'a l'air en forme, ajouta Ethan. Qu'en penses-tu, Connor ?

— Je pense qu'elle est plutôt mignonne.

Un grognement et des bruits de bagarre me sont parvenus aux oreilles.

— Waouh ! s'exclama Ethan. Du calme, petit. Heureusement que tu l'as esquivé, Connor, je crois que c'est ce crochet du gauche qui m'a cassé le nez l'autre fois. Tu le tiens, Monroe ?

— Il ne va nulle part, grogna ce dernier. Arrête de te débattre. Connor plaisantait, Shay. Inutile de l'attaquer.

— Lâchez-moi !

— Bagarreur, hein ? lâcha Connor. Tu as un faible pour cette fille ? Intéressant.

— Si vous la touchez, je vous jure…

— Du calme, marmonna Connor. Je blaguais, c'est tout.

Je me forçai à ouvrir les yeux, mais tout était flou. J'avais la gorge sèche et je cherchais à déglutir, à retrouver ma voix.

— Nous avons conclu un marché, Shay, dit Monroe avec fermeté. Tu ne peux pas rester ici plus longtemps.

— Mais…

— Tu la reverras. Tu as ma parole.

— Quand ?

— Ça dépendra de toi.

— Je ne comprends pas ce que vous attendez de moi.

– Tu comprendras. Maintenant, il faut y aller. C'est aujourd'hui que commence ta vraie vie.

La lumière disparut et l'obscurité envahit la pièce. Le long grincement de gonds en métal rouillé fut suivi d'un bruit sourd. Les voix s'évanouirent.

J'ouvris les lèvres. Une voix faible et rauque en sortit.

– Shay ?

Silence. J'étais seule dans le noir.

Peut-être n'était-ce qu'un rêve.

La colère m'envahit et je hurlai sur les ombres qui emplissaient la pièce. Néanmoins, il n'y avait pas d'autres ennemis à combattre que la peur de l'inconnu qui me tenaillait. Je me mis à trembler.

Tu es une alpha, Calla. Reprends-toi.

L'obscurité se concentra dans le creux de mon ventre.

À quoi bon, si tu as abandonné ta meute ?

Les larmes sont finalement venues. Heureusement que j'étais seule. Au moins, personne ne verrait dégouliner ma honte, rapide et brûlante, sur mes joues. Les gouttes ont touché mes lèvres. Elles étaient amères et piquantes, comme les choix que j'avais faits, tous les virages que j'avais pris pour arriver ici – cet endroit si peu familier que j'avais l'impression d'avoir atteint la fin de tout.

Voilà où ma fuite m'a menée ? Tout droit dans les bras des seuls ennemis que j'aie jamais connus ? Vers ma propre mort ?

Pour la toute première fois de ma vie, j'étais vraiment seule. Je scrutai la pièce vide, cherchant un brin d'espoir.

J'avais tout risqué pour sauver Shay. Laissant se calmer mes membres tremblants, je fermai les yeux et je vis son visage. Je me rappelai la liberté que j'avais ressentie dans ses bras, la possibilité d'une vie différente de tout ce que j'avais imaginé. Je me demandai si ma capture avait mis fin à ce rêve... s'il avait jamais eu la moindre chance de se réaliser.

Le désespoir menaçait de m'emporter, mais je me battais, m'accrochant à une unique pensée. *Shay m'aime.* Il risquerait tout pour me retrouver et me libérer. *Parce que c'est ça, l'amour, non? C'est sûrement ça.*

Remerciements

Le terme « remerciements » ne saurait évoquer la grâce et le courage dont ont fait preuve mes collègues, mes amis et ma famille, grâce auxquels l'écriture de ce roman a été possible.

Richard Pine et Charlie Olsen, chez Inkwell, sont mes princes charmants. Charlie, merci d'avoir aimé ce livre, de m'avoir guidée et d'avoir supporté ces conversations téléphoniques saturées de références à *La Guerre des étoiles*. Richard, je suis encore éblouie à chaque fois que tu m'appelles !

Je n'aurais pu avoir de meilleurs mentors que Michael Green et Jill Santopolo, chez Philomel. Michael, merci pour tes paroles si belles et les questions que tu m'as posées alors que je me lançais dans cette aventure. J'aimerais remercier Jill en particulier pour le talent et la gentillesse incroyables dont elle a fait preuve quand nous avons travaillé ensemble. Je suis tellement contente de faire partie de la famille Penguin !

Je dois beaucoup à Stephanie Howard et à Lisa Desrochers qui ont été de très bons critiques.

Grâce à Lindsey Adams et à Gina Monroe, qui ont partagé avec moi leur talent artistique, mes recherches sur internet ont été fabuleuses.

JoŸ et Natalie Occhipinti m'ont appris que des inconnus dans un avion pouvaient devenir vos premiers fans.

Corby Kelly, merci de m'avoir prêté tes fantastiques dons linguistiques.

Kristin Naca, tu es une déesse, ne change pas.

Casey Jarrin, ton intelligence fait tout scintiller autour de toi, et ce livre n'est pas une exception.

L'esprit de l'écrivain a fleuri dans un coin peu connu du globe : Ashland, Wisconsin, je t'aime plus que tout endroit au monde. VIVE LE CAMP DE PÊCHE !

Ed et Maribeth, merci de m'avoir lue dès mes premières tentatives.

Katie, merci d'avoir su.

Rien de tout cela n'aurait pu exister sans l'amour et le soutien de ma famille. Tante Helen, merci pour tous les livres. Maman, papa, Garth, vous êtes les fils qui font tenir le tout, depuis toujours. Et Will, toi qui danses avec moi à chaque fois que je suis triste, je n'aime peut-être pas *Les Branchés débranchés*, mais je t'aime un peu plus chaque jour.

Calla a-t-elle fait le bon choix en choissisant de sauver Shay, abondonnant ainsi sa meute ? Découvrez un extrait de la suite de *Lune de Sang* :

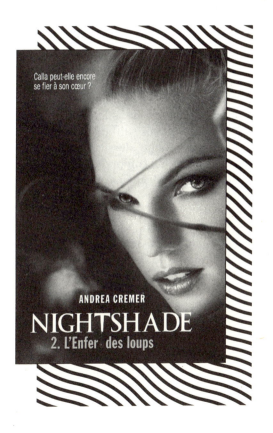

Calla peut-elle encore se fier à son cœur ?

ANDREA CREMER

NIGHTSHADE

2. L'Enfer des loups

Extrait

Nightshade 2
L'Enfer des loups

Les cris étaient assourdissants. L'obscurité m'enveloppait. Un poids terrible oppressait ma poitrine, faisant un combat de chaque respiration, alors que je me noyais dans mon propre sang. Je me redressai dans un sursaut et je clignai des yeux.

Les cris s'étaient arrêtés. La pièce était calme désormais, baignée de silence. Je déglutis à plusieurs reprises, difficilement, pour humecter ma bouche desséchée. Il me fallut un moment pour comprendre que c'était moi qui avais hurlé jusqu'à m'écorcher la gorge. Je portai les mains à ma poitrine. Mes doigts coururent sur la surface de mon sweat-shirt. Le tissu était lisse ; sans accroc ni déchirure qu'auraient dû laisser les carreaux de l'arbalète. Même si je ne voyais pas grand-chose dans la pénombre, je savais que ce n'était pas le vêtement que j'avais emprunté à Shay – celui que j'avais porté la nuit où tout avait changé.

Une succession d'images confuses déferla dans mon esprit. Un manteau de neige. Une forêt obscure. Le battement des tambours. Les hurlements des loups m'appelant à l'union.

L'union. Mon sang se figea. J'avais fui mon destin.

J'avais fui Ren. Le cœur serré, je laissai tomber ma tête entre mes mains, mais alors une autre image remplaça celle de l'alpha Bane. Celle d'un garçon à genoux, les yeux bandés, les mains liées, seul dans la forêt.

Shay.

J'avais entendu sa voix, senti ses mains sur ma joue alors que je perdais et reprenais conscience. Que s'était-il passé ? Il m'avait abandonnée dans le noir pendant si long-temps… J'étais encore seule. Mais où ?

Mes yeux s'adaptaient à la faible lumino-sité. Les rayons du soleil, filtrés par le ciel nuageux, entraient dans la pièce par de grandes fenêtres à petits carreaux couvrant toute la longueur du mur opposé, et tein-taient les ombres pâles d'une multitude de tons de rose. Cherchant une issue, je remar-quai une grande porte en chêne à la droite du lit. À trois mètres, peut-être quatre.

Je réussis à ralentir ma respiration, mais mon cœur tambourinait encore. Je pivotai et posai les pieds à terre avec prudence. Je n'eus aucun mal à me lever ; tous mes muscles revinrent aussitôt à la vie, tendus, prêts à tout.

S'il le fallait, je serais capable de com-battre, et de tuer.

Un bruit de bottes parvint à mes oreilles. La poignée tourna et la porte s'ouvrit vers l'in-térieur, révélant un homme que je n'avais vu qu'une fois auparavant. Il avait des cheveux épais et bruns, de la couleur du café noir.

Son visage aux traits forts, ciselés, marqué de quelques rides, était ombré d'une barbe poivre et sel de plusieurs jours – négligé, mais séduisant.

Notre première rencontre avait eu lieu quelques secondes avant qu'il ne m'assomme avec le pommeau de son épée. Mes canines s'acérèrent et un grognement monta dans ma poitrine.

Au moment où il ouvrait la bouche pour parler, je me transformai en louve et me ramassai sur moi-même, rugissante. Sans cesser de gronder, je lui montrai les crocs. J'avais deux options : le mettre en pièces ou m'enfuir. Et je ne disposais sans doute que de quelques secondes pour me décider.

Sa main se rapprocha de sa taille, repoussa un pan de son long manteau en cuir et se posa sur la poignée d'un long sabre incurvé.

Ce sera donc la manière forte.

Les muscles frémissants, je me préparai à attaquer, les yeux vissés sur sa gorge.

– Attends.

Il retira sa main et me montra ses paumes ouvertes en un geste pacificateur. Je me figeai, stupéfiée et un peu irritée par sa présomption. Il en faudrait plus pour me calmer. Je fis claquer mes crocs puis je risquai un coup d'œil au couloir, derrière lui.

– À ta place, je ne ferais pas ça, dit-il en bloquant mon champ de vision.

Je lui répondis d'un grognement.

Et à ta place, je ne voudrais pas voir ce dont je suis capable quand je suis acculée.

– Je comprends ton impulsion, continua-t-il en croisant les bras sur sa poitrine. Tu te dis que tu pourrais passer malgré moi. Si tu y arrives, tu rencontreras un détachement de gardes au bout du couloir. Et si tu parviens à les dépasser eux aussi – ce dont je te crois capable, puisque tu es une alpha –, tu tomberas sur des gardes encore plus nombreux à chaque issue.

« Puisque tu es une alpha ». Comment sait-il qui je suis ?

Je reculai, lançant un bref coup d'œil par-dessus mon épaule aux hautes fenêtres. Je pourrais les briser sans peine. Ce serait douloureux mais, à condition que la chute ne soit pas trop longue, je survivrais.

– Impossible, dit-il en regardant les fenêtres.

Mais c'est qui, ce type ? Un devin ?

– Après une chute de cent cinquante mètres, tu t'écraserais sur du marbre, dit-il en faisant un pas en avant, auquel je répondis par un pas en arrière. Et personne ici ne veut que tu te blesses.

Mes grognements moururent dans ma gorge.

– Si tu reprenais ta forme humaine, nous pourrions parler, poursuivit-il d'une voix plus basse, plus lente.

Je serrai les crocs, frustrée, avançant de biais. Mais nous savions tous les deux qu'à chaque minute passée, je perdais de mon assurance.

— Si tu essaies de t'enfuir, nous serons obligés de te tuer.

Il s'était exprimé avec un tel calme qu'il me fallut un moment pour assimiler ses paroles. Je protestai d'un bref aboiement, qui se mua en rire sombre quand je redevins humaine.

— Je croyais que personne ne voulait me faire du mal.

— C'est le cas, dit-il, avec un rictus infime. Calla, je m'appelle Monroe.

Il avança d'un pas.

— Restez où vous êtes, dis-je en retroussant les lèvres.

Il s'arrêta. Je continuais de scruter la pièce à la recherche du moindre détail pouvant me conférer un avantage tactique.

— Ce n'est pas parce que vous n'avez pas encore essayé de me tuer que je peux vous faire confiance. Si tout ce métal qui pend à votre ceinture bouge de un centimètre, je vous arrache le bras.

Il acquiesça en silence.

Une foule de questions se bousculait dans ma tête, me donnant la migraine. La sensation d'essoufflement menaçait de me submerger à nouveau. Je ne pouvais me permettre de paniquer, ni de laisser paraître le moindre signe de faiblesse.

Des souvenirs s'agitaient en moi, tourbillonnaient sous ma peau, me donnaient la chair de poule. Des cris d'agonie résonnaient dans mon esprit. Je tremblais, revoyant les spectres dégouliner autour de moi comme des nébuleuses sombres tandis que les succubes s'égosillaient. Mon sang se glaça.

« *Monroe ! Le garçon est là !* »

– Shay ? m'étranglai-je, saisie par la terreur.

Des bribes du passé traversaient mon esprit, images floues que je n'arrivais pas à fixer. Je me débattais avec elles, essayant de les attraper, de les immobiliser afin de comprendre ce qui s'était produit, et comment j'étais arrivée ici. Je me revoyais courir dans des couloirs étroits avec Shay, comprendre que nous étions piégés, et déboucher dans la bibliothèque de Rowan Estate. Je revoyais Bosque Mar, l'oncle de Shay, réussissant à me faire douter de ce qui nous arrivait, à éroder ma colère et mon indignation.

Shay m'a serré la main tellement fort qu'il m'a fait mal.

– Dis-moi qui tu es vraiment.

– Je suis ton oncle, répondit Bosque posément, en s'approchant de nous. Ta chair et ton sang.

– Qui sont les Gardiens ? demanda Shay.

– Des gens comme moi, qui veulent seulement te protéger. T'aider. Shay, tu n'es pas un enfant comme les autres. Tu n'imagines même pas l'étendue de tes talents inexploités. Je peux te montrer qui tu es vraiment. T'apprendre à utiliser le pouvoir que tu détiens.

– Si vous tenez tant à Shay, pourquoi devait-il être sacrifié lors de mon union ? demandai-je en poussant Shay derrière moi pour le protéger.

– – – – – – – – – – – – – –

Bosque secoua la tête.

— Encore un terrible malentendu. C'était le test, Calla, de ta loyauté à notre noble cause. Je pensais que nous t'avions offert la meilleure éducation possible, mais peut-être n'es-tu pas familière du sacrifice d'Isaac par son père Abraham? Le sacrifice de celui qu'on aime n'est-il pas la preuve ultime de la foi? Tu penses vraiment que nous voulions que Shay meure entre tes mains? Nous t'avions demandé d'assurer sa protection.

— Vous mentez, dis-je en tremblant.

— Vraiment? rétorqua-t-il en souriant, paraissant presque bienveillant. Après tout ce que tu as vécu, tu n'as aucune confiance en tes maîtres? Nous ne t'aurions pas forcée à tuer Shay. Une autre proie aurait été fournie à sa place au moment ultime. Je comprends qu'une telle épreuve puisse paraître trop horrible pour être honnête, trop exigeante pour toi et Renier. Peut-être êtes-vous encore trop jeunes.

Je serrai les poings pour que Monroe ne les voie pas trembler. J'entendais les hurlements des succubes et des incubes, le sifflement des chimères, les pas traînants de ces horribles créatures desséchées, sorties des portraits pendus aux murs de Rowan Estate.

— Où est-il? répétai-je en grinçant des dents. Je vous jure que si vous ne me dites pas...

— Il est sous notre surveillance, m'interrompit-il.

De nouveau, ce demi-sourire. Je n'arrivais

— — — — — — — — — — — — — — — —

pas à déchiffrer le comportement de cet homme, fait de réserve mais aussi d'assurance.

J'ignorais ce que « surveillance » signifiait dans ce cas précis.

Les dents toujours en évidence, je parcourais la pièce de part et d'autre tout en l'observant, attendant un geste de sa part. Les événements passés continuaient de défiler devant mes yeux telles des aquarelles vacillantes.

Du métal glacé autour de mes bras. Un cliquetis de serrures, mes poignets soudain libérés d'un poids. La chaleur d'une caresse chassant le froid sur ma peau.

— Pourquoi ne s'est-elle pas encore réveillée ? demandait Shay. Vous m'aviez promis qu'elle ne souffrirait pas.

— Elle va se remettre, répondit Monroe. Les carreaux d'arbalète sont enchantés et agissent comme un puissant sédatif ; leur effet se dissipera dans un moment.

J'essayai de parler, de bouger, mais mes paupières étaient trop lourdes, et les profondeurs du sommeil me rappelèrent à elles.

— Si nous parvenons à un accord, je te conduirai jusqu'à lui, reprit Monroe.

— Un accord ?

J'avais raison de vouloir cacher ma faiblesse. Si je devais conclure un marché avec un Chercheur, ce serait selon mes propres termes.

— Oui, dit-il en risquant un pas vers moi.

Voyant que je ne protestais pas, il esquissa

un sourire. Il n'essayait pas de me duper – je ne sentais pas l'odeur de la peur – pourtant son sourire fut rapidement remplacé par quelque chose d'autre. Du chagrin ?

– Nous avons besoin de toi, Calla.

Ma confusion augmenta, bourdonnante, aussi agaçante qu'un essaim de mouches, et je secouai la tête pour m'en débarrasser. Il ne fallait pas qu'il sache que sa conduite étrange me désarçonnait.

– C'est qui «nous», au juste ? Et pourquoi avez-vous besoin de moi ?

Même si ma colère s'était évaporée, je me concentrais pour garder mes canines acérées. Il ne devait pas perdre de vue un seul instant à qui il avait affaire. J'étais toujours une alpha – ni lui ni moi ne devions l'oublier. C'était le seul atout qu'il me restait.

– Mon peuple, dit-il en désignant la porte d'un geste vague. Les Chercheurs.

– Vous êtes leur chef ? demandai-je, incrédule.

Il paraissait fort mais fripé, comme quelqu'un qui ne dort jamais autant qu'il en a besoin.

– Pas le grand chef, non. Je dirige l'équipe Haldis. Nous lançons des opérations à partir de l'avant-poste de Denver.

«Parlons de vos amis à Denver».

Quelque part, au fin fond de mon esprit, Lumine, ma maîtresse, sourit et un Chercheur hurla.

Je croisai les bras sur ma poitrine pour contenir mes tremblement.

– Je vois.

– Mais mon équipe n'est pas la seule à avoir besoin de ton aide, continua-t-il, se mettant subitement à faire les cent pas devant la porte, tout en passant les mains dans ses cheveux. Nous en avons tous besoin. Tout a changé ; il n'y a plus de temps à perdre.

J'envisageai un instant de profiter de sa distraction évidente pour filer, mais quelque chose chez lui me subjuguait et me retenait.

– Tu es peut-être notre seule chance. Je ne pense pas que le Scion puisse réussir seul. Tu pourrais être la partie manquante de l'équation. Le point de bascule.

– Le point de bascule de quoi ?

– De cette guerre. Tu peux y mettre un terme.

La guerre. À ce mot, mon sang se mit en ébullition. Tant mieux : la chaleur qui courait dans mes veines me donnait une impression de puissance. J'avais été élevée pour faire la guerre.

– Il faut que tu rejoignes notre camp, Calla.

Je l'entendis à peine. J'étais prise au piège d'un brouillard rouge – la violence qui consumait une si grande partie de ma vie avait de nouveau empli tout mon être.

La guerre des Sorciers.

Depuis que je savais déchirer de la chair avec mes crocs, j'étais au service des Gardiens, contre les Chercheurs. J'avais chassé pour eux. J'avais tué pour eux.

Je posai les yeux sur Monroe. J'avais tué les siens. Et il souhaitait maintenant que je m'allie à eux?

Sentant ma méfiance, il s'immobilisa. Sans un mot, il joignit les mains derrière son dos, m'observant, attendant que je parle.

Je déglutis et raffermis ma voix.

— Vous voulez que je combatte pour vous. Moi?

— Pas seulement toi.

Je sentais qu'il luttait lui aussi pour contrô-ler son débit de paroles, qu'il mourait d'en-vie de remplir de ses pensées l'air qui nous séparait.

— Mais c'est toi la clé. Tu es une alpha, une dirigeante. Voilà ce qu'il nous faut. Voilà ce qu'il nous a toujours fallu.

— Je ne comprends pas, dis-je en contem-plant ses yeux fiévreux, hésitant entre la peur et la fascination.

— Les Protecteurs, Calla. Ta meute. Il faut que tu les persuades de rejoindre notre cause, de se battre à nos côtés.

J'avais l'impression qu'une trappe s'était ouverte sous mes pieds et que je tombais. Je voulais le croire. *Un moyen de libérer ma meute.* N'était-ce pas justement ce que j'avais tant espéré?

Si. Mon cœur battait la chamade à la seule idée de retourner à Vail, de retrouver les membres de ma meute. De revoir Ren. On m'offrait la possibilité de les éloigner des

Gardiens. De leur proposer un autre avenir, un avenir meilleur.

Néanmoins, les Chercheurs étaient mes ennemis. Je devais manœuvrer avec prudence. Je décidai de simuler une grande méfiance.

– Je ne sais pas si ça va être possible…

– Mais si ! s'écria Monroe.

Il se précipita en avant, comme pour me prendre les mains, une lueur démente dans les yeux.

Je fis un bond en arrière, puis je me transformai en loup et je tentai de lui mordre les doigts.

– Je suis désolé, dit-il en secouant la tête. Il y a tant de choses que tu ignores encore.

Je me transformai à nouveau. Des rides profondes creusaient son visage hanté, empli de secrets.

– Pas de mouvements brusques, Monroe, dis-je en m'avançant lentement vers lui, la main tendue pour parer à toute autre tentative d'approche. Je suis intéressée, mais je doute que vous compreniez vraiment ce que vous me demandez.

– Au contraire, dit-il en détournant le regard, troublé. Je te demande de tout risquer.

– Et qu'y gagnerais-je ?

Je connaissais déjà la réponse. J'avais tout risqué pour sauver Shay. Et je recommencerais sans la moindre hésitation, si cela me permettait de retrouver ma meute. De la sauver.

Il fit un pas en arrière et me désigna la porte ouverte.

– La liberté.

— — — — — — — — — — — — — —

www.onlitplusfort.com

Le blog officiel des romans Gallimard Jeunesse.
Sur le Web, le lieu incontournable
des passionnés de lecture.

**ACTUS // AVANT-PREMIÈRES //
LIVRES À GAGNER // BANDES-ANNONCES //
EXTRAITS // CONSEILS DE LECTURE //
INTERVIEWS D'AUTEURS // DISCUSSIONS //
CHRONIQUES DE BLOGUEURS...**

Andrea Cremer

Peut-on qualifier Nightshade d'«*urban fantasy* féministe»?

Oui je pense, car je m'intéresse depuis longtemps à la place de la femme dans l'Histoire. Mais c'est également un roman d'apprentissage. Je voulais réfléchir à la façon dont on devient adulte, en questionnant le monde, en apprenant à connaître son cœur, en choisissant qui on aime, en décidant quel chemin on veut prendre. Calla est prisonnière de ce qu'on attend d'elle, c'est-à-dire qu'elle soit une jeune fille obéissante, vertueuse et modeste. Mais tout est bouleversé quand elle tombe amoureuse pour la première fois et que son cœur est partagé entre deux garçon, Ren et Shay. Je voulais aussi montrer que les garçons peuvent exprimer leurs désirs plus facilement que les filles, qui sont rapidement jugées. C'est en ça que Calla lutte entre la force de l'alpha qu'elle est au fond d'elle-même et le confinement dans le lequel elle vit, subissant les règles de la société.

Pourquoi écrivez-vous pour les adolescents et les jeunes adultes?

J'adore mettre en scène des protagonistes de cet âge que je trouve très intéressant à explorer, celui où l'on commence à repousser les limites, où l'on comprend que l'on peut agir sur le monde, qu'il n'est pas figé. Et surtout l'âge où l'on décide quelle personne on souhaite devenir. Les lecteurs eux aussi sont fantastiques. Ils m'envoient des mails, des lettres, des messages sur facebook venant du monde entier et cette possibilité de partager avec eux sur l'amour qu'on ressent pour des personnages et sur l'enthousiasme que procure une histoire est un privilège de cette littérature-là.

Pourquoi selon vous la fantaisie a-t-elle autant de succès aujourd'hui?

Je crois que ça vient d'un désir de créativité. Les gens disent souvent que ça leur permet d'échapper au monde réel. Mais plutôt qu'une échappatoire, j'aime me dire que c'est un endroit où les gens peuvent explorer d'autres facettes de leur personnalité, d'autres possibilités du monde à travers un univers assez éloigné du quotidien. C'est un genre qui développe beaucoup l'imagination, ce qui est particulièrement attirant pour les ados, car la fantaisie leur apprend qu'ils peuvent devenir beaucoup plus que ce que le monde normal semble leur permettre.

Pouvez-vous nous dire qu'elle est votre personnage préféré dans la série?

C'est très dur! Mais je crois que c'est un personnage qui apparaît pour la première fois dans le deuxième tome: Ariadne, surnommée Adne. C'est une fille forte, fougueuse et elle a un pouvoir génial, elle est ce qu'on appelle une 'tisseuse'.

Avez-vous des conseils pour les écrivains en herbe?

J'ai deux conseils. Le premier, qui a l'air simpliste, est une règle importante à suivre: écrire. Il est primordial d'écrire dés que vous le pouvez, tous les jours si possible. Certains jeunes auteurs talentueux que je rencontre ont beaucoup d'idées mais ne se forcent pas à se poser pour les coucher sur le papier. Vous ne pouvez pas penser à écrire sans le faire. L'autre chose, c'est de le faire sur un sujet qui vous passionne. Écrire exige que vous mettiez tout votre cœur et toute votre âme sur la page. Si vous le faites seulement en quête de succès, vous ne trouverez qu'une chose: l'échec!

ANDREA CREMER est née en 1978 dans le Wisconsin, où elle a passé son enfance à vagabonder dans la forêt. Professeur d'histoire, elle vit aujourd'hui à Manhattan, mais reste au fond d'elle-même une fille de la campagne. Si la passion de l'écriture la taraude depuis toujours, il aura fallu qu'elle soit immobilisée pendant douze semaines suite à une chute de cheval pour qu'elle s'attelle à la rédaction de *Nightshade*. Une trilogie passionnante dans laquelle elle mêle avec talent suspense et amour.

Retrouvez Andrea Cremer sur son site internet:

www.andreacremer.com

Felicidad, Jean Molla
Le chagrin du Roi mort,
Le Combat d'hiver,
Jean-Claude Mourlevat
Le Chaos en marche
    1 - La Voix du couteau
    2 - Le Cercle et la Flèche
    3 - La Guerre du Bruit,
Patrick Ness
Jenna Fox, pour toujours
    L'héritage Jenna Fox, Mary E. Pearson
La Forêt des Damnés
    Rivage mortel, Carrie Ryan

Le papier de cet ouvrage est composé de fibres naturelles,
renouvelables,recyclables et fabriquées à partir de bois
provenant de forêts gérées durablement.

Maquette : Dominique Guillaumin
Photos de couverture © L. Harris/Cultura/Gettyimages
© iStockphoto
Photo de l'auteur © Gina Monroe.

ISBN : 978-2-07-063380-7
Loi n° 49-956 du 16 juillet 1949
sur les publications destinées à la jeunesse
Dépôt légal : janvier 2013.
N° d'édition : 175303 – N° d'impresssion : 177670.
Imprimé en France par Maury Imprimeur - 45330 Malesherbes